식민지기 문학과 근대성

지은이 정혜영(鄭惠英 / Jung, Hye-Yong)은,
1964년 대구에서 출생하여 경북대학교 국어국문학과를 졸업한 후 동 대학원에서 박사학위를 취득하였다. 1997년부터 1998년까지 외국인 연구자의 자격으로 1년간 일본의 츠쿠바대학에서 공부한 후 현재 경북대학에 출강하고 있다. 주요 논저로는 『환영의 근대문학』(2008년도 대한민국 학술원 우수학술도서)이 있다.

식민지기 문학과 근대성

2008년 11월 25일 1판 1쇄 인쇄
2008년 11월 30일 1판 1쇄 발행

지은이 _ 정혜영
펴낸이 _ 박성모
펴낸곳 _ 소명출판
등록 _ 제13-522호
주소 _ 137-878 서울시 서초구 서초동 1621-18 (란빌딩 1층)
대표전화 _ (02) 585-7840
팩시밀리 _ (02) 585-7848

값 18,000원
ISBN 978-89-5626-344-1 93810

somyong@korea.com | www.somyong.co.kr

식민지기 문학과 근대성

Literature in the Period of Japanese Imperialism and It's Modernity

정혜영

소명출판

• 책머리에 •

김내성이라는 사람이 있었다. 와세다대학 유학생이었던 그는 1935년 일본의 유명 탐정소설 전문잡지 『프로필』 문예현상모집에 조선인으로서는 최초로 입상한 후 뛰어난 탐정소설가가 될 것이라는 포부를 안고 조선으로 돌아온다. 그러나 희망찬 포부와는 달리 귀국 후 그는 몇 편의 국적불명의 괴기, 혹은 모험소설과 연애소설을 쓰던 중 49세의 나이로 갑작스런 죽음을 맞는다. 제국과 식민지 간의 거대한 간극을 결코 극복해내지 못했던 것이다.

첫 책 『환영의 근대문학』에서부터 이번 책의 집필에 이르는 동안 내가 줄곧 목도해온 것은 무수히 많은 또 다른 김내성들이었다. 그것은 곧 우리의 근대, 근대문학의 실체이기도 했다. 그 과정에서 내가 할 수 있는 것이라고는 그들의 절망과 그 간극의 실체를 가능하다면 그대로 '기록'하는 것 밖에 없었다. 지겹게 반복되는 그들의 절망을 기록하는 동안 때때로 나의 부박한 열정이 어줍잖은 '해석'을 만들어내기도 했으리라. 나의 어리석은 열정이 식민지라는 한 시대와 시대를 살았던 인간들의 삶의 현실을 가리지 않았기를 바란다. 이 점에서 작업의 기초가 되어 준 남부진 교수님의 저서 『文學の植民地主義－近代朝鮮の風景と記憶』에 깊은 존경과 감사를 표한다.

책의 출판을 가능하게 해준 소명출판, 연세대학교 근대한국학연구소, 그리고 김영민 교수님께 감사드린다. 아울러 내 삶의 근원인 딸 현승과 남편 그리고 무엇보다 어머니께 이 책을 바친다.

● 차례 ●

제3부 식민지기 대중의 문학

제1부
식민지기의 삶과 문학

제1장
삶과 문학의 경계
김동인의 「무능자의 아내」를 중심으로

1. 서론

김동인의 처녀작 「약한 자의 슬픔」(1919)은 강엘리자베트라는 여학생을 주인공으로 설정하여, 근대 초기 신여성의 면모를 그린 작품이다. 그러나 '표본 생활 이십 년'을 통렬히 뉘우치는 여주인공 강엘리자베트의 자기반성에도 불구하고, 이 작품에서 그려지고 있는 여학생의 이미지는 상당히 부정적이다. 이와 같은 면모는 「약한 자의 슬픔」에 이어 발표된 「마음이 옅은 자여」(1919)를 비롯해서 신여성을 주인공으로 설정한 「유서」(1924)·「무능자의 아내」(1930)·「결혼식」(1931)·「김연실전」(1939) 등에서 동일하게 발견된다. 물론 신여성을 주된 등장인물로 취한 김동인의 모든 작품들에서 신여성들이 이처럼 부정적으로 그려지고 있다는 것은 아니다. 그러나 다수의 김동인 작품들에서 신여성은 별다른 죄의식 없이 간통을 행하는가 하면, 방탕에 가까운 성적 자유를 만끽하고, 유행에 부박하게 편승한다. 그야말로 자각 없이 '표본 생활'에 맞추어 살아가는 존재로서 묘사되고 있다.

신여성을 향한 김동인의 이 태도는 근대 초기 신여성들이 의식 및 행위에서 일으켰던 수많은 시행착오를 고려한다고 하더라도 쉽게 납득하기 힘들다. 왜 김동인은 보수적 조선의 현실 속에서도 끊임없이 자기 영역을 확보하고자 노력했던 신여성들의 '밝은' 측면보다는 그 와중에서 그녀들이 일으켰던 수많은 시행착오의 '어두운' 측면만을 주시하고 있었던 것일까. 이는 흔히 지적되듯 "우리사회가 문화적 과도기에 겪어야했던 모순된 외래사상의 수용과정"[1]의 측면만으로는 설명이 부족할 듯하다. 신여성을 이처럼 비난하면서도 두 번의 결혼을 신여성과 행하는가하면 그런 한편 기생과의 애정관계에 몰입해있던, 삶에 있어서의 김동인의 이율배반적 태도는 신여성에 대한 김동인의 비난이 단지 '모순된 외래 사상 수용'의 문제에만 있었던 것은 아님을 말해준다. 이 점에서 김동인의 삶과 긴밀하게 연관되어 창작된 단편 「무능자의 아내」는 이와 같은 김동인의 의식의 근거를 읽어낼 수 있는 중요한 통로가 될 수도 있을 것이다.

2. 「무능자의 아내」와 '출분'의 의미

1930년 발표된 단편 「무능자의 아내」는 널리 알려져 있듯 김동인의 첫 번째 결혼생활에 기초하여 형성된 작품이다. 소설은 결혼생활 6, 7년에 이른 영숙이라는 인물이 딸을 데리고 남편의 전 재산을 정리하여

1) 권영민, 「「김연실전」의 몇 가지 문제」, 『김동인연구』, 새문사, 1997, 56면.

'출분(出奔)', 서울을 향해가면서 시작된다. 영숙의 출분은 작품의 표현을 빌자면 "어떻게 보면 오랫동안 계획하던 일이라고도 할 수 있고 어떻게 보면 돌발적 심리라고 할 수 도 있는" 것으로서 이혼을 목적으로 행해졌다기보다는 남편에 대한 일시적 항거의 분위기를 강하게 지닌 것이었다. 이후, 유학을 위해 무작정 동경으로 떠난 영숙의 삶의 행보, 그리고 영숙과 이혼한 후 새로운 삶을 시작해 가는 '남편'의 삶의 행보가 교차되면서 작품은 전개된다.

「무능자의 아내」가 발표되기 3년 전인 1927년 김동인은 아내 김혜인의 '출분'이라는 충격적 사건을 겪는다. 1918년 결혼, 이미 두 명의 아이를 두고 있었던 김동인 부부의 상황이라든가, 1920년대의 보수적 시대현실에 비추어 볼 때에도 쉽게 납득되지 않는 김혜인의 '출분'에는 남편으로서 '무능자'일 뿐 아니라 방탕하기까지 했던 김동인의 태도가 결정적 요인으로 작용하고 있었다. 결혼생활 내내 끊임없이 지속되었던 김옥엽·노산홍 등의 기생들과의 요란한 애정관계,[2] 그리고 집안의 대소사는 물론, 모든 경제적 문제에 대해서도 무관심했던 김동인의 가장으로서의 태도는 김혜인으로 하여금 남편에 대한 분노, 회의와 더불어 어떠한 신뢰감도 갖지 못하게 하기에 충분했던 것이다. 특히 이 시기 김동인이 토지관개사업에 손을 대어 그나마 남아있던 약간의 재산을 거의 탕진해버렸음은 김혜인의 '출분'을 현실화시킨 계기로서 작용했다고 할 수 있다. 아내 김혜인의 '출분'의 상황은 김동인의 「문단삼십년사」에서 다음과 같이 묘사되고 있다.

> 그러다가 어떤 날에 옷을 바꾸어 입으러 돌아왔더니 아내가 없었다.
> 어린 딸애를 데리고 서울 잠깐 놀러 간다고 떠났다 한다. 부자집 딸로 부자

---

2) 김동인은 1921년부터 김옥엽과의 애정관계를 시작, 동거까지 감행 마침내 아내 김혜인으로부터 첩을 두어도 좋다는 허락을 얻어내는 등 이혼에 이르기까지 기생들과의 방탕한 애정관계를 지속시키고 있다. 이에 대해서는 1930년 발표된 중편 「여인」에 소상하게 기록되어 있다.

집 아내로 갖은 호강을 다하다가 재정적 파국에 직면하니 기도 막히리라, 가슴도 답답하리라. 그 화풀이로 며칠 놀러 간 것이라 무심히 생각하고 옷을 바꾸어 입고 다시 강으로 나왔다.

한 일주일 더 지내서 또 집으로 돌아오니 아내는 여전히 없었다.

내 산보용 모자에 무슨 종이가 있기에 펴 보니 아내의 편지였다.

동경 가서 몇 해 공부를 해서 파산한 가정을 부활시키러 떠나니 그리 알라는 것이었다.

나는 짐작했다.

내가 이 편지를 보면 곧 따라와서 자기를 도로 데려오리라는 생각으로 이 일을 감행했다고. 공부에는 방해되는 어린아이(내가 몹시 사랑하던 애다)를 데리고 떠나고 내가 집에서 흔히 사용하는 모자를 골라서 거기 편지를 넣고 간 점으로 미루어 내 짐작에 틀림이 없을 것이다.[3)]

김동인은 아내의 출분이라는 충격적 상황을 평양 대동강의 전통적 놀잇배인 '매생이'에 대한 세밀한 안내 및 묘사에 연결시켜 서술하고 있다. 물론, 여기에는 여름 한 철을 매생이에서 생활하곤 하던, 말하자면 부잣집 아들로서 유유자적하던 자신의 생활사를 설명, 그와 더불어 아내의 고충을 나타내려 한 바가 없지는 않았다고 할 수는 있다. 그러나 아내의 출분이라는 충격적 상황을 서술하면서 뱃놀이에 불과한 매생이를 두고 애정어린 세밀한 묘사를 불현듯 하고 있다는 것은 아무래도 기묘하다고 밖에 할 수 없는 것이다.[4)] 이와 같은 남편 김동인에 대해 아내 김혜인이 어떠한 감정을 느꼈을까를 이해하는 것은 그다지 어렵지 않다. 그렇다고는 해도 시아버지와 같은 시숙, 시어머니, 두 명의 아이, 시동생, 시누이를 둔 김혜인이 보수적 유교윤리가 여전히 힘을 지니고 있던 1920년대의 조선에서 어떻게 그처럼 '출분', 그것도 남편의 재산을 정리한 돈을 모두 싸들고 집을 가출할 수가 있었던 것일까.

---

3) 김동인, 「문단삼십년사」, 『김동인전집』 6, 삼중당, 1976, 51면.
4) 대동강의 전통적 뱃놀이 배인 매생이에 대해서는 김동인의 단편 「눈을 겨우 뜰 때」에서 세밀하게 그려지고 있다.

물론 남편에게 요청, 남편의 애기(愛妓)였던 노산홍을 불러 남편을 사이에 두고 노산홍과 더불어 주연을 즐겼는가 하면,[5] 김동인을 대신하여 집안의 대소사를 챙김은 물론, 재산관리까지 도맡아했던 여걸과 같은 김혜인의 이미지를 고려한다면 '출분'이라는 파격적 행위의 선택은 다소 납득이 가기도 한다. 그러나 그 뿐일까. 그렇다면 시어머니의 요청에 의해 남편의 애기(愛妓) 김옥엽을 첩으로 인정했을 만큼 유교적 가부장제에 깊이 젖어있던 김혜인의 또 다른 면모는 어떻게 이해해야 하는 것일까. 김혜인 개인의 성향 및 상황을 벗어난 또 다른 시대적·사회적 맥락이 그녀의 '출분'의 기저에 있었던 것은 아닐까. 이 점에서 「무능자의 아내」에서 아내 영숙의 출분을 둘러싼 다음의 상황 설명은 상당히 흥미롭다.

> 다른 사업 같으면 재물을 헐가로 팔아서 하다못해 반 본전이라도 거두지만 집어넣은 돈은 허가만 안되면 한 푼도 거두지 못할뿐더러 원상회복(原狀回復)이라는 데 오히려 밑천을 넣지 않으면 안되는 것이었다. 이리하여 그 집의 거대하던 재산은 남편의 몇 해의 방탕과 관개사업 실패에 한 푼도 없이 파산하지 않을 수가 없게 되었다.
> 이때에 남편은 후더덕 경성으로 달아났다. 그리고 재산의 정리를 아내에게 일임하였다.
> 〈출분(出奔)〉
> 그 때부터 막연히 영숙이의 머리에는 이런 생각이 움돋았다. 더구나 그때 마침 남편의 책장에서 얻어내어 읽은 「인형의 집」은 그의 생각에 어떤 실행성까지 띠어 주었다.
> 그는 노라가 왜 달아났는지 똑똑히 이해하지 못하였다. 헬머는 노라를 사랑하였다. 헬머는 현명한 남편이었었다. 영숙의 남편과 같이 무능하고 무책임한 남편은 아니었다. 노라는 헬머를 존경하였다. 그러한 분위기 가운데서 행복을 느끼고 있던 노라가 무슨 까닭으로 달아났는지 이것은 이지(理智)의 덩어리인

---

5) 이에 대해서는 김동인의 중편 「여인」, 『김동인전집』 4, 264~265면 참조.

영숙에게는 이해치 못할 일이었었다. 그러나 그는 거기 나타나 있는 그 「통쾌」에 공명점을 발견하였다. 그때부터 그는 그것을 도저히 하지 못할 일이라 부인하면서도 마음의 한편 구석에서는 늘 출분이라는 생각을 하였다.[6]

「무능자의 아내」가 발표된 것이 1930년. 사업실패, 재산탕진, 아내의 출분 등 중첩되는 고난으로 인해 심각한 불면증을 앓는 등 경제적으로나 정신적으로나 피폐해질 대로 피폐해져 있던 김동인은 이 시기에 이르면 다소 안정을 되찾게 된다. 1929년 여학교 출신의 김경애와 재혼을 하고, 김동인 스스로는 '훼절'[7]이라는 용어까지 사용, 극심한 자기 모멸감을 드러내기는 했지만 일단 신문연재소설 집필 제안을 수용함으로써 경제적 안정까지 어느 정도는 확보하게 되었던 것이다. 그 덕택이었던 것일까. 아니면 3년이라는 시간의 흐름이 상황에 대한 객관성을 확보하게 해주었던 것일까. 어쨌든 「무능자의 아내」에서 김동인은 마지막 남은 재산까지 정리해 가출해버린 아내 김혜인의 행위에 대해 이해의 시선은 물론 자기 반성의 태도까지 비춰 보이고 있는 것이다. '관개 사업 실패' 후 '재산의 정리'를 아내에게 일임하고는 '후더덕' 경성으로 도망가버린 「무능자의 아내」의 남편의 모습에는 적어도 아내의 출분의 한 원인이 된 자신의 무능과 방탕에 대한 김동인의 반성과 부끄러움이 나타나고 있기 때문이다.

이와 더불어 김동인이 이 작품에서 제시하고 있는 주인공 영숙의 또 하나의 출분의 원인, 말하자면 영숙이 남편의 서가에서 우연히 꺼내어 읽은 입센의 「인형의 집」은 1927년 김동인의 아내 김혜인의 '출분'을 이

6) 김동인, 「무능자의 아내」, 『김동인전집』 5, 조선일보사, 343면.
7) 김동인은 결혼을 앞두고 경제문제를 해결하기 위해서 『동아일보』의 신문연재소설 요구를 수용한다. 이에 대해 그는 "누가 무슨 소리를 하든 간에 나는 내 길만 닦아 나아간다면 그 주장은 꺽이고 대중소설에 손을 댄 나의 첫 번의 훼절이었다"고 언급하고 있다. '첫 번째 훼절'이라는 언급이 한 문단에서 두 번에 걸쳐 반복되었던 것을 보면 신문연재소설의 수용은 김동인에게 있어 상당한 충격이었던 듯하다(김동인, 「문단삼십년사」, 앞의 책, 52면).

해하는 데 중요한 단서가 된다. 실제로 김동인은 「무능자의 아내」의 영숙의 행위와 심경을 시종일관 「인형의 집」의 노라의 심경・행위와 연결시키면서 묘사해나가고 있다. 영숙의 출분에 대한 작품내의 언급, "그의 머리에 깊이 박혀 있는 희망이며 신념인 동시에 또한 한편으로는 아무 진실성도 띠지 않은 공상과 같았"던 '출분' 즉, 영숙의 공상과 같은 희망이 갑작스럽게 현실화된 것에는 「인형의 집」이 자리하고 있었던 것이다. 물론 영숙의 '출분'과 '노라' 간의 연결에 김동인이 이처럼 끈질기게 집착한 것에는 아내 김혜인의 '출분'의 원인을 자연스레 자신이 아닌, 다른 곳으로 돌리고자 한 의도가 작용하고 있었음 역시 부인할 수는 없다.

김동인의 의도가 어디에 있었건 간에 「무능자의 아내」의 영숙, 엄밀히 말하자면 김혜인의 '출분'을 '노라'를 향한 열띤 동경과 연결시킨 작가로서의 김동인의 감각은 상당히 정확하다고 할 수 있다. 김혜인의 '출분' 시기인 1927년을 전후한 시기, 조선에서는 서구적 사랑 '연애'의 제 의식 및 남녀평등을 주창한 제 사상이 일본을 통해 이입, 신청년들 간에 급속히 전파되어 가고 있었다. 김혜인의 '출분' 2년 전인 1925년 발표된 나도향의 「어머니」에서 첩의 신분에 있는 여주인공이 '완전한 사랑' 및 물건이 아닌 '인간'이기를 갈망, 가출해서는 다른 남성과 동거의 관계에 들어간다고 하는 충격적 상황은 이와 같은 시대적 움직임을 감지케 하기에 충분하다. 사랑의 영화(靈化), 정신화를 주창한 근대적 사랑 '연애', 엘렌 케이의 '연애론', 입센의 「인형의 집」, 이와 같은 근대적 의식 및 사상에 1920년대 중반의 조선 신청년들은 끊임없이 매료당하고 있었고 김동인은 아내 김혜인의 '출분'을 그와 같은 시대적 맥락 속에서 읽어내고 있는 것이다.

물론 이와 같은 김동인의 태도는 전술했듯 김혜인의 '출분'에 대한 자신의 책임을 회피하려한 것으로서 파악될 수도 있을 것이다. 그러나 적어도 1920년대의 조선에서 두 아이를 둔 명문가의 며느리 김혜인이 '출분'이라는 행위를 감행할 수 있었던 것에는 남편의 방탕, 무능을 넘어선 강력한 사회적 동인이 필요했을 것이라는 점 역시 결코 부인할 수 없는 사실이다. 그리고 그와 같은 사회적 동인을 배제하고서는 "수 천 년 간을 지켜온 바의 습관과 인습"에 깊이 젖은 김혜인의 '출분'은 솔직히 쉽게 설명되기가 힘들다. 특히 김혜인이 단지 포즈에 불과했건 아니었건 간에 김동인의 나머지 재산을 움켜쥐고 출분을 행하면서 갑작스레 '공부' 혹은 '유학'을 겨냥 일본 동경으로 향했음은 당대 사회의 시대적 분위기에 그녀가 얼마나 깊게 도취되어 있었던가를 보여주는 단적인 예라고 할 수 있다. 김동인의 첫 아내 김혜인의 '출분'이 이처럼 당대 조선의 사회상을 극명하게 드러낸 것이라고 한다면 김동인은 과연 이를 어떻게 인식하고 있는 것일까. 이는 근대 작가로서의 김동인의 의식의 구조를 읽어냄에 있어 중요한 의미를 지닌다고 할 수 있다.

3. 「인형의 집」의 '노라'와 '조선의 노라' 간의 간극

그렇다면 가정을 버리고 '가출'을 감행한 '조선의 노라' 김혜인은 어떻게 되었을까. 자기 반성까지 일으키면서 집필했던 「무능자의 아내」에서 김동인은 의외로 가족사에 대한 해명보다는 오히려 이 점을 중점적으로 거론하고 있다. 과연 '조선의 노라' 김혜인은 어떻게 된 것일까. 이는 김혜인이라는 한 개인의 문제를 넘어 조선 신여성의 의식 정도, 넓게는 조선의 근대 수용정도와 연결된 문제이기도 하다. 이를 김동인은 소위 '인습을 때려 부순 용사, …… 가정과 남편을 뒷발로 차버린 투사' 영숙의 삶의 행보를 통해 그려간다. 물론 김동인이 묘사해내는 신여성 영숙의 모습은 처녀작 「약한 자의 슬픔」에서부터(1919), 1939년, 조선의 대표적 신여성 김명순을 주인공으로 해서 창작되었다고 언급되는 『김연실전』에 이르기까지 시종일관 지속되어 온 부정적 형상을 답습하고 있다. '연애'의 등장과 더불어 1920년대 조선사회에서 유행했던 용어 '영혼'의 의미를 규정, 여성과 영혼의 연관관계에 대해서 언급한 김동인의 다음의 논의는 이 점에서 상당히 주목할 만하다.

> 그들은 온갓 새 思潮를 맛보아서, 그것이 자긔네에게 害가 없는 것이라 생각ᄒᆞ는 思潮로는 물불을 헤아리지 안코 막進ᄒᆞ는 盲目的 勇氣가 잇다. 갓가운 例로 男女平等이란 思潮로(實로는 이를, 그들은 男女同職, 심지어는 女體男性으로 誤解는 ᄒᆞ엿지만) 나아가며 生理學上 자긔네 身體構造는 생각지 안코 參政權을 다고 엇지 ᄒᆞ여라 덤뷘다. 그리고 이런 것이 그들의 靈魂의 發芽를 가장 방해ᄒᆞ는 것이다.
>
> 그들의 령혼의 發芽는 참自覺(지금과 가튼 誤解ᄒᆞᆫ 自覺은 결코 아니다.)에 잇다 ᄒᆞᆫ다.[8)]

'여자에게 영혼이 있느냐?'라는 질문으로부터 시작되는 이 글에서 김동인은 여자란 영혼을 지닐 수 없는 존재라고 결론 내리고 있다. 그러나 여기서도 알 수 있듯 김동인이 여성의 영혼의 실재성 여부를 되물을 때 그 '여자'란 여성 일반이었다기보다는 '새 사조'를 맛보고 '남녀평등'을 주창하는 여성, 즉 신여성에 한정되어 있었다. 실제로 여학생을 주인공으로 설정, 발표된 처녀작 「약한 자의 슬픔」이래 김동인의 작품에 등장하는 신여성들은 하나의 공통된 이미지를 지니고 있다. 그녀들은 걸음까지도 유행하는 보법에 따라 걷는 「약한 자의 슬픔」의 강엘리자벧처럼 유행을 쉽게 추종하는가 하면 만난 지 얼마 되지 않는 유부남과 사랑하지도 않으면서 별반 심리적 장애 없이 육체적 관계로 들어가버리는 「마음이 옅은 자여」의 Y처럼 성적으로 방탕하기도 하다. 여기서 성적 자율성이라는 용어대신 '방탕'이라는 용어를 사용하는 것은 이들과 상대 남성과의 관계가 언제나 남존여비의 유교이데올로기에 기반

8) 검시어딤, 「령혼」, 『창조』, 1921.6, 45면.

한 비자각적이고도 남성 종속적 형태로서 진행되기 때문이다.[9)]

신여성에 대한 김동인의 냉소와 회의를 흔히 언급되듯 신여성을 향한 터무니없는 악의로서 결론 내릴 수밖에는 없는 것일까. 물론 「무능자의 아내」의 '모성애'조차 결핍된 영숙의 형상화처럼 신여성을 '모성'이라는 강렬한 본능조차 지니지 못한 비정상적 존재로서 결정짓는 김동인의 모습에서 신여성을 향한, 쉽게 납득하기 힘든 악의에 찬 분노가 느껴지는 것은 사실이다. 뿐만 아니라 처녀작 「약한 자의 슬픔」을 비롯해서 작품에 등장하는 모든 신여성을 끊임없이 성욕의 과다한 탐닉자로 그려 가는 김동인의 태도는 근대 초기 조선의 신여성들의 부정적 측면들을 충분 고려한다고 하더라도 지나친 감을 느끼지 않을 수 없는 것이다. 그러나 「무능자의 아내」에서 가출, 유학, 몰락에 이르는 신여성 영숙의 삶의 여정에는 김동인이 그려낸 신여성의 부정적 형상을 단지 신여성을 향한 김동인 개인의 왜곡된 시선만으로 결론 내릴 수 없는, 조선의 근대를 바라보는 김동인의 시선의 한 단면이 나타나고 있다. 이 점에서 「무능자의 아내」에서 조선의 노라를 꿈꾸며 집을 가출한 영숙의 삶의 여정은 많은 의미를 시사한다.

공부를 위해 동경으로 간 영숙이 공부는커녕, 건달과 같은 사내와 결혼, 마침내는 거리의 여자로 전락, 비극적 몰락을 겪으면서 작품은 마감된다. 아내 김혜인의 출분으로 인해 받은 상처가 여전히 깊게 남아있었던 것일까. 영숙을 거리의 여자로까지 전락시켜버리는 김동인의 태도는 지나치게 극단적이어서 현실성을 다소 상실하고 있기조차 하다. 그러나 아이러니컬하게도 「무능자의 아내」가 김동인이라는 한 인간의 개인사를 넘어 시대적 의미를 확보하게 되는 것 역시 이 결말을 통해서이다. 적어도 영숙의 몰락의 과정에는 조선의 노라 영숙이 왜 거리의 여자로

---

9) 「무능자의 아내」 발표 1년 후인 1931년 발표된 「결혼식」의 여학생 선비의 형상은 김동인이 파악한 이들 신여성의 이미지를 절묘하게 조합, 형성화해내고 있다. 예를 들자면 선비는 첨단 유행의 소유자이며, 성욕이 세고, 극도의 남성종속적 태도를 드러내고 있다.

전락할 수밖에 없었던가 하는 문제, 즉 김동인이 의도했던 것인지 아닌지는 모르겠지만 개인적 분노 속에서도 사태를 보는 작가로서의 객관적 시각이 냉정하게 개입되어 있기 때문이다.

그렇다면 조선의 노라 영숙, 아니 조선의 노라 김혜인은 왜 몰락을 겪게 되었을까. 이를 위해 「무능자의 아내」와 같은 시기 평양 고무공장의 노동 파업을 테마로 해서 발표된 「배회」[10]에서 김동인이 조선에서의 사회주의 사상의 수용 및 노동운동의 의미를 어떻게 파악하고 있는가를 살펴볼 필요가 있다. 김동인은 「배회」의 노동운동에 뛰어든 노동자들의 모습을 통해 노동 투쟁을 새로운 사상에 도취된 유희적 기분에 의한 것으로 폄하·경멸의 태도로서 도회 노동자들의 노동운동을 그려내고 있다. "무지의 위에 「외래사상」을 도금한 것—이것이 도회 노동자의 모양"이며 이들이야말로 "외래사상을 잘 씹지도 않고 삼켜서 소화불량증에 걸린 딱한 사람들"이란 것이다. 작품 속 김동인의 이 언급은 사회주의 사상에 대한 찬반 여부를 떠나 조선의 근대를 바라보는 김동인의 시선과 연결되어 있다는 점에서 다양한 의미를 고려케 한다.

'외래사상의 소화불량증.' 마르크시즘이라는 근대 사상의 설익은, 부박한 수용. 김동인은 이를 도회노동자들의 문제를 넘어 근대와 조우한 조선 전체의 문제로서 확대시켜 파악하고 있었던 듯하다. 왜냐하면 '조선의 노라'를 지향한 「무능자의 아내」의 영숙 역시 동일한 문제점을 노출시키고 있기 때문이다. 「무능자의 아내」에서 영숙의 출분을 바라보는 김동인의 다음의 언급은 이 점에서 주목할 만하다.

> 그러나 기실 영숙이는 노라가 아니었다. 노라는 헬머—의 집안의 한 인형이었는데 반하여 영숙이는 남편의 집 주권자—요 주재자이었으며 겸하여 대표자

10) 「무능자의 아내」는 『조선일보』에 1930년 7월에 발표되었으며, 「배회」는 『대조』에 1930년 3, 4, 7월 3회에 걸쳐 연재되었다. 말하자면 두 작품은 거의 같은 시기에 발표된 것이다.

—였었다. 다만 그와 노라가 공통되는 점은 가정과 남편과 두 아이를 내버리고 달아난 것뿐이었다.

그러나 노라가 가정과 남편과 자식을 버리고 달아난 데 대하여 자세하고 완전한 이해를 못 가진 영숙이는 자기를 그 유명한 문호 입센이 세상에 보여 준 한 대표적 이상적 여성 노라와 같은 사람으로 믿는 것뿐이었다.

그의 동무들의 아무 비난을 대함으로써 그는 이 신념을 더욱 굳게 하였다. 그리고 그는 거기서 자기에게 있는 영웅적 일면을 발견하고 스스로 오히려 기뻐하고 자랑스럽게 생각하였다.

"노라, 조선의 노라."

그는 때때로 혼자서 뇌어 보고는 만족한 듯이 빙그레 웃고 하였다. 그리고 아무런 후회나 자식에게 대한 미련을 느끼지를 않았다.[11]

「인형의 집」의 '노라'의 가출이 헬머라는 명백한 압제대상에의 항거에서 비롯되었던 반면 집안의 주재자이며 주권자였던 조선의 노라 영숙의 출분은 항거할 대상도 없는 상태에서 노라에 대한 단순한 동경에서 비롯되었다는 것. 김동인의 이 표현은 지나치게 감정적이고, 자기 변호적인 측면을 강하게 띤, 말하자면 당대 조선의 여성들이 처한 사회적 현실을 무시하고 있다는 점에서 많은 논란을 불러일으킬 수 있다. 그러나 '노라'와 '조선의 노라' 간의 간극에 대한 김동인의 지적은 단지 그렇게만 결론 내릴 수 없는 측면을 지니고 있다. 작품 전반에 걸쳐 김동인이 노라를 지향, 출분한 영숙의 행위를 그리면서 영숙의 문제점을 지적하기 위해 사용했던 '자각' 혹은 '이해'라는 용어는 영숙의 출분의 무방향성, 무목적성을 드러내고 있기 때문이다.

명확한 목적과 방향성 그리고 근거를 지닌 노라의 가출과, 노라에 대한 이상적 동경 속에서 '영웅적 일면'에 도취되어 스스로 조작해낸 환영과 환상을 통해 행해지는 영숙의 출분. 이들 양자 간에는 어떻게도 메워질 수 없는 거대한 간극이 존재하고 있었다는 것, 그것이야말로 완

---

11) 김동인, 「무능자의 아내」, 앞의 책, 350면.

고함과 자기중심성 속에서 그래도 작가로서의 김동인이 발견해낸 또 다른 조선의 현실이었던 것이 아닐까. 영숙이 작품의 말미에 가서야 겨우 이르게 되는 불유쾌한 자각, "자기라는 한 여성은 「시대의 한 희생물」에 지나지 못하지나 않나"라고 느끼는 것은 바로 그러한 김동인의 인식을 나타낸 것이라고 할 수 있다. 이로써 「무능자의 아내」가 김동인의 개인사를 넘어 시대성을 확보하고, 영숙의 출분이 신여성의 왜곡된 행위 패턴을 넘어 조선의 근대 수용정도와 연결되게 된다. 그 결과 조선의 노라 영숙이 왜 그와 같은 비극적 몰락을 겪지 않을 수 없었던가가 어렵지 않게 설명된다.

그러나 조선의 근대라는 것이 이처럼 '무지 위에 외래사상을 도금'하고 '외래사상의 소화불량증'에 걸린 형태로 진행된 것이었다면 과연 조선의 작가 김동인은 조선의 그 기묘한 근대로부터 자유로울 수 있었을까. 아이러니컬하게도 너무나 의기양양하고 자기중심적이었던 김동인은 이 점을 쉽게 간과했던 듯하다. 그렇다면 이처럼 조선의 근대에 회의적 태도를 드러낸 김동인이 지향한 세계란 무엇이었던 것일까. 작품을 통해 끊임없이 드러나는 대동강에 대한 김동인의 집착, 열정은 이에 대한 답이 될 수도 있을 것이다.

4. 대동강의 환영, 환영의 대동강

1930년 발표된 중편 「여인」은 김동인의 애정사, 조금 더 직설적으로 말하자면 여성 편력사라고 할 수 있다. 여기에는 당대 명기들과 끊임없는 애정행각을 벌렸던 김동인의 명성에 어울리게 김동인과 여러 기생들과의 애정사가 소상하게 그려지고 있다. 김동인의 사랑을 받은 명기들 예를 들어 김동인의 애첩과 같았던 김옥엽을 위시해서 황경옥·노산홍·김배옥 등 1920년대 조선을 대표했던 명기들의 성향과 면모가 때로는 애정 속에서 때로는 분노와 실망, 회의 속에서 그려지고 있다. 왜 김동인은 당대 많은 신청년들의 동경의 대상이었던 신여성들을 두고 굳이 기생들을 애정의 대상으로서 선택했던 것일까. "영업적 매녀(賣女) 아닌 여인에게는 동양인적 불감증"[12]을 느꼈다는 김동인 자신의 언급은 이 기묘한 심리에 대한 하나의 답이 될 수도 있을 것이다. 그와 더불어 기생에 대한 김동인의 열정을 신이 되려한 의지의 소산으로 연결시킨 김윤식 교수의 언급[13] 역시 김동인의 과다한 자기중심성 및 유미주의에의 탐닉의 태도에 근거할 때 중요한 지적이 될 수 있다. 그러나 기생에 대한 김동인의 탐닉, 열정을 이와 같은 언급들만으로는 설명하기 힘들 듯하다. 이 점에서 김동인이 문학을 통해 끊임없이 그려내고 있는 평양, 엄밀히 말하자면 대동강의 이미지와 의미는 또 다른 하나의 답이 될 수도 있을 것이다.

영국의 지리학자로서 1894년 조선을 방문, 조선의 오지를 탐사했던 이사벨라 버드 비숍은 자신의 저서 『한국과 그 이웃나라들』에서 평양을 가리켜 "소돔의 안개에 비견될 만한"[14] 도시, "부유하고 부도덕"하며 "기생과 고급 창녀, 요설가로 우글거렸고 부(富)와 파렴치한 비행(非行)"[15]의 도시로서 묘사하고 있다. 비숍의 이 언급은 동양적 전통에 무지한 서양인의 편견이라고 단언, 쉽게 무시해버릴 수만은 없는 측면을 지니고 있다. 기독교적 세계관 및 근대적 교육에 깊이 침윤된 의식과

12) 김동인, 「문단삼십년사」, 『김동인전집』 6, 50면.

13) 김윤식 교수는 김동인이 자신의 열정을 탕진하는 방법으로서 기생을 선택하고 있다고 지적하고 있다. "기생 앞에서 김동인은 신이 될 수 있어야 한다. 기생제도란 남자로 하여금 신이 되게끔 하는 것이어야 김동인에게 유효하다"는 것이다(김윤식, 『김동인연구』, 민음사, 1987, 212면).

14) 이사벨라 버드 비숍, 이인화 역, 『한국과 그 이웃나라들』, 살림, 1994, 403면.

15) 위의 책, 401면.

전근대적 세계 간의 충돌. 이 기묘한 만남이 여기에서 읽혀지고 있는 것이다. 흥미로운 것은 이사벨라 버드 비숍이 부정적으로 바라본 이 평양이라는 도시를 김동인은 찬탄과 열정, 깊은 동경 속에서 그려내고 있다는 점이다. 여기에는 단지 고향이 갖는 심적 친근성의 의미를 떠나 평양의 문화, 평양의 분위기 자체에 대한 김동인의 애정이 근본적 원인으로서 자리하고 있었다고 할 수 있다. 자신의 많은 작품들의 배경을 평양에서 찾을 만큼 평양에 얽매여 있던 김동인. 그가 집착한 평양이란 무엇이었던 것일까. 대동강에 대한 단상을 적은 수필 「대동강의 평양」(1932)에서 그 답을 어느 정도 얻을 수 있다.

> 그대는 길을 가는 나그네로서 만약 그들의 발을 잠시 평양에 머무를 수가 있으면, 그리고 그들이 그들의 피곤한 다리를 잠시 客舍에서 쉬고 다시 지팡이를 끌고 평양의 名勝을 찾을 기회가 있으면, 청류벽, 부벽루, 을밀대, 소문으로 들었던 이 모든 絶景들을 찾으며 지팡이를 끌고 대동강을 끼고 위로 올라가는 길에 연광정의 정자에서 떡바위에, 혹은 玉流屛에서 무수한 사람들이 아래를 내려다보고 있는 것을 발견할 것이다.
>
> 여기 이르러서 길손으로서 자기의 호기심을 막을 수가 없어서 그 무리에게 가까이 가서 그들에게 무엇을 그렇게 내려다보고 있나, 질문을 던졌다 하자.
>
> 이러한 질문을 받을지라도 그들은 들은 체만 체 아래만 내려다보고 있을 것이다. 그리고 길손으로서 만약 根氣있는 사람이 되어 다시 수차 같은 질문을 던진다하면 그들은 여러 번의 질문을 받은 뒤에야 아주 간단히,
>
> "대동강을……" 하고 대답할 것이다.
>
> "대동강의 무엇을?"
>
> (…중략…) 여기 平壤人의 생명이 있는 것이다. 평양인의 시, 평양인의 정서, 평양인의 노래는 대동강과 함께 일어나고 살고 뛰놀고 하는 것이다. 모란봉? 청류벽? 을밀대? 酒岩? 능라도? 대동강 없이는 평양인은 그 곳에서 絶景性을 발견치를 못한다. 대동강 없이는 그들은 평양도 생각할 수가 없는 것이다. 평양의 대동강이 아니고 대동강의 평양이다.[16]

16) 김동인, 「대동강의 평양」, 앞의 책, 503면.

'평양의 대동강이 아니고 대동강의 평양'이라는 김동인의 표현에서 나타나듯 김동인이 찬탄하고 사랑한 평양이란 대동강을 중심으로 한 일부 지역이다. 엄밀히 말하자면 김동인의 평양이란 대동강, 그 중에서도 기생의 유흥과 불가분의 관계를 지녔던 '부벽부, 을밀대, 청류벽, 모란봉, 연광정' 등을 포함한 대동강 상류 지역에 한정되어 있었다. 김윤식 교수가 김동인의 의식 세계란 평양, 특히 기생의 대동강을 떠나서는 있을 수 없다고 언급한 것은 바로 이 때문이다.[17]

1904년, 경의 철도 설립을 기점으로 근대적 도시체제를 형성하기 시작한 평양은 1929년에 이르면 294개의 공장을 지닌 조선 최대의 공업도시로서의 면모를 갖추게 된다.[18] 수륙운송의 편리함, 무한의 공업용수로서의 대동강물의 사용, 광대한 공업 연료의 매장 등에 힘입어 수원지(水源池)가 있었던 대동강 상류 지역을 제외, 대동강 중하류 지역에 거대한 규모의 공장들이 설립되어 있었던 것이다. 이와 같은 근대적 외견의 평양의 면모를 고려할 때 앞선 수필에서 김동인이 그리고 있는 평양의 면모는 쉽게 납득하기가 힘든다. 김동인이 그려낸 평양과 실제의 평양 간에는 너무나 거대한, 그래서 기묘하다고 할 수밖에 없는 거리가 형성되고 있기 때문이다.

1890년대, 근대적 의식에 침윤된 기독교도 이사벨라 버드 비숍의 눈에 비친 세속적이고 외설적인 평양도 아니고, 그렇다고 조선 최대 공업도시로서 근대적 외향을 형성해가던 평양도 아닌 또 다른 평양. 김동인이 그려낸, 김동인의 평양은 어떠한 객관적 평가 속의 평양과도 무관할 뿐 아니라 평양의 현실적 면모와는 다른 이질적 평양이었다. 평양을 테마로 하여 1930년 발표된 두 편의 수필 「대동강」과 「무지개」[19]에서 김

---

17) 김윤식 교수는 대동강의 사상이란 언급을 통해 김동인의 문학은 기생의 유흥이 행해지는 대동강을 중심으로 행해지고 있었고 이와 같은 비일상적 세계에의 탐닉이야말로 김동인이 근대작가가 되지 못하게 한 가장 중요한 요소라고 지적한다(김윤식, 『김동인연구』, 68~73면).

18) 『平壤府要覽』, 平壤商業會議所, 1919; 『平壤府』, 朝鮮總督府, 1932 참조.

동인이 그려낸 평양 역시 이 비현실적인 평양에 한정되어 있음은 도대체 김동인이 본 평양이란, 그리고 대동강이란 무엇이었던가를 새삼 고려케 한다. 1921년 발표된 「배따라기」의 서두부에 잠시 등장하는 대동강의 풍경은 이에 대한 하나의 답이 될 수 있을 것이다.

> 이날은 삼월 삼질, 대동강에서 첫 뱃놀이 하는 날이다. 까맣게 내려다보이는 물 위에는 결결이 반짝이는 물결을 푸른 노릿배들이 타고 넘으며, 거기서는 봄 향기에 취한 형형색색의 선율이, 우단보다도 부드러운 봄 공기를 흔들면서 날아온다. 그리고 거기서 기생들의 노래와 함께 날아오는 조선 아악(雅樂)은 느리게, 길게, 유창하게, 부드럽게, 그리고 또 애처롭게,—모든 봄의 정다움과 끝까지 조화하지 않고는 안 두겠다는 듯이, 대동강에 흐르는 시꺼먼 봄 물, 청류벽에 돋아나는 프르른 풀어음, 심지어 사람의 가슴속에 봄에 뛰노는 불붙는 핏줄기까지라도, 습기 많은 봄 공기를 다리 놓고 떨리지 않고는 두지 않는다.[20)]

삼월삼짇날이라는 전통적 명절과 기생들의 풍류 그리고 조선 아악. 대동강의 이 풍경은 신청년의 사랑의 상실을 테마로 한 「마음이 옅은 자여」(1919)에서도, 그리고 기생의 몰락 과정을 다룬 「눈을 겨우 뜰 때」(1922)에서도 동일하게 발견된다. 사월초파일, 오월단오와 같은 조선의 전통적 명절과 기생들의 풍류, 조선 아악 김동인에게 있어서 대동강이란 이에 다름 아니었다고 할 수 있다. 김동인은 현실의 평양, 현실의 대동강을 보고 있었던 것이 아니라 그가 사랑한 전통적 세계의 환영, 즉 환영의 대동강, 환영의 평양을 보고 있었던 것이다. 그의 작품에서 거대한 규모의 공장들이 줄을 지어서있던 대동강의 실재적 풍경을 찾아보

---

19) 『김동인문학전집』에서 「무지개」와 「대동강」은 수필의 항목에 들어 있으나 「무지개」의 경우 엄밀히 말해서 동화적 분위기가 강한 일종의 허구적 구성으로서 수필이라고 단정 내리기가 힘들다. 이 두 글에서 「무지개」의 경우 장청류(長淸流)의 대동강에 대한 짧은 언급에서 시작해서 장청류의 대동강에 대한 짧은 언급으로 끝나고, 「대동강」은 「대동강의 평양」과 내용 면에서나 글의 구성 면에서나 거의 흡사한 형태를 보이고 있다.

20) 김동인, 「눈을 겨우 뜰 때」, 『김동인문학전집』 5, 120면.

기 힘들다는 것은 이 환영의 대동강에 대한 김동인의 열정, 찬탄이 얼마나 강렬했는가를 느끼게 해준다. 그것은 달리 말하자면 소멸되어 가는 전통적 세계에 대한 김동인의 애정, 집착 그리고 그 세계를 밀치고 밀려들어오는 근대에 대한 김동인의 경멸, 분노가 얼마나 강렬했는가를 의미하는 것이기도 하다.

이와 같은 김동인의 태도를 고려할 때 기생에 대한 김동인의 병적 집착, 선호를 단지 '동양적 윤리관의 결과', 혹은 '신이 되려 한 의지의 소산'으로서만 이해할 수는 없을 듯하다. 김동인의 미의식, 엄밀히 말하자면 김동인의 의식 자체가 이미 기생, 전통적 조선 아악, 그리고 전통 명절로 상징되는 조선의 전통적 풍류의 세계에 너무나 깊게 침윤되어 있었던 것이다. 그러나 전통적 조선에 대한 김동인의 지향을 곧장 의식의 전근대성으로 연결시켜버릴 수 있을까 어떨까는 쉽게 단정 내릴 수 없을 듯하다. 기생 김옥엽과의 애정행각에 대해 질투를 표하는 아내 김혜인의 모습을 일컬어 "여자로서의 단아함과 행실을 잊"[21]은 것으로 지적한 것과 같은 언급들에서 그와 같은 징후를 단편적으로 읽을 수 있을 뿐이다. 그렇다고는 해도 현실의 대동강에 자신이 형성한 환영의 이미지를 투영, 그 이미지에 맹목적으로 잡혀있는 김동인의 애잔한 모습을 전근대적이라고 표현해버리기에는 무언가 부족함이 느껴지는 것이다.

이처럼 김동인은 그것이 전근대적 세계였던 아니었건 간에 자신이 형성한 하나의 이상적 세계의 환영을 대동강을 통해 그려내고 있었다. 이런 김동인이 신여성에 대해, 근대적 법제도(「증거」)에 대해, 근대적 사상에 대해(「배회」), 근대적 종교(「명문」)에 대해, 그리고 근대적 과학(「K박사의 연구」)에 대해 거리감을 지닐 수밖에 없었음은 일견 당연한 일이 아니었을까. 왜냐하면 그 근대란 것이 아무리 합리적이고, 가치 있는 것이었다고 하더라도 그 세계는 전통 명절날 벌어지는 기생의 풍류, 조선

21) 김동인, 「여인」, 위의 책, 239면.

아악으로 형성된 대동강의 세계와는 결코 양립될 수 없는 것이었기 때문이다. 참으로 아이러니컬한 것은 근대에 대해 어쩔 수 없이 지녔던 이 거리감에 의해서 김동인은 어떤 측면에서는 오히려 근대를 지향한 여타의 동시대 작가들보다 조선의 근대 수용을 바라봄에 있어서 훨씬 객관적 시각을 확보할 수 있었다는 점이다. 「무능자의 아내」에서 나타난 조선의 근대 수용에 대한 김동인의 냉정하고도 객관적 판단은 그 단적인 예로서 제시될 수 있을 것이다.

5. 결론

김동인의 「무능자의 아내」는 실패로 끝난 김동인의 결혼생활의 한 단면을 그린 작품이다. 아내 김혜인의 가출이라는 충격적 사건이 작품의 실제 테마가 되고 있다. 김혜인은 왜 가출했으며 가출 후의 행방은 어떠했는가. 김동인은 이를 「무능자의 아내」의 영숙이라는 인물의 삶의 여정을 통해 되짚어가면서 조선의 근대 수용의 정도와 연결시켜낸다. 환상과 현실, 이상과 실재를 구별하지 못하고 이들을 끊임없이 혼돈함으로써 발생되는 극심한 자기분열. 김동인은 「무능자의 아내」의 영숙의 가출을 이 맥락에서 이해하면서 자신의 아내 김혜인의 '출분' 역시 동일 맥락에서 해석한다. 개인사에 치우친 듯한 이와 같은 김동인의 태도가 주의를 끄는 것은 영숙에게서, 그리고 김혜인에게서 발견된 자기분열 현상을 김동인이 조선의 근대 수용과정으로 연결시켜버리기 때문이다.

「무능자의 아내」에서 발견되는 조선의 근대에 대한 김동인의 비관적 인식. 근대적 과학이건, 근대적 법제도건, 근대적 종교이건 무엇이건 간에 모든 근대적 사상 및 의식들이 조선으로 이입되는 순간 일으키는 기묘한 변질·변용. 그 점을 김동인은 단지 외래문화 수용에서 나타나는 과도기적 현상이라기보다는 조선의 근대 수용의 본질적 특질로서 파악하고 있었다. 그러나 근대적 과학의 조선적 수용이라든가 근대 종교의 조선적 수용 등 조선의 근대적 수용 상황을 테마로 취할 때면 언제나 풍자적 태도로 일관할 수밖에 없었던 몇몇 단편들의 특질은 근대에 대한 김동인의 비판적 태도의 한계로서 읽혀질 수 있다. 말하자면 김동인은 조선의 근대의 부정적 측면에 대해 본질에서부터 진지하게 파고들기보다는 풍자·희화화해버림에 의해 더 이상의 판단을 보류해버리는 것이다.

이와 같은 김동인의 태도는 대동강으로 상징되는 전통적 세계에 대한 그의 깊은 동경에서 비롯된 것이었다. 조선의 아악, 기생, 전통적 명절로 형성되는 전통적 풍류의 세계. 김동인의 의식은 그 세계에 깊이 침윤되어 있었다. 그리고 그 침윤의 정도만큼 근대적 세계에 대해 지닌 거부감의 정도 역시 깊을 수밖에 없었던 것이다. 「무능자의 아내」에서 신여성 영숙에 대한 김동인의 냉소적이고도 부정적 시선은 이와 같은 김동인 의식으로부터 비롯된 것이었다. 「무능자의 아내」가 김동인의 개인적 삶을 다룬 신변기록이면서 문학의 영역으로 확보될 수 있었던 것은 바로 이 때문이었다고 할 수 있다.

제2장
간통과 일부일처의 근대
단편 「유서」를 중심으로

1. 서론

1925년 발표된 김동인의 「유서」는 유부녀의 간통을 다루고 있는 작품이다. 김동인 문학에서 간통은 1919년 발표된 「마음이 옅은 자여」에서 주된 테마로서 다루어진 바 있다. 엄밀히 말하자면 신학문을 공부한 유부남과 미혼의 신여성 간의 새로운 사랑 '러브'를 다룬 이 작품에서 불륜은 간통이라기보다는 '사랑'으로서 그려지고 있었다. 여기에는 불륜의 당사자가 누구인가, 즉 유부녀인가 유부남인가라는 점이 중요한 요인으로서 작용하고 있었다고 할 수 있다. 적어도 사회적으로 볼 때 유부녀의 불륜, 즉 간통이란 엄격히 범법행위로서 취급되고 있었기 때문이다.

유부녀의 불륜이라는 테마가 이 시기 김동인의 작품에서 처음 발견되었던 것은 아니다. 동시기 발표된 나도향의 「어머니」에서도 아이를 둔 유부녀와 미혼의 남성 간의 불륜이 테마로 취해지고 있었다. 물론 「어머니」의 불륜의 당사자인 유부녀 영숙의 경우 첩이라는 점에서 「유서」의 경우와 차이가 있기는 하지만 동일한 시기 유부녀의 간통이라고 하는 테마가 반복적으로 발견되고 있다는 점이 주목을 끈다. 살인 · 음모 · 모함과 같은 잔혹하고도 비윤리적 행위들이 충격적으로 나타나던 신소설에서조차 거의 다루어지고 있지 않던 간통, 특히 유부녀의 불륜이라는 테마가 1925년에 들어와서 갑자기 등장하고 있음은 1920년대 중반 조선의 변모를 충분히 감지케 하는 것이다. 이 점에서 김동인의 「유서」에 대한 고찰은 중요한 의미를 지닌다고 할 수 있다.

2. 출향자(出鄕者)들의 경성

김동인의 「유서」는 1924년 8월에서 1925년 1월에 걸쳐 잡지 『영대』에 발표된 작품이다. 총 29장으로 구성, 중편 분량을 지닌 이 작품은 등장인물 나가 아내의 외도로 인해 고통 받고 있는 후배 천재화가 ○의 상황을 감지, 그 문제에 연루되면서 시작된다. 이 문제를 나는 때로는 탐정이 되어, 때로는 무대 연출가가 되어 해결해간다. 말하자면 나는 일종의 신과 같은 입장에서 불륜에 연관된 다수의 인물들의 심리 및 행위를 좌지우지, 자신이 내린 상황의 결론으로 인물들을 빈틈없이 이끌어가는 것이다. 일명 '인형조종술'이라는 용어로서 빈번하게 언급되는 김동인 문학의 특징이다. 「유서」의 이 특징에 대해 김윤식 교수는 기생 김옥엽과의 애정관계 실패라는 김동인 개인사와 연결, "현실적 삶 속에서의 신이 되는 길에 실패"[1]한 후 '소설'을 통해서라도 '신'이 되고자 한 의지, 즉 '개인사적 신의 자리지킴'이라는 맥락을 통해 설명하고 있다. 평양 대부호의 아들로 출생, '집안의 귀공자'로서 대접받으며 성장하면서 유아독존적 성향을 지녔던 김동인의 개인사를 고려할 때 김윤식 교수의 이와 같은 지적은 「유서」의 이해에 있어 중요한 밑그림이 되기도 한다.

그러나 「유서」의 인물들에게서 발견되는 근대적 생활 패턴 및 삶의 양식은 당대 사회의 변화와 더불어 김동인의 근대성을 읽어낼 수 있는 하나의 근거로서 작용하기도 한다. 특히 첩이 아닌 정식적 혼인 관계 속에 있는 유부녀의 간통이라고 하는 비윤리적 사항을 소설의 테마로 취하고 있음은 소재의 파격성을 넘어 이에 대한 사회적 맥락을 감지케 하는 것이다. 이 점에서 나라고 하는 인물의 성향은 주목할 만하다. 작품을 통해볼 때 나는 화가인 후배 ○의 뛰어난 예술적 능력을 감지, 그 능력에 대해 광적인 애정을 지닌 인물이다. 그런 만큼 나는 아내의 간통이라는 충격적 상황 앞에서 그림에 집중하지 못하게 된 ○의 상황에 대해 분노하게 되고 ○의 예술적 세계의 견지를 위해 자신의 모든 시간과 노력을 바쳐 상황을 해결하기로 결심한다. 물론 이러한 나의 형상은 예술의 절대성을 주창한 「광화사」·「광염소나타」 등 김동인의 여타 작품 속 인물들의 형상과 비교한다거나, 김동인 문학의 한 특성을 "탐미주의적 악마주의"[2]에서 찾던 일련의 논의들을 고려한다면 쉽게 이해가 간다. 그러나 조금 더 현실적 측면에서 나를 들여다본다면 ○의 사건을

---

1) 김윤식, 『김동인연구』, 민음사, 1987, 244~245면(이 글에서 김윤식 교수는 「유서」를 김옥엽과 김동인 간의 애정관계 속 즉 '개인사적' 측면에서 설명하기 위해 김동인과 김옥엽의 신혼여행지와 같은 의미를 지녔던 경주가 「유서」의 중요한 무대로 되어 있음을 하나의 예로서 거론하고 있다. 그러나 「유서」는 서울과 부산을 주된 공간적 배경으로 하고 있으며 공간적 배경으로서의 경주의 등장은 「유서」가 아니라 1927년 발표된 「딸의 業을 이으려」였다는 점을 밝혀둔다).

2) 김춘미 교수는 오스카 와일드, 다니자키 준이치로와의 비교를 통해 김동인의 이와 같은 성향을 탐미주의적 악마주의라고 언급하고 있다. 김동인 문학에 대한 김춘미 교수의 이와 같은 지적은 많은 논자들에 의해서 동일하게 수용되고 있다(김춘미, 『김동인연구』, 고려대 민족문화연구소, 1985).

통해 나타나는 나의 면모는 전시대와는 다른 새로운 삶의 유형을 드러내고 있음을 알 수 있다.

「유서」를 살펴볼 때 이십대 후반 미혼인 나는 서울의 여관에 장기 투숙하고 있으며 ○의 아내의 불륜의 증거를 잡기 위해 며칠에 걸쳐 아침마다 ○의 집 앞 잡화점으로 출근, 그 동태를 살필 만큼 시간 여유를 지니고 있다. 또한 갈등과 고통에 휩싸인 ○를 동래 온천으로 휴양을 보낼 만큼 경제적 여유를 지니고 있는가 하면 "극장에 가서 갓 조직된 극단의 연극 관람"을 할 정도로 문화적 소양을 지니고 있기도 하다. 지방출신으로 서울에 와서 장기간 머무르며 직장을 갖고 있지 않음에도 경제력은 지니고 있는 이십대 후반 미혼의 남성, 즉 일종의 고등룸펜의 형상이 나의 모습을 통해 그려지고 있는 것이다. 물론 여기에는 본거지 평양을 떠나 명기들과 더불어 서울의 호텔에 장기 투숙하면서 일정한 직업 없이 문학과 삶을 향유하고 있던 평양 부호의 아들 김동인의 삶의 여정이 상당 부분 반영되고 있음을 부정할 수는 없다. 그렇다고는 해도 김동인이 나라는 인물을 통해 그려내고 있는 사소하지만 새로운 생활방식들은 나의 형상을 김동인 개인사로만 환원시켜 파악하기에는 상당히 미흡한 무언가를 느끼게 한다.

「유서」의 나는 캄플을 상시 복용하는가 하면 워터맨 만년필을 사용하며 카페 로얄에 들러 간단한 점심 식사를 한다. 더불어 나는 라디에타 난방, 샤시 문, 크리스마스 등 새롭고 낯선 서구적 풍경에 둘러싸여 있다. 또한 탐정과 같은 근대적 존재 양태를 동경, 자신의 행동과 의식을 그에 부단히 맞추어 간다. 주인고 '나'가 들르는 카페 이름인 '카페 로얄'이 추리 소설에 등장하는 명탐정 홈즈의 단골 카페의 이름과 동일하다는 점[3]을 고려한다면 나와 연관된 이와 같은 이국적 분위기의 조합들은 탐정 소설[4]이라는 새로운 문학 양식에 경도된 김동인 취향의

3) 카페 로얄은 명탐정 홈즈의 단골 카페이자 사건의 배경지로서 작품에 등장한다(아서 코난 도일, 백영미 역, 『셜록홈즈전집』 9, 황금가지, 2005).

한 면모를 나타내는 것이라고도 할 수 있다. 그러나 한 편으로는 약속이나, 특별한 목적 없이 카페에 들러 식사를 하고 차를 마시는 것과 같은, 전통적 조선의 풍경과 유리된 나의 생활 방식은 이 시기 들어 조선에 등장하기 시작한 새로운 사회적 변모와 깊이 연관된 것이기도 했다. 「유서」와 거의 같은 시기 발표된 나도향의 「어머니」[5]의 다음의 묘사는 주목할 만하다.

> 춘우는 다시 종로 네거리를 가로질러 황금정통으로 내려왔다. 더위를 못 이기어, 교의들을 길거리에 놓고서, 부채질을 하고 앉았는 사람, 길거리 위에는 이쪽에서 저쪽 저쪽에서 이쪽으로 흘러갔다 흘러오는 길 가는 무리들이 여름의 환락장인 경성 시가에 찼다. 공중에서 공중으로 물묻은 왕골을 아기를 매어 놓은 듯한 전기선줄은 불빛에 번득거리고 왔다가는 가고 갔다가는 오는 전차는 그 입으로 사람의 무리를 삼키었다 뱉었다 한다. 황금정 모퉁이에는 새로이 카페가 생기었다. 얼굴에 분칠을 하고, 앞에다 하얀 앞치마를 입은 여자 보이들이 문간에 나와서 유행하는 노래를 부르고 있다. 춘우는 더위를 못이겨 갑갑한 가슴을 식혀 볼까 하여 그 카페로 들어가서, 맥주를 청하였다.[6]

조선 최초의 카페 '아카다마'가 경성의 본정(本町) 즉 지금의 충무로에 문을 연 것이 1923년.[7] 동일한 시기 문을 연 근대적 다방의 원조 '후다미'가 동경에서 새로운 사상과 풍습을 배워서 돌아온 문학가나 화가

---

4) 일본에서는 1920년 잡지 『신청년』이 창간, 번역 탐정소설을 수많이 소개하면서 인기를 끌었다고 한다. 또한 일본 추리소설의 대표적 작가였던 에도가와 란포 역시 이 잡지에 1923년 처녀작 「二錢銅貨」를 처음 발표하고 있다. 김동인 문학에 갑작스럽게 등장한 추리문학 양식은 여기서 영향을 받았을 가능성이 크다.

5) 「유서」는 경성을 주된 배경으로 하여 1924년 8월에서 1925년 1월에 걸쳐 『靈臺』에 발표되었고 나도향의 중편 「어머니」 역시 경성을 공간적 배경으로 해서 1925년 1월에서 4월에 걸쳐 『시대일보』에 발표되었다. 동일한 시간적 · 공간적 배경을 지니고 있었다고 할 수 있다.

6) 나도향, 「어머니」.

7) 조선 최초의 카페 '아카다마'는 지금의 충무로 2가 큰길에 위치하였으며 일본 '아카다마'의 경성 지점이었다고 한다. 바로 이 시기 근대적 다방의 원조인 '후다미'가 지금의 충무로 3가에 세워졌다(강준만 · 오두진, 『고종 스타벅스에 가다』, 인물과사상사, 2005).

그 외 소수의 일본인 청년들을 주된 손님 층으로 한 일종의 문화 살롱의 역할을 하고 있었다면 카페 '아카다마'는 이와는 성격을 조금 달리 하였던 듯하다. 기모노 또는 양장을 한 모던 기생들에 의해 서비스가 제공되는, 말하자면 문화 살롱의 성격과 더불어 근대화된 유흥공간으로서의 성격 역시 함께 지니고 있었다고 할 수 있다. 이와 같은 카페는 1929년에 이르게 되면 충무로 뿐 아니라, 을지로, 명동, 무교동으로 확산되고 손님 층 역시 특정 계층 뿐 아니라 실업가를 비롯 학생, 중학교 선생, 기자 모뽀 부랑자 등 다양한 인물군을 망라하는 일종의 근대적 유흥공간으로 자리하게 된다.[8] 말하자면 "현대인의 변태적 기호성(嗜好性)을 보다 잘 이해하며 양금체가치 그네들의 성급한 요구에 수응하"[9]는 일종의 대중적 생활 양태의 상징적 공간으로 변모하게 되는 것이다.

그런 점에서 번화한 경성 중심가를 걷다가 새로 생긴 카페를 향해 불쑥 발길을 돌리는 「어머니」의 소시민 춘우의 모습은 주의를 끈다. 문화 집합지로서의 특수성보다는 숫적 증가와 더불어, 춘우 같은 소시민이 일상적으로 들를 수 있을 만큼 대중화되어 가는 카페의 모습에서 경성의 도시적 변모가 읽혀지고 있기 때문이다. 실제로 1914년대에서 1920년에 이르는 시기 동안 거의 증가하지 않거나 오히려 감소 혹은 정체 상태에 있던 경성의 인구는 1920년에서 1925년에 이르는 시기 급격하게 증가되고 있다.[10] 1920년 24만 7천4백6십7명이었던 경성의 인구가 1925년이 되면 34만 2천6백2십6명으로 무려 38.4%의 증가율을 나타낸다. 이 변화는 특히 1923년에서 1925년에 이르는 시기에 가장 두드러지

8) 박노아, 「카페의 정조」, 『별건곤』, 1929.10.

9) 위의 글, 위의 책, 43면.

10) 1914년에서 1920년에 이르는 시기 경성의 인구통계는 자료(예를 들자면 『개벽』, 1925년 3월호에 실린 1923년 인구 조사 실시표, 1915년 경성협찬회에서 발간한 『경성안내』, 1925년 실시, 발행한 『朝鮮國勢調査報告』 등)에 따라 다소의 차이를 나타내고 있다. 이와 같은 차이를 감안 이 시기 경성의 대략적 인구 수를 말하자면 24만 6천 명에서 25만 5천 명 가량에 이르고 있었다고 할 수 있다.

게 드러나고 있다.[11] 말하자면 이 시기 들어 조선 각지에서 발생한 많은 출향자(出鄕者)들이 경성으로 집중되면서 대도시로서의 경성의 면모가 점차 형성되고 있었던 것이다. 바로 경성으로 모여든 이들 출향자들 중에 '카페 로얄'에 들러 무연(無緣)의 사람들 틈에서 식사를 하는 「유서」의 나가 끼여 있다.

그러나 실업과 생활고로 인한 자살율의 증가가 문제점으로 지적되는 등[12] 식민치하의 대도시화 과정에서 발생하는 심각한 후유증을 앓고 있던 이 시기의 경성의 면모를 고려할 때 부유한 무직자 나의 모습은 무언가 현실적이면서도 지나치게 비현실적인 기묘한 느낌을 갖게 한다. 그렇다고는 해도 출향자들이 자신들이 몸담고 있었던 작은 지연사회에서 벗어나 대도시 경성으로 유입되면서 가졌던 심적 해방감 혹은 가치관의 혼란 그리고 일반 도시에서 대도시로 변모되는 과정에서 경성이 겪어야 했던 전통적 가치관의 붕괴는 「유서」의 중요한 밑그림이 되고 있다. '카페 로얄'에 들러 식사를 하는 나의 모습이 경성의 팽창에 기인한 카페의 대중화 및 대도시 특유의 느슨한 인간관계를 반영한 것이었다면 「유서」의 주된 모티프가 되고 있는 간통과 같은 비윤리적 행위 역시 급작스러운 대도시화, 근대로의 변모에서 발생된 전통적 가치관의 붕괴 혹은 혼란에서 기인한 바 크기 때문이다. 그런 점에서 「유서」의 주된 모티프가 되고 있는 간통의 의미 및, 간통을 바라보는 김동인의 시선은 주목할 만하다.

---

11) 1923년 28만 8천2백6십 명이었던 경성의 인구는 1925년에 이르면 34만 2천6백2십6 명에 달하고 있다. 이상의 내용은 『朝鮮國勢調査報告』(조선총독부, 1925)를 참조.

12) 1924년 한 해 경성의 자살자수는 무려 팔십팔 명에 달했다고 한다. 이는 일제의 식민지 경제 수탈 정책에 기인 한 바 크겠지만 그와 더불어 경성이 대도시로 변모하는 과정에서 피하기 힘들었던 실업의 문제 역시 한 요인이 되고 있었다고 하겠다(팔봉, 「時事小評」, 『개벽』, 1925.3).

3. 간통을 바라보는 두 개의 시선

1925년 경성은 인구 35만을 훨씬 넘는 대도시로 변모해가고 있었다. 르네상스식으로 재건된 경성역을 비롯 도시 여기저기에는 근대적 건물들이 모습을 드러내고 있거나 완공을 기다리고 있었다. 1910년대는 물론, 불과 오 년 전인 1920년 무렵 만하더라도 25만이 채 되지 않는 인구에 근대적 외형을 별반 갖추고 있지 않았던 경성의 이력을 고려한다면 단기간에 경성이 이룬 이와 같은 발전은 많은 부분을 고려케 한다. 익숙한 지연관계와 풍경들에 둘러싸여 있던 많은 사람들이 그 변화의 와중에서 느꼈을 혼란은 어떤 것이었을까. 경성의 근대적 외형 구비의 속도와 의미를 그들은 이해할 수 있었던 것일까. 예를 들어 나도향 「어머니」의 주인공 춘우는 룸펜과 같은 자신의 상황을 힐난하는 아버지에게 강력하게 대어들고는 집을 가출하는가 하면 영숙은 첩이라고는 하나 유부녀의 신분으로 유년기 친구와 사랑에 빠져 가출 살림을 차린다. 이러한 춘우, 영숙의 모습에서 근대적 의식보다는 오히려 근대의 의미를 이해할 수 없음에서 비롯된 혼란스러움, 혹은 불안정하고도 히스테리컬한 심적 정황이 느껴지는 것은 왜일까. 「유서」의 ○의 아내 봉순이 일으키는 불륜의 행위를 이와 같은 맥락에서 이해할 수는 없는 것일까.

「유서」에서 ○의 아내 봉순의 불륜은 나의 시선을 통해 파악되어 그려지고 있다. 그러나 나는 왜 그녀가 불륜을 행하게 되었는지, 그녀 내면에서 어떠한 갈등이 일어나고 있었는지 등 남편 이외의 남성을 사랑하게 된 여성의 심적 정황과 갈등에는 관심이 없다. 시종일관 불륜의 현장을 추적하는 것에만 신경을 쓰고 있을 뿐이다. 뿐만 아니라 봉순의 불륜의 증거를 포착하기 위해 주위를 맴돌면서 스스로를 탐정이나 형사에 지속적으로 비유하는 나의 모습은 이미 봉순을 범인 혹은 범죄자와 같은 죄인으로 규정하고 있음을 의미한다. 여기에는 남녀 애정관계의 섬세한 면면보다는 추리문학이라는 새로운 문학 양식의 시도에 열중해 있던 김동인의 태도가 중요한 요인으로 제시될 수 있다. 말하자면 문학에서 추리라는 새로운 양식을 시도하기 위해서는 추리할 만한 무언가가 있어야했고 불륜은 그 가장 손쉬운 장치로서 김동인에 의해서 선택되고 있었던 것이다. 「유서」의 불륜, 즉 간통이 작품 시작에서부터 애정의 측면에서 접근되기보다 범죄로서 규정, 다루어졌던 것은 바로 이 때문이다.

그렇다고 해서 불륜=범죄로서 규정하는 김동인의 태도가 반드시 추리문학에 대한 그의 들뜬 열정에서 기인된 것만은 아니었던 듯하다. 교살이라는 참혹한 최후를 맞는 봉순, 전염병으로 급사하는 A. 「유서」의 간통 당사자들의 최후에서 보이지는 권선징악의 윤리적 결말은 김동인 개인의 문란한 애정행각을 고려할 때는 물론, 간통을 다룬 여타의 김동인 소설들과 비교할 때에도 다양한 의문을 불러일으키기 때문이다. 유부남과 미혼의 신여성 간의 애정관계를 테마로 설정, 1919년 발표된 「마음이 옅은 자여」에서 김동인이 소위 '불륜'이라고 할 수 있는 이들의 애정관계를 어떻게 바라보고 있는가는 이 점에서 상당히 흥미롭다. 다음의 구절은 「마음의 옅은 者여」에서 주인공 나가 여교사 Y와의 사랑에 몰입, 자신의 애정을 열정적으로 토로하는 부분이다.

> 차디차고 외로운 삶 안에서 혼자 부르짖으며 슬퍼하고, 마지막에는 세상을 내어버리고 마침내 이 내 몸까지 내어던지려던 때에 비친 사랑의 빛, 사랑의 다스함 — 나는 사랑을 못보는 것만으로는 부족하여 그를 탐식(貪食)하고 그를 깨물어 삼켰다.
>
> 오! Y!
>
> 사랑의 빛!
>
> 나의 사랑은 차차 더워졌다.
>
> 때도 때 — 따스한 봄, 따스한 사랑의 맛을 본 나는, 누구 말과 같이 벌거벗고 천지를 동편 끝부터 서편 끝까지 굴러다니고 싶은 마음이 되었다.[13]

여기서 나는 주체할 수 없는 사랑의 열정 속에서 연인 Y를 불러대는가 하면 삶의 적막함과 허무함으로부터 자신을 구원해준 사랑에 대해 거듭 감사하고 있다. 이러한 나의 모습은 사랑에 빠진 연인들의 모습을 보여준다는 점에서 오히려 일반적이라고 할 수 있다. 그러나 나가 유부남의 신분, 그것도 아이까지 둔 유부남이라는 점을 염두에 둔다면 비윤리적 애정사에 대해 너무나도 당당한 나의 이 태도는 일반적 동의를 구하기 힘든다. 뿐만 아니라 서울 유학 생활로부터 5년 만에 귀향, 여전히 구식의 시골여자로 남아 있는 아내의 모습에 회의를 느끼고는 아내와 아이들을 본가로 쫓아 보낸 나의 이기적 모습을 고려할 때 비난은 더 심해질 수밖에 없는 것이다. 그럼에도 나의 애정은 불륜이나 간통으로서 비난받기보다는 애절한 사랑으로서 작품을 통해 그려지고 있다. 또한 나의 사랑은 '러브' 혹은 '연애'와 같은 새로운 사랑을 지칭하는 용어로서 언급되는가 하면, 연인 Y와 나의 관계가 쉽게 육체적 관계로 진행됨에도 정신성에 기반 한 고귀한 사랑으로서 언급된다.

이처럼 「마음이 옅은 자여」의 경우 구식의 아내와 신청년 남편 간의 의식의 간극, 전근대적 혼인 잔재로 인해 발생되는 사랑의 상실 등이 세밀하게 묘사되고 있다. 그리고 이는 왜 나란 인물이 불륜의 사랑을 선택할 수밖에 없었던가하는 문제 즉, 나의 사랑의 정당성과 당위성을 거듭 설명해주게 된다. 이 과정에서 나와 Y 간의 비윤리적 애정이 간통, 불륜이 아니라 오히려 사랑으로서 감지되게 된다. 그런데 바로 이 부분, 불륜에 이르는 당사자들의 내면의 갈등, 배우자 이외의 이성을 사랑할 수밖에 없는 절박한 상황이 「유서」에서는 결여되어 있다. 불륜의 당사자인 봉순의 경우 여학교를 졸업한 신여성으로서 한 사람의 상대에게 사랑을 바치는 순애(純愛)의 소유자임에도 불구, 그녀의 순애(純愛)는 오히려 '모자람'으로서 언급되고 있다. 뿐만 아니라 봉순의 애정 상대인 A

13) 김동인, 「마음이 옅은 자여」, 『김동인전집』 5, 삼중당, 1976, 44~45면.

의 야수와 같은 외형적 특징은 봉순의 애정을 성욕으로 귀결시키는 묘한 의미를 가지고 있기도 하다. 그 결과 「유서」의 유부녀 봉순의 애정사는 사랑이 아닌 '짐승'과 같은 반인륜적 범죄로서 취급되게 된다.

숭고한 사랑과 간통이라는 범법 행위 간의 거리. 불륜이라는 동일한 테마에도 불구, 「마음이 옅은 자여」와 「유서」 간에 나타나는 이 간극을 어떻게 설명할 것인가. 「유서」에서 봉순의 간통에 대한 분노에 찬 나의 언급, "옛적과 같이 일문이 몽치를 들고나서서 두 연놈을 쳐죽일 수도 없는 바"라는 나의 언급은 이 점에서 주목할 만하다. 조선 조 『대명률』에서는 간통죄의 처벌자를 국가만으로 한정시키고 있었으나 피해자인 남편이 간통 남녀를 현장에서 잡아 그 자리에서 죽이는 경우, 즉 남편에 의한 간통의 사적 징벌은 예외적으로 허용되고 있었다.[14] 조선조의 경우 유부남의 간통은 법적 고소가 있는 경우에 한 해, 체벌만으로 끝남에 비해 유부녀의 간통은 심증만으로도 사형이라는 극형은 물론 남편에 의한 살해라는 사적 징벌까지 허용됨으로써 가부장제가 철저하게 강화되었던 것이다. 부부간의 정조의무에 대한 이와 같은 불평등한 법적 조항은 일제시대에도 잔존, 1921년 제정, 1923년 7월 1일부로 시행된 '조선민사령'에서 처의 간통은 범죄로 규정 2년 이하의 징역으로, 남편의 간통은 이혼 원인은 되지만 범죄로서는 취급되지 않는 것으로 명시되어 있었다.[15]

「마음이 옅은 자여」와 「유서」에서 나타나는 불륜에 대한 판단의 차이에는 부부간의 정조의무에 대한 이와 같은 당시의 법적 조항이 영향을 끼치고 있었음을 부정할 수는 없다. 「마음이 옅은 자여」에서 미혼의 여성을 애정상대로 한 유부남 나의 불륜은 법적으로도 아무런 범죄가

14) 이상의 내용은 장병인, 「조선조 중 · 후기 간통에 대한 규제의 강화」, 『한국사연구』 121, 한국사연구회, 2003에서 참조.
15) 조선민사령(朝鮮民事令)에서 부부간의 정조 의무에 대한 이상의 내용은 박병호, 「日帝下의 家族政策과 慣習法形成過程」, 『법학』, 서울대 법학연구소, 1992.9에서 참조.

되지 않을 뿐 아니라 전통적 관습의 측면에서도 쉽게 용인될 수 있는 사항이었던 반면 「유서」의 봉순의 불륜은 그녀가 유부녀라는 점에서 전통적 관습의 측면에서는 물론 법률적으로도 엄격하게 범죄로서 취급될 수밖에 없었던 것이다. 유부남의 신분으로 기생들과 거침없는 애정 편력을 과시하던 김동인의 삶의 이력을 고려할 때 김동인이 간통에 대한 이 법적 조항들에 얼마나 깊이 동조했을까는 쉽게 상상이 된다. 그러나 바로 이 부분 남성의 불륜은 용인하면서, 여성의 불륜에 대해서는 극도로 보수적이었던 김동인의 의식의 수준은 그의 의식의 근대성 여부를 읽을 수 있는 하나의 근거가 되기도 한다.

실제로 김동인은 「유서」에서 봉순을 기독교계 여학교를 졸업한 신여성으로 설정함으로써 그녀의 불륜을 1920년대 기독교 계통 학교 학생들을 중심으로 급속하게 전파되었던 '연애'의 열풍과 연결시킬 여지, 즉 봉순의 불륜을 시대적 맥락으로 연결시킬 수 있는 여지를 남겨두기도 한다. 1923년 발표된 나도향의 『환희』, 이광수의 『재생』에 등장하는 기독교계 여학교 출신의 여주인공들에게서 공통적으로 나타난 불안정한 심적 정황, 예를 들자면 '연애'에의 광적 동경 및 '연애'가 표방하는 정신적 애정에 대한 피상적 이해 속에서 끊임없이 흔들리고 있던 신여성들의 불안정한 면모가 「유서」의 봉순의 불륜에서도 감지되는 것이다. '만약 A씨가 불의에 죽어버리면, …… 만날 소복하고 A씨의 무덤에 가서 울기라도 할' 정도로 '어리석고도 정직한' 봉순의 성향에 비추어볼 때 불륜이라는 비윤리적 행위의 선택에는 당시 사회적 정황의 변모로 인한 불안정하고 혼란된 심경이 강하게 영향을 끼치고 있었던 듯 하기 때문이다.

그러나 김동인은 봉순과 A를 '암토야지'와 '숫토야지'로 명명, 두 사람의 애정을 동물적 욕망으로 환원시켜버림으로써 이들의 불륜을 1920년대 조선의 시대적 맥락에서 유리시킨다. 그 결과 「유서」에는 '조선민사령'과 '국세조사'가 본격적으로 시행되고, 인구의 급증, 근대적 외형의 건물들의 조성, 근대적 의식의 급격한 이입과 같은 거대한 변모 속에 있던 1920년대 중반의 경성, 엄밀히 말하자면 근대와 조우한 조선의 면모 대신 김동인이 지향한 하나의 관념적 세계가 자리하게 된다. 그 세계란 김동인이 그처럼 탐닉했던 기생과의 유흥이 일반화되는 세계, 일부다처제의 전근대적 윤리가 문제없이 용인되는 세계이다. 봉순의 간통 사건이 검사국 고발이라는 근대적 법제도를 따르는 대신 살해라는 해결 방법을 취한 것에서도 나타나듯, 시대와 인물들의 외형은 근대적 형식을 따르고 있었을지 몰라도 인물들의 의식은 여전히 전근대적 세계에 남아 있는 상태 바로 그것이 김동인이 도달한 근대였다고 할 수 있다. 그 곳에 과연 '탐미주의' '유미주의' 혹은 예술지상주의와 같은 독특한 근대적 의식이 성립되어 있었던 것일까. 그렇다면 도대체 김동인이 대면한 근대란 무엇이었던가. 「유서」에서 간통이라는 남녀 간의 애정의 반대쪽에 위치하고 있는 나와 ○ 즉 남성 간의 우정은 이 점에서 주목할 만하다.

4. 근대의 환영

「유서」에서 나란 인물은 후배 ○의 아내이며 별다른 지연관계도 없는 봉순을 살해한다. 나와 봉순간에 특별한 애정관계가 있었던 것도 아니며 후배 ○를 위해 중매를 선 것이 나와 봉순 간의 인연의 전부인 상황에서 나는 오로지 ○, 엄밀히 말하자면 ○의 예술 세계를 지속케하기 위하여 봉순을 살해한다. 이처럼 살해라는 극단적 방법을 동원해서라도 ○의 정신세계를 지키려하는 나의 모습이라든가 ○와 나 간의 기묘하다고 할 정도로 깊은 신뢰와 애정은 쉽게 납득하기 힘든다. ○와 아내 봉순에 대한 다음의 나의 느낌은 그 점에서 중요하다.

> 그의 아내를 A씨에게서 떼려는 것도 목적의 한 가지겠지만, ○ 그를 무서운 시기의 불길에서 증오의 권내(圈內)로 구원하여 올리는 것이 더 급한 일이었었다. 한 사람을 한 사람의 증오의 대상물이 되게 하려고 한다 하는 것은 어떻게 보면 잔혹한 일이라 할 수 있지만, 한 귀한 사람을 구원키 위하여 한 변변치 않은 사람을 희생하는 것은 결코 그른 일이 아니라 생각한다. 더구나 ○를 이와 같이 아프게 한 것은 그의 아내 그가 아닌가. 나는 곧 ○에게 편지를 썼다.[16]

여기서 발견되는 나의 태도는 작품을 통해 반복해서 확인된다. 예를 들자면 나는 "그런 변변치 않은 여편네 하나는 죽든 살든 아무 관계없으되, 아까운 재주를 품은 ○뿐은 결코 타락시키고 싶지 않다"고 하는가 하면 ○를 둘러싼 상황을 장기판에 비유하여 어떻게 하면 "저 얄밉고 성가신 '차(車)'와 '마(馬)'를 죽여버리"는가를 고안하기도 한다. 일견 예술, 혹은 절대적 미에 대한 몰입, 탐미적 성향으로도 읽힐 수 있는 나의 이 태도로부터 ○와 나의 관계를 바라보는 김동인의 시선을 읽을 수 있다. 봉순과 ○간의 애정관계란 것이 가변적으로 그려지는 것과 달리, 나와 ○의 관계는 예술과 같은 깊은 결속감으로 연결되어 나타나고 있는 것이다. 무언가 정신적인 심오한 것에 공통적으로 관여하고 있음에서 형성된 유대감, 예술은 그 유대감을 표현하기 위한 하나의 장치로서 작품에서 사용되고 있었다고도 할 수 있다. 그래서 작품 내내 나의 입을 통해 ○의 예술성의 견지가 그처럼 강조됨에도 불구, 작품 서두부를 제외하고는 작품 어디에서도 화가로서의 ○의 집념, 의지를 발견하기 힘든 것이다.

실제로 작품을 통해 볼 때 ○의 변함 없는 애정에도 불구 ○와 봉순의 관계가 봉순의 불륜 혹은 간통으로 인해 파국을 맞고 있다면, 나와 ○의

16) 김동인, 「유서」, 앞의 책, 108면.

관계는 예술을 매개로 형성된 깊은 유대감 속에서 지속되고 있다. 정확히 말하자면 두 사람 간의 정신적, 심적 유대감이 작품에서 의도적으로 강조되고 있다고 할 수 있다. 예를 들자면 나는 ○의 사건으로 인해 불면증과 식욕부진에 빠져들 정도로 ○의 심적 정황에 몰입해 있는가 하면 ○의 분노를 나의 분노와 동일화시켜 수용하기도 하는 것이다. 그 결과 정신성에 기반 한 깊은 결속감, 유대감보다는 자타(自他)의 경계를 상실한 광적 동일시라고 해야 할 그로테스크한 상태가 나와 ○의 관계를 형성하게 된다. 김동인은 왜 이처럼 무리를 하면서까지 남성들 간의 정신적 결속관계를 끌어내려고 했던 것일까. 이는 「유서」의 간통의 모티프는 물론, 김동인의 근대성을 이해함에 있어서도 중요하다. 특히 이와 같은 구도의 등장이 「유서」에서 처음 나타난 것이 아니라, 1919년 발표된 「마음이 옅은 자여」에서 이미 나타나고 있다는 점에서 이에 대한 논의는 필수적이라고 할 수 있다.

「마음이 옅은 자여」의 C형은 애정의 상대 Y의 갑작스런 결혼, 말하자면 배신에 직면한 나의 심적 충격을 위로해주기 위해 서울에서 평양으로 내려오는가 하면 나를 위로하기 위해 금강산으로의 여행을 도모, 함께 금강산으로 떠나기도 한다. "몇 해를 기다리고 바라다가 겨우 얻은 아름다움", '사랑의 꽃'이란 열띤 언급에서도 알 수 있듯 나를 끝없는 환희로 몰아넣었던 Y와의 사랑이란 말할 수 없이 가변적이고 일시적인 것이었지만 C형과의 관계는 이처럼 여전히 변함 없는 형태로 지속되며 나의 인생을 지키는 힘으로서 그려지고 있는 것이다. 「유서」와 동일한 상황이라고 할 수 있다. 「유서」에서 나와 후배 ○를 잇는 끈이 미술이었다면 여기서는 문학으로 바뀌어 있을 뿐이다. 나와 '러브'의 대상 Y, 그리고 나와 '형님'이라고 불리는 선배 C형 이 두 관계에 대한 다음의 나의 언급에 이르면 이 점은 훨씬 명료하게 정리가 된다.

> C와 함께 있는 것은 재미있다. 거기는 정신상의 오락—물론 그와 함께 있을

때는 정신상 압박도 적지 않지만—이 있다. Y와 함께 있는 것도 재미있다—오히려 C보다 더 즐겁다고 할 수가 있다. 그렇지만—아, 쓰기도 싫다.

"너는 Y에게서 무엇을 구하느냐? 정신상 오락보다 오히려 정욕의……"

뉘가 내 귀에 속삭이는 것 같다. 아! 나는 Y에게서 정욕의 만족을 구하지 않았는가?—정신상 즐거움보다도 오히려!

내가 그와 좀 정답게 이야기하게 된 다음에 첫 번 물은 말은(?) "잉태하면……"이 아닌가![17]

여기서는 나와 Y가 '육욕' 즉 '정욕'으로 맺어져 있다면 나와 C는 문학이라는 매개체를 통한 정신적 유대관계로 맺어져 있다는 것, 그 점이 강조되고 있다. 애정을 정신적인 것과 육체적인 것으로 이원화한 후 남성과 여성 간의 애정은 육욕과 같은 하등한 것에 기반, 형성된 것으로서, 남성 간의 애정 즉 우정은 보다 더 고귀하고 심오한 정신적 형태를 통해 형성된 것으로 정의 내리고 있는 것이다. 그래서 「유서」혹은 「마음이 옅은 자여」에서 남성과 여성 간의 애정관계는 길게 지속되지 못한 채 불륜, 배신과 같은 가변적·일시적 형태로 마감되는 반면, 남성들 간의 우정관계는 서로를 번뇌와 절망으로부터 끌어 내어주는 강한 근거가 되고 있는 것이다. 말하자면 정신성=영속성으로 규정, 정신성에 기반 한 영속적 애정이라는 것은 남성들 간의 관계에서만 형성된다는 것, 김동인이 그려내려 한 것은 바로 그 점이었다고 할 수 있다.

이와 같은 김동인의 태도는 그간 주로 논의되어 왔었던 신여성에 대한 김동인의 편협된 시선을 고려할 때 그다지 놀라운 것은 아니다. 예를 들자면 김동인은 처녀작 「약한 자의 슬픔」을 비롯해서 「마음이 옅은 자여」·「김연실전」에 이르기까지 신여성을 한결같이 정신성이 결여된 비인격적 존재로서만 파악하는가하면 「눈을 겨우 뜰 때」처럼 자각, 정신성의 부분을 의외로 기생에게 부여하는 등 여성의 정신성 자체를 부

17) 김동인, 「마음이 옅은 자여」, 『김동인전집』 4, 55면.

인하는 듯한 태도를 작품을 통해 강하게 드러내고 있었던 것이다. 그러나 이성 간의 애정을 하등한 것으로서, 남성 간의 우정을 정신적이고 영속적인 것으로 파악하는 김동인의 이 태도를 단지 김동인 개인의 성향, 혹은 개인사 및 신여성을 바라보는 김동인의 독자적 시선의 결과물로서만 파악하기는 어려울 듯하다. 그보다는 일본의 문학의 자장을 벗어나기 힘들었던 김동인 문학의 한계점, 그리고 일본의 근대와 깊이 연관된 조선의 근대의 한 면모가 여기서는 강하게 읽혀지고 있다. 학문의 세계와 같은 특별한 지적 역량을 필요로 하는 항목은 남성들 간에만 공유될 수 있는 것으로 규정, 이를 기반으로 전개되는 김동인의 「거칠은 터」(1924)의 다음의 언급은 이 점에서 주목할 만하다.

> "자네 여편네의 마음이란 걸 아나?"
> "알잖구."
> "알아? 귀 부시고 듣게. 여편네란 동물은 말이네, 남을 미워하거나 원망하는 것은 일호도 양심의 가책이라는게 없이 할 수 있지만……"
> "있지만?"
> "있지만 나쓰메(夏目)도 이런 말을 했거니와, 자기의 무학 내지 무식한 점을 남에게 발견당한 때같이 분하게 생각할 때가 다시 없다네."[18]

연구에 대해 막상 아내에게는 왜 아무런 설명도 해주지 않았는가를 묻는 친구에게 과학자인 그는 이와 같이 언급한다. 이에 덧붙여 그는 아내에게는 자신의 연구를 이해할 만한 지적 역량이 없다고까지 단언하고 있다. 여기서 잠시 등장하는 나쓰메란 김동인은 물론 이광수·나도향·염상섭 등에게 큰 영향을 끼쳤던 일본 근대문학의 대표적 작가중 한 사람이었던 나쓰메 소세키를 의미한다. 남성만이 정신성을 소유할 수 있는 존재라는 의미를 내포한 이 언급에서 김동인이 나쓰메 소세키를 일부러

18) 김동인, 「거칠은 터」, 『김동인전집』 5, 169면.

끌어와서 인용하고 있음은 쉽게 간과할 수 없다. 특히 겨우 이십대 중반, 그것도 근대문학의 기저가 박약한 조선에서 이광수와 더불어 근대 문학의 영역을 이제 막 개척하기 시작했던 식민지 조선의 청년 김동인이 자신의 독특한 세계관을 표명하기 위해 나쓰메 소세키를 끌어왔다는 것은 이들 양자 간의 깊은 연관관계를 감지케 하는 것이다.

실제로 '선생님'으로 일컬어지는 한 남성과 그를 존경하고 흠모하는 나, 이 두 명의 남성을 중심으로 전개되는 『마음』(1914)의 구도와 의식은 「유서」와 「마음이 옅은 자여」의 구도 및 의식과 상당히 흡사하다. 『마음』을 이루는 중심의식, "'연애' 혹은 여성에 관한 담론을 '정신'의 추구에 반한 것으로 생각한 메이지 시대 '남성 공동체'의, 여성을 배제한 '정신' 중심사고"[19]로의 복귀는 왜 김동인이 「마음이 옅은 자여」·「유서」 그리고 「거칠은 터」와 같은 작품에서 갑작스레 남성들 간의 세계를 그처럼 중요시했는가를 다소간 설명해준다. '선생님'이 자신의 죄에 대해 그처럼 사랑한 아내를 두고 '나'에게 고백한 것이라든가, 나가 '선생님'에게 그처럼 이끌렸던 것과 같은 『마음』에 등장하는 남성들 간의 긴밀한 정신적 유대로부터 자신의 불륜의 애정을 선배 C에게 불현듯 '고백'하는가 하면, 남성만을 유일한 지적 교류의 대상으로 선정했던 김동인 작품들의 구도가 어렵지 않게 읽혀지고 있는 것이다.

그러나 나츠메 소세키의 작품에 나타난, 남성과 정신성 간의 연결이 메이지 정신의 확립을 근간으로 한 근대 성립기 일본의 상황으로부터 비롯되었다면 김동인 작품에 나타난 남성과 정신성의 연결에는 그와 같은 역사적 정신적 근거를 찾을 수가 없다. 나쓰메 소세키가 일본적 근대 성립의 동인이며 근원으로서 설정한 메이지와 같은 하나의 이상적 시대가 자력(自力)으로 근대를 성립시키지 못했던 식민지 조선의 청년 김동인에게는 있을 리가 없었던 것이다. 그것은 김동인 개인적 역량의 문제였다

19) 박유하, 「나쓰메 소세키와 근대 일본」, 『마음』, 웅진지식하우스, 2005, 321면.

기보다는 주체적으로 근대를 수용할 수 있었던 측과 그 근대를 모방해낼 수밖에 없었던 측간의 간극·거리로부터 발생된 것이었다.

실연의 상처 속에서 C형과 금강산으로 들어가 웅대한 자연을 유람하던 중 갑작스레 고향으로 데려달라고 히스테리컬하게 울부짖는 「마음이 옅은 자여」의 나, ○의 예술성의 견지를 운운하며 마침내는 이유도 없이 ○의 아내의 교살이라는 극단적 폭력을 취해버리는 「유서」의 나, 성숙함은 물론 안정된 내면의 흔적을 찾기 힘든 이들 인물들의 모습이야말로 조선이 수용한 근대의 실체였다고 할 수 있다. 이에 근거할 때 「유서」의 간통의 모티프야말로 일정한 시대적 근거 없이 갑작스레 설정된 '남성'들 간의 '정신'적 유대감이라는 「유서」의 의식, 혹은 김동인이 수용한 근대가 배출해낸 가장 그로테스크한 결과였다고 할 수 있다.

5. 결론

그렇다면 김동인이 대면한 근대, 김동인이 달성한 근대문학의 성과란 무엇이었던가. 이제 다시 이 물음으로 돌아오지 않을 수 없다. 「유서」에서 나타난, 근거가 불명확한 교살이라든가, 분노, 자타 간의 경계 상실과 같은 인물들의 불안정한 면모는 이미 신소설의 여러 인물들에게서 공통적으로 발견된 것이었기 때문이다. 홧김에 사람을 죽여버린다든시, 분노로 죽음을 결심한다든지, 풍문을 쉽게 진실로 받아들인다든지 등 '내면'이 성립되지 않은 신소설의 인물들의 면모가 김동인의 작품들에서도 환경만 변화시킨 채 여전히, 변함없이 지속되고 있는 것이다. 자존심이 잠시 상해서 홧김에 유서를 쓰고 죽어버리는 김동인의 또 다른 단편 「X氏」에서 드러난(1925) 자기절제의 상실, 관념의 기묘한 변형으로 이루어진 이 인물들에 대해 '자아' '내면' '근대성'과 같은 용어를 연결시키기 어려운 것은 당연한 일일 것이다.

'내면'이 성립되지 않은 인간, 이것이 김동인 문학만의 개별적 특성은 아니었던 듯하다. 이광수의 작품들에서도 나도향의 작품들에서도 염상섭의 작품들에서도 이와 같은 유형의 인물들은 동일하게 발견된다. 예를 들자면 사랑을 약속했다가 곧 번복해버리는가 하면 '주의(主義)'나 '관념'에 쉽게 경도되었다가는 곧 자신의 신념을 배신하는 등 끊임없이 자신의 행위와 의지를 철회·번복시켜 가는 히스테리컬하고도 불안정한 면모들이 근대문학 성립기의 작품들의 인물들에게서 지속적으로 나타나는 것이다. 이들 인물들의 불안정함, 가벼움이 한국 근대의 성립과정을 채운 전부였다고 한다면 지나친 우려인 것일까.

제3장

관념으로서의 역사, 관념으로서의 근대

김동인의 「붉은산」과 만보산사건의 수용을 중심으로

1. 서론

김동인의 소설은 살인 · 불륜과 같은 비일상적 요소로 이루어져 있다. 이와 같은 문제점은 이미 많은 논자에 의해서 지적 · 비판되어 온 것으로, 김동인이 주된 작품활동을 한 것이 일제지배하이며, 그 시대의 조선적인 현실을 고려하면 이러한 지적은 어느 정도 본질에 가깝다고 할 수 있다. 그러나 일반적 논의들에서 지적되듯 김동인이 시대적인 현실에 완전히 무관심할 수 있었던가 하면 반드시 그렇다고는 할 수 없는 일면이 있다. 그리한 일례를 보여수는 것으로서 「붉은산」이 있다.

「붉은산」은 「감자」 · 「배따라기」 등 김동인의 다른 대표적 단편들과 비교할 때 작품의 구성력과 문체의 세련도 측면에서 높은 평가를 받지 못하고 있는 작품이다. 그 때문인지 이 작품은 다수의 김동인 연구 논저에서 별달리 논하여지지 않고 있을 뿐 아니라 당연히 연구자들에 의해서도 거의 주목되어진 적이 없었다. 그럼에도 불구하고 「붉은산」은 한국 근대 단편소설의 선구자라고 불리는 김동인의 문학을 대표하는 작품으로서, 그의 수려한 대표작들을 제치고 해방후 한국 중등교과서에 수록된다. 중학교 국어교사용 지도서를 참조하면 "우리 민족의 마음 속에는 민족 고유의 애국심이 있다"[1]는 것을 이 작품의 주제로 설정시켜두고 있다. 더불어 이어지는 감상의 항목에서도 조국애와 민족의식[2]의 고취를 주안점으로 제시하고 있다. 이상에서 알 수 있듯 1970~80년대를 거치면서 「붉은산」은 반일의식의 대표적 작품으로, 조국애를 고취시켜줄 만한 교훈적 작품으로 평가되어 왔으며, 이 점에 의지하여 중학교 교과서에 수록될 수가 있었던 것이다.

그러나 중학교 국어교사용 지도서에 나타난 이와 같은 평가는 정당한 것일까. 이 작품이 창작된 1932년의 시대적인 상황을 고려하면 한국 중등교과서의 평가에는 상당한 의문을 품게 된다. 이하 본고에서는 「붉은산」의 창작시기인 1930년대의 시대상황과 동시대의 문학을 분석함으로써 이 작품의 새로운 일면을 고찰하려고 한다.

2. 만보산사건의 문학적 수용

일제하 만주이민사는 1931년 발생한 만보산사건의 고찰을 통하여 그 윤곽을 다소간 파악할 수 있다. 만보산사건은 1931년 칠월 초, 중국 동북지방 장춘의 북방 만보산에서 조선인 입식(入植)에 의한 중국농민과의 분규가 일·중 양국 경찰의 발포사건으로 연결되고 다시 조선에서 대

1) 한국교육개발원 편, 『중학교 국어 교사용 지도서』 2-1, 대한교과서주식회사, 1984, 74면.
2) 위의 책, 74면.

규모적인 척화폭동을 야기한 사건[3]이다. 일본·중국·조선의 이해관계가 서로 엇갈려 발생한 이 사건을 이해하기 위해 먼저 간단하게나마 고찰되어야 할 부분이 만주이민사이다.

조선인의 만주이주가 본격적으로 시작된 것은 1895년 간도에 인접한 함경도 주민들의 간도 개간에서부터 시작된다.[4] 원래 국경지대의 주민들이나 민족운동가 등 특별한 연원을 지닌 사람에 한정되어 행해지던 조선인의 만주이주는 한일합방을 거치면서 전국으로 확산되어 1925년부터는 그 수가 급격하게 증가된다. 조선인의 만주이주와 한일합방 간의 이와 같은 긴밀한 시기적 연관성은 양자 간의 밀접한 인과관계를 충분히 예측케 한다. 한일합방과 더불어 그 식민지정책의 일환으로서 1910년 동양척식회사가 설립되고 일본정부의 지원과 비호 속에서 일본인들이 대거 조선으로 이주해 들어오기 시작한다. 이 일본이민의 문제는 총독부의 토지조사령과 긴밀하게 관련해 있었고, 이 제도들에 의해서 전통적인 조선경제는 붕괴한다. "콩기름 등으로 등불을 켜고 있었지만 어느 틈엔가 석유를 사고 짚신이 고무신으로 바뀌고 집에서 짜던 천도 읍내에서 돈을 지불해서 사"[5]게 되는 등과 같은 자본주의의 급속한 침투와 일본 이민의 진출에 의해서 조선 경제는 몰락하고, 그 결과 조선농민은 중국의 동북지방으로 쫓겨가게 된다. 이 기묘한 민족의 교체과정은 조선인의 만주 이주가 활발하게 진행되던 1932년 발표된 장혁주의 『쫓겨나는 사람들』에서 상세하게 묘사되고 있다.

> 그 다음해 봄 창동이는 가재도구를 팔아 치우고 북간도로 간다고 말하고 마을을 떠나갔던 것이다. 창동이네 위에도 두세집이 있었다. 그들은 망자(亡者)와같이 쇠약한 몸을 끌고 마을에서 모습을 감추었다. 떠나간 후에는 집을 없애고 그 곳을 밭으로 바꾸었다. 그 대신에 상암동 마을의 전방 언덕 기슭에 무언

---

3) 『國史大事典』, 國史大事典編輯委員會, 吉川弘文館, 1992, 62면.
4) 박영석, 『만보산사건연구』, 아세아문화사, 1978, 19면.
5) 張赫宙, 「追われる人々」, 『改造』, 1931.10, 71면.

가 이상한 농가가 두세채 생겨났다. 그 집들은 이 곳 농가의 짚으로 이은 지붕과 달리 보리짚으로 지붕을 만들어 있었다.

"왜인이 왔어."

"창동이들의 논을 경작하고 있어."

마을의 사람들이 서로 이야기했다.

마을을 떠난 자들의 소작지는 그들 검은 옷을 입은 알 수 없는 농민들에 의해서 경작되어졌다. 얼굴을 수건으로 푹 싸서 청색 속옷을 입고 기모노의 뒷자락을 젖히고 서서 일했다. (…伏字…) 창동이네가 마을을 쫓겨났듯이 그들도 자신들의 고향을×××(쫓겨난, 筆者注) 농민이었다.

새로온 농민과는 전혀 교섭이 없었다. 기모노의 농민이 심어질 때마다 백의의 농민이 간도로 흘러갔다.[6]

밀려오는 일본인과 쫓겨가는 조선인 양자 간의 교체과정의 고찰은 만주이민의 제 문제들이 현실화된 만보산사건을 파악하는 데 중요한 기반이 된다. 앞서 언급했듯 만보산사건은 1931년 7월 3일 중국 동북지방 장춘 북방의 만보산에서 일어난 조선인 입식에 의한 중국농민과의 분규가 일본·중국 경찰의 발포로까지 확대된 사건이다. 1931년 4월 조선인 약 200명이 중국지주와 10년의 차지계약을 맺고 만보산의 황지에 입식했지만 파종을 앞두고 수전경영을 위한 용수로 개굴(開掘), 이통하(伊通河)에의 연결을 둘러싸고 주변의 중국인 농민과 대립함에 다다르게 된다. 이에 일지공동조사위원회(日支共同調査委員會)가 성립되어 조사에 들어가지만 별반 성과를 얻지 못한다. 7월 1일과 2일 중국인 농민 수백 명은 실력을 행사해서 용수로를 파괴하기에 이르고, 이는 경계하고 있던 중국측 군경찰대와 일본의 영사관경찰 간 발포사건으로 이어지게 된다. 일본측에서 군대의 현지 보호까지 각오할 정도로 위태롭게 치달았던 이 사건은 그 자체로는 별다른 인명피해 없이 마감되지만 조선내부에서는 대규모적인 반중(反中)폭동을 야기하게 된다.

6) 위의 글, 위의 책, 124면.

만보산사건 발생 직후인 7월 3일 인천에서의 천여 명에 달하는 시위대의 운집을 시작으로 수원・원산을 거쳐서 전국적으로 급격하게 확산되기 시작한 척화의 감정은 7월 6일의 평양에 이르러 최고조에 달하게 된다. 3천 명의 군중의 중국인 수용소 습격, 그에 따른 경찰대의 발포로 이어지는 이 대규모적인 폭동은 중국인 피살자 82명, 부상자 229명, 그리고 발포로 인한 조선인 사자(死者) 8명이라는 참담한 결과를 낳는다. 폭동은 신의주 안동으로까지 확산된 후 7월 10일을 기점으로 진정국면에 들어서기 시작하지만 이로 인해 재만 조선인들에 대한 중국측의 압박이 다시 맹렬해졌음은 말할 필요가 없다. 결과적으로 만보산사건 자체에 대한 객관적 검증 없이 일단의 유언비어에 의해서 야기되었던 조선내의 폭동은 재만 조선인들의 입지의 악화 이외에는 아무런 해결도 없이 마감된다.[7)]

조(朝)・중(中) 농민 간의 사소한 충돌에 지나지 않는 듯한 이 사건이 이처럼 크게 확대된 것은, 일본과 조선의 언론의 자극적인 조장에 의한 것도 있지만 그보다는 조선인이민에 대한 식민지의 제도라는, 보다 본질적인 문제에서 유래하고 있었다. 그 점을, 평양사건 발발 하루 전인 1931년 7월 5일, 평양의 급박한 분위기를 감지, 대련(大連)에서 서둘러 평양에 도착한 일본 프로문학의 대표적 작가인 나카니시 에이노스케[中西伊之助]의 「만주를 표박하는 조선인」에서 읽을 수 있다. 나카니시 에이노스케는 이 글에서 재만 조선인에 대한 중국측의 박해의 원인으로서 재만 조선인의 귀화 문제를 거론하고 있다. 그는 이어 발표한 『만보산사건과 선농』(『中央公論』, 1931.8)에서도 역시 이 문제를 지적하고 있다. 19세기 중반부터 본격적으로 시작된 조선인의 만주이주는 한일합방을 기점으로 대규모적으로 이루어지기 시작하며[8)] 중국 당국으로부터 민감

7) 본문 중의 만보산사건의 경과에 대한 기술은 주로 『조선일보』 1931년 7월 3일부터 7월 5일까지의 기사를 참조.

8) 19세기 후반까지는 쇄국정책에 의해서 간도개간이 엄격하게 통제되었지만 1883년 西

한 시선을 받게 되는 것도 바로 이 시기부터이다. 이와 같은 중국측의 태도 변화의 원인은 앞서 나카니시 에이노스케가 언급했던 재만 조선인의 귀화문제, 즉 이중국적문제에서 그 원인을 찾을 수 있다. "구한국(舊韓國)의 국적법(國籍法)에는, 외국민은 외국에 이주함에 있어서 국적을 상실시키지 않는다고 되어 있고 그것이 그대로 일본제국의 법률로 되고 있"[9]는 것이다. 그러므로 조선인의 경우 만주에서의 그들의 권익보호를 위해 "중국에 완전하게 귀화하려고 해도 조선의, 즉 일본의 국적에서 이탈할 수가 없었다."[10] 조선인의 이중국적이 중국측의 경계를 불러일으킨 것은 "만주이주의 선농(鮮農)이 완전히 중국에 귀화해버리면 토지의 소유권도 확인"[11]된다는 나카니시 에이노스케의 언급에서도 나타나듯 이중국적문제가 바로 토지소유권의 문제 즉, 영토의 문제와 연결되기 때문이다. 요컨대 중국측에서 볼 때는 만주 내 조선농민들은 모두 일본 국적을 지니고 있는 일본국민이며 그 때문에 "조선인이 이중국적을 갖는 것은 침략행동"[12]이라고 밖에 보여질 수가 없었던 것이다.

이와 같은 문제는 만보산사건 발생 그 해 11월, 당시의 급박한 현안으로 대두된 재만 조선인의 권익과 보호를 위해서 『동아일보』가 길림성의 성장대리(省長代理)와 가진 회견에서도 확인되고 있다. 이 회견에서 중국측은 재만 조선인 권익의 보호를 반복해서 약속하고 있기는 하지만 그 전제조건으로서 재만 조선인의 중국국적 취득을 강력하게 요구[13]하고 있다.

北經路使 魚允中의 건의에 의해서[越江罪人不可盡殺] 처벌을 중지하고 地券을 발포해서 법정주민이 되도록 했다고 한다. 그 후 중국정부는 간도지역에 한하지 않고 자국의 이익을 위해서 미개간지개간과 稻作에 뛰어난 조선인을 우선적으로 받아들인다. 또 淸의 吉林省에서는 越江流民에게 중국의 籍을 주었다고 한다(박영석, 앞의 책, 8면).

9) 中西伊之助, 「滿洲に漂迫する朝鮮人」, 『改造』, 1931.8, 176면.

10) 위의 책, 176면.

11) 위의 책, 176면.

12) 『조선일보』, 1931.7.19, 2면

13) 이 회견은 길림성 주재 조선인 박해에 대한 중국의 사과의 형식을 띠고 있기는 하나 내용은 줄곧 길림성 주재 조선 동포의 중국 국적 취득 문제에 대한 길림성의 입장을 밝히는 것으로 이어지고 있다. 조선인의 만주 이주를 일본의 만주 침략의 첨병으로 간

이에 근거해서 볼 때 만주로 세력을 확장해가려는 일본과 그 세력을 필사적으로 저지하려는 중국과의 격렬한 세력다툼의 계기가 된 것이 재만 조선인의 문제이며 그 싸움이 현실화되어 나타난 것이 만보산사건이었다고 할 수 있다. 1931년 10월 발표된 이토 에이노스케[伊藤永之介]의 소설 「만보산」에서 작자가, 조선 농민과 중국 농민의 충돌의 배후 세력으로서 중국 관헌, 즉 정부를 지적하고 있는 것도 이러한 이유 때문이라고 할 수 있다.

> 저녁 무렵 가까이 만보산 쪽에서 일단의 검은 덩어리가 광야를 움직여 왔다. 차차 그것이 지나농민의 무리인 것을 알았다. 백명가량 되는 것으로 끊임없이 연결되어 있었다.
>
> 수로 개간 때문에 다소의 피해가 있는 상류방면의 농민이 대단히 격앙해서 습격해올 것이라고 하는 소문이 지난 밤부터 있었다. 堰止의 상류는 雨季가 되면 홍수에 잠기고 또 연안의 논밭은 수문의 완성과 동시에 침수한다고 하는, 지나관헌의 과대한 선동적 선전이 크게 먹혀들어갔기 때문이다. 사실은 불과 일천지 뿐의 水田이 침수되는 뿐이었지만. ……14)

조선인들의 개간지 포기로 일단락된 만보산사건은 한일합방과 더불어 본격적으로 진행되었던 만주이민사를 응축시켜준 사건이었다고 할 수 있다. 그 사건은 "고향을 쫓겨나서 국경을 방황하고 끝이 없는 만주의 광야를 목적도 없이 걸어왔"던 재만 조선인들에게는 단지 그 유랑이 "다시 시작되었다"15)는 것을 의미하는 것이었다. 그 유랑의 기저가 된 것이 일본의 만주 진출에의 의지였고 그 의지의 현실적인 표출이 만보산사건 두 달 후 발발된 만주사변이었다. 김동인의 「붉은산」은 바로 이러한 시대의 배경 속에서 창작되었다.

주하고 조선과 중국의 모든 분쟁의 해결은 조선 동포의 중국 국적 취득에 있다고 언급하고 있다고 언급하는 길림성의 입장은 곧 중국의 입장을 대변하는 것이라고도 할 수 있다. 『동아일보』, 1931.11.29, 2면.

14) 伊藤永之介, 「萬寶山」, 『改造』, 1931.10, 146면.

15) 위의 책, 149면.

3. 「붉은산」과 만주

「붉은산」은 1932년 4월 『삼천리』에 발표된 작품이다. 화자 「나」의 입을 통해 서술되고 있는 이 소설의 내용은 다음과 같다. 의사로서 풍토병을 조사하기 위해서 만주를 여행하고 있던 「나」는 어느 조선인 집성촌에 도착하여 그곳에서 삵이라는 별명의 인물을 우연히 만난다. 삵은 싸움과 폭력을 일삼는 일종의 '암종(癌腫)'과 같은 존재로, 마을의 조선인들이 대단히 두려워하고 있었다. 그러던 어느 날, 소출을 바치기 위해서 중국인 지주에게 갔던 마을사람이 심하게 구타당하여 시체가 되어 돌아오고 소작 문제 때문에 마을 사람 누구 하나 항의하지 못한다. 다음날 삵이 거의 죽음 직전에 간 채 돌아오고 그의 입을 통하여 사람들은 그가 중국인 지주에게 항의하러 갔었음을 알게 된다. 죽어가는 삵의 입에서 붉은산이 보고 싶다는 말이 나오고 사람들은 그를 위하여 애국가를 부른다. 그 노래 속에서 삵은 죽는다.

이상의 내용에서 보여지듯 「붉은산」에서는 「나」의 시선에 의해서, 만주를 떠도는 부랑자인 삵의 모습이 그려지고 있다. 그리고 이러한 시선의 설정에 의해서 재만 조선인의 현실적인 문제가 부조(浮彫)되고 있는 구조이다. 그러나 작품의 줄거리를 통하여 나타나는 「나」의 역할은 아주 미미하다. 작품 서두부에 소개되고 있는, 만주의 풍습과 풍토병 관찰을 위해 일년 기한으로 만주를 여행하는 의사라는 것이 작품에 나타나는 「나」에 대한 모든 기술이다. 그 기술도 삵의 삶을 이야기하기 위해서 주어진 것이다. 그러나 「나」란 인물의 이 사소한 이력은 「붉은산」의 이해에 있어서 중요한 요소가 되고 있다. 이 인물의 이력에 대한 고찰은 1905년부터 시작된 만주이민사에서 이 작품이 어떤 공간과 시간을 배경으로 쓰여졌는가를 조금은 예측케 해준다.

만보산사건과 평양사건을 계기로 극심해진 재만 조선인에 대한 중국측의 박해는 만주사변에 이르러 한층 심화된다. 특히 만주사변 후 재만 조선인들에 대한 패잔 중국병사들의 약탈·방화·폭행·학살은 심각한 것이어서 피해 지역 마다 피난동포임시구제회가 설치되고 대련 봉천 간의 재만 조선인 대회라든가 동경의 학살 조선인 추도회가 열리게 된다. 재만 조선인 문제에 대해 지속적 관심을 보여 왔던 나카니시 에이노스케가 1931년 10월 7일 직접 대련을 거쳐 학살이 심각하게 자행되고 있던 중국 동북지방으로 들어가서 학살의 실태를 조사한 후 발표한 「참담하다! 재만조선동포」는 이 참상의 실태를 생생하게 묘사해주고 있다. 그 글을 중심으로 살펴보면 학살은 "봉천을 중심으로 하는 철령, 무순, 청원, 개원 등의 지방"[16]에서 행해지고, 그 중에서도 탈출한 중국병사들 대다수의 탈주로였던 무순이 가장 심했다고 한다. 나카니시 에이노스케에 의해 '城을 청소한다'로 표현되고 있는 이 학살극에서 학살되어진 것은 조선인 뿐으로 어떤 마을의 경우는 100명 이상의 주민 모두가 학살된 경우도 있었다는 것이다. 이 참담한 학살극은 조선과 일본 내부에서 대단한 분노와 많은 관심을 불러 일으켰었으며 그 결과 많은 지식인들이 참상의 실태조사를 위해 동북지방으로의 오지시찰을 원하게 된다. 나카니시 에이노스케도 그 중의 하나였던 것이다.

이상을 중심으로 살펴볼 때 「붉은산」의 나의 여행의 성격을 유추할 수 있다. 만주 사변 발발 이후의 만주 내 조선인 집단 거주 지역으로의 여행은 나카니시 에이노스케의 말을 빌자면 "군인이든가 경찰관과 같은 수십 명의 사람들이 무장해서 가지 않으면 극히 위험"[17]했다고 한다. 이처럼 생명을 담보로 여행을 해야 했던 시기에 유람의 분위기를 풍기기조차하는 풍습 연구를 위한 만주 여행이란 것은 현실적으로 실현 불가능한 것이었다. 그렇다면 풍습연구라는 나의 여행은 어떻게 읽혀져야 하는 것

---

16) 中西伊之助, 「慘だり!在滿朝鮮同胞」, 『改造』, 1931.12.

17) 위의 글, 위의 책, 247면.

일까. 그에 대한 답이 될 수 있는 것이 앞서 살펴보았던 나카니시 에이노스케와 같은 사람들의 학살 실태 조사를 위한 여행이다. 환언하자면 「붉은산」의 나의 여행은 재만 조선인 학살사건이 사회적, 정치적인 문제로 대두되면서 대내외적으로 활발하게 진행되었던 사건 실태 조사를 위한 여러 움직임과 동궤에 있었다고 할 수 있다. 그러나 「붉은산」을 통하여 김동인이 인식한 1930년대의 만주는 나카니시 에이노스케와 같은 사람들이 인식했던 만주와는 이질적인 공간이었다. 그 부분의 이해에 있어 먼저 고찰되어야 할 것이 작품의 갈등의 중심인물인 삵, 즉 마을의 암종으로 취급되고 있는 정익호의 이력이다.

> 익호라는 인물의 고향이 어듸인지는 ××촌의 아모도 아는사람이 업섯다. 사투리로 보아서 경긔사투리인듯 하지만 바른말로 죄사그리는 때에는 령남사트리가 보일때도 잇고 싸홈이라도 할때에는 서북사투리가 보일때도 잇섯다. 그런지라 사트리로서 그의 고향을 짐작할수가 업섯다. 쉬운 일본말도 알고 한문글자도 좀 알고 중국말은 물론 꽤하고 쉬운 러시아말도 할줄아는점 등등 이곳저곳 숫하게 주서먹은것은 짐작이 가지만 그의 경력을 똑똑이 아는사람은 업섯다.[18]

길게 묘사된 삵의 이력은 유랑이라는 한마디로 압축된다. 「표박하는 조선인」이란 나카니시 에이노스케의 표현에서도 나타나는 것처럼 식민지 조선인의 삶을 서술함에 있어서 유랑의 이미지는 필수적인 것이었다. 표면적으로 드러나는 삶의 형식은 사정과 상황에 따라서 제각기 다르다고는 해도 실제로 삵을 비롯해서 부락의 조선인들, 의사인 「나」에 이르기까지 「붉은산」에 등장하는 모든 조선인들은 유랑이라는 공통점을 지니고 있다. 그러나 여기서 쉽게 제기될 수 있는 의문이 의사인 「나」라든가 마을 사람들의 유랑은 유랑의 역사적인 의미망 속에 포함시킬 수 있

18) 김동인, 「붉은산」, 『삼천리』, 1932.4, 644면.

지만 떠돌이 부랑자인 삵의 삶까지 동궤에 포함시킬 수 있느냐 하는 점이다. 솔직히 유랑이란 점에서는 동일하다고 하더라도 '투전이 일수며 싸홈 잘하고 트집 잘 잡고 칼부림 잘하고 색시들에게 덤비어들기 잘'해서 같은 조선인들 사이에서 암종과 같이 느껴지는 삵의 유랑을 정직하고 성실한 부락 농민들의 유랑과 동일한 지점에 위치시키기에는 많은 문제가 있다고 할 수 있다. 더욱이 이 작품에서처럼 양자가 가해자와 피해자의 상반된 입장에 있음에는 이 문제가 더 심각하게 대두될 수가 있는 것이다.

이 점에 유념하면서 「붉은산」의 작품을 살펴보았을 때 삵이란 인물에게서는 물론 마을의 다른 조선인들에게서도 만보산사건을 시작으로 만주 사변후의 대학살에 이르기까지의 재만 조선인의 현실적 상황을 읽을 수 있는 별다른 근거를 찾아내기가 어렵다. 삵은 쓸데없이 싸움이나 하며 마을 사람들을 괴롭히고 마을 사람들은 그냥 그의 행패를 참고 받아준다. 삵이 어떤 힘에 근거하여 그렇게 끊임없이 마을 사람들을 괴롭힐 수 있었는지 그리고 마을 사람들이 어떤 이유 때문에 삵에게 그렇게 괴롭힘을 당하면서도 참아낼 수밖에 없었는지 이 기이한 지배와 굴종의 근거가 시대적 현실 속에서 설명되지 않고 있다. 그 결과 삵의 유랑은 그 개인의 이력으로 그리고 그의 악행은 단지 개인적 인성의 결함으로 끝나버린다. 이 기이한 지배와 굴종의 관계는 중국인 지주와 조선 소작농들 사이에도 일어나고 있다. 소출을 바치러 간 송첨지란 인물이 중국인 지주에게 맞아 죽어 시체가 되어 돌아오지만 조선인 소작인들은 아무런 항의도 하지 못한다. 만주이민사를 이해함에 있어서 토지소작권문제의 고찰은 필수적인 요소임에도 작품에서는 줄거리 전개를 위한 보조의 역할 이상, 이 부분에 대한 깊이 있는 고찰 따위는 행해지고 있지 않다. 이와 같은 「붉은산」의 문제점은 재만 조선인간의 갈등을 다룬 안수길의 「원각촌」과의 비교를 통해서 훨씬 쉽게 파악될 수 있다.

「원각촌」의 갈등의 중심을 이루는 것, 역시 원각촌의 '암종'이라 불리는 한익상이란 인물이다. 「원각촌」의 한익상이란 인물은 "한번 얼신하면 무슨 벼락이든 하나식은 생"기는 이 마을의 '암종'이다. "주민들은 그를 벌러지만도 못한 인간으로 역이였지만 그를 미우고는 하로도 안온히 살수업섯고 그한테 속는줄 알면서도 청하는 돈푼을 내여 주지 않을 수없"는 입장에 있다. 강탈하기만 하는 한익상과 굴종하기만 하는 주민들의 이 기묘한 관계를 작가는 시대적 현실과 결합시켜 작품 속에서 묘사해간다. 작품내용에 의하면 부조(父祖)시대부터 만주로 들어와 중국국적을 지니고 있는 한익상은 만주 여자와 결혼해 있으며 만주의 사정에 밝고 말에 능통하다. 이 내력은 그가 마을 사람들에게 온갖 악행을 자행할 수 있는 중요한 기반이 된다. 그것을 역사적으로 뒷받침하는 것이, 토지상조권문제에 대하여 북경정부로부터 동삼성의 각 성장(省長)과 도윤(道尹), 각 현지사(縣知事)에게 전달된 「재만한인구축비밀지령(在滿韓人驅逐秘密指令)」이다. 이 문서에는 "차주(借主)는 중국인상점 또는 지방에 거주하며 귀화한 후 삼년을 경과한 한국인을 보증인으로 계약할 것과 중국인 지주가 비밀리에 토지를 한국인에게 임대하여 담보 매각하는 것을 발견하는 경우에는 국토도매죄(國土盜賣罪)로 처벌할 것과 지주는 한국인에게 토지임대 후 감사의 책임을 차주에게 준다"[19]라는 부분이 있는데 이 부분이 한익상의 권력의 밑받침이 되고 있다고 할 수 있다. 실제로 한익상은 이 부분에 의지하여 원각촌 사람들의 토지 매입시 중국국적을 갖지 못한 그들을 대신하여 매입주가 되고 조세 결정에 결정적인 역할을 하는 작량(作量) 보고자가 된다. 결국 한익상의 힘은 그가 취득한 중국 국적에서 나온 것이며 더 근원적으로는 일본의 영토 확장의지와 그에 대한 중국의 필사적인 저지, 이 양 세력의 충돌에 의지한 것이었다고 할 수 있다. 이로써 「원각촌」의 암종 한익상의 삶은 시대적 현실과 연결되고 동시에 만주까지 밀려온 원각촌 주민들의 유랑

19) 『동아일보』, 1927.12.22, 3면

의 삶 역시 유랑의 역사적 의미를 대변하게 된다.

「원각촌」의 암종 한익상에 대한 이상의 고찰은 「붉은산」의 암종 정익호의 삶을 역사적 현실 속에서 다시 재조합해줄 뿐 아니라 「붉은산」이 간과한 시대적 현실까지도 재조합해주고 있다. 가령 한익상의 권력의 근원이자 원각촌 주민들의 굴종의 원인이었던 국적과 토지상조권의 관계는 삵과 마을 사람들의 관계 뿐 만이 아니라 중국인 지주에 대한 조선인 소작인들의 이해불가능한 굴종의 근원을 설명해준다. 결국 「붉은산」은 조선인의 귀화문제, 토지상조권관계 등 모든 현실적 문제를 간과함으로써 만보산사건, 만주 사변직후인 1933년이란 발표연도에도 불구하고 재만 조선인의 삶을 정확하게 포착해내지 못하게 된다. 이상의 비판을 염두에 두면서 다시 「붉은산」으로 돌아갔을 때 그곳에서 발견되는 것은 만주이민사의 뿌리를 단지 중국과 조선의 대립 관계 속에서 발견하려고하는 김동인의 단선적 시각이다.

이 단선적 시각은 1925년에 발표된 대표작 「감자」에서 이미 나타나고 있다. 중국인 왕서방과 조선인 복녀의 대립구도로 전개되는 「감자」에서 중국인 왕서방은 복녀를 죽음으로 이끄는 무지하면서도 악랄한 가해자 역할로 설정되어 있다. 가해자로서의 중국인과 피해자로서의 조선인이라는 「감자」의 대립구도는 1934년에 발표된 장편 『수평선 너머로』의 경우 스쳐지나가는 대화를 통하여 잠시 나타나고 있다. 이와 같은 「감자」의 대립구도가 그대로 1930년의 만주로 옮겨졌을 때 바로 삵을 주인공으로 한 「붉은산」이 생겨나고 있다. 이 논리에 근거했을 때 「붉은산」의 배경은 반드시 만주가 아니어도 별반 상관이 없었다고 할 수 있다. 왜냐하면 김동인이 본 것은 만주의 역사적 현실이 아니라 바로 중국과 조선의 대립이라는 자신의 관념이었기 때문이다. 그리고 이 관념은 만보산사건 직후 조선내 지나인 학살의 대폭동을 일으켰던 평양인의 그것과 별반 다른 것이 없었던 것이다. 더불어 결코 간과할 수 없는 것은 김동인 자신 역시 "안중근을 비롯해서 많은 자객을 배출했던 다혈성의 평양인"[20] 중의 한 사람, 곧 뿌리 깊은 평양인 이었다는 점이다.

이상에서 살펴보았듯, 「붉은산」은 김동인 자신의 관념에 의해서 형성되어진 것으로 당연히, 만주이민의 문제의 배후에 있는 일본의 만주진출에 대한 인식 등은 전혀 발견할 수가 없다. 그 결과 「붉은산」은, 중국인지주가 조선인 소작인을 일방적으로 착취하는 대립구도의 이미지로서 전형화 되어 있던 당시의 일본제국의 시선과 그다지 거리를 지닐 수 없게 된다. 이 부분에 대해서는 「붉은산」의 일본어 번역이 실려 있는 신건(申建) 번역의 『조선대표소설집(朝鮮代表小說集)』(教材社, 1940)에 대한 고찰 역시 중요한 근거가 될 수 있다.

4. 조선문학의 일본적인 수용

전시기(戰時期)인 1940년대를 전후하여 다수의 조선문학의 번역집이 출판되고 또 일부의 문예지가 조선문학 특집호를 내기도 하는 등 일본 내부에서 조선문학에 대한 관심이 급증하기 시작한다. 예를 들면 『조선문학선집』 3권(赤塚書房, 1940), 『조선대표소설집』(申建 譯 教材社, 1940), 이광수, 『가실』(モダン日本社, 1940)이 번역・출판되고 『문학안내』(1937.2), 『문예』(1940.7)에서는 「조선문학특집」이 기획되기도 하고 『개조』에는 「조선문학통신」이라는 조선문학 고정소개란이 설치되기도 한다. 김사량의 「빛 속으로」(『文藝首都』, 1939.10)가 아쿠타가와 상의 후보에 올랐던 것도 바로 이 시기이다.[21]

---

20) 中西伊之助, 「滿洲に 漂迫する 朝鮮人」, 앞의 책, 173면.

21) 이들 문제에 관해서는 박춘일(朴春日)의 『增補近代日本文學に おける 朝鮮像』, 未來社, 1985; 梶井陟, 「現代朝鮮文學への 日本人の 對應」, 『富山大學人文學部紀要』 6号, 1982에 상세하게 밝혀져 있다.

『조선일보』·『동아일보』 폐간(1940.8), 조선어 문예지 『문장』·『인문평론』 폐간, 일본어 문예지 『국민문학』 창간(1941.11) 등으로 이어지는 조선 문단 내부의 급박한 변화와 연결시켜볼 때 조선문학에 대한 일본문단의 이 갑작스런 관심에는 「조선문학특집」을 편집한 『문예』의 편집후기에서도 나타나듯이 단순한 우연 이상의 사정 즉, "문학의 세계를 넘어선 강력한 사정이 근본적으로 움직이고 있"[22]었다고 할 수 있다. 그 강력한 사정을 이 편집후기는 중일전쟁 이후 일본 전체가 내지 외지를 따지지 않고 국민적 정서로 엮어지고 있던 당시의 사회적인 분위기에서 찾고 있다. 이 후기에서 주장하고 있는 일본과 조선 간의 화합의 분위기는 식민지 조선의 입장에서 볼 때는 조선적인 모든 것의 일체의 포기에서만 얻어질 수 있는 것이었다고 할 수 있다.

1937년 중일전쟁, 1938년 지원병 제도, 1940년 창씨개명으로 이어지는 일련의 사건들은 이 시기의 엄격한 사회적 분위기를 충분히 짐작케 해준다. 이렇게 볼 때 1940년을 전후해서에 일본문학 내부에서 집단적으로 이루어진 조선문학에의 관심의 저류를 흐르고 있었던 것은 "역시 일본의 대륙침략에 연결되는 바의 조선관심 —「대륙에의 대동맥·반도」— 이었었다"[23]는 지적이 가장 정확하다고 할 수 있다. 그것은 곧 이 시기에 번역된 대부분의 작품들이 번역시킨 측의 논리 즉, "그 내용면에서 체제측의 의도를 충분하게 만족시키든가, 혹은 가능한한 그 논리가 무해하다고 인정되는 것에 한정되어 있었다"[24]라는 것을 의미하는 것이기도 하다. 김동인의 「붉은산」 일본어 번역[25]이 실린 『조선소설대표집』 역시

22) 「編集後記」, 『文芸』, 1940.8.

23) 위의 글.

24) 田中明, 「朝鮮文學への日本人のかかわり方」, 『文學』, 1970.11.

25) 참고적으로 조선문학이 처음 일본어로 번역되어진 것은 1925년 9월 『文章俱樂部』에 번역된 현진건(玄鎭建)의 「火事」이다. 이후 1927년 10월호에는 김동인의 「감자」가 같은 잡지에 소개되어졌다고 한다(梶井陟, 「現代朝鮮文學への 日本人の 對應 (2)」, 『富山大學人文學部紀要』 6号, 1982).

바로 이 분위기에서 출판되고 있다.

신건(申建) 번역의 『조선소설대표집』은 1940년 교재사(敎材社)에서 간행되었다. 그 곳에는 이광수를 비롯한 열세 명의 조선의 대표적 소설가들의 작품이 실려있다. 수록된 작가와 작품명은 다음과 같다.

> 『少年行』 김남천, 『苗木』 이기영, 『豚』 이효석, 『滄浪亭記』 유진오, 『童話』 채만식, 『崔老人傳抄錄』 박태원, 『軍鷄』 안회남, 『들장미』 김동리, 『逆說』 최명익, 「붉은산」 김동인, 『보이지 않는 여인』 이광수, 『날개』 이상, 『農軍』 이태준.

이상에서 보여지듯 이 작품집에는 이광수를 비롯하여 프롤레타리아 문학의 대표적 작가로 일컬어지는 이기영·김남천 그리고 모더니즘 문학의 대표적 작가로 일컬어지는 이상·박태원 등 다양한 경향의 작가들의 작품들이 모여있다. 그러나 여기에 수록된 작품들의 경우, 이상의 『날개』를 제외하면 대다수가 어떤 기준에 의해서 대표적 작품으로 선정되었는지 그 선별 기준에 다소간 의문을 품게 될 만큼 작가들의 성향을 대변하기 힘든 주변적인 작품들이다. 특히 김남천과 이기영의 경우 수록 작품은 당대 프롤레타리아 문학을 대표하는 작가로서의 그들의 성향을 대변할 수 있는, 요컨대 식민지 조선의 현실에 대한 비판을 보여주는 대표적 작품군들에서 상당부분 벗어나 있다고 할 수 있다. 그 대신 김동인과 이태준의 경우, 그들의 작품 성향과는 이질적이게도 당대의 현실적 상황을 다룬 작품들이 실려 있다. 수록과정에서 발생된 이 기묘한 전도현상의 의미를 이태준의 「농군」을 통해서 살펴보겠다.

이태준의 「농군」은 김동인의 「붉은산」과 동일하게 만주이민사를 다루고 있다. 뿐만 아니라 이 두 작품은 재만 조선인의 현실적 상황이 급격하게 노출된 만보산사건을 배경으로 하고 있다는 점에서도 묘한 연관성을 지니고 있다. 김동인의 「붉은산」의 경우 조선인과 중국인의 갈등을 테마로 하여 만보산사건 직후인 1933년 발표되고 있고, 이태준의

「농군」의 경우는 만보산사건을 직접 작품의 테마로 하고 있다는 점에서 동일한 작품군으로 묶여질 수 있다. 여기서 의문으로 제기될 수 있는 것이 이 두 작품이 과연 어떤 측면에서 전술되었던 조건, 요컨대 '체제측의 의도'를 충분히 만족시켜줄 수 있었느냐 하는 점이다.

만보산사건은 사건 발생 당해인 1931년 이토 에이노스케의 「만보산」을 통해서 소설화된 이래 다시 1941년 장혁주의 장편 『개간』에서 역시 동일하게 다루어지고 있다. 이태준의 「농군」은 발표연도로 볼 때 이 두 작품의 중간 지점에 위치하고 있다. 그것은 이태준의 「농군」이 이토 에이노스케의 「만보산」과 같은, 사건 자체에 대한 다양한 분석작업의 토대 위에서 이루어지고 있다는 것을 의미한다. 그렇다면 이 작품은 과연 만주이민사에 대한 당대의 여러 검증 자료들의 성과를 어느 정도 포괄해주고 있는 것일까. 이 작품의 내용은 다음과 같다. 주인공 유창권 일가는 조선에 있는 토지를 전부 팔아서 꿈을 안고 만주의 장춘의 한 조선인 마을에 도착한다. 그곳에서 그들은 한쪽 땅을 불하받아 부락의 조선인들과 함께 수전화(水田化)를 위한 수로(水路)형성 작업에 들어간다. 수전(水田)에 대한 중국농민들의 지속적인 반대로 수로 작업은 난관에 부딪치지만 이들은 좌절하지 않고 결국에는 수로 작업을 완성해낸다.

이상에서 나타나듯 이 작품은 만주 땅에 도착한 조선인들의 개간을 향한 강인한 의지를 주로 그리고 있다. 그리고 개간에의 강인한 의지는 결국에는 개간의 성공이란 이상적인 상황의 달성으로 연결이 되지만 그 부분에 대한 지나친 강조로 인하여 작품 내에서 오히려 현실의 소멸이란 문제점이 발생되고 있다. 가령 개간을 향한 조선인들의 불굴의 의지를 더욱디 신명하게 보여주기 위해서는 그 의지를 끊임없이 방해하는 악역이 필요할 수밖에 없었던 것으로 그 악역을 중국인들이 담당하고 있다. 작품 내부의 중국인 농민들은 그저 무지하고 악랄할 뿐이며 중국 관헌들은 조선인들에게 뇌물이나 받아먹는 부패한 자들로만 묘사되고 있다. 이미 1931년의 이토 에이노스케의 「만보산」에서 포착되었던 문제들, 수로 작업을 방해한 중국 농민의 배후로서의 중국 정부라든가 조선인에 대한 중국 정부의 끊임없는 견제의 이유같은 것들이 1937년에 발표된 이 작품에서는 전혀 언급되지 않고 있다. 그 결과 「농군」 역시 김동인의 「붉은산」과 동일하게 재만 조선인의 현실적 제 문제의 근원으로서의 일본의 모습을 놓쳐버리고 있다. 「농군」이 이처럼 현실을 희생 시키면서 까지도 개간의 성공을 그려야 했던 이유에 대해서는 당시 시대적 정황에서 답을 얻을 수 있다.

일본에서의 만주 이민은 1932년 이후 수차에 걸친 시험이민의 실시를 거친 후 삼십 칠년[26]을 기해서 대량이민의 시대에 들어가려 하고 있었다. 1932년 만주국 건설이 마감된 후 1937년에 이르러 일본은 만주의 지배의 안정과 강화를 위해서 군사 치안상의 여러 조직들이 필요하게 되고 그 역할의 일환으로서 만주이민이 국책으로 정해지게 된다. 그와 더불어 만주 이민붐의 형성을 도모하기 위해 '신천지, 신세계에의 동경'을 주된 테마로 한 다수의 개척문학이 등장하게 된다. 대륙 개척에 관심을 가진 문학자가 회합해서 관계당국과 긴밀한 연락제휴 아래 국가적 사업달성의 일조에 참여하고 문장보국의 실(實)을 달성하는 것[27]에 목적을 두고 1939년 설립한 '대륙개척문예간화회(大陸開拓文藝懇話會)'가 바로 그 결과이다. 요컨대 만주이민의 국책화와 그 작업의 장려를 위해서 개척문학이 필요시되기 시작한 것이 1937년이었고 그 1937년에 이태준이 「농군」을 발표하고 있다. 이러한 시기적 일치는 「농군」이 일본의 만주대륙침략의 일환으로서 성립되었던 개척문학의 한 분파였음을

26) 일본에서의 만주이민은 1937년부터 '二十年間, 百萬戶送出'이라는 슬로건 아래서 오백만 인의 송출을 계획했다. 이 계획에 있어서는 이민의 규모, 형태 등에 의해서 농업집단이민과 자유이민으로 나누어지고, 주로 전자의 이민에 주안점을 두었다. 농업집단이민은 징병검사후의 성인남자를 모집대상으로 하고 있다는 모집요강은 이 이민에 대한 일본측의 기대와 중요성을 나타내고 있다(白取道博, 『滿蒙開拓靑少年義勇軍關係資料』 1, 不二出版社, 1993 참조).

27) 尾崎秀樹, 『近代文學の 傷痕－舊植民地文學論』, 岩波書店 同時代ライブラリー, 1991.

증명하고 있다고 해도 과언은 아니라고 할 수 있다. 김동인의 「붉은산」이 가해자로서의 중국의 이미지를 극도로 부각시킴으로써 일본의 만주 침략 정당화 작업에 일조를 했다면 이태준의 「농군」은 개척의 환영을 조작함으로써 일본의 대륙침략에 크게 기여하고 있는 것이다. 이것이 바로 1940년 신건 번역의 『조선대표소설집』에 이 두 소설이 실릴 수 있었던 이유이다.

5. 결론

이상에서 보아왔듯이 「붉은산」은 일제하 만주이민사와 밀접하게 관계되어 있다. 그러나 이 작품에는 당시의 다수의 리얼리즘 소설이 지니고 있는 시대에 대한 인식과 변혁의 의지 등은 존재하지 않는다. 그보다는 오히려 당대의 현실적 상황을 왜곡·은폐시킴으로써 일본측의 의도에 상당부분 발맞추고 있다고 할 수 있다. 그럼에도 불구하고 본 논문이 일제하 만주이민사의 파악의 통로로서 이 작품을 선택한 것은 이 작품의 친체제성이, 역으로 체제의 의도를 정확히 보여줄 수도 있기 때문이었다.

「붉은산」의 발표연도인 1933년은, 일본의 만주침략 의지가 현실화된 만보산사건과 만주사변이 발생한 직후이다. 이 시기에 김동인은 당대의 가장 민감한 현실적 사안이었던 만주와 재만 조선인 문제를 소설적 테마로서 취했던 것이다. 이와 같은 소재의 선택은, 탐미의 세계에 칩거해 있던 이전의 김동인의 문학세계를 고려할 때 상당히 파격적이었었다고 할 수 있다. 그러나 이와 같은 소재선택의 급변에도 불구하고 「붉은산」에서는 김동인이 이전의 탐미적인 작품에서 보였던 비현실성과 관념성은 전혀 제거되지 않고 그대로 노출되고 있다. 요컨대 식민지현실의 핵심의 하나라고 해야 할 만주이민의 문제가 중국인과 조선인의 대립이라는 그 자신의 종래의 관념을 통해서만 인식되고 있는 것이다. 그 때문에 이 작품에서는 재만 조선인문제의 배후세력으로서의 일제의 존재가 완전히 간과되어져 있을 뿐만 아니라, 일본의 만주침략을 정당화하는 성격조차 가지고 있는 것이다. 만주에 있어서의 조선인과 중국인의 대립구조는, 체제측의 만주침략의 의도를 그대로 취급하고 있기 때문이다. 1940년 「붉은산」이 조선대표소설집에 번역・소개된 것도 이 작품이 지닌 친체제적인 성격을 증명하고 있는 것이라고 할 수 있다. 그 점, 한국국정교과서의 「붉은산」 해석과 수록에는 재고의 여지가 충분히 있다고 생각된다.

제4장

풍경의 부재

김동인의 「마음이 옅은 자여」를 중심으로

1. 서론

1919년 12월 김동인은 처녀작 「약한 자의 슬픔」에 이어 두 번째 작품 「마음이 옅은 자여」를 발표한다. 발표지는 『창조』이다. 이 시기 『창조』는 3·1운동으로 인해 9개월간의 휴간 상태를 끝내고 재발간을 막 시작한 때였다.[1] 이와 같은 시대적 정황은 「마음이 옅은 자여」의 창작 과정에 대한 김동인의 언급을 통해서도 잠시 엿볼 수 있다. 『창조』 후기에서 김동인은 「마음이 옅은 자여」가 자신이 감옥에 있을 때 우연히 들었던 친구지인의 실질적 체험담을 기초로 한 것이라고 밝히고 있다.

1) 『창조』는 익히 알려져 있듯 김동인·주요한·전영택을 중심으로 1919년 2월 동경에서 창간된다. 3·1운동으로 인해 제2호를 출간한 뒤, 휴간, 1919년 12월 다시 3호를 발간한다. 김동인의 「마음이 옅은 자여」는 재간된 1919년 12월부터 1920년 5월에 걸쳐 연재되고 있다. 그러나 1920년 1월, 1920년 4월이 결호였음을 고려한다면 실제 연재된 횟수는 4회이다.

여기서 말하는 '감옥'이란 김동인이 3·1운동에 연루되어 2개월간의 옥고를 치렀던 일을 말한다. 그 때문일까. 신청년들의 애정 모럴을 테마로 한 「마음이 옅은 자여」에서는 무력감·절망감, 깊은 비탄의 분위기가 강하게 감지된다.

그러나 시대적 정황의 탓도 있었겠지만 「마음이 옅은 자여」에서 김동인은 처녀작 「약한자의 슬픔」에서 다루었던 '신청년들의 애정 모럴'이라는 풍속의 문제를 다시 한번 테마로서 채택한다. 이 시기 김동인이 근대적 문체의 확립 및 근대적 서술기법의 성립에 상당한 열정을 퍼붓고 있었다는 점을 고려한다면 이와 같은 테마의 선택 역시 동일 선상에서 이해할 수 있을 것이다. 특히 「마음이 옅은 자여」에서 '일원적 묘사'라고 하는 새로운 서술기법을 시도하고 있었음은 김동인이 내용의 측면에서도 어느 정도 열정을 기울였는가를 짐작케 한다. 그런 점에서 「마음이 옅은 자여」에 나타난 김동인의 근대적 감각을 살펴보는 것은 김동인 문학의 근대성을 이해하는 데 중요한 근거가 된다고 할 수 있다.

2. 숨겨진 풍경으로서의 성(性)

「마음이 옅은 자여」는 1919년 12월부터 다음해 5월에 걸쳐 『창조』에 연재된 작품이다 '나'란 인물이 친구에게 불륜의 애정에 대해 고백하는 편지글의 형태로 시작되는 이 작품은 크게 두 부분으로 나뉘어진다. 첫째 부분은 편지와 일기·유서의 형태로 제시되는 '나'의 실연담이며 둘째 부분은 실연의 상처를 달래기 위해서 친구와 더불어 떠난 금강산 여행기이다. 작품의 내용을 대략적으로 살펴보면 다음과 같다. '나'는 서울 유학을 마친 뒤 5년 만에 고향인 평양으로 귀향하여 교사로서 재직하게 된다. 유부남의 신분으로 우연히 이웃 학교의 여교사와 불륜의 애정관계에 빠지게 되지만 여교사의 결혼으로 인해 극심한 절망에 빠진다. 실연으로 인한 절망을 극복하기 위해 절친한 친우와 더불어 금강산 여행을 떠났다가 귀향하니 이미 아내와 아들은 병으로 인해 죽은 뒤이다.

불륜, 실연, 아내의 죽음 등을 거치며 주인공은 마침내 "마음이 여튼 者는, 나의 안해도 물론(勿論) 아니고, 또는 Y도 아니고, 그 실(實)로는 이 나―K이다"라는 통절한 자각에 이른다. 이 자각은 김동인의 처녀작 「약한 자의 슬픔」에서 이미 등장 한 바 있다. 「약한 자의 슬픔」의 여주인공 강엘리자베트는 강압에 의한 처녀성 상실, 임신, 실연이라는 극악한 경험을 겪으면서 마침내 "전의 나의 서름은 내가약한者인고로생긴것밧게는 머업섯다"라며 '자기의 약한거슬 자각하는' 상태에 도달하고 있다.[2] 이 자기인식의 과정이 외형적 형태의 변화 속에서 「마음이 옅은 자여」에서도 동일하게 반복되고 있는 것이다. '자기인식' 과정의 이와 같은 반복적 등장은 김동인이 '연애'[3]를 테마로 하여 발표한 이들 두 작품에서 확보하고자 했던 것이 과연 무엇이었던가에 대해 다시 한번 생각해 보게 한다. 특히 「마음이 옅은 자여」에서 자기 인식의 과정이 '고백'의 제 형식과 동반되어 나타나고 있다는 점에서 이와 같은 의문은 보다 강해진다.

실제로 연애담을 다룬 「마음이 옅은 자여」의 전반부는 '편지' '일기' '유서'의 형식을 통해 전개된다. 편지 · 일기 · 유서는 '고백'의 성격을

2) 김동인의 처녀작 「약한자의 슬픔」에서 여주인공은 극심한 삶의 몰락을 겪은 후 다음과 같이 내뱉고 있다. "그러타! 나도 시방은강한者이다. 가긔의약한거슬 自覺할그때에는 나도 한 강한者이다. 강한자가아니고야 엇지자긔의 약점을 볼수가이스리오?(그의입에는이긔의우슴이떠올랏다)강한자라야만 자긔의약한곳을차즐수가있다!"(김동인, 「약한 자의 슬픔」, 『창조』 2, 1920.2, 20면).

3) 김동인의 「마음이 옅은 자여」에 나타난 '연애'의 제 의미에 대해서는 정혜영, 「'연애'에의 동경과 좌절」, 『현대소설연구』, 한국현대소설학회, 1999.12 참조.

띤다는 점에서 공통점을 지닌다. 그래서 주인공 나는 "형님 마츰내 고백할날이 왓슴니다"라며 작품을 시작하고 있는 것이다. 그렇다면 '고백'의 제 양식이 작품에서 왜 이처럼 중요하게 강조되었던 것일까. 이에 대해서 김윤식 교수는 '근대적 자아'의 성립과 연결시켜 '제도적 장치로서의 고백체'[4]라는 측면에서 설명하고 있다. "고백체라는 제도적 장치가 있었고, 그것이 고백할 내용(번민)을 만들어낸 것"이라는 것이다. "고백이라는 형식 또는 고백이라는 제도가 고백해야 할 내면 또는 진정한 자기라는 것을 만들어낸"다는 것이다[5] 이처럼 "감추어야 할 것이 있어서 고백하는 것이 아니"라 "고백한다는 의무가 감추어야할 것을 또는 「내면」을 만들어내"[6]고 있다고 한다면 과연 김동인의 「마음이 옅은 자여」에서 고백의 의무에 의해 형성되는 '번민'이란 무엇일까.

제도로서의 고백체의 제 양식과 연결시켜 볼 때 「마음이 옅은 자여」의 흐름의 의미는 분명하게 드러난다. '고백체' 형식, '번민'의 발견, '자기인식' 확보라는 일련의 전개 과정은 도식적이라고 할 만큼 '근대문학' 성립과정에서의 고백체 형식의 제의미를 반영하고 있다. 그러나 문제는 '고백체'가 도출해낸 감추어진 '번민'이라는 것이, 과연 존재해왔으나 숨겨져 왔던 풍경들의 재발견으로 연결되고 있는가 하는 점이다. 제목에서 나타나는 결코 조선적이라고 할 수 없는 기묘한 어법, '마음'과 '옅다'라는 어휘의 결합을 고려한다면 이에 대해 긍정적인 결론을 내리기란 쉽지 않다. 제목에서 발견되는 단어들 간의 부조화, 어색함, 간극이 작품내부에서도 간간히 감지되기 때문이다.

「마음이 옅은 자여」에서 '나'가 그처럼 애절하게 친구에게 '고백'하려한 것은 감추어둔 은밀한 사랑의 이야기이다. 그렇지 않아도 '연애'라

4) 김윤식 교수는 『창조』파 소설의 특징 중의 하나인 편지의 등장에 주목하면서 이를 제도적 장치로서의 '고백체'로서 설명하고 있다(김윤식, 『김동인연구』, 민음사, 1987, 132~133면).

5) 가라타니 고진, 박유하 역, 『일본 근대문학의 기원』, 민음사, 1997, 103면.

6) 위의 책, 106면.

는 것 자체가 어떻게 본다면 은밀한 감정이며 사건인데 그 것이 불륜이라면 그 강도는 훨씬 강해진다. 유부남인 나의 입장에서는 물론, 처녀인 Y의 입장에서도 그 사랑이 은밀하며 밖으로 드러내 놓기 힘든 것임은 마찬가지이다. 그렇게 본다면 그 사랑이란 참으로 용기를 내어 고백해야 하는 것임에 분명하다. 그러나 흥미롭게도 4월 6일부터 9월 20일에 이르기까지 거의 반년에 이르는 기간 동안의 편지 · 일기 · 유서의 형식을 빌려 전개되는 내 사랑의 고백에는 그와 같은 죄책감은 전혀 보이지를 않는다. 오히려 그 사랑은 나를 '차디차고 외로운 삶'으로부터 구원해준 은혜로운 존재로서 칭송되고 있다.

이 상황이 단지 「마음이 옅은 자여」에만 한정되어 있는 것이 아니라는 점은 주목할 만하다. 1925년 발표된 나도향의 「어머니」에서 첩이라고는 하지만 아이까지 있는 유부녀 영숙은 유년시절의 친구 춘우와 재회한 후 사랑에 빠져 집을 가출한다. "정말 영구한 사랑이 이 세상에 있다고 하면 그는 이 세상의 주인이 될 것"이라며 황급히 사랑을 향해 달려가는 그들의 모습에서는 윤리, 도덕으로 인한 번민은 찾아보기 어렵다. 세상의 모든 도덕, 윤리, 가치를 초월하는 절대적 가치로서 사랑이 제시되고 있는 것이다. 「어머니」의 춘우가 언급하듯 "어머니의 사랑을 모르고 감옥 속 같이 쓸쓸한 조선 사회에서" 청춘기를 보내야만 했던 식민지 삶의 적막한 고독감을 고려한다면 사랑에 쉽게 탐닉해가는 이들의 모습이 이해되지 않는 것은 아니다. 3 · 1운동 직후 창작된 「마음이 옅은 자여」에서 주인공 '나'가 사랑에 비정상적으로 집착하는 것 역시 동일 선상에서 이해 가능하다. 그렇다고는 해도 무언가 비정상적이라고 할 만큼의 사랑의 절대화, 엄밀히 말하자면 사랑의 정신화의 절대화가 「마음이 옅은 자여」를 비롯하여 이들 초기 근대문학에 등장하는 '사랑'에서는 감지되고 있다. 「마음이 옅은 자여」의 나를 혼란스럽게 하는 '번민'의 실체는 이 점에서 주목할 만하다.

Y와 함끠잇는것도 자미잇다—오히려C와보담 더즐겁달수가잇다. 그러치만—아—쓰기도실타.

"너는 Y의게서 무어슬 求하느냐! 精神上娛樂보다, 오히려欲情의 ……"뉘가, 내 귀에속삭이는것갓다. 아!나는Y의게서 情慾의滿足을 求하지안엇는가?(…중략…) 아!쓰기도실코 말하기도 싀치만, 내가그의게求한바는 情慾의滿足에지나지못하엿다! Y의게 對한나의사랑은 역시그實로는肉의사랑에지나지못하엿다! 精神上즐거움! 肉에서활동하다가남아서, 넘쳐흘너精神界로드러온것밧게는 나와Y새는精神上즐거움이란한푼어치도업섯다.[7]

나의 번민은 Y와 나의 애정관계가 정신적 관계가 아니라 단순한 정욕에서 비롯된 것일지도 모른다는 점에서 비롯되고 있다. 이 고민의 배후를 이루는 것은 당시 신청년들을 '전염병처럼 열광시키고 있던 '연애'의 제 의식이다.[8] 남녀애정관계를 정신적인 것과 육체적인 것으로 이원화 시킨 후 전자의 절대적 우위를 주창한 이 새로운 사랑의 형태가 주인공 나를 갈등과 번민 속으로 밀어 넣고 있다. 정신과 육체의 이분법적 대립에 기저하여 인간을 판단하는 인식은 물론, 정신성의 개념으로서의 '영혼'이라는 용어조차 성립되어 있지 않던 당시 조선의 상황에서 연애의 이 새로운 의식은 수많은 신청년들을 혼란과 갈등에 빠트렸고 「마음이 옅은 자여」의 나 역시 그 수많은 신청년들 중의 하나일 뿐이다. 그런 점에서 본다면 나의 이 갈등은 불륜이라는 점만 제외한다면 감추어야만 할 만큼, 그리고 용기 내어서 고백을 해야 할 만큼 은밀하지는 않다. 문학적으로 볼 때도 이 갈등은 1917년 발표된 이광수의 『무정』을 통해서 이미 '공론화'되어 있었다.

『무정』에서는 남녀들 간의 '사랑'이 아니라 '근대적 연애이론'이 중

7) 김동인, 「마음이 옅은 자여」, 앞의 책, 55면.
8) '연애'라는 용어는 서양어 '러브(love)'의 번역을 위해 일본에서 성립된 용어이다. 일본에서 '연애'라는 번역어의 최초의 용례는 대략 1870~1871년에 나온 나카무라 마사나오[中村正直]의 『西國立志編』에서였다고 한다(柳父章『飜譯語 成立事情』, 岩波新書, 1982, 95면).

심이 되고 있다. 감정적 교류가 부재한 두 청춘 남녀에게 강압적인 만남의 기회를 정기적으로 제공한 후 그 과정에서 서로에 대한 애정을 형성시켜가게 하는 『무정』의 구도란 어떻게 본다면 가혹할 만큼 비인간적이라고 할 수 있다. '영어'공부, 즉 학습을 매개로 한 이형식과 김선형의 만남,[9] 이형식과 동등한 정도의 김선형의 지적 성장 형성을 위한 육례의 연기, 처녀성 상실로 인한 박영채와 이형식 간의 관계의 파탄 등에서도 나타나듯 이 작품에서는 남녀 애정관계의 중심을 '정(情)'과 같은 정서적 영역보다는 '정신성'의 영역으로 밀어가고 있는 것이다. 이 점은 선형에 대한, 혹은 영채에 대한 자신의 '사랑'의 진정성 여부가 단 한번도 이형식의 갈등의 핵심을 차지해 적이 없었다는 점에서도 알 수 있다 이처럼 『무정』은 혼란스럽고 이질적인 '연애'의 제 이론, 혹은 그에 내포된 근대적 의식을 근대 초기 조선의 삶 속에서 절묘하게 설명해내고 있다.

이광수 『무정』에 나타난 '연애'의 이와 같은 풍속개량적 측면에 대해서 김동인은 "소설가는 인생의 회화(繪畵)는 될지언정 그 범위를 넘어서서 사회교화기관(직접적 의미의)이 되어서는 안 되는 것이며 될 수도 없는 것이다"[10]고 비난하고 있다. 그렇다면 「마음이 옅은 자여」에서 주인공 나는 왜 그처럼 '정신적 사랑'과 '정욕' 간의 차이에 대해서, 혹은 정욕을 벗어나지 못한 자신의 사랑에 대해서 그처럼 번민하고 갈등했던 것일까. 이 갈등이 당대 '연애소설'들이 한결같이 내세운 남녀애정 관계의

9) 일본 근대문학의 초석을 이룬 것으로 평가되는 후타바테이 시메이의 「부운(浮雲)」(1887)에서 사촌관계인 우츠미 뷴죠와 오세이는 분죠가 오세이에게 영어를 가르치게 된 것이 계기가 되어 관계가 점점 더 친밀하게 된다. "…… 당시의 학문, 교육을 대표하는 첫 번째가 영어의 교양이다. 유곽이 아니라 학문, 교육의 내용을 통해서 두 사람 사이에 싹터가는 감정은 자신들에게는 학문, 교육이 있다는 감정과 밀접하게 연결되고 있다"(佐伯順子, 『文明開化と女性』, 新興社, 1991, 21면). 영어가 애정형성의 매개가 되는 이와 같은 관계는 이광수의 『무정』을 거쳐 「마음이 옅은 자여」와 동시기 게재되었던 전영택의 『운명』에서도 동일하게 발견된다.

10) 김동인, 「조선근대소설고」, 『김동인전집』 6, 삼중당, 1976, 149면.

정신화를 통한 평등의 제 의식을 실현하기 위한 것이 아니라면 이 갈등을 통해서 김동인이 드러내고자 했던 것은 무엇이었을까. 자신이 문학을 통해 보여주려고 한 것은 "결코 신구도덕이나 연애자유를 주장하는 이러한 소국부의 것이 아니고 인생의 문제와 번민이었다"[11]고 언급하며 이광수와 비교하여 자신의 문학적 역량을 김동인이 자신감 있게 단언할 수 있었던 이유를 어쩌면 이로부터 찾을 수 있을지도 모른다.

실제로 「마음이 옅은 자여」에서는 '연애'라는 테마가 풍속개혁을 위해 사용된 예를 찾기란 쉽지가 않다. 물론 주인공 나는 '공부'가 없는 아내에 대해 갈등을 느끼는가 하면, Y는 부모에 명에 따라 강압결혼을 선택하기도 한다. 그러나 이 요소들은 '사랑'의 절대화를 극대화해줄 뿐 시대의 풍속화의 역할로까지 확대되지는 못한다. 연애의 사회개조적 맥락은 배제한다고 하더라도 근대 초기 조선의 신청년들이 그처럼 '연애'에 열광할 수밖에 없었던 시대적 정황의 확보조차 「마음이 옅은 자여」에서는 제한되고 있는 것이다. 그러므로 '연애'의 시대적 의미가 제거되고 난 후 '연애'를 다룬 이 작품에 남는 것은 과연 무엇인지 의문이 들게 된다. 단정적으로 이에 대해서 답한다면 그것은 '정욕' 즉 인간의 성적 욕망이라고 할 수 있다.

작품에서 나는 '정욕'에 기반 한 Y와의 관계에 대해 끊임없이 갈등하고 있다. 그러나 아이러니컬하게도 주인공 나가 '정신적 사랑' '영(靈)의 사랑'의 가치를 강조하면 할수록 그 대척점에 위치한 '정욕', 혹은 '육애(肉愛)'는 더욱더 부각된다. 남녀애정관계의 정신화에 절대적 가치를 둔 연애의 제 원리를 번민의 내용으로 내걸면서 실제로는 오히려 인간의 성적 본능에 대한 부분이 독자들에게 끊임없이 환기되고 있는 것이다. 그 때문인지 「마음이 옅은 자여」에는 두 남녀의 관능적 모습이 적나라한 형태로 빈번하게 묘사되고 있다. "Y의 벌거벗은 몸을 쓰러안고

11) 위의 글, 위의 책, 150면.

그 붉은 입술에 입을 맞추며 육(肉)의 맛을 즐겁게 누"리는가 하면 "그의 숨찬 숨이 내 입으로 날아들어"와 함께 "껴들고 키스를" 나누는 등, Y와의 "육의 환락"에 끝없이 빠져 들어가는 나의 모습은 분명히 1919년의 근대문학에서는 발견하기 힘든 이질적 모습이다. 이런 나의 세계란 "까만 머리와 쪽진 서양 머리에 꽂은 널따란 옥색 리본…… 이마에 소스락 소스락하게 구슬땀이 맺히어 이따금 치마고름으로 가만히 씻고는 책상 밑에서 부채질"을 하는 『무정』의 김선형의 세계와는 대척점에 위치해 있다.

김동인이 이광수와 비교하여 자신의 작가적 역량을 자신감 있게 내세웠던 것은 바로 이 점에서 기인한 것이었다. 그리고 자신의 문학이야말로 '인생의 문제'를 다룬 것이라고 김동인이 장담했던 것도 바로 이 점으로부터 기인하고 있었다. 하등한 욕망으로서 배제되었던 '성욕'의 발견을 통해 김동인은 정신성에 지나치게 치중해있던 이광수 문학의 편협성을 극복해보고자 했으며 자신을 새로운 근대문학의 발현자로 정립시키고 싶었던 것이다. "참 세정을 아는 사람은 사랑의 영적 육적 구별을 하지 않고, 영적보다 오히려 수적(獸的) · 육적(肉的)으로 그들의 참純을 발휘함이 아닌가"라는 작품내의 언급에서 이와 같은 김동인의 의도를 읽어낼 수 있다. 그러나 김동인의 이 기획은 성과를 내기가 힘들었던 듯하다. '영혼'과 '육체'의 개념조차 제대로 정립되지 않은 1919년의 조선에서, 사랑의 정신화에 내재되어 있던 평등의 근대적 의식조차 채 뿌리를 내리지 않고 있던 근대 초기 조선에서 '성'의 발견을 통한 인간성 회복이란 일종의 거대한 '허위'일 수밖에 없었기 때문이다.

3. 성격의 파산과 내면의 부재

조선 문단의 흐름을 약술한 김동인의 「문단삼십년사」에는 근대적 문체 확립자로서의 김동인의 갈등과 노력이 나타나 있다.[12] 그 결과 처녀작 「약한자의 슬픔」과 「마음이 옅은 자여」는 후대의 논자들에 의해서 근대적 문체를 형성시킨 기념비적 작품으로서 거론된다. 그러나 이 한정된 평가는 어떻게 본다면 김동인이 「마음이 옅은 자여」를 통해 시도했던 근대적 '고백체'형식이 실패로 돌아갔음을 의미하는 것이기도 하다. 실제로 김동인 문학에 나타난 '고백체'형식의 제 의미를 최초로 지적했던 김윤식 교수는 김동인이 "고백체(제도적 장치)를 자각적인 것으로 밀고나가지 못했다"[13]고 지적하고 있다. 이는 곧 김동인의 문학이 '근대적 내면'의 성립에 실패했음을 의미한다. 당시로서는 파격적인 '정욕'이라는 소재를 내세우면서까지 근대문학의 새로운 장을 열고자 했던 김동인의 의욕을 고려한다면 의외의 결과라고 하지 않을 수 없다.

그러나 이 점이 후대의 연구자들에 의해 처음으로 지적된 것은 아니다. 「마음이 옅은 자여」가 발표되었던 당시 『창조』에 게재된 「성격파산」[14]이라는 제명의 평론에서 주요한은 이미 이와 같은 한계점들에 대해서 정확하게 언급하고 있다. 이 점에서 볼 때 근대문학으로서의 김동인 문학의 한계에 대한 후대의 지적은 일견 유효하다고 할 수 있을 것이다. 이 유효성을 확인함에 있어서, 그리고 고백체가 왜 특이한 기법의 측면을 넘지 못했

---

12) 「조선근대소설고」는 1929년 7월 28일부터 8월 16일까지 『조선일보』에 연재했던 것으로 이인직 · 이광수 · 염상섭 · 나도향 등의 작가들에 대한 간략한 고찰과 더불어 자신의 소설에 나타난 구어체 확립의 문제를 언급하고 있다. 그러나 이 글의 발표 전인 1925년 김동인은 『조선문단』에 「소설작법」을 게재하여 「마음이 옅은 자여」를 중심으로 자신의 일원적 묘사에 대해서 서술한 바 있다.

13) 김윤식, 앞의 책, 134면.

14) 「성격파산」은 벌꽃이라는 예명으로 「마음이 옅은 자여」가 종결된 지 석달 후인 1920년 8월 『창조』에 게재되고 있다.

던 것인가를 설명함에 있어서 「성격파산」의 한 구절을 살펴보는 것도 의미가 있을 듯하다.

> 따라서 그의 生活은 언제던지, 感傷的空想과 後悔의 生活이다. 그의 입으로 發ᄒᆞ는 말은 時時刻刻으로 變動ᄒᆞ고 그의 행동은 칠면조의 일굴빗 보다 더 머물기 힘든다. 그의 생활은 '공상적'이오, '모방적'이오, '빈약'ᄒᆞ고, '輕浮'ᄒᆞ고 '또 不活潑'ᄒᆞ고 언제보아도 '喜劇의 一幕'이오 '自己虐待'의 生活이다. 그럼으로, 그의 '戀愛'는 '肉慾'을 意味홈에 不過ᄒᆞ고 그 對象은 아모 必然性이업시 妻에게서 Y에게로 너머가며, 그의 自殺劇의 決心은 一種의 滑稽劇에 끗나고 마럿다. (…중략…) 그와 肉慾生活은 全적 空想的이다. 따라서 그의 失戀도 또 空想的이다. Y라는 對象이 있기는 잇섯지마는 잇스나 업스나 別로 다를 것이 업섯스리라. 그는 戀愛를 戀愛ᄒᆞ엿다. 그럼으로 그의 戀愛의 對象은 결코 本來잇는 妻이잇서는 안될뜻십혓다. 그는 '戀愛는 盲目的이라야ᄒᆞᆫ다, 윤리적이면 못쓴다'ᄒᆞ면서 盛히 肉的이니 精神的이니 ᄒᆞ는 倫理를 別ᄒᆞᆫ다. 그의 煩悶도 空想的이다.[15]

이 글에서는 이 많은 한계의 원인을 주인공 나가 교양 습득의 아무런 '양분'도 공급받을 수 없는 "쇠망(衰亡)에 임(臨)ᄒᆞᆫ 민족의 피를 타고 낫다"는 것, 즉 식민지 조선 사회의 전근대성에서 찾고 있다. 모방적이고, 신경증에 걸린 듯 급변하는 주인공 나의 불안정한 기질과, 주체적으로 근대를 수용할 수 없었던 근대 초기 식민지 조선 신청년들의 '내면'부재의 문제를 연결시키는 이 글의 안목은 참으로 예리하다. '나'란 인물의 측면에서 본다면 주인공의 '성격파산'의 원인에 대한 이 지적은 유효할 수 있다. 근대적 사랑 '연애'에 피상적으로 도취, 끊임없이 사랑의 환영을 발생시키며 그에 탐닉해가던 신청년들의 황망하고도 불안정한 형상이 3·1운동 직후 조선에서 발표된 다수의 문학작품들에서 반복되어 발견되기 때문이다.[16] 그러나 'Y'를 중심으로 볼 때 문제는 다소 달

15) 벌꽃, 「성격파산—동인군의 「마음이 옅은 자여」를 봄」, 『창조』 8, 1921.1, 4~5면.

라진다. 앞선 평론의 말미에서도 지적하고 있듯 시종일관 '신비(神秘)의 막(幕)속에 숨어 있'는 Y'의 '괴이한 성격'은 전근대적 조선, 혹은 식민지 조선이라는 그물망으로 걸러내기에는 무언가 부족한 감이 있는 것이다. 물론 이 부족한 감이라는 것이 "영업적인 매녀 아닌 여인에게는 동양적인 불감증"[17]을 느꼈다고 공언한 김동인 개인의 독특한 여성관에 의해 채워질 수 있는 것은 적어도 아니다.

「마음이 옅은 자여」에서 주인공 나가 이웃 보통학교 여교사 Y와 교제를 처음 시작한 것은 1919년 6월 7일이다. 당시 전염병처럼 유행되고 있던 '연애'에 도취되어, 끊임없이 대상을 찾고 있던 나에게 Y가 사랑을 고백한 것이 교제의 계기이다. 그리고 Y가 나의 집을 방문하고(6.13) 함께 대동강변으로 산보를 나가는 등(6.14) 몇 차례의 간단한 만남을 가진 후 강렬한 키스를 나누고(6.23) 마침내 육체적인 교섭을 가진다(6.24) 첫 만남에서 육체적 교섭에 이르기까지 불과 반 달 남짓한 기간이 걸린 것이다. 이 급격한 관계의 진전 이후 정욕과 영적 사랑 간에서 끊임없이 갈등하는 나의 번민이 시작된다. '억압된 성'의 문제를 통해 인생의 문제와 번민을 그리려했던 김동인의 의도를 고려한다면 이처럼 급격한 관계의 전개란 오히려 인간에게 잠재된 '성적 욕망'의 충동성, 폭발성을 표현하기에 적합하다고도 할 수 있다. 그럼에도 불구하고 '정욕'에 대한 나의 갈등과 번민은 '억압된 성'이라는 인간 내면 풍경의 발견으로까지 연결되지 못하고 있다.

근대문학의 새로운 영역 개척 운운한 김동인의 장담에도 불구하고 「마음이 옅은 자여」는 주요한의 지적처럼 한 편의 '골계극'으로 마감되고 있

---

16) 실제로 3·1운동 직후 민족운동의 실패로 인한 절망감, 좌절감 그리고 엄격해진 사회적 정황이 뒤엉켜진 상태에서 사랑에 병적으로 도취되어 가는 신청년들의 모습을 그린 작품들이 다수 등장한다. 『창조』에 「마음이 옅은 자여」와 동시기 발표되었던 전영택의 『운명』(1919.12)을 비롯하여 『백조』에 게재되었던 나도향의 「젊은이의 시절」(1922.1), 노자영의 「표박(漂迫)」(1922.1), 현진건의 「유린」(1922.5) 등이 단적인 예로서 제시될 수 있다.

17) 김동인, 앞의 책, 50면.

다. 그 이유의 중심에는 Y가 위치해 있다. 그녀는 낯선 남성에게 자신의 사랑을 고백할 만큼 자기표현에 강한가하면 첫 육체관계에서 임신을 두려워하는 나에게 '자궁병을 앓아서 새끼집'을 잘라내어서 괜찮다고 말할 만큼 '성'에 개방적이고 과감하기도 하다. 보수적 유교윤리에 대한 반항, 그리고 자유연애의 무비판적 수용과 같은 혼란스러운 시대 상황 속에서 성적 방종과 성적 자유의 경계를 부단히 혼돈하던 1920년대 신여성들의 면모를 고려한다고 하더라도 Y의 면모는 지나치게 급진적이다. 문제는 행위의 급진성이 의식의 근대성으로까지 연결되고 있지 않다는 점이다. 말하자면 행위와 의식 간의 부조화, 간극이 Y에게서 발생되고 있는 것이다.

고백체 형식의 사용, 신청년의 등장, 모티프로서 근대적 연애의 차용, '정욕'에 대한 '번민' 등 「마음이 옅은 자여」의 화려한 근대적 외형은 Y라는 인물과 연결되는 순간 여지없이 파탄에 이른다. 서양과 일본의 수많은 근대적 연애소설들을 읽으면서 근대적 연애를 꿈꾸던 나는 Y와 만난 순간 기묘하게도 '사랑'의 이상을 조선시대 연애소설 『춘향전』과 『양산백전』에 나타난 전근대적 정절에서 찾고 있다. 근대적 '연애'가 전근대적 정절과 혼돈되고 있는 것이다. 이 기묘한 왜곡을 초래할 만큼 Y와 관련된 모든 에피소드는 지나치게 전근대적이거나 비현실적이다. 일단 Y는 부랑자 아버지가 돈이 급하여 어린 시절 자신을 무지한 섬사람에게 며느리로 팔았던 것 때문에 신교육을 받은 인물임에도 불구하고 순순히 그 결혼을 수용한다. Y가 불임의 몸임을 고려한다면 이 결혼의 수용은 전근대적인 것을 넘어 비현실적이기 조차 하다. Y의 몇 대 조고모의 비극적 사랑의 내력 묘사에 이르면 이 전근대성과 비현실성은 극대화된다. 다음의 인용문은 사랑하는 사람을 두고 집안의 명에 따라 결혼을 했던 Y의 몇 대 조 고모에 얽힌 이야기이다.

> 녯적여자의일이라 부모의명을거절치는못하되 언제던짓지안코생각하려고 그 정다운거문고는가지고 갓대요. 그런데 사내되는이는 불상하게도 相思병으로

세상을떠낫지요. 그이는 싀집을가서도 아모자미업시 거문고를벗삼아지나댓는데 하로는 연못아패서 달밤에거문고를뜨드면서 업슨님을생각하고잇는데 그연못가운데서琵琶의和音이들니더래요－그것도 分時를닛지못하던 그骨格에백인그소래가요. 하고 은연히 연못우흐로나타난거슨 그이더래요. (…중략…) 지금도 그이업슨五月보름날, 달이나조흔夜三更에는 은연히거문고소래가 난대요. 저도 혹간 그소래를드를때가이서요. 이번五月보름날 K선생과함께普通門에가슬때에 달비체서반짝거리는 그普通물속에서 이거문고소리가들녀요. 딍동댕동슬프게運命을 져쥬하는 萬年의怨恨을吐하는 그거문고소래가들녀요.[18]

오래 전에 죽은 한 여인의 운명과 현재 Y의 운명 간의 교차는 사랑의 비극성을 강조하기 위한 작품의 의도라고 이해를 한다고 하자. 그러나 오래 전 죽은 여인의 한 맺힌 거문고 소리가 5월 보름날 야삼경에 연못에서 들린다는 그로테스크한 설정은 이 작품이 확보한 모든 근대적 성과들을 단숨에 전복시켜버릴 만큼 전근대적이고 비현실적이다. 특히 그 거문고 소리를 Y가 듣는다는 설정에 이르면 이 점은 극대화된다. 신여성으로서의 근대적 외형과 전근대적 의식, 비현실적 배경설정 간의 충돌, 간극에 의해 Y라는 인물의 형상은 그야말로 '성격파산'에 이르게 된다. 논설 「성격파산」에서는 이 원인을 "경치든 정서든 심리든, 작중 주요인물의 눈에 비친 것에 한하여 작가가 쓸 권리가 있지 주요인물의 눈에 벗어난 일은 아무런 것이라도 쓸 권리가 없"[19]는 것으로 규정했던 '일원적 묘사'라고 칭해지는 김동인의 독특한 소설 기법에서 찾고 있다.[20] 그러나 이는 단지 기법적 측면에서 기인된 문제만은 아니었던 듯하다. Y의 인물형상을 규정짓는 두 가지의 중요한 에피소드, 자궁질병

18) 김동인, 「마음이 옅은 자여」, 위의 책, 16~17면, 59면.

19) 김동인, 「소설작법」, 위의 책, 249면.

20) 주요한은 Y에 대해서 "작자가 만일 교묘히 이 여성을 사요ᄒᆞ엿던덜 작품의 시대적특색이 더욱명확히 표현되엿슬것"이었다고 언급하고 있다. 아울러 Y의 형상의 실패를 김동인 문학의 특징인 '일원적 묘사'에서 찾고 있다. 그러나 Y의 인물형상의 실패가 이처럼 방법론적인 문제에서 기인되었던 것은 아니었던 듯하다(벌꽃, 「성격파산」, 위의 책, 8면).

을 앓았고, 연못의 애절한 거문고 소리를 듣는다고 하는 것이 무언가 이질적이면서도 낯익은 이미지를 느끼게 하기 때문이다.

김동인은 신여성 Y라는 인물을 형상화하면서 왜 '자궁병'이라든가, '연못에서 울리는 괴상한 거문고 소리' 등 작품의 주제와는 무관한 엽기적 상황을 굳이 조합해내었던 것일까. 「마음이 옅은 자여」에서 주인공 나가 자신의 비극적 사랑에 대한 해법을 찾기 위해 아리시마 다케오[有島武郎]의 「선언」을 참조하는 장면은 이 점에서 주목할 만하다. 1919년 아리시마 다케오는 사회적 인습과 '인간'으로서의 삶 간의 갈등으로 인해 마침내 비극적 죽음을 맞는 요오코라는 신여성의 삶을 다룬 「어떤 여자」를 발표하여 당대 일본 사회에 큰 반향을 불러일으킨다.[21] 이 작품의 여주인공 요오코는 '해조음'의 환청을 듣는가 하면 '자궁후굴증'을 앓고 있는 인물로서 그려지고 있다. 이와 같은 '요오코'의 이미지는 「마음이 옅은 자여」의 신여성 Y의 이미지와 상당부분 중첩된다. 자궁후굴증이라는 명확한 병명이 '자궁병을 앓아서 새끼집을 잘라내었다'는 모호한 용어로 그리고 사랑의 파탄으로 인한 히스테리 속에서 주인공이 듣는 '해조음'의 환청이 연못 속 가야금 소리로 변환되었을 뿐이다.

1911년 연재를 시작하여 1919년 완성된 아리시마 다케오의 「어떤 여자」를 김동인이 「마음이 옅은 자여」의 창작에 상당부분 참조했다는 점은 작품의 여타의 내용에서도 감지된다. 사랑에 있어서 영・육의 갈등을 끊임없이 문제 삼는다거나, 육체적 쾌락에 대한 극단적 탐닉 속에서 마침내 비극적 죽음에 이르는 여주인공 요오코의 삶의 이력은 「마음이 옅은 자여」에서도 동일하게 발견되고 있다. 단지, 그 갈등의 주체가 신여성에서 신교육을 습득한 남성으로 바뀌었을 뿐이다. 말하자면 김동인

21) 아리시마 다케오의 「어떤 여자」에 대해서는 아리시마 다케오, 유은경 역, 「어떤 여자」, 향연, 2006; 奧村裕次, 「有島武郎, 「惑る女」, 「三部作」一考察」, 『일본학보』, 2001; 민지영, 「아리시마다케오의 「어떤 여자」 고찰」, 고려대 교육대학원, 2007; 『有島武郎』, 新造社, 1984 등 참조.

은 「어떤 여자」의 중요한 몇 개의 에피소드를 자신의 작품에 차용하면서 '해조음'을 연못의 가야금 소리로, 신여성 주인공을 유부남 남성 주인공으로 바꾸는 등 부분적 변환을 가미하고 있는 것이다. 문제는 '모방'의 여부가 아니라 이 에피소드들의 변용을 김동인이 얼마나 훌륭하게 소화해내고 있느냐라는 점이다.

근대의 성립을 주체적으로 발생시킬 수가 없었던 식민지의 지식인 김동인에게 이는 적어도 상당한 무리였던 듯하다. 억압적 인습으로 인한 극심한 히스테리 증상 속에서 요오코의 귀에 들린 '해조음'의 환청과 Y의 귀에 별다른 이유 없이 들리는 그로테스크한 '연못의 가야금 소리'간에 발견되는 '문맥의 근대성'과 '문맥의 전근대성' 간의 간극이 여타의 에피소드들에서도 동일하게 감지되기 때문이다. 그것은 달리 말하자면 불임의 상태를 '자궁후굴증'이라는 명확한 의학적 명칭으로 지칭하는 것과 '자궁병으로 인해 새끼집을 잘라내었다'와 같은 비과학적인 용어로 지칭하는 것에서 발견되는 근대적 과학의 인식습득의 차이라고도 할 수 있을 것이다.

아리시마 다케오의 「어떤 여자」의 수용과 관련하여 「마음이 옅은 자여」에서 발견되는 이와 같은 한계는 이미지의 단편적 모방에 의해 발생된 결과만은 아니었던 듯하다. 전근대적 강압결혼의 제 형태를 거부하고 이혼한 신여성(「어떤 여자」)대신에 가부장적 의식에 가득 찬 유부남(「마음이 옅은 자여」)을 주인공으로 채택한 김동인의 선택은 이 한계의 근원을 충분히 암시해준다. 왜냐하면 작품에서 불륜의 사랑을 시작하는 주인공 나의 심적 태도란 그 내실에 있어서 전근대적 일부다처제에 침윤된 일반적 조선 남성의 심리와 별다른 차이를 지니고 있지 않기 때문이다. 그 심적 상태 속에서 '정욕'과 사랑의 정신화 간의 갈등이란 거대한 '허위' 혹은 '환각'에 불과할 수밖에 없음은 자명한 일이다. 「마음이 옅은 자여」는 '번민'과 '갈등'을 포즈로 밖에 취할 수 없는 인간, 말하자면 '내면'의 흔적을 찾기 힘든 인물들에 의해 전개되고 있다.

4. 풍경의 부재, 관념으로서의 근대

김동인은 「마음이 옅은 자여」 창작동기에 대해서 『창조』 후기에서 밝힌 바가 있다. 이에 따르면 주인공 나의 연애, 실연의 과정을 다룬 전반부는 실화에 기초한 것이며 금강산 유람기를 다룬 후반부는 온전한 가공에 의한 것이다.[22] 그러나 작품구성의 측면에서 볼 때 김동인이 힘을 들여 '가공'해낸 후반부는 작품의 긴장력을 오히려 상당 부분 완화시키고 있다. 솔직히 말하자면 Y와 관련된 황당한 에피소드들, 그리고 어처구니없는 결혼 과정을 통해 이미 '골계극'으로 마감된 이 작품에 나 그리고 C, 두 남성 간의 여행기가 갑작스레 첨가되면서 '파탄'이 가속화되고 있는 것이다. 그러므로 김동인이 왜 '연애'를 테마로 한 이 작품에 왜 갑작스레 남성들 간의 금강산 여행기를 덧붙였는가는 주목을 요하는 부분이다.

「마음이 옅은 자여」에서 주인공 나는 친구 C와의 관계에 대해서는 '정신상의 오락' 즉 정신성에 기반 한 것으로, Y와의 관계에 대해서는 '정욕의 만족'으로 언급하고 있다. 정신적 관계는 남성들의 세계에서만 가능한 것이라는 김동인의 이 발상을 어떻게 이해하면 좋을까. 공교롭게도 이 발상의 기저를 이루고 있는 것은 남녀 애정관계를 정신적인 것과 육체적으로 이원화시킨 후 전자의 절대적 우위를 주창했던 연애의 제 양식이다. 단지 육체적 관계에 기반 한 애정관계를 남녀애정관계의 일반적 특징으로, 정신화에 기반 한 이상적 관계를 남성 간에 발생될 수 있는 것으로 변환시켰을 뿐이다. 남존여비의 전근대적 의식의 답습도 아니면서 남녀평등의 근대적 이상을 실현하고자 한 '연애'의 사회개

22) 김동인은 『창조』의 후기인 「나믄말」에서 「마음이 옅은 자여」는 자신이 감옥에 있을 때 친구 지인의 일을 들은 것을 토대로 창작하였다고 언급하면서, 그러나 후반부인 금강산 부분은 온전히 자신의 창작임을 밝히고 있다(『창조』, 1919.11, 77~78면).

혁적 측면도 일시에 무력화시키는 기묘한 상황을 김동인이 「마음이 옅은 자여」에서 연출하고 있는 것이다. 여기서 흥미로운 것은 이 상황의 연출이 우연적, 혹은 무의식적으로 행해진 것은 아니었다는 점이다.

「마음이 옅은 자여」에서 실제로 중심이 되고 있는 것은 나와 C의 관계이다. 나의 비밀 고백 편지의 형태로 시작되는 작품의 서두부분에서부터 편지의 수신자인 C는 나의 의식과 작품을 강력하게 지배하고 있다. 예를 들자면 Y와의 사랑이 끝난 그 순간에도 C는 변함없이 나의 삶을 지탱해주는 정신의 조력자로서 그려지고 있는 것이다. 가변적이고 유약한 남녀 간의 애정과 달리 남성들 간에만 가능한 강인하고도 영속적인 정신적 교감, 「마음이 옅은 자여」에서 김동인은 적어도 이 점을 제시하고 싶었던 듯하다. 작품의 완결성을 해치는 지리멸렬한 금강산 여행기를 김동인이 의도적으로 도입했던 것도 바로 이 때문이었다고 할 수 있다. 그러므로 '연애'에 내포된 근대 개혁적 측면을 일순 남존여비의 전근대 의식으로 변질시켜버릴 수도 있는 이 위험한 구상을 김동인은 왜, 어떤 연유에서 선택했던 것인가는 의문을 불러일으키지 않을 수 없다.

김동인은 이 구성을 「마음이 옅은 자여」에 이어 「유서」(1924), 「거칠은 터」(1924)에서도 반복적으로 제시하고 있다. 이 작품들에서 여성들은 천박한 욕정 혹은 '무지'로 인해서 남성을 파멸로 이끌거나, 단순한 '동거인' 이상의 의미를 지니지 못하는 인물로서 그려지고 있다. 물론 예술이라든가, 과학, 철학과 같은 위대한 정신적 작용은 당연히 남성들 간에서 형성되는 영역으로서만 제시되고 있다. 이 독특한 의식을 설명함에 있어서 「거칠은 터」의 주인공 나는 '나쓰메'의 견해를 잠시 빌려온다.[23]

---

23) 「거칠은 터」는 1924년 발표된 단편으로 영애라는 여성이 남긴 유서를 중심으로 내용이 전개된다. 여기서 천재적 과학자인 영애의 남편은 동성의 자신의 세계관을 동성의 친구와는 함께 공유하되 사랑하는 아내 영애에게는 함구하면서 나쓰메 소세키의 견해를 빌어 다음과 같이 언급한다. "여편네란 동물은 말이네, 남을 미워하거나 원망하는 것은 일호도 양심의 가책이라는 게 없이 될 수 있지만" "나쓰메도 이런 말을 했

여기서 언급되는 나쓰메란 일본 근대문학을 대표했던 나쓰메 소세키를 의미하는 것이며 나쓰메의 견해란 곧 "연애 혹은 여성에 관한 담론을 '정신'의 추구에 반한 것으로 생각한 메이지 시대 남성공동체의, 여성을 배재한 '정신' 중심사고"[24]를 의미한다. 메이지 정신의 확립을 근간으로 한 근대 성립기 일본의 상황으로부터 비롯된 나쓰메 소세키의 독특한 세계관을 식민지의 민감한 문학청년 김동인이 '역사에 대한 감각'없이 열정적으로 수용하고 있는 것이다.[25] 바로 이 지점에서 김동인이 그려내고자 한 '남성공동체의 정신중심'사고는 새로운 '풍경'의 창출로 전환되는 대신 남존여비의 전근대적 이데올로기라는 익숙한 '관념'으로 고착되어버리게 된다.

나와 C라는 인물형상에 관계된 김동인의 이와 같은 비현실적 감각은 실질적으로 금강산 여행기의 전 부분을 파탄으로 이끌어간다. 개연성을 상실한 나의 연애도 연애지만 그 연애가 파탄에 이를 무렵 갑작스레 Y 대신 친구 "C에 대한 극도의 연애에 가까운 사랑이 생김을 깨"닫고 "C에게 손을 잡히고 있는 것이 부끄러워서 그것까지 뽑"는 나의 심적 정황이란 어떻게도 설명될 수 없는 것이다. 그리고 이 심적 정황 속에서 금강산 여행이 전개된다. 물론 실연 상처 위로가 표면적으로 제시된 여행의 이유이기는 하지만 엄밀히 살펴본다면 이 여행에는 어떤 목적도 없다. Y를 향한 애정을 곧장 철회하고 그 대상을 C로 전환하는 등 나의 사랑이란 '실체'를 지니지 않은 것이며 실체가 없는 사랑에 '상처'가 있을 리는 없기 때문이다. 그러므로 나와 C가 여행지로서 선택한 금강산 역시 실재하지 않는 관념의 공간이었다고도 할 수 있다. 후반부 장황하게 전개되는 금강산 여행기에서 K와 C가 금강산의 풍경에 대해 나누는

거니와, 자기의 무학 내지 무식한 점을 발견당한 때같이 분하게 생각할 때가 다시 업다네"(김동인, 「거칠은 터」, 『김동인전집』 5, 삼중당, 1976, 169면).

24) 박유하, 「나쓰메 소세키와 근대 일본」, 『마음』, 웅진지식하우스, 2005, 321면.

25) 이 문제에 관해서는 정혜영, 「김동인문학과 간통」, 『한중인문학연구』 17, 2006.4를 참조.

다음의 대화는 이 점에서 흥미롭다.

"자네 금강산 인상이 어떤가?"
"벙어리 꿀 먹은 맛이네."
"자, 이야기 해보게."
"자네부터 하게."
K는 역습하였다.
"나부터? 하지."
하며 C는 여행백에서 스케치북을 꺼낸다.
(…중략…) K는 보았다. 무엇인지 모를 그림이다.
"한참보게"
C는 주의한다.
한참 볼 때에 K는 무엇인지는 모른다.
어딘지도 모른다. 어떻든 그 그림가운데서, 그 알지 못할 오색으로 된 곡선과 직선과 면(面)가운데서 풍부한 그 금강의 위대한 경치와 정조(情調)와 영기(靈氣)를 발견하였다.
"금강산의 경치의 인상은 말이나 글로는 못 나타내겠네!"[26]

솔개 바위를 지나 신계사를 거쳐, 구룡연, 옥류동에 도달하는 동안 C와 K의 눈에 비친 금강산의 모습은 "병풍산수화에서나 볼 시내가 동으로 서으로"흐르고, "새까만 이끼로 덮인 화강석으로 된 산 그 가운데 흙 있는데 새까만 조선 솔"로서 고정되어 묘사되고 있다. 한 폭의 전형적인 '병풍산수화'의 세계가 재현되고 있는 것이다.[27] 물론 거기에는 실연의 상처를 겪은 한 인간의 내밀한 고독, 혼란스러운 내면의 상태라는

26) 김동인, 「마음이 옅은 자여」, 『김동인전집』 5, 삼중당, 1976, 83면.
27) 가라타니 고진은 일본 근대문학의 기원을 다룬 자신의 저서 『일본 근대문학의 기원』에서 일본에서 풍경이라는 것이 발견된 것을 대략 메이지 20년대로 잡으면서 '풍경'의 발견을 전통적 '산수화'와의 비교를 통하여 설명하고 있다. 고진에 의하면 '산수화'에서 화가는 '사물'을 보는 것이 아니라 선험적인 개념을 보고 있었다고 지적하면서 '풍경'이란 바로 이와 같은 인식의 전도를 통하여 발견되는 것이라고 설명한다(가라타니 고진, 박유하 역, 『일본 근대문학의 기원』, 민음사, 1997, 26~36면).

것이 개입될 여지란 존재하지 않는다. 자질구레한 생활의 흔적이 소멸된 하나의 이상적 세계가 그로테스크 한 형태로 형성되고 있을 뿐이다. 이는 김동인이 병풍산수화라는 '선험적 관념'을 통해 금강산을 바라보고 있었던 것이지, 한 개인의 내적 심경을 통하여 금강산의 '풍경'을 바라보고 있지는 않았음에서 비롯되고 있다.[28] 그런 점에서 본다면 앞선 인용문에서 C와 K 두 인물이 금강산의 인상과 경치를 말이나, 글로 표현할 수 없었던 것은 '벅찬 감동' 때문만은 아니었던 듯하다. 그보다는 '풍경'을 발견해낼 내면이 그들, 엄밀히 말해서 김동인에게 성립되어 있지 않았었다고 하는 편이 옳을 듯하다.

5. 결론

「마음이 옅은 자여」에서 김동인은 신청년들의 애정윤리를 테마로 하여 갑작스레 근대와 조우한 근대 초기 조선 신청년들의 의식의 혼란을 그려내고 있다. '사랑'이라는 전통적 용어 대신 '러브'라는 영어를 사용하여 자신들의 애정을 표현하는 작품 주인공들의 부박함은 이 시기 조선의 근대, 근대문학의 수준을 가늠할 수 있다는 점에서 중요한 지표가

28) 1914년 경원선이 개설되고, 1919년 금강산전기철도가 가설되기 시작하면서 금강산은 근대적 관광지로서 개발된다. 1915년 조선총독부 철도국에서 발간한 『朝鮮鐵道旅行』에는 일종의 금강산유람안내서라고 할 수 있는 「金剛山遊覽の栞」이 부록으로 달려 있으며 1918년 남만주철도경성감리국에서 발행한 『朝鮮鐵道旅行案內』에도 「金剛山探勝案內」가 부록으로 달려 있다. 그러므로 김동인의 「마음이 옅은 자여」에서 나와 C가 여행을 떠난 금강산이란 바로 이처럼 근대적 관광지로서 재발견되기 시작했던 금강산이며, 이 점이 여행의 목적지로서 금강산을 선택한 이유였던 듯하다. 그런 점에서 볼 때 「마음이 옅은 자여」에서 김동인에 의해 묘사된 금강산의 정경은 상당히 비현실적이었다고 할 수 있다.

되기도 한다. 특히 당시 새롭게 등장한 애정형태인 '연애'에 도취되어 '사랑'의 절대성을 외치며 인생을 파탄으로 이끄는 주인공의 모습은 근대의 제 의식을 피상적으로 밖에 수용, 이해하지 못했던 근대 초기 조선 신청년들의 면모를 절묘하게 반영하고 있기도 하다. 그러나 흥미로운 점은 김동인은 결코 「마음이 옅은 자여」를 이처럼 시대에 대한 '풍자'를 위해 창작하고 있지는 않았다는 점이다.

이는 주요한에 의해 '골계극'으로 비난받은 「마음이 옅은 자여」에 대해서 김동인 자신은 의외로 '인생의 문제와 번민'을 다루려고 했다고 언급하는 것에서도 충분 드러난다. 말하자면 김동인에게 있어서 「마음이 옅은 자여」는 삶에 대한 엄숙하고도 진지한 고찰의 과정이었던 것이다. 그렇다면 「마음이 옅은 자여」에 대한 김동인의 이 판단착오는 어디서 비롯되었던 것일까. 평론가로서의 김동인의 역량, 예를 들자면 이광수의 『무정』에 대한 예리한 비판을 담은 「춘원연구」라든가 조선 근대소설에 대한 나름의 식견을 담은 「조선근대소설고」 등을 고려할 때 여기에는 별다른 교양의 자양분을 얻을 것이 없었던 '쇠망한 민족'의 후예인 김동인이 처한 시대적 한계가 하나의 요인으로 지적될 수 있을 것이다. 그와 더불어 지적될 수 있는 것이 김동인 자신의 인식의 한계이다.

처녀작 「약한 자의 슬픔」을 비롯해서 「배따라기」, 「감자」, 심지어는 역사적 현실을 테마로 한 「붉은산」에서도 김동인이 바라보고 있었던 것은 '현실'이 아니라, '관념'이었다고 할 수 있다. 동일하게 평양을 작품의 배경으로 삼더라도 이광수는 근대적으로 변모되어 가는 평양의 '현재'를 바라보았다면 김동인은 기생과 양반의 풍류가 자행되는 '과거'의 평양, 즉 자신이 사랑한 하나의 이상적 관념으로서의 평양을 바라보고 있었던 것이다. 「마음이 옅은 자여」가 인생의 문제를 그리려한 김동인의 진지한 의도와 달리 '골계극'이라는 형태의 파탄을 맞았던 것에는 바로 이와 같은 김동인 의식의 한계가 자리해 있었다.

제2부
식민지기의 왜곡된 근대성

제1장

1930년대 종합대중잡지와 '대중적 공유성'의 의미

잡지 『조광』을 중심으로

1. 서론

1935년 11월 잡지 『조광』이 창간·발행된다. 발행처는 조선일보출판부. 『조광』은 1944년 12월 폐간[1]에 이르기까지 만 10년 1개월 동안 간행, 총 발행 호수 110호로 일제시대 발간된 잡지들 중 규모에서 『삼천리』[2]에 이어 최대의 위치를 점하고 있다. 이상의 「날개」를 비롯해서 김유정의 「동백꽃」, 이효석의 「메밀꽃 필 무렵」 등 "한국 근대문학의 이정표라

1) 현재 확인된 바에 의하면 『조광』 잡지는 1944년 12월 통권 110호가 마지막이다. 그러나 조선일보사에서 간행한 『조선일보 60년사』에 의하면 『조광』은 긴박해진 전시(戰時) 사정으로 1945년 11권 봄호(부수는 미확인으로 기재되어 있음)로 폐간되었으며 이후 나시 『조광』은 1946년 12권 3월호로 속간호를 간행, 1949년 15권 3월호까지 간행되었다고 한다(『조선일보 60년사』, 조선일보사, 1980, 461면).

2) 『삼천리』는 1929년 6월 창간하여 1942년 1월 폐간에 이르기까지 통권 152권을 간행했으며, 1942년 5월부터 1943년 3월까지 『대동아』로 개제하여 통권 3호를 간행한다.

할 수 있는" 수많은 작품들이 『조광』을 통해서 발표되는가 하면 『현대조선문학전집』[3]을 비롯해서 다수의 문학전집들이 조광 관할의 조선일보 출판부에서 발간, 전집문학의 시대를 여는 중요한 역할을 담당한다. 그러나 이와 같은 문화적 성과들에도 불구하고, 『조광』은 지금까지 문학연구 쪽에서는 물론 언론출판연구 쪽에서도 별반 조명을 받지 못했다.[4] 『조광』과 동시기 간행된 대중잡지 『삼천리』에 보내졌던 학계의 관심과 비교할 때 이와 같은 문제점은 훨씬 극명하게 드러난다.

여기에는 일제 말기 황국신민화 정책에 적극 부응했던 『조선일보』 및 『조광』의 면모가 치명적 요인으로 작용하고 있다. 『조선일보』·『동아일보』 등 일간지는 물론 『신시대』·『家庭の友』 등 친일적 색채를 띤 잡지들조차 속속 폐간의 길을 걷던 1940년대, 『조광』은 일본어 상용화 및 황국신민정책 찬동의 기사를 게재하면서 『국민문학』과 더불어 최후까지 잔존한다. 『조광』과 더불어 1930년대 대중종합잡지 시대를 열었던 삼천리의 1940년대 행로, 즉 제명을 「대동아」로 변환, 일본어 상용화와 황국신민정책을 부르짖던 행로를 고려한다면 『조광』에 퍼부어진 일방적 비난 및 학계의 무관심은 다소 편파적이라는 느낌이 들기도 한다. 문제는 이 편파성으로 인해 1930년대 중반 식민지 조선에서 『조광』의 발간을 둘러싼 다양한 문화적 함의에 대한 객관적 조망이 간과되고 있다는 점이다. 1935년이라는 『조광』의 발간시기 및 대중종합잡지로서의 『조광』의 거침없는 행보는 식민지에서의 '대중'의 의미, 즉 식민지 '대중잡지'의 귀결점이 무엇인가를 판별함에 있어서 중요한 근거가 될 수 있을 것이다.

---

3) 『현대조선문학전집』은 단편집 상중하 세 권, 평론집 한 권, 시가집 한 권, 수필기행집 한 권, 희곡집 한 권 모두 합쳐서 전 7권으로 구성되어 있다. 『조광』에서는 이외에도 『세계동화걸작집』, 『新選文學全集』(전 4권), 『현대조선여류문학선집』을 비롯하여 이광수의 「그의 자서전」, 「애욕의 피안」, 김내성의 『마인』 등 다수의 문학전집 및 작품집을 출판, 한성도서, 박문사와 더불어 조선에서의 전집 출판시대를 열고 있다(『조선일보 60년사』, 조선일보사, 1980, 457면).

4) 『조광』에 대한 기존의 연구로는 하동호, 「『조광』 서지분석」, 『동양학보』, 단국대 동양학연구소, 1986.10이 유일한 것이다.

2. 『조광』의 창간을 둘러싼 제 상황

『조광』은 1935년 11월 창간된 잡지이다.[5] 평북 정주 출신으로 금광을 소유했던 자산가 방응모가 조선일보사를 인수한 지 1년 8개월 만의 일이다.[6] 『조선일보』 편집을 담당하고 있었던 이은상이 편집 고문을 맡았으며 편집주임은 황해도 송화 출신으로 동경외국어학교를 졸업, 『해외문학』 동인으로 활동했던 소설가 함대훈이 맡는다. 『조광』의 창간 과정에 대해서 『민족계몽의초석방응모』를 통해 이은상은 다음과 같이 회고하고 있다.

> 나는 1932년 이화여전의교수직을 사임하고서 동아일보사 안에 따로 사무실을 가지고 집필 생활을 하는 중이었습니다. 그때 『동아일보』에 있었던 서춘씨가 먼저 『조선일보』로 옮기고 얼마 후에 내게도 『조선일보』로 오라고 했지요. 내가 방응모 사장을 만나게 된 것은 1935년 내 나이 서른셋일 때였습니다. (…중략…) 그때 이미 『동아일보』에서는 『신동아』·『신가정』이라는 월간지를 내고 있었고, 그 일에 나도 주요섭과 함께 관계한 일도 있었거든요. 그래 한번은 『조선일보』에서도 새로운 월간 잡지를 해 보자고 얘기를 꺼냈다가 의외로 급속하게 진전되었지요. 그리고는 출판국이 신설되고 내가 출판국 주간(국장)으로 임명되어 처음으로 상근하게 되었던 겁니다.[7]

이은상의 이 언급처럼 『조광』의 창간이 과연, 이은상의 우연한 발언으로부터 비롯되었던 것인가는 확인할 수 없다. 그러나 앞서 인용된 이은

5) 방응모는 언론인의 후생 복지를 위해서 1935년 2월 17일 회원 간의 경애상조(敬愛相助)와 친목을 도모하기 위해 '조광회'를 설립한다. 이 움직임을 『조광』이라는 잡지의 편찬으로 이어간다(이동욱, 『민족계몽의초석방응모』, 지구촌, 1988, 158면).

6) 방응모의 『조선일보』 인수는 정확하게 1933년 3월 23일에 이루어졌으며, 고당 조만식과의 인연이 크게 작용했던 것으로 보인다(이동욱, 『민족계몽의 초석 방응모』, 지구촌, 1998).

7) 이동욱, 앞의 책, 181~182면.

상의 언급에서 감지되듯 『동아일보』에 대한 『조선일보』의 기묘한 경쟁의식이 『조광』창간의 기저에 있었던 것은 분명했던 듯하다. 김동인이 「문단삼십년사」에서 밝힌 방응모의 조선일보 인수를 둘러싼 여담, 예를 들자면 동아일보사에 의해서 자신이 운영하던 동아일보 정주지국을 강제폐쇄당한 경험을 지닌 방응모가 구원(舊怨)에 근거 조선일보를 인수했다는 구절을 염두에 둔다면 이은상의 우연한 발언을 조선일보사가 왜 그처럼 쉽게 수용한 것인지 납득이 되는 것이다. 일단 『조선일보』는 『조광』을 발간함으로써 『동아일보』에 이어 신문잡지출판에 돌입하게 된다.[8] 이 시기 이미 동아일보사에서는 종합잡지 『신동아』와 여성전문잡지 『신가정』이, 그리고 조선중앙일보사에서는 종합잡지 『중앙』어린이전문잡지 『소년중앙』 등이 발간되고 있었고 김동환이 간행한 종합대중잡지 『삼천리』와 윤백남이 주관한 대중잡지 『월간야담』은 대중들로부터 상당한 호응까지 얻고 있었다.[9]

『조광』은 조선일보사의 막강한 경제력과 행정력에 의거, 외형과 판매방식, 가격면에 이르기까지 기존의 잡지들과는 차별화되는 새로운 방식을 채택, 종합대중잡지의 신면모를 선보인다. 잡지의 도입부를 사진 혹은 도색화보로 시작, 여타의 잡지들과 달리 시각적 효과를 극대화시켰는가 하면 잡지의 두께에 있어서도 여타의 잡지들과 자신을 차별화시키고 있다. 잡지 총 지면 수가 100페이지를 넘기 어려웠던 이전의 잡

8) 이은상의 증언에서 잠시 읽혀지는 『동아일보』와 『조선일보』 간의 경쟁관계에 대해서는 김동인의 「문단삼십년사」의 '조선일보시대'에서도 언급된 적이 있다. 『동아일보』측에 의해서 방응모가 역임하고 있던 동아일보 정주지국이 강제 폐쇄되자 이에 분노한 방응모가 성공 후 폐간 위기에 있던 『조선일보』를 인수했다는 것이다. 이에 근거할 때 『조광』의 간행에는 『동아일보』에 대한 방응모의 개인적 감정 역시 무시할 수 없을 듯하다(김동인, 「문단삼십년사」, 『김동인전집』 6, 삼중당, 1976, 65면).

9) 김동인의 언급에 따르면(김동인, 「문단삼십년사」, 위의 책, 68면), 『월간야담』의 성공에 착안, 자신이 간행한 『야담』의 판매부수가 9천여 부였다고 한다. 최대 일간지였던 『조선일보』의 1934년 발행부수가 3만 4천부 정도였음을 감안한다면 이들 대중잡지의 판매부수는 상당했다고 할 수 있다(1934년 『조선일보』 발생부수에 대해서는 『조선일보역사 단숨에 읽기』, 조선일보사, 2004, 55면 참조).

지들에 비해 『조광』은 창간호부터 408쪽이라는 엄청난 분량으로 발간된다. 『삼천리』가 1929년 창간 당시 50쪽의 분량으로 시작, 1934년 8월호를 기점으로 지면을 300쪽으로 증량, 1936년 4월호에 한정 400쪽에 달한 후 300쪽을 넘기 어려웠다는 점을 고려한다면 이와 같은 『조광』의 지면 수는 가히 파격적이었다고 할 수 있다.[10] 408쪽이라는, 조선잡지 초유의 『조광』의 지면 수는 열악한 대외정세와 사회적 분위기 속에서 다수의 잡지들이 폐간, 경영악화의 일로를 걷던 1936년 11월, 창간 1주년을 기념하여 오히려 50쪽이 증량되기에 이른다.[11]

지면 수의 증량은 다양한 문인들을 섭외할 수 있는 출판사 자체의 행정력과 더불어, 가장 본질적이라고 할 수 있는 '원고료' 즉 경제력의 문제와 긴밀하게 연결된다. 일단 평북 정주라는 방응모의 지연에 근거, 이광수를 비롯해서 서춘·함상훈 등 동향(同鄕) 출신의 문인, 언론인 그리고 방응모의 후원을 받던 홍명희·한용운과 같은 문인들이 『조광』의 중심필진으로 포진한다.[12] 이와 더불어 조선일보사의 풍부한 재정 능력은 타 잡지사와 비교할 수 없을 정도의 높은 원고료를 문인들에게 지불함으로써 수준 높은 다양한 기사들의 수집 및 게재를 가능케 한다. 1930년대 『조광』과 더불어 종합대중잡지를 이끌었던 『삼천리』에 대한 김동인의 언급, 그리고 『조광』 1936년 5월호에 게재된 김문집의 잡문 「비련

---

10) 408쪽에 달하는 지면과 도색화보로 이루어진 『조광』의 경우 한 권에 30전 그리고 우편주문시 송료 본사부담이었다. 이에 반해 300페이지 분량으로 간행된 『삼천리』는 한 권에 30전, 우편주문시 송료 2전 추가였다.

11) 『조광』 1936년 11월호는 1주년 기념으로 지면을 50페이지 증가해서 발간된다. 아울러 11월호에서는 경제불황과 지가(紙價) 인상을 이유로 들이 책값을 30전에서 40전으로 인상할 것을 공고하고 있다. 그러나 인상 후 두 호 정도만 430쪽 정도의 분량으로 발간될 뿐 나머지는 종전의 지면 수와 비슷한 분량으로 발간되다가 1937년 5월호부터는 창간호보다 분량이 줄어든 370페이지 정도로 간행된다. 그리고 1940년 말이 되면 겨우 200쪽이 넘는 분량으로 그 규모가 축소된다(『조광』 1936년 11월호의 지면 증량 및, 가격인상에 대해서는 『조광』 1936년 11월호 참조).

12) 홍명희는 자신의 대표적 장편 『임꺽정』을 『조선일보』에 13년에 걸쳐 연재했으며 방응모가 병을 앓을 때 쾌유를 비는 한시를 『조광』(1938년 11월호)에 발표하기도 했다.

의 애처러운 기억」에 나타난 원고료에 대한 잠깐의 언급 간의 비교는 이 점에서 시사하는 바가 크다.

> ①들리는 바에 의하건대(사실 여부는 중요하지 않는다) 파인은 『조선일보』에서 개최되었던 공진회 끝난 뒤에 출입기자에게 준 수당금(진실로 약간한 금액이다)을 가지고 버리는 셈치고 『삼천리』를 창간하였다는 것이다.
>
> 파인의 하숙집 빈대투성이의 파인의 거실—『삼천리』사 편집실 발행과 발송실, 영업실을 겸했고 파인이 사장 편집인 기자 하인을 겸한, 참으로 빈약한 출판이었다. (…중략…) 돈이 없는 파인이요, 따라서는 원고료를 내놓지 못하는 형편이매 友誼에 호소해서 얻어내는 원고와 巴人 자신이 꾸민 폭로기사, 에로기사 등의 하잘 것 없는 내용의 『삼천리』였지만 이 밑천 아니 먹힌 잡지가 시골 독자에 매력 있었던 모양으로 비교적 잘 팔리었다.
>
> —김동인, 「문단삼십년사」 中[13]

> ②조선에 조광이라는 잡지가 있는 것을 무론 너는 모를테지. 그 잡지의 이 달호의 원고 締切은 벌서 몇일 지냈지마는 편집자는 이상한 조건으로 너와의 사랑의 전말을 써내라고 졸는다. 이상한 조건? 조선에서 출판업이 시작된 이래, 기록적 원고료를 낸다는 조건이다.
>
> —김문집, 「비련의 애처러운 기억」 中[14]

물론 '조선에서 출판업이 시작된 이래, 기록적 원고료'를 『조광』으로부터 제시받았다는 김문집의 언급을 전적으로 신뢰하기는 어렵다. 그러나 문인들이 매력을 느낄 만큼의 많은 원고료를 『조광』이 여타의 문인들에게 지불했다는 것은 분명했던 듯하다. 창간 두 달 후인 1936년 '신년호'를 내면서 당대 잡지 발행 부수로서는 상상키 어려운 무려 2만부를 기획, 인쇄를 맡았던 한성도서 주식회사까지도 경악케 만든 『조광』의 공격적 경영 태도를 고려할 때 잡지의 중심이라 할 수 있는 원고 수

---

13) 김동인, 「문단삼십년사」, 『김동인전집』 6, 42면.
14) 김문집, 「비련의 애처러운 기억」, 『조광』, 1936.5, 246면.

집에 어느 정도 심혈을 기울였을까는 어렵지 않게 감지되기 때문이다. 상당한 발행 부수를 자랑하던 『삼천리』조차 원고료를 내놓을 형편이 되지 못해서 발행인인 파인 혼자서 기사들을 써 내려가며 악전고투했다면 여타 잡지들의 기사 수집 상황이란 거론의 여지조차 없는 것이다. 『조광』의 발간 2년 전인 1933년 12월 『호외』지의 '소문의 소문'에 게재된 기사의 한 구절, "금광으로 돈을 버러가지고 『조선일보』를 인수하야 돈의 위력을 여지업시 보혀주는 방응모"[15]라는 방응모 및 『조선일보』에 대한 비난의 글에서 간파되는 『조선일보』의 풍부한 경제력과 이로 인한 여타 언론의 위축감은 이 점에서 유념할 만하다.

실제로 『조광』 창간호를 살펴볼 때, 408페이지라는 지면을 채우고 있는 필진들의 구성은 여타 잡지들을 위축시킬 만큼 화려하다. 일단 소설에서는 주요섭, 이태준, 함대훈, 박화성이 시에서는 임화를 비롯해서 김기림·파인·유치환·신석정이 작품을 게재하고 있다. 논설 및 수필에서는 김기림·함상훈·한용운·백석·김환태·전영택을 비롯해서 문일평·이헌구·홍종인·유치진 그리고 당대 최고의 건축가 박길룡 등이 필자로 나서고 있다. 내용 역시 당대 '문화주택의 문제점' '주부상식' 등 일상적 생활문제에서부터 '이태리의 궁상(窮狀)과 파시스트정부의 위기' 등의 국제문제, '대공장은 어디 어디 생기나' 등의 경제문제, '회고특집 신라멸후(回顧特輯新羅滅後)1천년' 등의 국학문제를 적당히 배합, 종합지로서의 면모를 체계적으로 갖추고 있다. 이와 같은 화려한 필진 및 종합잡지로서의 탄탄한 구성은 폐간에 이르기까지 여전히 지속된다. 이는 『조광』과 더불어 1930년대 종합대중잡지시대를 이끌었던 『삼천리』는 물론, 천도교라는 박강한 배경을 기초로 1920년대 조선 문단을 장악했던 종합잡지 『개벽』조차 확보해내기 힘들었던 인적 내용적 구성이었다고

15) 『호외』지는 신문계의 소식을 알렸던 잡지로 1933년 12월 신문평론사에서 창간되었다. 창간호를 마지막으로 더 이상 속간되지 않았다. 이 잡지에 『조선일보』와 『동아일보』의 지면 분석과 인물화제가 실려 있다(『號外』, 신문평론사, 1933.12).

할 수 있다. 이 점에서 본다면 『조광』을 가리켜 "삼십년대에는 가장 영향력 있는 종합지"[16)]라고 하는 세간의 언급은 재론의 여지가 없다. 문제는 『조광』의 이 '영향력'이 1930년대 조선사회에서 어떻게, 무엇을 지향하여 발휘되고 있었던가 하는 점이다.

3. '대중적 공유성'의 확보

1935년 11월 발행된 창간호의 창간사에서 『조광』은 창간목적을 다음과 같이 밝히고 있다.

> 현대에 있어서는 所謂잡지문화의 발전이 그 극도를 呈하야 一個人의 것으로부터 一部落 一國民, 그리하여 全世界的인 者에 이르기까지 輝煌燦爛한 步調를 取하고 있읍니다. 또한 그것을 通하야 한 개의 心境이 披瀝되고 한개의 學說이 唱導되고 한개의 現像이 是非되고 한개의 思潮가 泉湧하여 마침내/波及함이 얼마나 강대한 줄을 알 수가 있읍니다.
>
> (…중략…)
>
> 朝鮮사람은 무엇보다 常識으로서 남을 따르지 못합니다. 天地人 三才를 通하야 各問의 專攻은 且置하고 먼저 常識의 缺乏이 얼마나 큰 悲哀와 暗黑을 가져오는지 여기 云云할 것까지도 없을 줄 알거니와 果然 常識朝鮮의 形成이 얼마나 어떻게나 所重한 者임을 切感하는 바입니다.
>
> 古今東西의 自然, 人文에 宜하여 男女老少 누구나가 여기서 그 凡有萬殿常識의 道를 얻도록 하자 함이 우리의 敢히 꾀한 바 目標입니다. 號를 거듭함에 따라 우리의 意圖가 어느 곳에까지 得到할 수 있는지는 미리 卜(복)할 것이 업거니와 이에 우리는 이것으로써 常識朝鮮의 「아침햇빛」(朝光)이 되기를 自

16) 서울대 동아문화연구소 편, 『국어국문학사전』, 신구문화사, 1973, 576면.

期함과 아울러 同胞 앞에 우리의 出發을 普告하는 바입니다.[17]

'상식조선의 형성'의 소중성을 절감, '상식조선'의 아침햇빛(조광)이 되는 것, 『조광』은 발간 목적을 이처럼 밝히고 있다. 『조광』의 창간사에서 언급되는 이 '상식'의 의미가 무엇인가는 『조광』에 앞서 창간, 신문잡지 시대를 최초로 열었던 『신동아』 창간호의 '편집후기'와 비교할 때 보다 분명하게 이해할 수 있다. 『신동아』는 창간호 편집후기에서 "정치·경제·사회·학술·문예 등 각 방면을 통하여 시사·평론으로부터 과학·운동·연예·취미에 이르기까지 무엇이나 간에 우리의 지식과 견문을 넓히고 실익과 취미를 도울만한 것이면 모두 다 취하겠다"고 창간방향을 언급하고 있다.[18] '범유만전 상식의 도를 얻도록 하'겠다는 『조광』의 창간 목적인 '상식'의 습득이란 『신동아』 창간호 편집후기에서 밝힌 두 가지 목표 '실익'과 '취미'의 습득과 동궤에 있는 것으로서 이 잡지의 간행방향을 나타내는 것이라고 할 수 있다.

'상식조선' 형성이라는, 일종의 계몽주의적 태도를 다분히 드러낸 『조광』의 편집방안은 의외로 상당히 상업주의적인 방식을 통해 실현되고 있다. 실제로 『조광』은 편집구성에서부터 판매방법에 이르기까지 '생산중심의 발신자코드'에 중점을 두었던 이전 잡지들의 제 면모에서 벗어나 '소비중심의 수신자코드'에 중점을 둔 종합대중잡지로서의 면모를 강하게 드러내고 있다. 외형적으로 볼 때 잡지 첫 면에 당시 대중적 인기를 끌었던 영화화보라든가 풍경 사진 등 대중의 시선을 끌만한 채색화보를 게재하는가 하면 매 호마다 여러 가지 경품, 할인권을 증정하는 일종의 끼워 팔기식 판매방식을 도입하고 있다.[19] 가격 역시 채색화보의 게재,

17) 「刊에 際하여」, 『조광』, 1935.11, 33면.
18) 「집후기」, 『신동아』, 1931.1, 89면.
19) 예를 들자면 1936년 1월 신년특별부록으로 이광수의 신작소설 단행본(4·6판 호화본)이 증정된다. 이외에도 춘향전공연의 조광 애독자 우대권이라든가, 약광고에 조광 애독자 우대권을 함께 넣는 등 다양한 경품행사가 마련되고 있다.

지면 수의 증가 등에도 불구하고 『삼천리』와 동일하게 30전으로 책정되는가 하면[20] 우편주문의 경우 배송료를 별도로 요구하던 『삼천리』 및 여타 잡지들과 달리 배송료를 본사 부담으로 설정하는 등 염가판매를 취하고 있다.[21] 계몽주의적 열정 속에서 영세규모로 제작되었던 조선의 통상적 잡지출판문화와는 차별화되는 새로운 잡지출판문화, 즉 거대자본에 의해 철저하게 상업주의적 태도로 기획된 잡지출판문화가 『조광』에 의해서 새롭게 제시되고 있었던 것이다.

그런 점에서 본다면 『별건곤』·『신동아』·『중앙』·『삼천리』 등 다수의 종합대중잡지가 앞서 자리를 잡고 있던 출판계에 뒤늦게 진입, 최후까지 잔존했던 『조광』의 생명력을 '친일'의 결과로 환원시켜버리는 것은 지나치게 단선적이라고 할 수 있을 것이다. 조선인으로서는 유일하게 탐정소설가로서 일본 문단에 데뷔했던 와세다대학 출신의 김내성을 편집위원으로 영입하는가 하면, 당대 최고의 야담작가 중 한사람이었던 신정언을 주요 필진으로 위촉해두었던 『조광』의 편집방안은 종합대중잡지로서의 『조광』의 면모를 읽을 수 있는 하나의 근거가 된다. 이처럼 『조광』은 판매방식, 외형·내용적 구성에 이르기까지 대중성의 확보를 위해 다양한 노력을 기울인다. '취미중심'이었던 『별건곤』의 오락성을 잃지 않으면서 시사중심이었던 『신동아』의 실용성 역시 견지한 상업성을 지닌 실용잡지로서의 독자적 면모를 확보하는 것, 그것이 『조광』이 당면한 결정적 과제였다고 할 수 있을 것이다. 말하자면 지나치게 통속적이지 않되, 그렇다고 지나치게 시사적 혹은 사상적이지도 않은 '종합대중잡지', 『조광』은 '상식대중'의 실용서라는 당시 조선에서 볼 수 없었던 새로운 면모의 종합대중잡지를 겨냥하고 있었던 것이다.

---

20) 『조광』의 가격은 1937년 1월 물가인상과 지면 수의 증가에 근거, 종전의 30전에서 40전으로 인상된다.

21) 앞서 밝혔듯 『삼천리』를 비롯해서 『별건곤』 등 이 시기 종합잡지들은 송료를 독자 부담으로 설정하고 있다.

이와 같은 『조광』의 의도를 고려할 때 창간호를 비롯, 『조광』 표지화의 변모는 의외라고 할 수 있다. 『조광』은 창간호를 제외하면 1935년 12월호부터 다음해인 1936년 7월호까지 표지그림으로 미인화(美人畵)를 선택하고 있다.[22] 이들 미인화를 그린 화가는 안석영이었다. 이는 단지 『조광』만의 특성이었다기보다는 상당한 판매부수를 올리고 있던 종합대중잡지 『삼천리』에서 동일하게 발견되는 특징이기도 했다.[23] 1930년대를 대표하는 두 종합대중잡지 『삼천리』와 『조광』이 한결같이 표지로서 조선을 상징할 만한 수많은 풍경들 중 기묘하게도 미인화를 집중적으로 선택, 전 계층을 대상으로 한 종합잡지로서의 이미지보다는 오히려 여성을 주된 대상으로 한 여성잡지로서의 이미지를 풍기고 있었던 것이다.

이와 같은 이미지는 실제로, 잡지 내용을 살펴볼 때 훨씬 두드러지게 드러난다. 실용서로서의 종합지를 주창하면서도 시사성을 강하게 띠었던 『신동아』·『중앙』과 달리, 『삼천리』와 『조광』은 그야말로 가정과 여성에 대한 정보를 제공하는 '생활실용서'이자 조선 사회의 잡다한 정보를 제공하는 일종의 '여성미용실'과 같은 면모를 함께 나타낸다. 「춘향전의 초일수입(初日收入)」이라든가 「신백화점 매상」에서부터 「허영숙동경행」에 이르기까지 사회의 모든 시시콜콜한 정보를 다룬 『삼천리』의 「기밀실」코너,[24] 『조광』 초창기에 선을 보인 「여름철의 조선요리」·「아동의 습관」·「가을의 화장비법」과 같은 생활 상식 위주의 기사 및, 출판부내 개설된 '생활상식문답계',[25] 「녀성을 일코 고민하는 여성들에게」와 같은 여성 취향적 기

---

22) 창간호는 비상하는 학의 그림을 표지화로 선택하고 있다.

23) 『삼천리』의 경우, 창간호인 1929년 7월, 한복을 입고, 무채를 든 여인화를 비롯해서 1929년 9월, 1930년 신년호, 1930년 초하호, 1930년 초추호, 1930년 10월호, 1930년 11월호 등, 창간호부터 10호까지 중에서 1930년 7월호만 '삼복의 한강' 사진을 싣고 있고 나머지는 모두 한국전통여인화를 표지로 채택하고 있다.

24) 『삼천리』의 '기밀실'은 1934년 5월호부터 등장, 처음에는 정계·언론·재계의 동향을 싣다가 이후 시시콜콜한 사회잡담을 다루는 것으로 변모된다.

25) 『조광』 1936년 3월호에는 '질의응답란'이 개설되고 있다. 이와 더불어 "일상생활 중에 의식주 기타에 물어보시고 싶은 점이 계시거던 엽서로 출판부내 생활상식문답계에

사, 그리고 세간의 이야기를 적은 『조광』의 「雜組」 코너,[26] 일반 문예란과 별도로 개설된 '야담'란 등.[27] 이들은 생활과 관련된 실용적이고도 시시콜콜한 정보를 누구나 접하기 쉽도록 간편하게 기사화했던 여성잡지의 면모를 상당부분 전승, 활용하고 있다. 외형과 내용이 동일하게 '여성잡지'의 패턴을 답습하고 있는 것이다.

『삼천리』와 『조광』에서 공통적으로 발견되는 이와 같은 특징들, 즉 표지화와 내용적 구성 간의 일치는 『조광』의 출발점을 암묵적으로 암시해주는 것이기도 하다. 『조광』은 '가정'과 '부인'을 의식한 표지 디자인과 잡지구성 등 '부인잡지'의 이미지를 끊임없이 환기시키면서 상식조선의 건설을 내건 종합 대중잡지로서의 자신의 면모를 완성해가고 있었던 것이다. 부록으로서 이광수의 신작소설 단행본을 증정한다든지,[28] 춘향전 공연 혹은 약 광고를 게재하면서 조광애독자우대권을 함께 발행한다든지 하는 등 일반적 여성잡지들의 판매방법을 답습하고 있는 것 역시 그 한 예로서 제시될 수 있다. 그렇다고 해서 이것이 곧 『조광』의 주된 독자층=여성으로 규정되고 있었음을 의미하는 것은 아니다. 그보다는 실용적인 생활지식, 흥미로운 세간의 정보, 재미있는 문예. 이로부터 형성된 부인잡지의 일반적 이미지—예를 들자면 누구나가 부담감 없이 쉽고 재미있게 읽을 수 있을 수 있을 뿐 아니라 간단한 교양까지 습득할 수 있다고 하는 이미지를 자신의 이미지로서 채택, 동일수준의 모든 독자들을 껴안으려고 했다고 이해하는 편이 옳을 듯하다. 말하자면 『조광』은 부인잡지의 이미지를 자신의 이미지와 중첩시키면

보내어줄 것"을 당부하는 글이 실려 있다(『조광』, 1936.3, 403면).

26) 『조광』의 '雜組'는 『삼천리』의 '기밀실'과 동일한 성격을 지녔던 항목란이다.

27) 『조광』은 일반 문예란과는 별도로, 당시 대중적 인기를 끌었던 야담란을 특별 설치, 신정언과 같은 야담 전문작가들의 작품을 게재하고 있다.

28) 1935년 12월호 마지막 페이지에는 1936년 신년특별부록으로 이광수의 신작소설 단행본(4·6판 호화본) 증정광고가 게재되어 있다. 이와 같은 일종의 보너스 상품 지급, 혹은 염가 판매와 같은 상업적 판매방식은 이후로도 다양한 형태로서 지속되어 나타나고 있다.

서 일종의 '대중적 공유성'을 확보하고자 했던 것이다.

『조광』(『삼천리』를 포함)의 이와 같은 기획이 조선의 종합대중잡지의 발생과정에서 처음 시도되었던 것은 아니다. 제국이 발생시킨 문화의 자장 안에서 제국의 문화를 수렴, 그 이미지를 재생산 해낼 수밖에 없었던 식민지 문화의 한계, 즉 제국과 식민지 간의 문화적 역학관계가 이들 잡지의 성립과정을 통해서도 발견된다. 이 점에서 1925년 대량인쇄, 대량판매의 출판혁명을 일으키며 일본사회에 등장한 종합대중잡지 『킹구(キング)』는 주목할 만하다. 영어 King의 일본식 발음인 '킹구'를 잡지명으로 한 『킹구』는 강담사에서 창간, 일본 종합대중잡지의 신기원을 이룩한 잡지이다. 발행자는 강담사의 노마 세이지[野間清治]. 가격은 50전. 일본에서 사상초유의 '백만잡지'를 목표로 창간, 엄청난 판매부수를 일으켰던 대중잡지 『킹구』는 조선에서도 큰 반향을 불러 일으켰던 듯하다. 1938년 발표된 채만식의 「치숙(痴叔)」에서 그 한 단면을 엿볼 수 있다.[29]

> 그런데 보니깐 어디서 모두 뒤져냈는지 머리맡에다가 헌 언문 잡지를 수북이 싸놓고는 그걸 뒤져요.
>
> 그래 나도 심심삼아 한 권 집어들고 떠들어보았더니, 머 읽을 맛이 나야지요.
>
> 대체 죄선 사람들은 잡지 하나를 해도 어찌 모두 그 꼬락서니로 해놓는지.
>
> 사진도 없지요, 망가도 없지요.
>
> 그러고는 맨판 까달스런 한문 글자로다가 처박아 놓으니 그걸 누구더러 보란 말인고 더구나 우리 같은 놈은 언문도 그런 대로 뜯어보기는 보아도 읽기에 여간만 폐롭지가 않아요.
>
> 그러니 어려운 언문하고 찌다로운 한문하고를 섞어서 쓴 글은 뜻을 몰라 못보지요. 언문으로만 쓴 것은 소설 나부랑인데 읽기가 힘이 들 뿐 아니라 또 죄선 사람이 쓴 소설이란 건 재미가 있어야죠. 나는 죄선 신문이나 죄선 잡지하

29) 채만식의 「치숙」과 잡지 『킹구』의 관계에 대해서는 남부진, 「『キング』と朝鮮の作家」, 『文學の植民地主義』, 世界思想社, 2006에서 세밀하게 규명되고 있음.

구는 담싸고 남 된 지 오랜걸요.

잡지야 머 낑구나 쇼넹구라부 덮어 먹을 잡지가 있나요. 참 좋아요.

한문 글자마다 가나를 달아놓았으니 어떤 대문을 척 펴들어도 술술 내리 읽고 뜻을 휑하니 알 수가 있지요.

그리고 어떤 대문을 읽어도 유익한 교훈이나 재미나는 소설이지요.

소설 참 재미있어요. 그 중에도 기꾸지깡 소설! …… 어쩌면 그렇게도 아기자기하고도 달콤하고도 재미가 있는지, 그리고 요시까와 에이찌, 그이 소설은 진찐바라바라하는 지다이모논데 마구 어깻바람이 나구요.

소설이 모두 그렇게 재미가 있지요. 망가가 많지요. 사진이 많지요. 그리고도 값은 좀 헐하나요. 15전이면 바로 고 전달치를 사볼 수 있고 보고 나서는 오전에 도로 파는데요.[30]

여기서 언급되는 '낑구'란 앞서 언급한 잡지 『킹구』이고, '소년 그룹'이라는 의미의 『쇼넹구라부』는 『킹구』의 발행사인 강담사에서 학생들을 대상으로 간행한 잡지이다. '한문'에 대한 기본적 소양은 물론, 별다른 지적 소양을 갖추지 않은 식민지의 소년이 사진 화보와 만화, 재미있는 소설, 읽기 쉬운 글자체로 이루어진 제국의 잡지 『킹구』를 탐독하면서 제국의 문화에 동화되어 가는 풍경을 작가 채만식은 절묘하게 포착해내고 있다.[31] 이 풍경을 '민족'이라는 프리즘을 통해 비판하기 이전, 1930년대 조선 종합대중잡지의 실질적 면모를 파악하기 위한 한 근거로서 바라본다면 어떨까. 이미 제국의 대중문화에 젖은 소년의 취향과 흥미를 채워주기에 다소 역부족일지는 몰라도 「치숙」이 발표된 1938년 조선에는 종합대중지 『조광』을 비롯해서 『삼천리』와 같은 일련의 종합대중잡지가 간행되고 있었다. 이들은 이전 종합잡지들에서 찾기 힘

30) 채만식, 「치숙」, 『채만식전집』 7, 창작과비평사, 1989, 270면.

31) 『킹구』의 최대의 외국시장은 조선이었다고 한다. 특히 1930년대 후반이 되면 조선 독자들이 보내어온 '독자소식'이 증가했다고 한다. 예를 들어 1937년 11월호의 '독자위안일만여명당선현상'의 당선자 일만여 명 중 조선인이 297명으로, 대만, 중국 등 여타의 나라들의 당선자 수를 넘어서고 있었다(佐藤卓己, 『キングの時代』, 岩波書店, 2002, 40~41면).

들었던 사진화보, 만화, 재미있는 소설 등을 게재, 『킹구』의 편집구성과 흡사한 편집구성을 나타내고 있으며 특히 몇 가지 면에서는 흥미를 끌 만한 유사성을 보이고 있다. 미인화를 채택한 표지화와 부인잡지류의 편집방식, 끼어넣기 식의 염가판매 등이 그것이다.

『킹구』는 창간호의 표지화로서 미인화를 채택하는가 하면, 내용 역시 가정과 여성 중심 기사로 편집, 전국민을 대상으로 한 종합대중잡지라기보다는 일종의 '부인잡지'의 이미지를 적극 활용하고 등장한다. 이와 같은 특징은 표지, 편집구성에서 뿐 아니라 잡지가 채택한 광고에서도 동일하게 발견된다. "표지 이상으로 독자상을 말해주는 속표지의 전면광고는 '미안백분(美顔白粉)'과 '백색미안수(白色美顔水)'가 1932년 7월호까지 반복 교체되고 그 후 2차세계대전 말까지는 '화왕(花王)비누'가 독점한다. 이러한 외견에서 보는 한 『킹구』는 부인잡지의 스타일을 그대로 차용"32)하고 있었다. 이 이미지의 차용을 통해 『킹구』는 부인잡지 독자 및 동일 수준의 유사 독자층을 전면 수용, 국민잡지로서의 자신의 역할을 수행해간 것이다. 그리고 여기에는 1902년 간행된 일본 최초의 '부인잡지' 『부인세계』를 비롯해서 『부녀계』·『주부지우』 등 일련의 부인잡지들이 일본사회에 정착시켰던 대중적 이미지 및 부인잡지에 대한 엄청난 대중적 호응이 중요한 근거로서 작용하고 있었다.

'남녀노소' '범유만인'의 잡지를 표방하면서 '부인잡지'의 이미지를 강력하게 노출시켰던 『조광』의 제 면모를 『킹구』의 문화적 자장 속에서 설명한다면 지나친 억측인 것일까. 그러나 미인화 표지 채택, 가정과 여성을 염두에 둔 기사 등, 조선종합대중잡지 『조광』과 『삼천리』 그리고 일본종합대중잡지 『킹구』 간에 우연의 일치처럼 발견되는 이 기묘한 유사성을 쉽게 무시할 수는 없을 듯하다. 특히 「치숙」에 등장할 정도의 사회적 반향을 『킹구』가 조선에서 불러일으켰음을 고려한다면 이

32) 위의 책, 27면.

에 대한 의문은 더 심각할 수밖에 없다. 그런 점에서 적어도 최대의 판매부수를 지닌 부인잡지의 지속적 등장과 같은 일련의 문화적 토대가 형성되어 있지 않았던 조선에서 갑작스레 '부인잡지'의 이미지를 유포, 『조광』이 등장한 것에는 『킹구』가 중요한 역할을 수행하고 있었음을 부인하기는 어렵다.

그러나 실질적으로 문제가 되는 것은 잡지 『조광』과 『킹구』 간의 문화적 영향관계, 엄밀히 말해서 원상(原象)으로서의 제국의 문화와 모방으로서의 식민지문화 간의 역학관계는 아니다. 『킹구』 역시 미국의 여성잡지 『레이디즈인 저널』을 모델로서, 자신의 이미지를 성립시켜나갔던 만큼[33] 이 문제는 각 문화 간의 상호 영향관계로서 간단하게 귀결지을 수도 있다. 그보다는 오히려 『킹구』가 '백만잡지'라는 엄청난 대중적 인기를 통해 1930년대 전시체제하의 일본에서 형성시켰던 국민적 공유성의 측면을 『조광』은 어떻게 수용하고 있었던가 하는 문제다. 이는 곧 식민지 대중문학의 귀착점이 어디인가를 살펴보는 기회이기도 하다. 이 점에서 『조광』의 발간을 둘러싼 1935년을 전후한 시기 조선의 사회 문화적 상황에 대해 고찰할 필요가 있다.

4. 대중과 국민, 식민지 대중잡지의 귀착점

『조광』이 창간된 1935년에는 '상식조선'의 '아침햇빛'이라고 하는, 『조광』의 창간 목적 달성을 위한 다양한 사회적 기반들이 형성되고 있었다. 일단 1929년부터 3년간 『조선일보』에 의해 전개되다가 중단되었던 문자

33) 잡지 『킹구』의 부인잡지적 이미지의 차용에 대해서는 『キングの時代』를 참조.

보급운동이 1934년 재개, '보건체조'와 병행, 전국적으로 퍼져간다. 1930년 10월 국세조사에 의하면 조선인 인구 2천43만 8천1백 8명 중 문맹은 40% 정도에 달하는 1천5백88만 8천1백 27명으로, 『조선일보』는 1934년 문자보급교재 100만 부를 발간, 문맹퇴치운동을 대사회적으로 전개한다.[34] 물론 이 운동이 어느 정도 실질적 효과를 거두었는가는 알 수 없다. 그러나 1934년 개최된 문자보급운동 동원식에서 『조선일보』 사장 방응모가 행한 식사의 한 부분, 문맹퇴치의 의미를 "문화적 향상"[35]과 연결시켜 언급한 부분은 적어도 '상식조선'의 건설을 내건 『조광』의 창간목적과 상당 부분 유사하다. 말하자면 1934년 전개된 『조선일보』의 문자보급운동은 '문맹퇴치'를 통한 '문화적 향상'에서 '상식조선'의 건설로 연결되는 일련의 문화적 움직임의 기초를 이루는 것이었다고 할 수 있다.

이와 더불어 주목할 만한 또 하나의 사회적 변화는 1933년에 시행된 JODK 경성방송국의 조선어 일본어 이중방송 개시이다.[36] JODK 경성방송국은 1927년 총독부의 지원 아래 일본인 주도로 설립된다. 개국 당시 방송 형태는 단일채널을 통한 혼합 단일방송형태였다. 이 기형적 방송형태는 조선인과 일본인 모두에게 불만을 야기, 1933년 조선어 방송이 단독 개시되기에 이른다. 조선어 방송 개시 5년 후인 1938년에 이르러도 경성인구 중 일본어 해독능력 가능자가 여전히 30%[37]정도 밖에

34) 『조선일보』는 문자보급운동을 위해 100만 부의 문자보급교재를 배포하며 이 운동은 한글학자 장지영에 의해 주도된다(『조선일보역사 단숨에 읽기』, 조선일보사, 2004, 55면).

35) 『조선일보』에서 전개한 '문자보급운동'의 동원식이 1934년 6월 29일 경성공원회당 건물에서 문자보급반과 보건체조반이 모인 가운데 개최된다. 동원식 식사(式辭)에서 방응모 『조선일보』 사장은 "이러고야(문맹이 많고서야) 어찌 조선 사람이 문화적 향상을 바랠 수 있겠습니까. 조선일보사가 문자보급운동을 일으킨 것은 순연히 이런 동기에서 나온 것입니다"라고 언급하고 있다(『조선일보 60년사』, 조선일보사, 1980, 248면).

36) JODK의 운영과정과 방송사에 관해서는 박기성, 『한국방송총람』, 나남, 1990과 방송문화진흥위 편, 『한국방송총람』, 나남, 1991을 참조.

37) 1938년 5월호 『삼천리』의 「기밀실」에서 조사한 당시 경성인구 중 일본어 해독능력 가능자를 보면 조선인 57만 2천7백 4명 중 국어(일본어－인용자 註)를 조금이라도 아는 자가 남자 2만 8천3백9십 5명, 여자 1만 5천9백4십 8명, 보통수준의 회화 가능자가

되지 않았다는 점을 고려한다면, JODK 경성방송국의 조선어 방송 단독 개시는 당연한 상황으로 파악될 수 있다. 그러나 1927년 '경성방송국'으로 개국한 이래 1932년 사단법인 '조선방송협회'로 개칭, 1935년 체신국 소재 '경성중앙방송국'으로의 변환, 마침내 철저한 국가관리 체제로 편입되어 가던 '경성방송국'의 변모 과정을 바라볼 때 상황은 그렇게 긍정적이지만은 않다.

실제로 1931년 만주사변 발발 이후 일본에서는 '라디오의 시국화'가 진행, "파시즘 체제를 위해 더욱 능동적으로 대중의식을 동원하는 매체"[38]로서 라디오가 적극 활용된다. 조선어 사용금지 정책과 조선어 방송 단독 개시라는 이율배반적 식민지 정책의 배후에는 이와 같은 삼엄한 정치적 상황이 내재해 있었다. 제2방송 실시 축하식장에서 우가키 총독의 축사 중 다음의 부분은 이 점에서 주목할 만하다.

> 민심을 작흥하고 질실강건의 미풍을 양성함에는 평소의 교화선도, 특히 건전한 사상의 함양과 시세에 적응하는 상식교육의 보급을 꾀함이 극히 필요한 일이라고 생각하는데 (…중략…)—인용자. 이 기관을 이용하야 민중의 교화를 도모한다는 것은 매우 유효한 일인데 특히 청취자 중에는 조선말이라야만 들을 수 있는 조선인 대중을 위하야 두 가지 말로 방송을 하게 된 것은 실로 유효한 시설이라고 생각한다.[39]

'민중의 교화를 도모'하고 민중을 '선도'하는 매체로서 라디오의 기능을 규정짓는 축사의 내용에서 1934년 조선어 방송 단독 개시를 둘러싼 다양한 정치적 함의를 감지할 수 있다. 특히 "건전한 사상의 함양과 시세에 적응하는 상식교육의 보급"의 필요성을 강조하는 축사의 언급

남자 10만 5천1백4십 5명, 여자가 2만 8천9백4십 명이었다고 한다.

38) 吉見俊哉, 송태욱 역, 『소리의 자본주의—전화. 라디오. 축음기의 사회사』, 이매진, 2005, 284~285면.

39) 「有效한 教養機關 當日 宇垣總督의 祝辭」, 『동아일보』, 1933.4.27.

은 '상식조선'의 중요성을 강조하던 『조광』의 창간사와 일치되고 있다는 점에서 흥미롭다. '문자보급운동'의 재개최를 통한 '민중교화'의 기초적 토대 마련(1934), 조선어 라디오 방송 개시를 통한 조선일반 대중에의 '상식의 보급'(1934), 라디오방송국의 국가관리체제로의 편입(1935.8)과 같은 대사회적 분위기를 배경으로 해서 '상식조선'의 아침햇빛을 표방한 『조광』(1935.11)이 창간되고 있다. 이 급박한 시대적 정황 속에서 과연 남녀노소가 상식의 도(道)를 얻게 하겠다는 『조광』의 야심 찬 계획은 어떠한 귀착점에 도달하게 될까. 그것은 곧 전시동원체제를 향해 나가던 1930년대 중반 조선 사회에서 '대중잡지'가 직면하게 될 현실적 주소를 살펴보는 것이기도 하다.

'남녀노소'의 교화를 통해 상식조선건설을 표방했던 『조광』의 의도는 간행사인 조선일보사의 다양한 기획을 통해 치밀하게 진행된다. 1933년 3월 22일 『조선일보』를 인수한 방응모는 조선 언론사 역사상 전례를 찾기 힘든 대대적 홍보에 나선다. 인수를 기념하여 혁신 기념호 100만 부를 전국에 무료 배포하는가 하면(1933) 다음 해에는 어린이날을 기념하여 신문사 비행기를 띄워 에어쇼를 개최(1934)한다. 또한 같은 해 삼남지방 수해구제사업과 기사 취재를 위해 비행기를 활용하고는 이 과정을 기록영화로 촬영, 실황영화의 공개를 통해 대중의 공감대를 형성, 절대적 호응을 확보한다.[40] 이와 같은 홍보 전략은 1935년 태평로의 최고층 신사옥이 완공되면서 정점에 달하게 된다. 불과 이년을 조금 넘는 짧은 기간동안 전개된 이 엄청난 대중 홍보를 통해 『조선일보』는 당시 최고 판매부수를 자랑하던 『동아일보』에 필적될 만큼의 위치에 도달하게 되고, 이 시점에 종합대중잡지 『조광』이 창간된다. 말하자면 『조광』은 철저한 상업주의를 표방하고 등장한 『조선일보』가 광고의 효과를 최대로 활용, 확보해낸 엄청난 대중적 호응을 기반으로 창간된 그

---

40) 이상에 대해서는 『민족계몽의 초석 방응모』·『조선일보 60년사』·『조선일보 역사 단숨에 읽기』 등을 참조.

야말로 말 그대로의 '대중잡지'였던 것이다.

이 지점에서 앞 장에서 잠시 인용되었던 『조광』 창간사의 한 구절을 다시 한번 주목할 필요가 있다. 현대사회에 이르면 '소위(所謂)잡지문화의 발전이 그 극도를 정(呈)하야 일개인(一個人)의 것으로부터 일부락(一部落) 일국민(一國民), 그리하여 전 세계적인 자에 이르기까지 휘황찬란한 보조를 취하고 있다'[41]고 하는 구절이 그것이다. 얼핏 읽으면 이 구절에서는 현대 사회에서의 잡지의 의미를 상식적 수준에서 언급한 발언 이상의 의미를 발견하기 힘들다. 그러나 한 인간이 '개인'에서 '국민'으로 통합되는 과정을 제시하고는 그 중심 과정에 '잡지'를 상정시킨 후, 현대 사회에서의 잡지의 의미를 그로부터 찾는 발언의 태도는 '국민적 공유성' 형성의 중심 매체로서의 '잡지'의 의미를 내포하고 있다는 점에서 상당히 중요한 의미를 지닌다. 획기적 광고와 상업주의적 판매 전략을 통해 대중의 이목을 집중, 그를 기반으로 창간되었던 '종합대중잡지' 『조광』의 의미, 엄밀히 말하자면 『조광』이 의도한 대중적 공유성 확보의 최종적 지향점이 어디인가가 창간사의 이 구절을 통해서 은연중에 암시되고 있는 것이다.

'국민잡지' 『조광』의 발간을 통한 국민적 공유성의 확보. 『조광』의 간행에 내포된 이와 같은 의도는 『조광』 자체의 발간을 넘어 다양한 방법을 통해서 실현된다. 일단 조선일보사는 1935년 11월 『조광』의 발간을 거쳐, 1936년 4월 여성전문잡지 『여성』을 창간하며, 일년 후인 1937년 4월 다시 청소년을 대상으로 한 잡지 『소년』을, 그리고 동년 10월 어린이를 대상으로 한 잡지 『유년』[42]을 창간한다. 『조광』의 창간을 『조선일보』와 『동아일보』의 경쟁구도 속에서 파악[43]한 일련의 논의들을 따

41) 「刊에 際하여」, 『조광』, 1935.11, 33면.

42) 잡지 『유년』의 존재에 대해서는 『조선일보 60년사』(462면) 및 『한국잡지사연구』(김근수, 한국학연구사, 1999, 323면)에 언급되고 있으나 잡지를 확인할 수는 없었음. 『조선일보 60년사』에 의하면 『유년』은 1937년 9월 창간, 화보 위주의 4・6배판 대형잡지로 지면 수는 50면 이내였으며 8호까지 간행되었다고 한다(『조선일보 60년사』, 462면).

르자면 『여성』을 비롯해서 『소년』의 창간 역시, 동아일보사에서 출판한 『신가정』이라든가, 조선중앙일사에서 출판한 『중앙』·『소년중앙』의 흐름 속에서 파악할 수도 있을 것이다.

그러나 『조광』의 창간사에서 언급된 잡지의 제 의미, 즉 국민통합 매체로서의 잡지의 제 의미를 고려한다면 『조광』의 창간에 연속한 이들 잡지의 발간을 여타 언론지와의 경쟁 관계로만 환원시켜버리는 것은 상당한 위험성을 내포하고 있는 듯하다. 특히 『여성』 및 『소년』의 발간이 중일전쟁 발발(1937.7) 국가총동원법 시행(1938.4)으로 이어지는 삼엄한 현실을 앞둔 시점이었음을 고려할 때 이 위험성은 훨씬 심각하게 대두되게 된다. 그렇다면 『중앙』·『신동아』·『소년중앙』·『신가정』이 폐간되고, 『조광』(1937.1)이 천황폐하의 만수무강을 기원하는 글을 신년호 첫 장에 게재하는 이 기묘한 시기를 즈음하여 간행되었던 이들 두 잡지의 의미는 어디서 찾아야 되는 것일까. 어쩌면 이 부분이 『조광』, 혹은 식민지 대중잡지의 필연적 귀착점을 밝혀내는 중요한 단서일지도 모른다.

생활실용서라는 부인잡지 특유의 제 특징을 정확하게 답습, 여성 대중 일반을 겨냥 간행되었던 『여성』, 그리고 소년 소녀들의 교양서로서의 역할을 담당, 상당한 호응을 불러일으켰던 청소년 전문잡지 『소년』. 이처럼 『여성』과 『소년』은 일반 대중 전체를 대상으로 했던 『조광』과는 별도로, 제각각 부인 일반과 청소년을 대상으로 설정, 대상 독자층의 차이에 따라 내용 역시 차별화시킨 일종의 전문잡지로서의 자신들의 이미지를 성립시키고 있다. 철저한 역할 분담이 형성되고 있었던 것이다. 『소년』이 어린이를 비롯한 십대의 청소년들을, 『여성』이 부인일반을 그리고 마지막으로 『조광』이 『소년』을 읽으며 성장한 일련의 독자들 및 여성 독자를 포함한 성인 일반 전체를 담당하는 것에 의해 '전 조

43) 『여성』 영인본 해제(역락)에는 『조광』의 창간을 가리켜 "조선일보사 출판부에서는 동아일보사의 『신동아』를 앞지르려는 『조광』을 발간"했다고 언급하고 있으며 이와 같은 견해는 여타의 논의들에서 이미 일반적으로 수용된 것이다.

선 대중'을 대상으로 하는 거대한 통합 프로젝트가 기획되고 있었다고 할 수 있다.[44] '한 개인'을 '국민'으로 통합시키는 중심역할로서 '잡지'의 의미를 상정했던 『조광』의 창간사는 바로 이 점을 의미하고 있었던 듯하다. 이 점에서 볼 때 『조광』은 상업 대중잡지였다고는 해도 오히려 강력한 민족주의를 표방 창간되었던 『삼천리』와는 출발에서부터 상당한 차이를 상정하고 있었다고 할 수 있다.

그런 점에서 대중의 국민적 공유라는 거대한 국민 통합 프로젝트 속에서 '국민잡지'를 겨냥 간행되었던 『조광』의 귀착점이란 이미 출발에서부터 치밀하게 상정되고 있었던 것인지도 모른다. 전시동원체제를 향해 움직이던 1935년의 시대적 정황 속에서 제국의 '국민'의 향후 행보란 자명할 수밖에 없었기 때문이다. 이는 단지 『조광』에 한정된 문제는 아니었다. 군국주의에의 편승이라는 『삼천리』의 변모 역시 식민지의 대중잡지가 도달하게 될 필연적 귀착점을 보여주는 결정적 예라고 할 수 있다.

5. 결론

대중적 공유성의 확보를 통한 '국민' 대통합. 지금까지 살펴보았듯이 1930년대 조선의 대표적 대중잡지 『조광』을 비롯해서 조선일보사에서 간행된 일련의 대중잡지들의 이와 같은 편집방안은 자연스럽게 일제의

44) 이는 "이로써 『조선일보』는 어른이 읽는 『조광』, 여성이 읽는 『여성』, 소년이 읽는 『소년』, 어린이가 읽는 『유년』을 발간, 전조선인의 각층의 독자를 망라, 전 세대를 위한 잡지를 발간, 교양 계몽에 힘썼던 것이다"는 『조선일보 60년사』의 언급을 통해서도 확인된다(『조선일보 60년사』, 462면).

황국신민화정책과 상응, 전시체제하에서 국민의 거국적 전쟁동원으로 이어지게 된다. 그러므로 흔히 지적되는 『조광』의 친일행적이란 식민지 대중문학의 태생적 한계로부터 비롯되었던 것이라고 할 수 있다. 물론 『조광』이 이를 창간과정에서부터 치밀하게 상정하고 있었던가는 쉽게 단정할 수 없다. 단지 『조광』과 더불어 1930년대 종합대중잡지의 시대를 본격적으로 열었던 『삼천리』가 『대동아』로 제명을 바꾸면서까지 일제의 황국신민화정책에 부응했던 것에서 이와 같은 문제가 식민지 대중문학 전반에 내재된 점이었음을 감지할 수 있을 뿐이다.

제2장

근대의 성립과 '처녀'의 발견

1920년대 문학에 나타난 '처녀성' 성립과정을 중심으로

1. 서론

1917년 발표된 이광수 『무정』에서 기생 영채는 장안의 한량 김현수에게 강간을 당하여 정조를 상실한다. 비록 기생이기는 하나 이형식을 마음의 지아비로 설정, 오랫동안 정절을 유지해왔다는 점을 고려한다면 영채에게 있어서 이는 그야말로 '처녀성'의 상실인 것이다. 이와 같은 점은 영채의 사건을 겪으며 영채의 '처녀'의 견지 유무를 의문으로 떠올리는 이형식의 태도에서도 알 수 있다. 여기서 이형식이 순결을 상실한 영채의 상황을 지칭함에 있어서 정절・절개라는 용어 보다 '처녀'라는 용어를 빈번하게 사용하고 있음은 상당히 흥미롭다.

용어 '처녀'가 이광수의 『무정』에서 처음 사용된 것은 아니다. 이인직의 『혈의 누』를 비롯해서 최찬식의 『춘몽』 등 신소설에서도 여성을 지칭하는 의미로서의 '처녀'라는 용어는 어렵지 않게 발견된다. 그러나

신소설에서 '처녀'란 용어는 미혼의 여성을 일컫는 전통적 용어들 중의 하나였을 뿐 그에 부과된 독특한 의미는 없었던 것이다. 그런 점에서 이광수 『무정』을 기점으로, 1920년대 문학에서 발견되는 '처녀'에 대한 경탄과 숭배의 태도, 관심의 과다한 집중은 주의를 끈다. 여기에는 개화기부터 지속적으로 전개되어온 여성의 교육 및 지위 향상에 대한 對사회적 관심이 하나의 요인으로서 거론될 수 있다. 그러나 이 역시 여성을 지칭하는 다수의 용어들 중 왜 하필이면 '처녀'가 선택되고 있는 것인지를 설명해주지는 못한다. 여성에 대한 존중과 숭배의 태도를 나타냄에 있어서 굳이 용어 '처녀'가 사용되고 있음에서 '처녀'라는 용어에 독특한 시대적 맥락이 내재되어 있음을 감지할 수 있는 것이다.

2. '처녀(處女)' 숭배의 사회적 분위기

1922년과 1927년, 시간적 간격을 두고 잡지 『동명』과 『현대평론』에는 처녀 존중이라는 동일한 테마를 다룬 두 편의 논설 「어찌하여 처녀를 존중하나」와 「처녀숭배」가 제각각 게재된다. 이 두 논설의 발표에서 당대 사회를 둘러싼 두 가지의 측면을 감지케할 수 있다. 첫째 '처녀' 존중이라는 다소 기묘한 태도가 1920년대 조선 사회에 팽창해 있었다는 점 둘째, 여성을 지칭하는 다수의 용어들 중 '처녀'가 조선 사회에 새롭게 부각되고 있었다는 점이 그것이다. 실제로 1920년대를 전후하여 조선문학에서는 용어 '처녀'의 빈번한 등장 및 처녀에 대한 숭배의 태도가 어렵지 않게 발견된다. 1918년 『여자계』에 발표된 논설 「처녀의 번민」[1]을 비롯하여 시 「처녀의 노래」[2]·「처녀혼」[3] 등에서 보여지 듯 용어 '처녀'가 빈번하게 등장하는가 하면 『백조』지의 일련의 작품들은 처녀 숭배의 분위기를 극대화시켜 표현하고 있다. 처녀를 엔젤, 천사로서 칭송[4]하는가 하면, 상대를 향한 내 연심을 "질소한 처녀같은 나의 마음"[5]이라고 표현하고, 햇빛의 찬란함을 처녀의 살결[6]에 비유하는 등 1920년대 문학에서 처녀는 절대적 가치 절대적 아름다움의 상징적 존재로서 수용되고 있다.

이와 같은 태도는 남존여비의 유교이데올로기에 기반 한 조선의 전통적 사회 분위기에서 볼 때 상당히 이질적이라고 할 수 있다. 용어 '처녀'는 1920년대를 전후하여 일본으로부터 조선에 이입되어 온 용어 '연애'와 달리 오랜 기간 우리 사회에서 사용되어 온 한자어이다. 『조선왕조실록』을 찾아보더라도 「태조실록」부터 시작해서 「순조실록」에 이르기까지 '처녀'는 시집을 가지 않은 여자를 범칭 하는 용어로서 '양인(良人)의 딸'이라는 용어와 더불어 빈번하게 사용되고 있다.[7] '처녀'를 둘러싼 이와 같은 맥락은 신소설에 이르러서도 크게 변함없이 나타난다. 최초의 신소설이라 일컬어지는 이인직의 『혈의누』에서는 구완서가 옥련을 가리켜 '남의 집 처녀'라고 지칭하고 있는가 하면,[8] 최찬식의 『금강문』에서는 "그 사람의 신분이 처녀이라"라고 표현, '처녀'라는 용어가 신분을 지칭하는 의미로서 사용되고 있다.[9] 그러나 이들 경우에 있어서 처녀는 항상 '시악시' '계집아해' '미가녀(未嫁女)' '아해년' '청년여자' '처자' 등 미혼의 여성을 지칭하는 다수의 용어들 중 하나로서 사용되고 있거나 많은

---

1) 춘정생(春情生), 「처녀의 번민」, 『여자계』 3월호, 1918.
2) 남성(南星), 「처녀의 노래」, 『여자계』 9월호, 1918.
3) 「처녀혼」, 『삼광』 3, 1920.4.
4) 춘성(春城), 「꽃 피려는 처녀」, 『백조』 1, 1922.1.
5) 황석우, 「석양은 꺼지다」, 『폐허』 창간호, 1920.7.
6) 도향(稻香), 「젊은이의 시절」, 『백조』 1, 1922.1
7) 예를 들어 「순조실록」에는 "죄인 윤녀 정혜는 본래 양반의 서얼 처녀로서 과부 거짓 일컬어 ……"로서 기록, 시집가지 않은 여자를 범칭하는 의미로서 사용되고 있다(민족문화추진위원회 역, 『조선왕조실록』 CD ROM).
8) 이인직, 『혈의누』, 『한국신소설전집』 권1, 1968, 49면.
9) 최찬식, 『금강문』, 『한국신소설전집』 권4, 1968, 219면.

경우 오히려 동일 의미의 여타의 용어들보다 널리 활용되지 않고 있었다고 할 수 있다. 말하자면 용어 '처녀'는 '미가진(未嫁盡) 처녀(處女)'라는 『춘몽』[10]의 언급에서도 나타나듯 미혼의 여성을 지칭하는 다수의 용어들 중 하나에 불과했을 뿐 그 자체로서 독특한 의미를 지니고 있지는 않았었던 것이다.

그런 점에서 논설 「어찌하여 처녀를 존중하나」는 상당히 주의를 끈다. 이미 제목에서부터 1920년대를 전후해서 조선사회에서 발견되는 용어 '처녀'의 부각 및 '처녀'에의 존경과 경배의 태도를 함축하고 있기 때문이다. 논설에 의하면 '처녀'란 "갓가운 미래에 임신이라하는 큰 임무"를 지닌 존재이며 이 임신의 임무야말로 처녀가 존중되어야하는 가장 중요한 이유라는 것이다. 그리고 그를 위해서 '처녀' 자신의 성적(性的) 자각을 무엇보다 강력하게 요구하고 있다. "아모 자각도업시 한때의 열정에 떼어서 다만 본능의 요구대로 끌리어가게 되어 성덕행위를 가장 불결하게 할 뿐아니라 자긔의 운명을 그릇되게 결뎡하"[11]게 되므로 '처녀'에게 있어서 성적 자각이란 무엇보다 긴요한 요건이라는 것이다. 이는 용어 '처녀'가 여성의 독특한 육체성의 의미를 내포하고 있음을 암시하는 것이기도 하다.

그러나 논설은 처녀의 성적 자각의 강조라는 선에서 끝을 맺음으로써 실질적으로는 왜 처녀 존중이라는 이질적 풍경이 조선에 등장 했는가 혹은 미혼의 여성을 지칭하는 다수의 용어들 중 왜 용어 '처녀'가 선호되었는가에 대해서는 아무런 설명을 하지 못하고 있다. 정조의 견지와 상실을 제각기 광명과 암흑에 연결, 극단화시켜 설명할 뿐 '처녀'의 성적 자각 및 순결이라는 낯뜨거운 발언들이 엄숙한 유교 이데올로기

10) 최찬식, 『춘몽』, 위의 책, 366면.

11) 「어찌하야 처녀를 존중하나」, 『동명』 18, 1922, 13면(여기서는 부제로서 "신비에 싸인 그 심리" "광명과 암흑의 두 길" "희망에 타는 눈동자" "사랑에 끌는 그 가슴"이라는 언급이 붙어 있다).

에 오랜 기간 젖어 온 1920년대 조선 사회에서 왜 중요한 이슈로서 등장하는지에 대해서는 별다른 해석을 내리지 못하고 있는 것이다. 이 문제의 이해에 대해서는 오히려 처녀 존중이라는 사회적 현상을 테마로 해서 1927년 『현대평론』에 발표된 논설 「처녀숭배」에서 도움을 받을 수 있다.

와세다대학 교수 호아시 리이치로[帆足理一郎]는 논자로서 명기된 이 글에서 논자는 처녀숭배의 전통을 고대 사회의 한 특징으로 정의 내린 후 "가족제도에 대한 혈족순진의 요구와 남자의 부녀에 대한 독점적욕망"에 기반 한 고대 사회의 처녀숭배의 전통이 고대적 가족제도의 쇠락과 남성귀족주의의 몰락을 겪은 지금에서 다시 재 발생되고 있는 것은 무엇 때문인가"라고 질문하면서 논의를 시작한다. 이에 대한 답을 그는 근대적 가족제도, 남녀평등의 근대적 인간관과 연결시켜 설명하고 있다. 물론 이 글이 근대적 세계에서의 여성의 처녀성 요구를 남성에 의한 일방적 요구 사항이 아닌, 남녀 상호적 관계에서 성립되는 것으로서 설정하는 등 남성중심적 시각을 강력히 잔존시키는 등 상당한 문제점을 내포하고 있음을 부정할 수는 없다. 그렇다고는 해도 많은 부분에 있어서 이 글은 1920년대 조선에서 '처녀' 숭배라는 이질적 풍경이 왜 등장했는가에 대한 중요한 근거를 제공해준다는 점에서 상당한 의미를 지니고 있다. '처녀' 숭배를 '처녀성'의 숭배로 정의, 그 이유를 설명하는 다음의 언급은 그런 점에서 주의를 끈다.

> 나는 이와갓치 處女性을 尊重히하며 崇拜한다. 性的으로 純潔한 處女처럼 世上에 純美라는 그것의 活表現은업슬 것이다. 女性의 權威는 男子의 盲目的性慾에 奴隷化되지안코 그 猛烈한 襲擊에 逆上하야 精神生活의 威嚴을 保全한 點에서 尊貴하다. 우리의 情神美는 物的要求를 다만 抑制하는데셔 發揮되는 것은 안이다. 이것을 靈的目的에 活用하는데셔 表現되는 것이다. 말하자면 性慾을 함('삼'의 誤字인 듯함—引用者주)가 抑制하야 獨身生活을

하는데셔 精神生活을 高尙케하는 것은 안니다. 이것을 一男一女의 神聖한 家庭生活에 奉獻할 만한 價値잇게 童貞을 保存하며 處女性을 完全히하는데셔 우리는 精神的으로 訓練되며 品性의 光輝를 硏磨한다는 것이다. 그럼으로 自然的으로 아모 努力도업시 處女性을 保全한데잇셔셔는 그다지 자랑할 만한 事實은 못된다.[12]

여기서 호아시 리이치로는 '처녀'라는 용어를 '처녀성'으로 한정시켜 표현한 후 '처녀성'=성적 경험을 겪지 않은 여성의 특별한 육체적 상태로서 명료하게 정의 내리고 있다. '처녀'란 용어가 미혼의 여성을 지칭하는 포괄적이고 일반적 의미로부터 여성의 성적 순결성을 지칭하는 제한적 의미로서 변환되어 사용되고 있는 것이다. 물론 이와 같은 '처녀'의 의미 규정 및 변환이 호아시 리이치로에 의해 처음 전개된 것은 아니다. 대략적으로 근대 의학 특히 해부학의 이입에 기반 한 여성의 신체적 특징에 대한 과학적 인식, 기독교 및 프로테스탄티즘의 전파에 따른 정신성에 대한 과다한 강조의 태도, 남녀평등의 근대적 의식의 등장 등 문명개화가 한창 진행 중이던 1800년대 말 일본의 사회적 분위기 속에서 '처녀'는 이미 새로운 의미로서 발견되고 있었다.

'처녀'를 둘러싼 이와 같은 사회적 맥락은 서구적 사랑 '러브'의 번역어로서 1800년대 중반 일본에 전파된 근대적 애정형식 '연애'의 성립과정 속에서 보다 정확하게 감지된다. 이 점은 일본 연애론의 대표적 이론가로서 '처녀'의 순결을 남녀 애정관계의 정신성에 기반 한 '연애'의 근대적 의식과 연결시킨 기타무라 도코쿠[北村透谷]의 논설 「처녀의 순결을 논한다」를 통해 어렵지 않게 엿볼 수 있다. 이 글에서 기타무라 도코쿠는 처녀의 순결을 "아귀축생의 욕정과 싸우는 영묘한 인류로서의 순결"[13] 즉, 욕정과 대조되고 욕정을 부정한 곳에서 성립되는 것으로 정의

12) 帆足理一郎, 「處女崇拜」, 『現代評論』, 1927.1, 155면.
13) 北村透谷, 「處女の純潔を論ずる」, 『透谷全集』 2, 岩波書店, 1998, 68면.

내린다. 처녀의 순결이 단순히 육체성의 한정된 의미를 벗어나 욕정과 대립되는 정신성의 보증, 즉 정신성의 의미로서 확대되어 파악되고 있는 것이다. 말하자면 문명개화기 일본에서 발견되는 '처녀존중'의 태도에는 기독교 및 프로테스탄티즘의 금욕주의의 영향, 남녀평등의 근대적 의식, 즉 육적 관계에 기반 한 남성 예속적 남녀관계로부터 여성을 해방, 여성의 독립성, 자율성을 확보하고자 하는 근대적 의식이 내재되어 있었다고 할 수 있다.

앞서 언급된 호아시 리이치로의 논설 「처녀숭배」 역시 이 맥락의 연장선상에서 파악될 수 있다. 그는 이 글에서 여성의 처녀성 즉 성적 순결='정신생활의 위엄의 보전'의 증거로서 규정, 이로부터 '여성의 권위'를 확보해내고자 하는가 하면 성(性)·애(愛)·결혼을 하나로 연결시킴으로써 일부일처제의 근대적 결혼 규범을 자연스럽게 이끌어 낸다. 이 과정 속에서 용어 '처녀'가 근대적 세계의 등장 속에서 왜 새롭게 부각되는가가 어렵지 않게 설명된다. 미혼의 여성을 지칭하는 용어로서의 한자어 '처녀'가 이미 오랜 기간 일본과 조선에서 전통적으로 사용되어왔다고는 해도 근대적 의식의 도입 속에서 이 용어는 여성의 육체적 상태 즉 성적 경험의 전무를 지칭하는 독특한 의미를 내포, 근대적 남녀관계 형성을 위한 중요한 근거로서 재탄생 혹은 재발견되고 있었던 것이다.

3. 『무정』과 '처녀'의 발견

1906년 발표된 이인직의 『혈의누』에는 신청년 구완서가 김옥련에게 결혼에 대한 자신의 소견을 밝히는 장면이 있다. 여기서 구완서는 자신은 "언제든지 공부하여 학문지식이 넉넉한 후에 아내도 학문 있는 사람을 구하여 장가"[14]를 들것이라고 언급한다. 남녀 애정관계의 정신화 영화에 기반 한 근대적 사랑 '연애'의 이상이 구완서의 입을 통해 제시되고 있는 것이다. 실제로 구완서는 일본의 한 전철 안에서 우연히 만난 옥련에게 경제적 보조를 제시, 함께 미국으로 동반 유학을 떠나 자신뿐 아니라 옥련의 '학문 지식이 넉넉'해지고 난 후 혼인의 언약을 한다. 구완서와 동등할 정도로 옥련의 '학문', 즉 정신성이 형성될 때까지는 상호 간의 성례, 즉 육체적 결합이 보류되고 있는 것이다. 그러나 문제는 학문과 지식의 습득이 남녀관계의 형성에 있어서 왜, 어떤 점에서 필요한 것인지에 대해서는 아무런 언급도 없이 단지 '공부'의 습득이 강조되고 있다는 점이다. '공부'가 '정신성'의 형성의 기초로서, 육체적 순결성의 견지가 관계의 정신화 형성의 필수적 요건으로서 연결되는 것은 1917년 발표된 이광수의 『무정』에 이르러서이다.

신청년들의 삶, 사랑을 주된 테마로 한 『무정』에서 이형식과 선형은 사제지간의 관계로 대면, 지식의 전수와 배움을 계기로 애정의 끈을 서서히 형성, '연애'로 상징되는 근대적 연애의 이데올로기를 재현해간다. 물론 결혼을 염두에 둔 선형의 아버지 김장로의 의중에 의한 만남이라는 점에서 볼 때 이들의 관계는 전통적 강압결혼의 징후를 강하게 내포하고 있기도 하다. 그러나 단기간의 영어 학습 기회 그리고 오 년 간의 동반 유학이라는 형태로 이들에게 주어지는 시간적 여유, 즉 즉각 성례로 이르는 대신 '공부'를 통해 점진적으로 형성되는 서로에 대한 이해 · 존경 · 사랑 등의 의식의 변모를 거치면서 이르게 되는 결혼. 이와 같은 애정관계의 형성 및 진행 방식에 의해 이형식과 선형의 관계는 전근대적 남녀관계 및 결혼의 형태에서 탈피하게 된다. 이광수가 「혼인에 대한 관견」에서 밝힌 바 있는, "영과 영이 포옹하여 포화(飽和)한 만족(滿足)에 달(達)한"[15] 상태 즉 '영적 만족'에 근거한 '육적 결합'이라는 근대

14) 이인직, 「혈의누」, 『한국신소설전집』 권1, 을유문화사, 1968, 44면.
15) 이광수, 「혼인에 대한 관견」, 『이광수전집』 17, 삼중당, 1962, 56면.

적 혼인의 형태가 이들을 통해 모범적으로 제시되고 있는 것이다.

작품을 통해 볼 때 성례의 유보, 즉 육체적 결합의 지연은 자아를 지닌 주체적 인간으로서 이형식 특히 김선형이 성장해감에 있어서 중요한 근거가 되고 있다. 동경 유학생 출신으로서의 지적 우월감에 도취, 자신과 선형의 관계를 상하의 관계로서 인지하던 이형식이 이를 평등한 관계로서 자각하게 되는 것도, '지아비'에 대한 '섬김'의 유교이데올로기 속에 있던 김선형이 존경에 기반 한 낭만적 애정 속에서 새롭게 이형식을 발견하게 되는 것도 어떻게 보면 육체적 결합이 유보되면서 생성되는 심적 거리감 및 여유에 크게 기인해 있다고 할 수 있다. 물론 거기에는 여학생과 동경 유학생이라는 이들의 신분에서 나타나듯 지식, 특히 근대적 신학문의 습득이 필수적 요건으로 자리해 있었음을 부인할 수 없다.

여학생 김선형이 육체적 결합의 지연을 통해 이형식과 정신적 애정 관계를 형성함으로써 근대적 남녀관계, 근대적 인간관계의 규범을 이상적으로 제시해간다면 영채는 또 다른 측면에서 이를 제시해 간다. 작품을 통해 볼 때 영채는 정절의 유교이데올로기에 충실한 민족 선각자 박진사의 딸 그리고 다수 남성과의 관계 형성을 존재 기반으로 하는 기생. 이처럼 이율배반적 존재 양상을 지닌 인물로서 설정되어 있다. 여기서 영채의 육체적 순결은 이형식에 대한 정절을 상징하는 것임과 동시에 기생 월향이 아닌 민족 선각자의 딸로서의 영채의 존재를 규정해주는 결정적 근거로서 작용한다. 이는 강간 사건 직후 영채의 정조 상실을 보며 영채의 기생 어미 노파가 나타내는 안도감 예를 들자면 자신 역시 강제로 정절을 깨트렸던 경험을 떠올리며 영채가 이제야 서방을 맞이하여 온전한 기생이 되었다고 흐뭇해하는 심적 상태를 통해서도 어렵지 않게 감지된다. 실제로 『무정』에서는 다수의 기생들이 등장, 삶의 다양한 이력을 통해 불특정 다수 남성과의 금전에 기반 한 성적 관계를 맺음으로서 이를 기생의 본질로서 규정해간다.

기생의 신분으로 정신성에 기반 한 1 : 1의 애정관계를 꿈꾸다가 자살을 택하게 되는 월화, 이형식으로 하여금 오라비의 애정을 느끼게 할 만큼 순수한 외모와 심성을 지녔으나 결국에는 늙은 부호의 첩이 된 후 매독에 걸려 생을 마감하게 되는 계향, 젊은 시절 수 백 명의 남성을 상대한 명기였으나 지금은 영채에게 빌붙어 사는 기생어미 노파. 『무정』에 등장하는 기생들의 다양한 삶의 경로는 기생의 본질을 매음으로 규정짓는 한 편 상대 남성과 이들의 관계를 종속성, 육적(肉的)관계 중심성, 유한성으로 자연스레 연결시키게 된다. 그러므로 영채의 강간 사건에 직면, 기생 어미 노파의 비인간성을 비판하기 위해 이형식이 묘사해 내는 기생어미노파의 심경, 즉 "기생이란 마땅히 아무 남자에게나 몸을 허하는 것이 선한 일이"므로 "선을 깨뜨리고 정절을 지키려 하는" 것[16]은 '악'이라는 언급이야말로 기생에 대한 깊은 연민 속에서 『무정』을 통해 이광수가 그려내려고 한 기생 일반의 속성이었다고 할 수 있다

성례를 유보시키면서까지 육체적 순결이 보호되는 선형과 강간이라는 폭력적이고도 잔혹한 행위에 의해서 육체적 순결을 상실하는 영채. 육체적 순결을 중심으로 선형과 영채 간에 전개되는 대조적 운명은 여학생과 기생이라는 이들의 신분과 연결, 근대적 세계에서의 '처녀'의 의미를 다시 한번 고려케 한다. 영채의 강간에 직면하여 이형식이 나타내는 다음의 심적 반응은 이 점에서 주목할 만하다.

> "그러나 영채는 처녀가 아니다. 설혹 어제께까지는 처녀라 하더라도 오늘 저녁에는 이미 처녀가 아니다"하고 청량사의 광경을 한 번 다시 그렸다.
>
> 어제 저녁에는 행여나 영채가 어떠한 귀한 가성의 거둠이 되어 마치 선형이나 순애 모양으로 번듯하게 여학교를 졸업하고 순결한 처녀로 있으려니 하였다. 만일에 기생이 되었더라도 자기를 위하여 정절을 지켰으려니 하였다. 그러나 이제는 영채는 처녀가 아니다 하고 형식을 고개를 숙였다. 그리고 한참이나

16) 이광수, 『무정』, 『이광수전집』 1, 86면.

> 있었다. 또 건넌방에서 노파의 담뱃대 떠는 소리가 들린다.
>
> 형식은 또 고개를 들었다. 방안을 돌아보았다. 이때에 형식의 머리에는 아까 김장로의 집에서 선형과 순애를 대하여 앉았던 생각이 난다. 그 머리로서 나는 향내, 그 책상을 짚고 있던 투명할 듯한 하얀 손가락, 그 조금 구기고 때가 묻은 옥색 모시 치마, 그 넓적한 옥색 리본, 그 적삼 등에 땀이 배어 부드럽고 고운 살이 말갛게 비치던 모양이 말할 수 없는 향기와 쾌미를 가지고 형식의 피곤한 심경을 자극한다.
>
> 또 이것을 대할 때에 전신이 스르르 녹는 듯하던 즐거움과 세상 만사와 우주의 만물이 모두 다 기쁨으로 빛나고 즐거움으로 노래하는 듯하던 그 기억이 아주 분명하게 일어난다.
>
> 형식은 선형을 선녀 같은 처녀라 한다. 선형에게는 일찍 티끌만한 더러운 행실과 티끌만한 더러운 생각도 없었다. 선형은 오직 밝고, 오직 깨끗하니 마치 눈과 같고 백옥과 같고 수정과 같다 하였다. 이렇게 생각하고 형식은 빙긋이 웃었다. 그리고 또 눈을 감았다.[17]

영채의 강간 사건 직후 이형식은 영채가 '처녀'인지 아닌지 즉 육체적 순결성의 견지 여부를 궁금해한다. 용어 '처녀'가 신소설 전반에서 '처자' '계집년' '계집아해' 등과 함께 미혼의 여성을 지칭하여 사용되었던 것과 달리, 『무정』에서 '처녀'는 성적 경험의 전무 즉, 여성의 독특한 육체적 상태를 지칭하는 의미로 한정되어 사용되고 있는 것이다. 물론 이형식이 영채의 순결성 견지 여부를 궁금해하는 과정에서 유교이데올로기에 기반 한 '정절'이라는 관념적 용어가 잠시 등장, '처녀'와 혼용되어 사용되기도 하지만 이는 곧장 육체적 상태를 지칭하는 용어 '처녀'로 대체되고 있다. 『무정』에서 '처녀'는 육체성을 지칭하는 새로운 의미로서 재탄생되고 있었던 것이다.

그러나 이형식과 영채의 깊은 인연, 예를 들자면 유년기를 함께 하면서 형성된 혈연과 같은 유대감, 은인 박진사에 대한 보은의 감정 등을

17) 이광수, 『무정』, 위의 책, 117~118면.

고려할 때 이형식의 이와 같은 관심은 다소 당황스럽다고 할 수밖에 없을 정도로 세속적이다. 이광수가 왜 이처럼 영채의 '처녀성' 견지 여부, 즉 육체적 순결성의 견지 여부를 강력하게 부각시키고 있는 것인가에 대한 의문은 용어 '처녀'의 근대적 의미를 다양한 측면에서 고려케 한다. 특히 영채의 처녀성 견지 여부에 골몰해 있던 이형식이 그 생각의 줄기를 갑작스레 선형에게로 돌리고 있음은 근대적 맥락에서 '처녀'의 부각이 단지 육체적 순결성의 측면에만 한정된 것이 아님을 짐작케 한다. 왜냐하면 선형은 정신여학교를 졸업하고 미국 유학을 앞 둔, 말하자면 이광수가 그토록 중요시한 '정신성'을 확보한 인물이기 때문이다. 영채와 십 여 년만의 재회 직후 이형식이 그려내는 영채와의 낭만적 결혼생활의 이미지는 이 점에서 간과할 수 없다.

> 그러한 후에 나는 일변 교사로, 일변 저술로 돈을 벌어 깨끗한 집을 잡고, 재미있는 가정을 이루리라. 내가 저녁때에 일을 마치고 집에 돌아오면 영채는 나를 기다리고 기다리다가, 내가 오는 것을 보고 뛰어 나오며 내게 안기리라. 그때에 우리는 서양 풍속으로 서로 쓸어안고 입을 맞추리라.
>
> 그러다가 이윽고 아들이 태이렷다. 영채와 같이 눈이 큼직하고 얼굴이 둥그스름하고, 나와 같이 체격이 튼튼한 아들이 태이렷다. 그 다음에 딸이 태이렷다. 그 다음에는 또 아들이 태이렷다. 아아, 즐거운 가정이 되렷다.
>
> 그러나 영채가 만일 지금껏 아무 것도 배운 것이 없으면 어쩌나. 내 마음과 내 사랑을 알아 줄만 한 공부가 없으면 어쩌나. 어려서 글을 좀 읽었건마는 그동안 칠팔 년간이나 공부를 아니하였으면 모두 다 잊어버렸으렷다. 아아, 만일 영채가 이렇게 무식하면 어쩌는가. 그렇게 무식한 영채와 행복한 가정을 이룰 수가 있을까.[18]

목사의 주례, 교회당에서의 결혼식, 일상적 인사로서의 포옹과 가벼운 입맞춤. 그러나 이형식이 상상하는 낭만적이고도 행복한 이 결혼생

---

18) 위의 책, 34면.

활의 정경에는 아이러니컬하게도 근대적 가족관계, 근대적 부부관계의 기본적 요건이라고 할 수 있는 '사랑'이 결여되어 있다. '사랑'이 결혼 성립의 결정적 요건으로 제시되는 것이 아니라, '사랑을 알아줄 만한 공부' 즉 상호간에 동등한 정도의 정신세계를 확보할 수 있는 지식의 습득 여부가 결혼의 결정적 요건으로서 제시되고 있는 것이다. '공부'가 사랑을 형성하고, '공부'가 가정의 행복을 형성한다는 것. 이 기묘한 발상은 남녀관계의 정신화에 기반 한 근대적 사랑 '연애'를 제도로서 경험할 수밖에 없었던 근대 초기 조선의 신청년들에게 있어서는 오히려 당연한 일이었다고 할 수 있다. 말하자면 근대 초기 조선의 신청년들은 性=愛=결혼이 아닌, 性=愛=공부=결혼이라는 변질된 형태로서 자유연애의 이데올로기를 수용하고 있었던 것이다.

이에 근거할 때 영채의 강간 사건에 직면, 영채의 처녀성 견지 여부를 궁금해하던 이형식이 생각의 줄기를 왜 갑작스레 선형에게로 돌려 선형에 대한 예찬으로 향하는지 쉽게 이해가 된다. 거기에는 '처녀'의 의미를 육체적 순결성이라는 육체성의 문제에 한정시키지 않고 이를 여성의 '성적(性的) 자각' '정신성의 위엄'으로 확대, 의식의 자각과 정신적 독립성의 확보로까지 연결시키고자 한 이광수의 의도가 자리해 있었던 것이다. 그런 점에서 영채의 '처녀성' 상실, 즉 강간사건은 처음부터 예측된 것이었다고도 할 수 있다. 정절의 유교 이데올로기에 깊이 젖은 박진사 딸 영채, 종속성 육적(肉的)관계에 기반 한 남녀관계 형성의 상징적 존재인 기생 월향·영채의 이율배반적 두 존재 양상 중 어느 쪽을 보더라도 근대적 의미에서의 의식의 '자각', 엄밀히 말하자면 '내면'이 확보될 여지란 찾기 힘들기 때문이다.

이처럼 근대의 성립과 더불어 재발견, 재탄생된 '처녀'의 의미에는 남녀평등의 근대적 의식 및 '내면'의 형성이라고 하는 근대 성립의 본질적 측면이 함께 내재되어 있었다. 그러나 이광수가 왜 '강간'이라는 잔혹하고도 폭력적 방법을 통해 전근대를 청산, '처녀'로 상징되는 근대적 세계로 나아갈 수밖에 없었던 것인가 달리 말하자면 왜 이처럼 급진적이고 조급하며 조야한 방식으로 밖에는 근대를 수용할 수밖에 없었던가는 상당히 중요한 문제라고 할 수 있다. 우리 근대문학사에서 『무정』의 선구자적 위치를 고려할 때 이는 자연히 조선의 근대성 수용 문제와 연결되기 때문이다. 이 점에서 김동인을 비롯하여 나도향・현진건 등 대표적 근대 작가들의 작품에서 발견되는 정조 유린의 모티프는 간과할 수 없다.

4. '처녀'의 견지와 '사랑'의 확보

1919년 발표된 김동인의 「약한 자의 슬픔」은 여학생의 처녀성 상실이라는 충격적 모티프를 다루고 있는 작품이다. 여기서 여주인공 강엘리자베트는 조선의 선각자이며 권력자인 K남작의 집에서 가정교사로 있던 중, K남작에게 순결을 유린당하는 인물로서 설정되어 있다. '처녀성 상실', 특히 강압에 의한 여성의 순결 유린이라는 테마는 이미 이광수의 『무정』에서 영채의 강간 사건을 통해 다루어진 적이 있다. 그러나 모든 남성의 소유물 즉 공적존재인 기생이 아닌 근대적 남녀관계 형성의 상징적 존재로서 찬탄 받던 여학생을 정조 유린의 주인공으로 설정하고 있다는 점에서 「약한 자의 슬픔」의 정조 유린의 모티프는 주목을 끈다. 기생의 정절을 '악(惡)'으로 설정하던 『무정』의 기생 어미 노파의 태도에서 감지되듯 기생의 성(性)=공적(公的)으로 소유되는 상품이라는 인식이 대사회적으로 팽배해 있었던 반면 여학생의 성(性)은 남녀 애정관계의 정신화에 기반 한 근대적 세계에서 볼 때는 물론 '정절'이라는 전통적 유교 이데올로기에 입각했을 때에도 표면적으로는 견지될 필요가 있는 것이었기 때문이다.

그런 점에서 볼 때 근대적 애정관계 '연애'가 대사회적으로 전파되고, 신교육을 습득한 여학생이 '연애'의 히로인으로서 부상하던 시기, 김동인이 소설의 모티프로서 여학생의 정조 유린을 택하고 있음은 의문을 불러일으킨다. 물론 많은 논자들에 의해 지적되어 온 신여성을 바라보는 김동인 시선의 문제점 예를 들자면 「마음이 옅은 자여」(1919) · 「김연실전」(1946) 등 일련의 작품들에서 김동인이 신여성들에 대해 나타낸 편파적 시선은 여학생 정조 유린의 모티프를 신여성에 대한 악의에 찬 김동인 개인의 취향, 혹은 의식의 한계로서 결론 내리게 하기도 한다. 그러나 여학생의 정조 유린 모티프가 단지 김동인의 작품에 한정된 문제가 아니라 '연애'를 테마로 한 여타 작가들의 몇몇 작품에서 동일하게 발견된다는 점은 이에 내재된 사회적 의미망을 고려케 한다.

「약한 자의 슬픔」에 등장한 여학생의 정조 유린 모티프는 현진건의 「유린」(1922년), 나도향의 『환희』(1922), 이광수의 『재생』(1924) 등 신여성들의 애정사를 다룬 1920년대 초반의 소설들에서 동일하게 나타나고 있다. 「유린」의 여학생 정숙은 평소 연모의 감정을 품고 있던 지인(知人) K의 거처를 방문해서 함께 술을 마시던 중, 『환희』의 여학생 혜숙은 부호 백우영의 외형적 매력과 부유함에 이끌려 이유 없이 그를 방문했다가 그리고 『재생』의 여학생 순영은 부호 유부남 백윤희가 제공하는 경제적 호의를 수용하다가 강압적으로 정조를 유린당한다. 정조 상실이라는 충격적 경험이 우발적이라기보다는 여학생 자신의 자유로운 행동양식, 부에 대한 동경, 허영심과의 긴밀한 연관 속에서 발생되고 있는 것이다. 이 점에서 볼 때 이들 소설들에 등장한 정조 유린 모티프는 일견 행동과 의식에서 시행착오를 거듭하던 초기 신여성들의 부정적 측면에 대한 비판, 혹은 논자들에 의해 지적되는 신여성에 대한 남성작가들의 편파적 시선의 측면에서 읽혀질 수도 있다.[19)]

그러나 남작과 자신의 관계를 '양반'과 '상것', 즉 상하 종속 관계로 설정, 정조의 유린을 당연한 상황으로 수용하던 강엘리자베트가, 사랑의 상실은 물론, 원치 않는 임신, 자퇴에 이르게 되면서 확보하는 자각이 정조 유린을 다룬 여타 작품의 인물들에게서도 동일하게 발견되고 있음은 쉽게 간과하기 힘들다. 특히 남작과의 육체적 쾌락에 탐닉한 후, 마음의 연인 이환을 떠올리며 '육(肉)으로 인하여 사랑이 파멸되었다'고 내뱉는 강엘리자베트의 통절한 탄식, 즉 조선에서는 이질적인 '육(肉)'과 사랑의 대립의식이 여타의 작품들에서 반복되고 있음은 신여성들의 비윤리적 삶에 대한 비판 이상의 의미를 여기서 고려하게 한다. 이 점에서 정조 상실 직후 여주인공들에게서 동일하게 발견되는 '처녀성'에 대한 과장된 반응 및 집착은 중요한 의미를 지닌다. 다음은 『환희』에서 여주인공 혜숙이 오빠의 친구 백우영의 집을 방문, 백우영에 의해서 예기치 않게 정조를 상실한 직후, 길거리에서 우연히 오빠 영철과 마주쳐 자신의 상황을 고백하는 장면이다.

"아녜요, 저는 죽은 사람이예요."
하고는 온 몸의 버티어 있던 힘을 다한 듯이 그대로 영철의 팔에 매달려 울 뿐이었다.

이 소리를 듣는 영철의 가슴에는 번개같이 나타나 보이는 것이 있었다. 그리고는 혜숙의 얼굴을 물끄러미 들여다보았다. 영철의 눈에는 오늘 아침까지 연지같이 붉던 입술이 시푸르둥둥하게 보이며 기쁘게 반짝이던 맑던 눈동자가 송장의 눈같이 으스스하게 보이는 듯하였다. 그리고 따뜻한 살냄새가 그윽하던 그 육체는 시들시들하고도 차디차게 보인다.

그리고 영철은 뜨거운 눈물 방울도 차디차게 자기 옷깃을 적실 때, 불쌍한 마음까지 나면서도 그의 피 속으로 스미어드는 떨리는 울음 소리가 추악한 냄새처럼 그의 신경을 으쓱하게 하여, 얼른 그의 몸을 떼밀치려 하려다 또다시 그의 피부 끝에 닿은 신경은 끝과 끝이 재릿재릿한 우애의 바늘로 찌르는 듯

19) 근대 조선과 신여성의 존재양상에 관해서는 김미영, 「1920년대 여성담론 형성에 관한 연구」, 서울대 대학원, 2003.8; 이태숙, 『문화와 섹슈얼리티』, 예림기획, 2004.3에서 많은 도움을 받았다.

할 때 또다시 혜숙의 몸을 끼어안고,
"어서 가자, 응?"
하며 혜숙을 흔들었다. 혜숙은 떨리는 긴 한숨과 함께,
"저는 처녀가 아닙니다."
하고는 참으려 하던 울음이 또다시 흐른다.[20]

남작에게 정조를 유린당한 강엘리자베트가 육체적으로 순결했던 자신을 지칭하기 위해 사용했던 용어 '처녀'가 『환희』의 혜숙의 입을 통해서도 언급되고 있다. 정조 유린이라는 충격적 상황 직후 거리를 헤매면서 몇 번에 걸쳐 자신은 이제 정말 '처녀'가 아닌가를 반문하던 혜숙이 급기야는 오빠와 마주쳐 '처녀'가 아닌 자신의 상황을 고백하는 것이다. 여기서 혜숙이 정조를 유린당한 자신의 상황을 가리켜 '저는 처녀가 아닙니다'라고 표현하고 있는 것은 일상적 생활 표현을 고려할 때 상당히 작위적이라고 할 수 있다. '몸을 더럽혔다'거나, '정조를 잃었다'거나 '순결을 상실했다'는 일상적 표현을 두고 혜숙이 굳이 '처녀'라는 용어를 사용함은 그녀가, 엄밀히 말하면 나도향이 정조를 상실한 상황만큼이나 '처녀'라는 용어에 얼마나 강하게 집착하고 있는가를 나타낸다는 점에서 흥미롭다.[21] 말하자면 나도향은, 그것이 일종의 유행풍조였는지는 모르겠지만, 여성의 육체적 순결성을 지칭하는 독특한 의미로서 '처녀'의 의미를 한정시킨 후 이를 부각시키고 싶었던 것이었다고 할 수 있다.

이처럼 1920년대 조선의 작가들은 근대와 더불어 재발견된 용어 '처녀'에 상당히 열광하고 있었다. 그러나 이 열광은 정확히 말하자면 '처

20) 나도향, 『환희』, 집문당, 1988, 220면.
21) 현진건의 「유린」에서 여학생 정숙이 순결을 유린당한 후 '꽃다운 처녀를 기리 作別함이 슬펐다'고 표현, 육체적 순결의 상실을 '처녀'라는 용어를 통해 표현하고 있는가 하면 이광수의 『재생』에서 여학생 순영 역시 '처녀의 자랑이 일시에 부서졌다'는 말로서 자신의 정조 상실을 표현하고 있다.

녀'에 내재된 의미, 즉 성적 경험이 전무(全無)한 여성, 혹은 여성의 육체적 순결성에 대한 열광이었다. 처녀성을 상실하는 순간 이환에 대한 사랑 역시 포기하게 되는 강엘리자베트의 모습은 육체적 순결성을 견지한 자, 즉 '처녀'만이 '사랑'을 확보할 수 있는 유일한 존재임을 의미해준다는 점에서 중요하다. '처녀성'에 대한 이와 같은 일종의 강박증은 단지 「약한 자의 슬픔」에 한정된 문제는 아니었다. 예기치 않게 '처녀성'을 상실하면서 『재생』의 순영은 신봉구에 대한 사랑을, 『환희』의 혜숙은 춘우에 대한 사랑을 포기하게 된다.

'처녀성'의 상실='사랑'의 상실로 연결시키는 이들 작품의 태도는 근대적 사랑에 있어서 '처녀성'의 의미 나아가서는 1920년대 조선의 신청년들을 열광시킨 근대적 '사랑'의 의미를 다시금 돌아보게 한다. 이는 '처녀' '처녀성'에 대한 근대의 경탄이 정절, 절개로 상징되는 전근대적 유교 이데올로기와 어떤 점에서 구별될 수 있는가를 설명해준다는 점에서도 중요하다. '처녀성'과 관련, 『환희』나 『유린』에서 발견되는 극단적 태도, 예를 들어 처녀성을 상실한 여성을 빛을 잃어 '시푸루둥둥'해진 입술과 '시들시들해진 육체'의 '송장'이나 '죽은 사람의 얼굴에만 볼 수 있는 납(鉛)빛'의 얼굴색을 지닌 자에 비유하는 것과 같은 극단적 태도는 정절의 유교이데올로기를 상당부분 떠올리게 하기 때문이다.[22] 1921년 『백조』에 발표된 박종화의 「영원의 승방몽(僧房夢)」 중 다눈치오의 『사(死)의 승리』에 대한 감상은 이 점에서 주의를 끈다.

> 나는 일즉이 Dannunsio 딴넌시오의 Frionfo Dolli Morte 死의 勝利를 읽을 때에 적은 몸떨림을 막을 수 업섯다. 젊은 날을 자랑하는 靑春의 男女는 放縱한 肉의 生活을 계속한다. 無意味의 單調로운 肉的 生活에 배부른 틔올틔오는 淸新하고 聖潔한 靈의 새로운 生活을 동경하야 崇高하고 神秘한 靈的사랑의

22) 「약한 자의 슬픔」에서, 순결을 상실하기 전과 후의 강엘리자베트의 상황이 '해와 흙의 차이'에 비유되고 있다. 또 『재생』의 경우 순결을 상실한 직후 김순영의 모습에 대해 '서너 살은 더 먹은 사람'같다고 표현하고 있다.

> 속살거림을 드르랴한다. 그러나 靈的사랑을 理解치 못하는 다만 肉의 愉悅에 放逸한 女性 잇포리타는 틔올틔오를 對할 때마다 항상 肉의 誘惑으로 그를 끌뿐이엿다. 肉에 배부른 틔올틔오의 새로운 靈的要求에 對하야 그는 다만 變치 안는 前과 갓흔 懊惱의 肉的蠱惑의 빗을 던질 뿐이엇다.[23]

여기서 박종화는 육체=유한성(有限性), 영혼=영원성이라는 이원화를 통해 영혼의 세계를 극단적으로 추구해나간 『死의 승리』의 작품 세계에 상당히 도취된 모습을 나타내고 있다. '육적생활(肉的生活)'을 '무의미(無意味)'하고 '단조(單調)로운' 것으로서 '영적(靈的) 사랑'을 '성결(聖潔)' '청신(淸新)' '신비(神秘)'한 것으로 규정짓는 『死의 승리』의 태도는 영원하고 가치로운 세계로서의 '타계(他界)'에 대한 의식을 상정하고 있다는 점에서, 그리고 고결한 '영혼'의 세계를 지향한다는 점에서, 식민지 현실에 절망해있을 뿐 아니라 무언가 고귀한 세계에 대한 순수하고도 낭만적 열망으로 가득 차 있던 박종화와 같은 조선의 젊은이들에게 깊은 매력을 지녔던 듯하다. 이는 남녀 애정관계의 영화(靈化)·정신화(情神化)를 주창한 서구적 사랑 '연애'에 대한 당대 신청년들의 열광적 지향을 통해서도 어렵지 않게 감지된다.

육욕이 배제된 영적(靈的) 사랑을 지향한 『死의 승리』. 여기서 제시된 이상적 사랑의 형태는 1920년대 조선에서 유행한 근대적 '사랑'과 '처녀' 간의 연관관계를 이해함에 있어 중요한 근거가 된다. 일본을 거쳐 조선에 이입된 서구적 사랑 '연애'가 성(性)=애(愛)=결혼의 삼위일치를 지향하고 있었다고는 해도, 그 핵심은 남녀 애정관계의 정신화에 있었음을 여기에서 엿볼 수 있기 때문이다. 그 연장선상에서 근대에서의 '처녀'의 재발견 즉 여성의 육체적 순결성을 지칭하는 한정된 의미로서의 '처녀'의 재발견은 정신성에 대한 강렬한 지향으로 자연스레 귀결되게 된다. 사랑의 영화(靈化)·정신화(情神化)를 주창한 근대적 '사랑'에서

23) 박종화, 「영원의 승방몽」, 『백조』 1, 1922.1, 64면.

'처녀'가 핵심적 용어로서 떠오를 수밖에 없었던 것은 이 점에서이다. 말하자면 영적(靈的)사랑, 즉 순수하고도 고결한 정신의 세계에 대한 낭만적 지향이 성적 경험의 전무를 상징하는 순결한 '처녀'에 대한 경탄, 숭배로 전환되어 나타나고 있었던 것이다.

근대적 '사랑'과 '처녀'를 둘러싼 이와 같은 맥락을 고려할 때 1920년대 조선의 문학에 나타난 '처녀'에 대한 경탄과 숭배의 태도는 충분히 이해가 된다. 특히 정신성의 보증으로서의 '처녀'에의 요구가 남녀평등, 일부일처제 성립과 같은 여성의 지위향상과 직결된다는 점에서 '1920년대 조선사회에서의 처녀' 경탄 풍조의 발생은 필수적이었다고 할 수밖에 없다. 그 점에서 1920년대 초반 조선의 문학이 근대적 사랑 '연애'의 정신성, '연애'의 근대적 의식을 여학생의 정조 유린이라는 비정상적이고 왜곡된 방법으로 수용하고 있었음은 조선의 근대 수용 정도를 다시금 고려하게 한다. 삶과 의식, 삶과 사랑, 삶과 문학이 서로 융화되는 대신, '육(肉)이 사랑을 파멸시켰다'[24]와 같은 거친 도식성과 관념성이 삶을, 사랑을 그리고 문학을 이끌고 있었기 때문이다.

5. 결론

1920년대 초반 조선 사회에서 발견되는 '처녀'에 대한 경탄과 숭배 풍조는 조선의 근대 수용 과정과 긴밀한 연관관계를 맺고 있었다. 여성의 육체적 순결성을 지칭하는 한정된 의미로서 1920년을 전후한 시기

24) 이미 앞서 언급했듯 「약한 자의 슬픔」에서 여학생 강엘리자베트는 정조를 유린당한 후 마음의 연인 이환을 떠올리며 이렇게 통탄하고 있다. 육욕(肉慾)에 의한 사랑의 파괴는 여타의 정조 유린 모티프에서 동일하게 발견된다.

조선에서 재탄생, 재발견된 '처녀'는 육욕의 배제를 통한 정신성의 확보를 내포하고 있다는 점에서 근대적 남녀관계 형성의 중요 관건으로 요구되었던 것이다. 뿐만 아니라 당대 신청년들을 매료시켰던, 유한적 육적 관계에 대립되는 영원성의 의미로서의 '영적' 사랑의 측면에서 볼 때도 여성의 육체적 순결성 즉 '처녀'는 필수적 요구조건이었다고 할 수 있다.

근대의 성립과 '처녀' 간의 이와 같은 연관관계를 고려할 때 1920년대 초반 조선의 문학에서 발견되는 정조 유린 모티프는 조선의 근대 수용 정도에 대해 다양한 점을 고려케 한다. 이광수의 『무정』을 비롯하여 김동인의 「약한 자의 슬픔」, 이광수의 『재생』, 나도향의 『환희』, 현진건의 「유린」에서는 정조 유린의 모티프가 등장, 육욕(肉慾)에 근거한 남녀관계의 비극성 및 그로부터 강조되는 '영적 사랑'의 절대적 가치가 반복 강조되고 있다. 여기서 이광수의 『무정』을 제외한 나머지 세 작품들이 비슷한 기간에 정조 유린이라는 동일 모티프를 사용, '처녀'로 상징되는 남녀 애정관계의 정신성, '영적 사랑'의 의미를 동일한 수법으로 강조하고 있음은 테마의 유사성이라는 측면을 떠나 근대의 관념적 수용이라는 측면에서 많은 문제를 불러일으키지 않을 수 없다.

특히 정조 유린 모티프를 취한 일련의 작품들에서 발견되는 '사랑'과 관련된 기묘한 전도현상, 예를 들자면 육적(肉的) 사랑과 영적(靈的) 사랑 간의 갈등을 위해 사랑의 감정이 조작되는 기묘한 전도 현상은 관념으로서 밖에는 근대를 수용할 수 없었던 근대 조선의 한계를 의미하는 것이라고 할 수 있다. 삶과 근대적 의식 간의 괴리와 간극에서 발생되는 이와 같은 '사랑'의 환영으로부터 '처녀'에 대한 이들 문학의 경탄, 숭배의 태도 역시 '영적 사랑'이라는 이국적 문화에 대한 부박한 열광 이상의 수준을 넘어서지 못했던 것임을 어렵지 않게 읽어낼 수 있다.

제3장
근대적 세계와 '첩'의 사랑
나도향의 「어머니」를 중심으로

1. 서론

1925년 나도향은 첩을 주인공으로 한 작품 「어머니」를 발표한다. 나도향이 근무하고 있던 『시대일보』에 동년(同年) 1월부터 4월에 걸쳐 발표된 이 작품은 당시로는 흔치 않게 첩의 순애(純愛)를 그리고 있다는 점에서 눈길을 끈다. 물론 작품의 인물로서의 첩은 이인직의 『귀의 성』을 비롯해서 신소설에서부터 심심찮게 등장하고 있었고 1922년 발표된 나도향의 대표작 장편 『환희』에서도 모습을 보이고 있다. 뿐만 아니라 이광수의 『재생』에서는 신여성의 첩으로의 몰락이라는 테마 아래 첩이 여주인공으로서 등장하고 있다. 이처럼 첩은 신소설 및 근대소설에서 주인공 혹은 보조적 인물로서 심심찮게 등장하고 있기는 했지만 순수한 사랑의 주인공이라는 역할은 부여받지 못하고 있었다. 여기에는 창부철폐론이 주창되고 '가정'의 이미지가 대사회적으로 전파되어 가는 등 일부일처제의 남녀관계를 지향하던 당대의 사회적 분위기가 결정적 요인으로 제시될 수 있다.

이에 근거할 때 나도향이 왜 이 시기 기생과 더불어 남녀불평등의 근본적 원인으로 제시된 첩을 순수한 사랑의 히로인으로 설정했는가에 대해서는 되짚어볼 필요가 있다. 특히 "여자는 남의 첩을 그리 비관하지 말라"고 한 나도향의 발언을 고려할 때 이와 같은 의문은 일부다처제의 전근대적 세계에 나도향이 전적으로 동조하고 있었던 것은 아닌가하는 의혹까지 발생시키게 된다. 그러므로 「어머니」에서 그려지는 첩의 형상 및 첩이 실현해가는 순수한 사랑의 실체에 대한 검토는 나도향의 의식세계를 이해하는 데 중요한 의미를 지닌다고 할 수 있다.

뿐만 아니라 「어머니」의 등장인물들이 근대적 사랑 '연애'를 이상적 사랑의 형태로서 제시하고 있다는 점에서 이들 사랑의 실체에 대한 연구는 조선의 근대의 실체를 읽어낼 수 있는 하나의 근거로서 작용할 수도 있을 것이다. 본 연구에서는 이를 1920년대 소설에 나타난 첩의 이미지, 일부일처제의 확립과 첩의 삶, 1920년대를 휩싼 사랑의 열풍의 실체, 이 세 가지 항목으로 분류해서 살펴보려고 한다. 그러면 먼저 1920년대 소설에 나타난 첩의 일반적 이미지를 고찰해보도록 하겠다.

2. 1920년대 소설에 나타난 첩

나도향의 「어머니」는 첩을 여주인공으로 설정하고 있는 작품이다. 나도향의 작품에서 첩은 1922년 발표된 첫 장편 『환희』에서 여주인공 혜숙의 어머니를 통해 형상화된 적이 있다. 『환희』에서 혜숙의 어머니는 부호의 애첩으로 남편의 극진한 사랑을 받던 중, 남편이 열성적 기독교도가 되는 바람에 기독교 윤리에 따른 남편으로부터 갑작스레 버림받게 되는 인물이다. 여기서 첩인 혜숙의 어머니는 자신의 천당행을 위해 쉽게 애첩과 딸을 내버린 아버지의 비인간적 행위에 반항, 집을 가출한 본부인의 아들을 친자식처럼 데리고 사는가하면 자식들 뒷바라지에 전념하는 순종적이고도 소박한 인물로서 그려지고 있다. 근대적 문물의 이입 속에서 까닭도 모른 채 몰락을 겪을 수밖에 없었던 첩의 비극적 운명이 혜숙의 어머니의 삶의 여정을 통해 묘사되고 있는 것이다.

이는 『환희』에 이어, 첩을 여주인공으로 선택, 그 삶의 여정을 살펴가는 「어머니」의 경우에도 동일하게 감지된다. 「어머니」의 영숙은 가난한 집안 살림 때문에 자신도 모르는 사이에 첩이 되어버린 인물이다. 작품을 통하여 볼 때 영숙은 서울로 상경, 홀어머니와 더불어 곤궁한 삶을 이어가고 있던 중, 그녀의 아름다움에 매료된 지방의 부호 철수가 영숙을 아내로 줄 것을 영숙의 어머니에게 종용, 그 결과 철수와 결혼을 하는 인물로서 그려지고 있다. 그런데 결혼하고 보니 철수에게는 지방에 이미 처자가 있었고 이로써 영숙은 자신도 모르는 사이에 첩이 되어버리게 되는 것이다. 이후 첩이라는 신분 때문에 영숙은 절친한 친척들로부터 절연 당하는가 하면, 아는 사람을 만날까 두려워 길을 피해 다니는 등 극단적 스트레스에 시달리게 된다. 이는 일견 1907년 발표된 일본 작가 모리 오가이의 「기러기」를 연상케 하는 구조로서[1)]일부일처제에 근거한 평등한 부부 관계 및 근대적 '가정'의 개념이 대사회적으로 전파되고 있던 시기에 나도향이 이처럼 첩의 삶을 주된 테마로 그려내고 있음은 이에 대한 다양한 사회적 맥락을 고려케 한다.

---

1) 영숙이 첩이 되는 과정에 관련된 이와 같은 에피소드는 일본 작가 모리 오가이가 1907년에 발표한 「기러기」와 상당부분 유사하다. 예를 들어 기러기의 여주인공 오다마는 아버지와 둘이 살고 있던 중, 오다마의 아름다움에 혹한 한 순사가 그녀를 강압적으로 취해 그와 혼인의 관계에 들게 된다. 그러나 결혼하고 보니 그는 이미 고향에 처자가 있는 사람이었고, 이로써 오다마는 첩이라는 자신의 신분 때문에 극심한 스트레스를 받게 된다.

물론 이 시기 첩의 세계를 다룬 작가가 나도향에 한정되었던 것은 아니다. 1924년 이광수가 장편 『재생』을 통해 첩의 삶을 묘사하고, 염상섭이 중편 「너희들은 무엇을 어덧느냐」에서 첩은 아니더라도 연상의 부호의 후처로 되는 신여성의 삶을 그려내고 있다. 여기서 다루어진 첩이란 존재는 여학생의 타락이라는 당대 사회 문제와 연결되어 있다는 점에서 나도향이 바라본 첩의 세계와는 다소 이질적이다. 『재생』의 여학생 김순영은 부에 대한 동경, 허영 속에서 부호의 첩이 되고, 「너희들은」의 덕순 역시 경제적 이유로 연상에다가 불구자인 부호의 세 번째 후처가 되고 있는 것이다. 실제로, 1920년대는 여학생의 문란한 남녀관계와 더불어 사치와 허영 속에서 부에 대한 동경으로 첩이 되는 여학생의 문제가 사회적으로 심심찮게 비판, 지적되고 있었다.[2] 『신여성』 1925년 5월호에 게재된, 여학생의 신분으로서 첩이 된 여성의 절절한 참회담은 이와 같은 문제점들을 드러내고 있다.

그러나 여기에는 여학생 개인의 결함만으로 결론 내려질 수 없는 또 다른 사회적 상황이 내재되어 있었다. '연애'의 제 의식이 1920년대 조선을 사로잡기는 했지만, 전통적 조혼의 풍습에 따라 교육을 받은 대다수의 남성들이 이미 결혼해 있던 조선의 상황에서 여학생들이 경험할 수 있는 자유연애란 그 폭이 상당히 협소할 수밖에 없었던 것이다. 유부남 김우진과의 정사(情死)로 치달은 윤심덕의 연애 사건이라든가, 기혼남성과의 교제를 정당시 한 김일엽의 과격한 논의[3]는 바로 이와 같은 조선의 분위기를 반영한 것이라고 할 수 있다. 1920년대 조선 사회의 이슈 중 하나였던 여학생 첩의 등장은 부(富)에 대한 여학생들의 동

---

2) 혜란, 「일즉이 妾이되얏든 몸으로」, 『신여성』, 1925.5.

3) 『부녀지광』 창간호에 게재된 「우리의 이상」이란 논설에서 김일엽은 기혼남성이 원래의 혼인관계를 청산함을 전제로 해서 기혼남성과의 애정관계를 당연한 것으로서 규정하고 있다. 이와 같은 김일엽의 언급은 신여성의 극단적 자기중심성을 드러내는 것임과 동시에 이 시기 신여성들이 겪은 시대적, 사회적 딜레마를 표현한 것이라고 할 수 있다(일엽, 「우리의 이상」, 『부녀지광』 창간호, 1924.7)

경 및 이와 같은 조선의 현실적 정황이 복잡하게 맞물려 있었다. 이상으로서의 '근대'와 현실에서의 '근대'가 끊임없이 충돌하고 간극을 발생시키는 1920년대 조선의 풍속화의 한 장면이 이들 여학생들의 타락을 통해 그려지고 있는 것이다.

그러나 나도향의 「어머니」에서 그려지는 첩 영숙은 외형에서부터 이들 여학생 첩들과는 상당히 이질적 모습을 띠고 있다. 작품을 통해 볼 때 「어머니」의 영숙은 회색 삼팔 치마에 향수 냄새를 풍기며 당시 유행하던 금니를 살짝 박아 넣은 이광수 『재생』의 히로인 김순영과는 대조적으로 전통적이고 고전적 모습으로 묘사된다.

> 산뜻한 양복에 채플린 수염을 깍고 자랑스러운 어조로 주인에게 농담 비슷하게 인사를 붙이는 젊은 신사의 뒤를 이어 들어오는 사람이 십 년 전에 자기와 함께 소학교에 다니던 영숙이었다. 머리를 쪽지어 비춰 옥비녀를 꽂고, 발에는 반쯤 지르신은 듯한 버선에 미색 마른 신을 신었었다. 힐끗 이것을 바라보는 춘우의 머리 속에는 십 년이나 끊어졌던 기억이 다시 이어지는 듯하여, 한참이나 영숙을 바라보았었다.[4]

영숙과 해후하면서 유년기 친우인 춘우는 '십 년이나 끊어졌던 기억'이 다시 이어짐을 느낀다고 언급한다. 1920년대 들어서면서 여성의 헤어스타일로서 단발이 유행 풍조로 등장, 여학생 뿐 아니라, 전통적 예기들조차 그 유행에 편승하고 있었음을 감안할 때 쪽진 머리, 옥비녀, 버선 등 영숙의 전통적 외형은 영숙에 대한 춘우의 이와 같은 정서적 반응이 유년기 친우에 대한 정겨움을 넘어, 전통적 조선에 대한 애상일지도 모른다는 추측까지도 가능케 한다. 첩의 문제를 여학생의 타락이라는 사회적 이슈로 연결시키던 당대 여타 소설들과 달리, 「어머니」가 이 문제를 가난한 여성의 비극적 삶이라는 보편적 문제로 연결시키고 있

4) 나도향, 「어머니」, 『나도향전집』 下, 집문당, 1988, 384면.

음은 이와 같은 의문을 증폭시킨다. 나도향이 그려내는 첩 영숙은 일부일처제의 확립을 위해 1900년대 초 기독교계 신문 및 『독립신문』 등에 의해 조합된 '음탕' '간악'한 존재도 아니고,[5] 성적 문란과 부에 대한 동경 및 허영으로 인해 사회적 비난을 받던 1920년대 여학생의 부정적 형상과도 연결되지 않았던 것이다.

가난 때문에 자신도 모르는 사이에 첩이 되어버리고 그로 인해 절망과 수치 속에서 삶을 이어가는 영숙의 모습에서는 일부일처제 및 남녀평등의 근대적 인간관의 등장 속에서 가혹하게 매도되던 첩들의 애처로운 모습이 나타나고 있는 것이다. 말하자면 나도향은 한 여자가 첩으로서 살면서 겪어야만 하는 절박한 상황과 심적 갈등을 보여주기 위해 여학생 첩도 아니고, 근대론자들에 의해 조합된 부정적 첩의 이미지도 아닌 순종적이고, 전통적 여성으로서의 영숙을 그려내고 있었다고 할 수 있다. 이 점에서 「어머니」는 오히려 첩의 비극적 삶을 그로테스크한 분위기 속에서 그려낸 이인직의 『귀의성』을 연상케 한다. 아버지의 허영 때문에 어쩔 수 없이 첩이 된 후 본처의 시기와 질투로 인해 비극적 죽음을 겪게 되는 『귀의성』의 춘천댁의 순박한 모습은 첩의 삶에 대한 연민의 시선을 불러일으키기에 충분하기 때문이다.

그러나 『귀의성』이 춘천댁의 비극적 삶을 처첩 간의 갈등으로 환원, 전근대적 가족제도의 폐기 및 일부일처제의 근대적 윤리를 주창함에 중점을 두고 있었다면 「어머니」는 그와 달리 근대적 의식의 이입 속에서 일방적 폄하와 몰락을 겪을 수밖에 없었던 첩들의 비극적 삶의 여정

---

5) 1907년 12월 6일자 『대한매일신보』에 실린 논설 「한국남ᄌᆞ의 쳡두ᄂᆞᆫ악습」에 의하면 "놈의 쳡되ᄂᆞᆫ 녀인은 매양 얼골을 닥고 몸을 꾸미여 남ᄌᆞ의게 아릿 답게 뵈이기로 일을 삼은즉 그 산ᄋᆞ희된자—이에 빠지고 혹ᄒᆞ야 몸이 샹ᄒᆞᄂᆞᆫ지 재물이 쇼비ᄒᆞᄂᆞᆫ지 생각지 못"하는 "요옥하고 간교ᄒᆞᆫ"자로서 규정되고 있다. 첩에 대한 이와 같은 태도는 "음심 잇ᄂᆞᆫ 사나회들은 쳡을 엇고 음행을"행한다고 언급하는 『독립신문』(「논셜」, 1896.6.6)의 논설 및, 첩을 일종의 노리개로서, 첩과 상대남성과의 관계를 가변, 종속적인 것으로 규정하는 『대한그리스도인 회보』(「녀학교론」, 1898.8.3)의 논설에서도 동일하게 발견된다.

에 관심을 기울이고 있다. 물론 여기에는 '자각'이라는 첩 영숙의 언급에서 나타나듯 1920년대를 전후하여 조선사회 전면에 등장한 여성의 자립 및 자율적 권리와 같은 근대적 의식이 무엇보다 중요한 요인으로 지적될 수 있을 것이다. 남편에 대한 자신의 감정을 '절개'로 규정, 절개의 준수에 대해 고민하면서도 '자각'한 '현대여성'으로서의 삶을 위해 남편과의 결별을 선택하는 영숙의 태도는 분명 그와 같은 면모를 강하게 띠고 있다. 그러나 문제는 이 '자각'이 실질적으로 영숙의 '내면'에서 형성되고 있을까, 아니 엄밀히 말하자면 '자각'을 발생시킬만한 '내면'이 영숙에게 성립되어 있는가 하는 점이다.

3. 일부일처제의 확립과 '첩'의 삶

나도향의 「어머니」에서 영숙은 남편과 아내를 둔 유부녀로서 유년기 친우인 춘우와 사랑에 빠져 집을 가출한다. 이와 같은 영숙의 사랑은 애정의 상대인 춘우로부터도 막상 그 진의를 의심받는다. 예를 들자면 영숙의 사랑에 대해 춘우는 "남의 첩이 되어 세상에서 죄있는 사람처럼 인정하는 것이 싫어서 자기의 사회상의 지위를 고치기 위하여 나를 사랑한다 하면 그것은 너무나 천박한 생각"이라고 할 수밖에 없지 않을까라고 하면서 그 진의를 의심하는 것이다. 이와 같은 춘우의 우려는 그 스스로 언급하듯 학식, 재산, 인물 어느 것도 갖추지 못한 자신의 상황에서 비롯된 콤플렉스 때문이라고 단정하기에는 다소 석연치 않은 구석을 지니고 있다. 예를 들자면 영숙이 첩임을 확인한 순간 영숙에 대한 음란한 환상을 머리에 떠올리며 영숙을 '창부(娼婦)'와 연결시켜버리는 춘우의 모습은 첩=음란, 간악한 존재로 규정하던 당대의 태도를 재현하고 있기 때문이다.

이는 단지 춘우만의 문제는 아니다. 딸의 불륜을 안 순간 영숙의 어머니가 나타낸 심적 반응 역시 춘우와 별반 다를 바가 없다. 영숙의 어머니에 의하면 "젊은 여자가 남의 첩이 되었으면 그 여자의 몸 가지는 것은 추측하여 알 것이니, 다른 남자와 다소간 관계가 있더라도 눈감아 넘겨주는 것이 그리 과히 잘못된 일이 아니"라는 것이다. 딸의 불륜에 마음 졸이는 어머니로서의 걱정도 전혀 배제할 수만은 없는 영숙 어머니의 이 태도는 첩=음란, 부도덕한 존재로서 파악한다는 점에서 첩에 대한 춘우의 태도를 연상케 하기도 한다. 그렇다고 해서 영숙 어머니가 춘우처럼 근대적 의식에 깊이 물들어 있는 것은 아니다.

'영원한 사랑' '영적 사랑' 운운하며 근대적 '연애'에 감염된 춘우와 달리 그녀는 남녀 간의 애정을 전통적 '정(情)'이라는 용어로서 고정시켜 표현, 그 관계를 종속, 가변적인 것으로 파악하고 있다. 딸의 애정사에 대해 여자가 "젊어 청춘에 마음에 드는 남자의 재미있는 정을 받아보는 것도 그리 죄 되는 일은 아니라"고 결론내리는 그녀의 태도는 기생과 손님 간의 관계를 벗어나서는 남녀 애정관계의 자취를 찾기 힘들었던 조선의 전통적 남녀관계의 면면을 드러내는 것이라고 할 수 있다.

애정의 정신성, 영속성 : 애정의 가변성, 육적(肉的)관계 중심성, 종속성. 춘우와 영숙 어머니 간에 발견되는 이와 같은 의식의 간극은 첩을 규정짓는 이들 언급의 동질성에도 불구하고, 이들이 첩의 성립 여부에 대해 의식의 격차를 지닐 수밖에 없음을 드러내준다. 애정의 영속성, 정신성에 기반 한 춘우가 일부다처제의 주 요인인 첩의 존재를 쉽게 수용할 수 없었다면, 영숙 어머니 역시 일부일처제에 기반 한 엄격한 남녀 애정관계를 쉽게 이해할 수가 없었던 것이다. 정확히 말하자면 영숙 어머니의 의식에는 춘우가 입버릇처럼 되뇌이는, '육체'의 대립으로서의 '영혼'의 개념이라든가 그에 기반 한 남녀 애정관계의 '정신성' '영속성'과 같은 발상 자체가 전혀 형성되어 있지 않았던 것이다. 그러므로 그녀가 첩의 방탕성을 언급한다고 하더라도 그것은 '타락' '창부' 등 춘우의 언급에서 나타나는 정신성 중심의 근대적 의식과는 근본적으로 무관한 것이었다고 할 수 있다.

이처럼 첩에 대한 영숙 어머니의 언급이 일부다처제에 대한 자연스러운 긍정에서 비롯된 것이었음에도 불구하고, 작품의 흐름 속에서 그것이 오히려 첩에 대한 비판의 근거로 사용되고 있음은 참으로 아이러니컬하다고 하지 않을 수 없다. 물론 이와 같은 구도를 나도향이 의도적으로 형성했다고 단정 내리기는 어렵다. 「어머니」에 앞서 발표되었던 장편 『환희』에서 여학생 보다 기생을 진정한 사랑의 실현자로 위치시켰던 나도향의 태도[6]를 고려할 때 1920년대 조선 사회에서 전파되고 있던 '첩'에 대한 일방적 매도에 대해 그가 과연 찬동했을 까하는 점에 대해서는 의문이 생기지 않을 수 없는 것이다. 이는 나도향이 묘사해내는 남편 철수와 영숙의 관계, 혹은 첩을 취한 남성으로서의 철수의 심리를 통해서도 추측 가능하다. 춘우와 아내 영숙를 둘러싼 불미스러운 소문 속에서 전전긍긍하던 철수가 아내 영숙에게 건네는 다음의 고백은 이 점에서 상당히 중요하다.

> "내가 첫째로 당신에게 나의 사랑의 전부를 주지 못하는 것이 나에게는 더 말할 수 없이 죄악이요. 내가 나 한 몸뚱이로서 여러 여자를 데리고 산다는 것이 절대로 죄 아니라고 생각하지 않는 것이 아니오, 내가 내 몸에서 난 자식들을 볼 적마다 도리어 부끄러움을 느낄 때가 많소. 그러나, 사랑은 언제든지 하나인 것이요. 결코 둘이 아니오. 오늘에 나는 형식적으로 두 여자를 데리고 살지만, 나의 참사랑이 가는 곳은 한 군데밖에 없는 것이요. 당신은 남의 첩된 것을 언제든지 불만족으로 생각하고 비관까지 하나 봅디다만, 사랑이라는 것은

---

6) 신청년들 간의 애정사를 테마로 한 장편 『환희』에서 나도향은 혜숙을 비롯 신청년들을 이미지로서 사랑을 추구함으로써 진실한 사랑을 확보하지 못하는 인물로서 그려내는 반면, 기생 설화를 사랑을 위해 자살까지 행하는 사랑의 진정한 실현자로서 그려내고 있다. 이와 같은 나도향의 의도는 쉽게 간과할 수 없다.

이 세상의 모든 형식을 초월한 것이요, 무엇이든지 좋소. 어떠한 지위도 좋을 것이요."

영숙은 그 말을 듣더니, 얼굴이 조금 불그레하여지며,

"저는 조금도 그것을 부끄러워하는 것이 아녜요. 그렇지요, 당신이 나를 어떠한 지위에 두시든지 나는 완전한 사랑이 받고 싶어요."

"완전한 사랑."

철수는 한참이나 가만히 있더니,

"그렇겠지. 누구든지 완전한 사랑을 받고 싶겠지."[7)]

여기서 철수는 첩이라는 신분 때문에 심적 고통을 겪는 아내 영숙에게 그녀야말로 자신의 '참사랑'이라고 고백하며 그녀의 심적 고통을 위로한다. 아울러 그는 '사랑'이란 모든 지위와 모든 형식을 초월한 것이라고 말하면서 아내 영숙이 첩이라는 신분에 대한 비관으로 인해 그의 '사랑'을 의심하지 않기를 부탁하고 있다. 영숙을 향한 철수의 세밀하고도 깊은 애정은 아내를 데리고 한강 보트 놀이를 가는가 하면 영화를 관람하는 것과 같은 낭만적 모습을 통해서도 잠시 감지된다. 뿐만 아니라 아내의 불륜의 징후를 눈치 채고도 그녀를 잃을까 전전긍긍하며 절실한 애정을 고백하는 철수의 모습에서 영숙이 갈망하는 '완전한 사랑'이란 것이 오히려 얼마나 내실 없이 허황한 것인가 그리고 영숙의 애정의 진의를 끊임없이 의심하는 춘우의 '영원한 사랑'이란 것이 과연 실체를 지닌 것인가를 의심하게 된다. 이와 같은 철수의 면모는 당대 사회가 전파시키고 있던 첩을 둔 남성의 면모와 거리를 지니고 있다는 점에서 상당히 흥미롭다.

1923년 『신여성』 잡지에는 「여학교를 졸업하고 첩이 되어 가는 사람들」[8)]이라는 제명의 글이 게재, 첩이 되어 가는 여학생의 면모를 분석 ·

---

7) 나도향, 「어머니」, 앞의 책, 439면.

8) 이 글에서는 여학생의 신분으로서 첩이 되는 경우를, 허영, 타락, 유혹, 생활난 등으로 분류 파악하고 있다. 흥미로운 것은 '그들의 끗신세'라는 제목 아래 쓰여진 결말 부

비판하고 있다. 이 글의 주된 비판은 여학생 출신의 첩에 한정되어 있지만 서론 부분의 첩에 대한 정의는 첩 일반에 대한 당대 사회의 태도를 보여주고 있다는 점에서 주의를 끈다. 논지에 따르자면 첩이란 '금전'을 받고 자신의 '성(性)'을 제공하는 일종의 매음녀이므로 첩을 취하는 자는 성적 욕망으로 가득 찬 '음일(淫佚)한 자'이며, 첩은 그의 성적 '완롱물(玩弄物)'에 불과하다는 것이다. 이는 1921년 『신민공론』에 예기와 창기를 동일시 예기의 제거를 겨냥해서 발표된 「창부철폐론(娼婦撤廢論)」[9]의 기생 일반에 대한 규정과 거의 흡사하다는 점에서 첩과 기생의 의미 규정을 둘러싼 사회적 시선의 가미를 짐작케 한다.

가령 여학생 출신 첩의 비극적 삶을 그린 『재생』에서 첩과 상대 남성의 관계는 철저하게 금전과 성(性)의 교환에 기반해서 형성된 육체적 결합 일변도의 관계로서 묘사되고 있다. 부호 백윤회는 여학생 김순영의 미색에 반해 반강제적으로 그녀를 유린, 첩으로 삼기는 하지만, 그도 잠시 곧 다른 어린 여학생과의 육체적 쾌락에 빠져 김순영을 버리고 만다. 이와 같은 백윤회의 모습은 『신여성』의 논설에서 제시된 '음일(淫佚)한 자'의 이미지와 정확히 부합되면서 첩과 상대남성 간의 관계를 가변적이고 유한적이며 주종적인 것으로 규정한 일부일처제의 이데올로기를 충실하게 재현해내고 있다. 이 구도에 기반 할 때 「어머니」에서 나도향이 그려내는 철수의 이미지는 당황스러울 수밖에 없다. 영숙의 번민에 대해 가슴아파하는가 하면 영숙을 첩이라는 위치에 둘 수밖에 없는 자신의 입장에 대해 비통해하는 그의 모습에서는 일부일처제의 확립을

분으로서, 첩과 상대 남성의 관계가 얼마나 가변적, 유한적인가를 언급함으로써 첩이라는 존재가 겪지 않으면 안될 삶의 비극성을 강조, 역설하고 있다(三淸洞人, 「女學校를 卒業하고 妾이 되어 가는 사람들」, 『신여성』, 1923.10, 48면).

9) 「娼婦撤廢論」, 『新民公論』(新民生), 1921에서는 기생 즉 예기를 매소부(賣笑婦), 남성의 완롱물(玩弄物)로서 규정, 기생의 사회적 제거를 주창하고 있다(이에 대해서는 김혜영, 「한국 근대문학에 나타난 기생의 이미지 고찰」, 『한국현대문학연구』, 2004.6을 참조).

위해 당대 사회가 전파시키고 있던 일부다처제의 비인간적 면모 즉, 남편 : 첩의 관계=음일(淫佚)한 자 : 완롱물(玩弄物)이라는 관계 규정을 찾아보기 힘들기 때문이다.

나도향이 왜 이러한 방법으로 첩의 세계를 다룬 것인가에 대해서는 한마디로 결론을 내리기가 힘들다. "여자는 남의 첩을 그리 비관하지 말라"는 그의 언급에서 당대 사회에 전파되고 있던 첩의 일방적 폄하와 매도의 풍조에 대한 거부감을 짐작할 수는 있다. 그렇다고 해서 나도향이 일부다처제의 전근대적 세계를 용인했던 것은 아니다. 남녀 교제 기회가 전무한 조선의 상황이 조선의 젊은이를 기생집으로만 이끄는 등 조선 청년을 타락시켰다는 작품 속 춘우의 언급은 강압결혼에 기반 한 조선의 전통적 혼인제도, 즉 전근대적 조선의 풍습에 대해 나도향이 어느 정도 부정적이었는가를 감지케 한다. 그런 점에서 아내를 두고도 첩을 취하는가 하면 그 첩에게 비로소 진실한 사랑을 느끼지만 첩의 불륜과 같은 심적 고통을 경험해야 하는 철수와 모습은 일부다처제의 장본인으로서 비난받기에 앞서 조선의 전통적 혼인제도의 비인간적 측면을 읽을 수 있는 근거가 되기도 하는 것이다. 이를 위해 영숙이 지향한 '완전한 사랑'의 실체에 대한 고찰은 상당히 중요하다.

4. '완전한 사랑'에의 환영

영숙은 춘우를 세 번, 그것도 남편 철수 혹은 철수의 친구 창하를 동반한 상태에서 겨우 세 번을 만나고는 춘우에게 만남을 제안하는 편지를 띄운다. 물론 동향(同鄕)이며 어린 시절 친구라는 두 사람의 관계를 고려한다면 영숙의 이 행위가 특별히 주의를 끌 일이 없다고도 할 수 있다. 그러나 편지의 내용이 첩이라는 신분에 대한 이해와 용서를 주된 골자로 하고 있다는 점, 그리고 두 사람만의 은밀한 만남을 제안하고 있다는 점 등은 편지를 띄운 영숙의 심경에 대해 다양한 상상의 여지를 남긴다. 특히 영숙이 만남을 제안한 장소가 임업조합이 있고, 버드나무로 우거진 청량리라는 점은 영숙의 편지를 받고 낭만적 설레임과 더불어 불안감을 동시에 느끼는 춘우의 모습과 연결되면서 남녀 간의 은밀한 만남 쪽으로 그 상상을 몰고 가게 된다. 그런 점에서 이와 같은 영숙의 행위가 방탕 부도덕=첩의 본원적 성향으로서 읽혀지게 될 가능성 역시 결코 배제할 수는 없다. 적어도 편지를 쓰면서까지 춘우에게 첩이라는 자신의 신분에 대한 이해와 용서를 구해야 할 실질적 이유가 영숙에게는 없었기 때문이다.

그렇다면 당사자인 춘우조차 '대담'하다고 표현하는 영숙의 이 행위를 어떻게 이해해야 하는 것일까. 청량리의 만남에서 영숙과 춘우가 서로에 대한 사랑을 확인하는 다음의 장면은 이점에서 간과할 수 없다.

> "이 세상 모든 것이 다 거짓말일지라도, 춘우씨의 말 하나만 참말이 되게 하여 주셔요. 지금에 이 자리가 꿈도 아니고 환영도 아닌, 참말이 되게 하여주셔요. 그러고 알 수 없는 괴로운 경우에서 저를 끌어내어 주셔요. 네! 춘우씨! 저는 당신을 사랑합니다."
> 하는 영숙은 몸을 탁 춘우의 가슴에 실었다. (…중략…) 영숙의 허리를 두른 자기 팔이 영숙의 가슴 밑을 지날 때, 힘있게 뛰는 심장이 춘우의 팔을 지나는 혈관과 부딪치어 그 고동을 자기 심장에 전하고, 그 여파가 다시 전신에 퍼진다. 춘우는 술 취했을 적과 같이 태탕한 기운이 얼굴에 올라왔다.
> 영숙은 고개를 내서으며
> "아네요. 아네요, 없어요. 참으로 참으로 없어요. 한 사람도 없어요. 저는 여태까지 참으로 남의 사랑을 받아 보지 못하였고, 주어 보지도 못했어요. 춘우씨! 그렇지만, 저는 춘우씨를 사랑하지 못할 사람예요? 춘우씨의 사랑을 받을 자격이 없는 사람예요."

"그런 말이 아니지요. 나는 결코 당신의 사랑이 완전한 열매를 맺지 못할 것을 압니다. 영숙씨는 영숙씨의 주인이 있습니다."

"없어요. 나의 몸의 주인은 있어도 나의 영(靈)의 주인은 없어요. 저는 이제 그 영의 주인을 얻었어요. 춘우는 팔에다 힘을 주며,"

그 주인이 참으로 주인 노릇을 할 수가 있을는지 의문입니다.

"아네요. 저는 그 주인을 위하여 모든 것을 바쳤습니다. 무슨 짓이든지 하겠습니다."

두 사람 간에 애정이 형성될만한 별다른 계기 및 시간적 여유가 없었다는 점을 고려한다면 영숙의 이 고백은 상당히 의외라고 할 수 있다. 특히 초여름 저녁 어스름 무렵 홍릉의 한적한 길을 걷던 중 정념에 취해 갑작스레 자신의 손을 잡은 춘우에게 유부녀로서의 자신의 입장을 표명, 춘우의 애정을 냉담하게 거부하던 영숙의 모습을 고려한다면 잠시 후 발생되는 이와 같은 애정의 고백은 당황스러울 수밖에 없는 것이다. 영숙의 이 혼란스러운 심경을 이해함에 있어 그녀가 사용한 '영의 주인'이라는 언급과 자신의 삶을 '물건' 이나 '장난감'에 비유하는 태도는 중요한 실마리가 될 수 있다. '영(靈)의 주인'에서의 '영' 즉 '영혼'의 개념이라든가, 남성의 '물건' 혹은 '장난감'에서 벗어난 주체적 인간으로서의 여성의 삶에 대한 자각은 전통적 조선의 의식과는 거리를 지닌, 엄밀히 말하자면 1920년대 조선사회에 전면적으로 대두된 '연애'를 비롯해서 다양한 근대적 의식들과 긴밀하게 연결되어 있기 때문이다.

1919년 3·1운동의 실패, 일제의 문화정치로 이어지는 대사회적 분위기 속에서 1920년대 조선사회는 사회 문화적으로 다양한 혼란을 겪게 된다. 1921년 구습급제도위원회(舊習及制度委員會)의 "여성에 의한 이혼 요구가 급증하고 있으므로 이를 승인한다"는 발표는 전통적 혼인관 및 남녀관계의 변화와 혼란을 의미하는 것이라고 할 수 있다. 실제로 1920년대에 들어서면 『매일신보』에 입센의 「인형의 집」이 「인형의 가(家)」라는 제목으로 번역·연재되면서 남성의 종속물이 아닌 독립적 인간으로서의 노라의 이미지가 대사회적으로 전파되고 신여성의 이미지를 내세운 다수의 여성잡지들이 창간된다.[10] 또한 '사랑'과 '존경' '화합'에 의거하지 않은 결혼생활을 "종신적 매음강간"이며 "인도와 정의를 교란(攪亂)하는 악마"로서 정의, 이혼의 정당성을 주창하는 논설들이 어렵지 않게 발견되고,[11] 그 연장선상에서 일본을 통해 이입된 '연애'의 의미가 극대화되기도 한다.

영숙은 이와 같은 1920년대의 시대적 정황을 배경으로 위치해 있다. 물론 시골서 보통학교를 졸업한 후 어머니와 서울로 상경, 하는 일 없이 곤궁한 삶을 살다가 철수의 눈에 들어 첩이 된, 말하자면 근대적 교육의 영향을 지속적으로 발견하기 힘든 영숙의 개인사를 고려할 때 이들 근대적 의식과의 접촉을 단정 내리는 것이 무리일지도 모른다. 그러나 두 번에 걸쳐 발견되는, 잡지를 뒤적이는 영숙의 모습, 특히 춘우와의 애정에 대한 번민 속에서 습관처럼 잡지와 소설을 뒤적이는 영숙의 모습은 그녀 지식의 근원지로서의 잡지의 역할을 추론케 한다. 1920년대는 『개벽』·『청년』 등의 잡지를 비롯하여 교양 잡지라는 이름을 내건 여성종합잡지들이 대거 출현, 근대적 남녀관계로서의 '연애' 및 근대적 가족관계로서의 '가정'의 이미지를 대사회적으로 전파시키고 있었다. 예를 들자면 '가정'의 성립을 "연애(戀愛)의 배양(培養)"[12]에서 찾는가 하면 결혼의 필수 요건으로서 '연애'가 지목되고, 애정에 기반 하지 않은 결혼관계의 파기가 전폭적 지지를 얻는 등 자유로운 애정에 기반

10) 1920년대에 들어서면 여성을 주된 독자층으로 한 잡지들이 다수 출현한다. 1921년 가정 잡지라는 제명하게 개간된 『晨鷄』를 비롯해서 『新家庭』(1921.7)·『家庭雜紙』(1922.5)·『婦人』(1922.6)·『신여성』(1923.10)·『婦女之光』(1924.6) 등이 그것이다.

11) 김송은, 「이혼문제에 대하야」, 『개벽』 5월호, 1923.5, 39면. (이외에도 이 시기 이혼의 문제의 경우 『동아일보』에는 1921년 일년 동안 여성에 의한 이혼요구에 대한 기사가 열두 건이나 실리고 있으며 「이혼문제」, 『청년』, 1922.6; 「이혼문제에 대하야」, 『개벽』, 1923.5.1; 「이혼문제에 대한 비판」, 『조선일보』, 1924.5.16~5.19; 「결혼과 이혼의 현실문제」, 『조선일보』, 1924.1.22~1.24 등에도 이혼문제를 다룬 논설들이 게재되고 있다.

12) 신흥우, 「가정과 연애」, 『청년』 16호, 1922.7, 8면.

한 1:1의 평등한 부부관계 성립에 대한 요구가 이들 잡지들에서 빈번하게 발견되고 있었던 것이다.

1920년대 잡지들에 내재된 이와 같은 성향을 고려할 때 잡지를 뒤적이는 영숙의 모습은 쉽게 간과하기 힘들다. 특히 잡지를 뒤적이는 영숙의 행동이 춘우와의 첫 데이트 후 벅찬 희열 속에서 그리고 남편에 대한 절개와 춘우에 대한 애정 이 양자 간의 갈등 속에서 이루어지고 있음은 영숙의 파격적 애정사가 '사랑'보다는 잡지의 기사, 즉 근대적 의식을 담은 논설들에서 강력하게 추동된 것은 아닌가하는 의심을 불러일으키기도 한다. 실제로 춘우에 대한 영숙의 애정, 영숙의 '완전한 사랑'은 석연치 않은 구석을 상당히 많이 내포하고 있다. 말하자면 가출과 동거에 이를 만큼 절실한 애정이 영숙과 춘우 두 사람 간에는 그다지 감지되지 않는 것이다. 남편의 품에 안겨 춘우와의 관계를 고백한 후 용서를 구하고는 다시 곧 춘우를 만나러 나서는 이율배반적 행위 속에서 영숙이 밝히는 춘우에 대한 사랑의 근거는 이 점에서 상당히 흥미롭다.

그러나 영숙의 생각 속에서 뾰로통하게 싹이 돋아 올라온 그 무슨 자각(自覺)은 오늘에 와서 과거의 모든 것을 부인해버리고서, 새로운 길을 가겠다는 것, 자기도 남의 차지한 도덕상 권리 의무와 또는 법률상 권리 의무를 남과 똑같이 차지하여 가지겠다는 뜨거운 욕망이 그 무슨 반동적 충동에서 일어난 까닭이다. 자기는 남의 첩이다. 자기의 남편이 자기에게 부어 주는 모든 조건이 아무리 완미하다 하더라도, 여기 와서는 사람으로서 참지 못할 치욕이 있다는 것이 피상적으로 인생을 관찰한 현대 여성의 부르짖는 소리다. 인생의 길고 깊은 내면적 생활이 없는 영숙의 가슴에서도 이와 같은 부르짖음이 나온 것도 무리라 할 수는 없을 것이며, 더구나 다정한 남자의 따스한 사랑을 받아 보지 못한 젊은 영숙이 이러한 마음을 갖게 된 것은 얼마든지 동정할 여지가 있다.[13)]

13) 나도향, 「어머니」, 앞의 책, 461면.

춘우와 남편 두 사람 사이에서 갈등하다가 춘우를 만나러 나서면서 영숙은 "자기도 남의 차지한 도덕상 권리 의무와 또는 법률상 권리를 남과 똑같이 차지하여 가지겠다는 뜨거운 욕망"과 더불어 첩이라는 자신의 신분이 얼마나 굴욕적인가를 떠올린다. 가정과 사랑의 기로에서 사랑을 선택하는 사람의 심경이라고 하기에는 너무나 기묘한 이 심적 반응에서 영숙의 불륜 및 가출이 '사랑'보다는, '연애' 혹은 '가정'으로 요약되는 근대적 세계에 대한 히스테리컬한 동경 및 집착에서 기인되고 있음을 어렵지 않게 읽어낼 수 있다. 뿐만 아니라 춘우와의 애정을 선택하기로 결정하면서 '완전한 부부'가 되리라는 막연한 느낌을 떠올리는 영숙의 모습은 그녀가 일부일처제에 내재된 근대적 의식에 대한 이해보다는 일종의 낭만적 이미지로서의 '가정'에 얼마나 강력하게 사로잡혀 있는가를 드러내고 있는 것이기도 하다. 이로써 영숙의 파행적 애정사는 첩의 본원적 성향=부도덕이라는 첩에 대한 편파적 시선을 벗어나 근대적 의식의 이입 속에서 조선이 겪은 자기 혼란 및 분열과 같은 시대적 현실과 연결되게 된다. 실체 없는 사랑을 위해 가정을 버리고 가출, 동거에 이르는 영숙의 모습으로부터 근대 조선에서의 '첩'의 사회사적 의미와 더불어 조선의 근대 수용 정도라는 보다 본질적 문제 역시 함께 읽어낼 수가 있는 것이다.

그런 점에서 작품을 통해 지속적으로 발견되는 영숙의 의식 및 행위의 이율배반성은 간과할 수 없다. 예를 들면 영숙은 춘우를 '영의 주인'으로 상정, 그 주인을 위해 무슨 짓이든 하겠다며 완전한 복종을 맹세하는 등 종속적 관계를 표명하다가는 곧이어 '장난감' '물건' 과 같은 남성 종속적 위치에서 자유로워지고 싶다고 언급한다. 또한 남편의 애절하고 절실한 사랑에도 불구하고 자신을 남편의 '장난감' 혹은 '물건'에 비유, 첩이라는 자신의 신분을 자신의 현실과는 다르게 극화(劇化)시켜 수용하기도 한다. 첩에 대한 대사회적 비판의 시선만으로 결론 내릴 수 없는 영숙의 이와 같은 자기기만, 의식의 분열을 어떻게 이해해야 할 것인가. 사랑을 정신적인 것과 육체적인 것으로 이원화, 전자의 절대적 우위를 주창한 '연애'와 그에 추동되어 사랑을 '영의 주인'과 '몸의 주인'으로 분류 전자에 집착하는 영숙의 사랑에 대한 의식 즉, 원상(原象)으로서의 '연애'와 그의 모방적 이미지로서의 '연애'. 이들 양자 간의 간극은 이에 대한 하나의 답이 될 수 있다.

남녀 간의 동등한 정신적 결합을 내포한 '영혼의 사랑'과 남성 종속적 관계를 내포한 '영의 주인', 원상과 원상의 모방 간에 발생되는 기묘한 변질과 왜곡. 이 간극으로부터 실체를 상실한 다양한 환영이 창출되고 있다. 무위도식에 일침을 가하는 아버지에게 반발, 가출하고서는 사랑을 위해 모든 것을 버렸다고 말하는 춘우와 이에 감동하여 가출을 결행하는 영숙, 즉 허위로서의 '완전한 사랑'이 모든 것을 희생시키는 '절대적 사랑'으로 변모되어 마침내는 '완전한 사랑'의 환영을 초래하는 것이다. 이 아이러니컬한 상황이 조선의 근대의 실체로까지 연결되는 것은 바로 이 때문이다.

물론 '연애'에 대한 낭만적 동경에 깊이 사로잡혀 있던 스물 네 살의 나도향이 조선의 근대를 이처럼 정확하게 조망해내고 있다고 보기는 어렵다. 오히려 나도향은 아이를 둔 유부녀를 비극적 순애(純愛)의 히로인으로 설정함으로써 여러 작품을 통해 지속적으로 주창해온 사랑의 의미를 절대화시키려 했던 듯하다. 유부녀이기는 하지만 상대 남성과 법률적 혼인 관계에 있지 않다는 점에서, 그리고 첩=방탕한 존재라는 인식이 사회 전반에 암묵적으로 전파되어 있다는 점에서 첩이야말로 별반 사회적 거부감 없이 이 역할을 수행해낼 최적의 존재였던 것이다. 그럼에도 불구하고 「어머니」의 첩 영숙의 사랑이 근대적 애정 형식 '연애'에 대한 환영의 수준을 넘어설 수 없었던 것은 1920년대의 조선이 수용한 '연애' 엄밀히 말하자면 조선의 근대의 실체가 그 수준을 넘어설 수 없었기 때문이라고 할 수 있다. 이와 같은 사랑의 빈약한 내실을 고려할 때 굳이 "이 세상에 절대의 사랑이 어느 것이냐 하면 그것은 어머니의 사랑"이라는 절절한 모성을 내세우지 않더라도 영숙의 가정 복귀는 당연할 수밖에 없는 사항이었다.

5. 결론

나도향의 「어머니」는 첩을 순애(純愛)의 히로인으로 설정하여 1920년대 조선의 풍속을 그려낸 작품이다. 이 작품에서 나도향은 일부일처제가 확립되면서 몰락의 길을 걸을 수밖에 없었던 첩의 삶을 영숙이라는 인물을 통해 묘사해내려 한다. 그러나 이와 같은 나도향의 의도와 달리 작품은 '연애'의 환영(幻影)에 사로잡힌 여성의 비극적 삶으로 귀결되어 버린다. 물론 「어머니」의 첩 영숙의 인물적 형상이 1920년대 조선 사회에서의 첩의 삶과 유리되어 있었던 것은 아니다. 절개와 '자각'한 '현대여성'으로서의 삶 사이에서 갈등하다 결국 가출을 감행하는 영숙의 모습은 오히려 근대적 문물의 이입 속에서 의식의 혼란과 갈등, 존립에의 위기감 속에 놓여 있던 첩의 삶을 정확하게 반영해내고 있었다고 할 수 있다.

그러나 불륜 혹은 가출과 같은 영숙의 파격적 행위가 '돈'에 근거한 남성 종속적 남녀관계의 비윤리성에 대한 자각보다는 '연애' 및 '가정'에 대한 낭만적 동경과 환영에서 비롯되고 있음은 상당한 문제점으로 자리하게 된다. '연애'가 전파시킨 '완전한 사랑'에의 환영, 그리고 '가정'의 이미지에 추동된 '완전한 부부'에의 동경. 영숙은 이처럼 끊임없이 환영과 이미지에 기반해서 근대를 수용함으로써 실질적으로 근대와 거대한 간극을 형성해버리고 있는 것이다. 여기서 흥미로운 점은 환영으로서의 근대의 수용이라는 문제가 영숙 뿐 아니라 일본 유학생 출신의 춘우에게서도 동일하게 발견된다는 점이다. 근대적 세계와 접하는 순간 영숙과 동일하게, 어김없는 지속적 자기기만, 의식의 과다한 조작을 드러내는 춘우의 모습은 영숙의 삶의 불안정성이 단지 첩이라는 신분에서 기인된 것만이 아님을 확인시켜 주면서 조선이 경험한 근대의 실재성 문제로 연결되게 된다.

실체를 지니지 못한 조선의 근대 그리고 실체를 지니지 못한 인물들의 삶. 일본이 성립시킨 원상(原象)으로서의 근대와 그 근대를 피상적 모방의 수준에서 수용할 수밖에 없었던 식민지 조선, 이들 양자 간의 간극, 틈으로부터 「어머니」의 인물들의 파행적 애정, 파행적 삶이 도출되고 있는 것이다. 나도향의 「어머니」가 근대적 세계와 조우한 첩의 삶을 그리려 했음에도 불구하고 근대적 세계와 조우한 조선의 모습 일반으로 귀결되어 버린 것은 이 점에서 볼 때 당연한 결과였다고 할 수 있다. 나도향의 「어머니」를 통해 파악되는 조선의 근대, 근대문학의 이와 같은 문제점들은 과연 우리의 근대문학이 실체로서 존재하는가에 대한 것, 말하자면 근대문학의 실체에 대한 질문을 동반하게 된다는 점에서 상당히 중요한 맥락을 지니게 된다.

제3부 식민지기 대중의 문학

제1장
식민지의 삶과 근대적 탐정문학

1. 서론

한국문학 연구사에서 탐정문학은 주목받지 못한 장르 중의 하나이다. 1920년대 첫 창작 작품이 나온 이래, 1920년대 말에서 1930년대에 이르는 시기 우리 문단에서 탐정문학은 강력한 대중적 흡입력을 지닌 하나의 장르로서 등장한다. 김내성의 대표적 탐정문학 『마인』이 『조선일보』에 연재되면서 대중적 인기를 끌었는가 하면, 김유정을 비롯한 많은 작가들이 탐정문학 번역에 동참할 정도였다. 탐정문학의 이와 같은 대중적 흡입력을 고려한다면 탐정문학에 퍼부어진 연구의 미흡함은 의외라고 하지 않을 수 없다.[14] 이 상황이 단지 탐정문학 연구부분에서만

1) 한국 추리문학 혹은 탐정문학에 대한 연구는 모두 김내성 탐정소설, 특히 『마인』에 한정되어 진행된 것이 대부분이며 이 역시 몇 편 되지 않는 형편이다. 일단 김내성에 대한 연구 논문을 찾아보면 김창식, 「추리소설 형성기의 실상과 김내성의 『마인』」, 『추

발생되었던 것은 아니다. 김말봉의 「찔레꽃」을 비롯해서 함대훈의 「순정해협」, 박계주의 「순애보」 등 1930년대 대중적 인기를 끌었던 일종의 대중적 연애소설들은 물론, 유머 소설, 야담 등 일련의 대중문학 전반에 걸쳐서 이 상황은 동일하게 발견된다

그러나 근대적 대도시의 성립, 미디어의 발달, 미디어의 독자인 대중의 등장에 동반되어 등장한 대중문학의 제 속성 및 이들 문학의 대중 장악력을 고려할 때 어떤 면에서는 대중문학이야말로 당대 사회의 제 면모를 가장 정확하게 대변한다고 할 수 있을 것이다. 특히 '과학의 발달'과 같은 근대적 면모와 긴밀한 연관관계를 맺고 등장한 '탐정문학'의 경우, 이와 같은 성향이 훨씬 강력하게 나타난다. 그러므로 과연 대중문학, 그중에서도 탐정문학이 조선에서 하나의 독립된 장르로서 제대로 성립될 수 있었던가에 대한 고찰은 대중문학 자체의 문제를 떠나 조선의 근대성을 파악할 수 있는 중요한 척도로서 작용할 수도 있을 것이다.

2. 「혈가사(血袈裟)」와 탐정소설

우리문학사에서 탐정이라는 용어, 혹은 그 용어에 기반 한 탐정문학이라는 새로운 문학 장르가 처음 등장한 것은 대략 1918년 무렵이었던 것으로 추정된다.[15] 1918년 코난 도일의 「충복」이 『태서문예신보』[16]에 '탐정

리소설이란 무엇인가』, 대중문학연구회, 1997; 조성면, 「탐정소설과 근대성」, 『민족문학사연구』, 1998; 李建志, 「韓國「探偵小說」事始め」, 『創元推理』, 1994 夏; 李建志, 「金來成という歪んだ鏡」, 『現代思想』, 1995.2 등이 있다.

15) 1918년 정탐소설(偵探小說)이란 제명 아래 신소설 「쌍옥적」이 발표되지만 이 작품은 '정탐'이라는 용어를 내걸고 있기는 하지만 특별히 탐정이 등장하는 것도 아니고, 내용의 전개 역시 탐정소설로 분류하기 어렵다.

괴담'이라는 제명 아래 게재되면서이다. 이후 1920년 '장편신소설'이란 제명 아래 탐정이 등장한 「혈가사」[17)]가 불교계 잡지 『취산보림』에[18)] 연재되는 것을 기점으로 창작탐정물이 문학사에 등장하기 시작한다.[19)] 그러나 「충복」을 시작으로 다양한 작품들이 지속적으로 발표되었던 번역 탐정물들과 달리, 창작탐정물의 경우 첫 작품인 「혈가사」와 다음 작품인 「겻쇠」(1929) 간에는 거의 십여 년의 기간이 소요되고 있다. 이 십 년의 간극을 어떻게 해석해야 하는 것일까. 이를 위해 먼저 「혈가사」에 대해 고찰할 필요가 있을 듯하다.

「혈가사」는 3·1운동 직후인 1920년, 울산지역의 민족운동가였던 박병호에 의해 창작된 작품이다. 내용은 남산에서 발생한 장안의 한량이자 세력가 정남작의 살인사건을 중심으로 전개된다. 범인으로 지목된 것은

---

16) 「충복」은 『태서문예신보』에 1918.10.19~11.16까지에 걸쳐서 연재 발표되고 있다. 번역자는 '海夢生'.

17) 「혈가사」의 존재에 대해서는 『혈가사』(김태근, 『태화강』, 처용출판사, 1989)에서 최초로 언급되고 있다. 이후 『계간 미스터리』 잡지가 국립중앙도서관에 소장된 이 작품을 발굴, 잡지에 부분 게재하고 있다. 그러나 『계간 미스터리』에서는 「혈가사」의 발표연도를 단행본이 간행된 1926년으로 제시하고 있으나 필자의 조사에 의하면 「혈가사」는 『취산보림』이라는 불교잡지에 1920년 7월부터 9월까지 게재되다가 중단된 것을 작가 박병호가 1926년 완성 단행본으로 간행한 것이다. 그러므로 「혈가사」의 첫 발표연도는 1920년이라고 할 수 있다.

18) 『취산보림』은 1920년 1월 창간 1920년 9월 종간 된 잡지이다. 발간자는 불교청년회로 되어 있으며 간행처는 경남 양산으로 되어 있다. 『취산보림』이란 잡지명의 '취산'(鷲山)은 경남 양산에서 울산으로 이어지는 영취산의 산명(山名)에서 따온 것으로 대략적으로 경남 양산의 대사찰 통도사를 중심으로 한 불교청년회에서 간행된 잡지였던 것으로 추측된다. 이 잡지는 1920년 10월 『조음(潮音)』으로 개명(改名)되어 간행되지만 『조음』 역시 창간호가 곧 종간호가 되어 버린다. 3·1운동 직후의 발간이라는 시기적 상황도 상황이지만 잡지의 주된 필진이 박병호를 비롯해서 이종천 등 울산, 경남지역의 민족운동가들이었다는 점을 감안할 때 민족적 성향을 상당히 강하게 띠었음은 물론, 그것이 종간의 원인이 되었던 것으로 추측된다.

19) 1919년 11월 『녹성』의 100원 현상고료모집에 당선된 탐정소설 「의문의 死」가 게재되고 있다. 이 작품은 번역이라는 명시 없이 '복면귀(覆面鬼)'를 작가로 제시하고 있다는 점에서 번역인지, 창작인지가 쉽게 판별이 되지를 않는다. 또한 작품의 공간적 배경이 '프랑스'의 '파리'라는 점, 「충복」에 비견될 만큼 상당히 탄탄한 구성을 지니고 있다는 점에서 창작물로서 파악하기는 힘들다.

정남작의 연모의 대상이자 협판 벼슬을 지낸 고(故) 이상하 대감의 무남독녀인 여학생 이숙자. 이숙자의 연인인 법률 연구생 권중식이 탐정을 고용, 연인의 무죄를 증명하기 위해 노력하고, 마침내 이 십 여간 숨겨진 가족사가 밝혀져 이숙자는 혐의를 벗게 된다. 우연의 지나친 중첩, 문어체적 표현, 평면적 인물묘사 등 「혈가사」는 문체에서부터 내용에 이르기까지 신소설의 일반적 특징을 그대로 답습하고 있다. '탐정'이라고 이름붙이기 힘든, 그야말로 형식뿐인 탐정이 갑작스레 등장하여 문제를 해결한다는 것, 그 한가지 요소만 제외하면 이 작품을 '탐정문학'이라고 호명할 수 있는 요건을 찾기란 어렵다. 뿐만 아니라 작가 박병호 역시 울산의 민족운동가, 교육가로서 활동은 했으되 「혈가사」이 첫 작품이자 마지막 작품으로 탐정문학 창작 경력은 물론 작가로서의 이력 역시 전무한 인물이었다. 그렇다면 장편탐정소설을 겨냥, 등장한 「혈가사」의 존재를 어떻게 이해해야 하는 것일까. 「혈가사」의 발표 시기 및 관련상황, 민족운동가로서의 박병호의 이력은 이에 대한 하나의 답이 될 수 있을 것이다.

「혈가사」는 1920년 7월 『취산보림』에 첫 게재, 잡지가 종간된 1920년 9월까지 삼회에 걸쳐 호관(濠觀)이라는 작가명으로 연재된다.[20] 이후 잡지가 『조음』[21]으로 개재되면서 다시 연재되기 시작하나, 이 잡지의 경우 창간호가 곧 종간호가 됨에 따라 「혈가사」 역시 1회 게재 후 연재 중단된다. 육 년 후인 1926년 이 작품은 마침내 장편소설로 완성, 박병호라는 실명으로 울산인쇄소에서 단행본으로 출간되지만 일경(日警)에

20) 『취산보림』은 양산통도사 불교지부에서 간행했던 잡지로서 1920년 1월 창간되어 1920년 9월까지 간행된 잡지이다. 잡지명은 양산과 울산에 결쳐있었던 영취산의 지명을 따서 붙였던 듯하다. 「혈가사」는 이 잡지의 4호(1920년 7월), 5호(1920.8), 6호(1920.9), 3회에 걸쳐서 연재되고 있다.

21) 불교청년회를 발간자로 내세웠던 『취산보림』과 달리 『조음』은 조선불교청년회통도사 지부가 발간자로 되어 있다. 목차에 들어가서 보면, 박병호를 비롯해서 이종천 등 『취산보림』에 관여했던 일련의 울산지역 민족선각자들이 필진으로 있으며, 「혈가사」가 『취산보림』에 3회 연재 중단되었던 내용에 이어 연재되고 있다. 이 점에서 이 잡지는 『취산보림』이 일제의 검열 등 여러 가지 문제로 인해 잡지명만 바꾸어서 간행된 잡지로 고려된다.

의해서 배부 금지, 사장되고 만다. 「혈가사」에 대한 일경의 배부금지령에 대해서 「혈가사」를 처음 발굴한 계간 미스테리 잡지에서는 "소설 속에서 악인들로 등장하는 사람들이 대부분 귀족의 작위"를 갖고 있는 등 "반일 감정을 노골적으로 드러내고 있"[22)]음을 이유로 들고 있다. 그러나 실제로 작품 내용을 살펴보면 '소설 속의 악인들의 대부분'이 귀족의 작위를 가지고 있지도 '노골적 반일감정'이 드러나고 있지도 않다. 일제로부터 작위를 받은 인물이 두 명, 정남작과 김백작이 등장하고 있기는 하지만 부정적 인물로 그려지고 있는 정남작에 비해 나머지 한 인물인 김백작은 사려 깊고 온화한 이미지의 소유자로서 그려지고 있다. 그런 점에서 배포금지의 원인을 작품 자체의 '노골적 반일적 성향'에서만 찾기보다는 작품의 반일적 성향과 더불어 작가 박병호의 성향 및 작품 창작 배경 등 작품을 둘러싼 다양한 요인들을 함께 고려하는 것이 옳을 듯하다.

먼저, 작가 박병호에 대해서 살펴보면 박병호는 울산청년회를 창립(1920)하고 울산 지역 최고 학부 중 하나였던 해영학원의 학감 및, 조선청년연합회(1923) 및 민립대학 설립 발기인(1925)으로 참여했으며, 『동아일보』 언양 지국장을 역임한다. 뿐만 아니라 박병호는 울산 인근 경남지역을 순회하며 「농촌발전과 경제적 자각」이라든가 「농촌경제와 협동생활」이라는 주제로 순회강연을 했던 것으로 확인된다. 말하자면 박병호는, 식민지 조선의 민족 선각자들의 일반적 행보이기는 했지만, 농촌 계몽, 민중계몽을 통해 민족의 독립을 모색했던 인물이었던 것이다. 이와 같은 박병호의 행보를 고려할 때 그가 왜 문학작품을 창작했는가가 다소 이해가 되기도 한다. 박병호의 경우 '계몽'의 연장선상에 문학이, 혹은 '계몽'을 위한 최적의 방편으로서 문학이 존재하고 있었다고 할 수 있다.

그러나 박병호가 1920년 계몽의 방안으로서 「혈가사」를 창작하면서

---

22) 이수광, 「「혈가사」의 발굴과 저자 박병호」, 『계간 미스터리』, 2002 가을호, 25면.

왜 하필이면 ''탐정'의 본격적 등장을 통해서 탐정소설의 기법을 적용하려고 했었던가하는 점은 여전히 의문으로 남아 있다. 1920년의 조선에서, 그것도 중앙에서 상당히 떨어져 있던 울산을 비롯한 경남 일대의 지방에서 '탐정소설'이란 용어가 과연 대중적 흡입력을 지닐 수 있었을까하는 점에 대해 다소 회의가 들기 때문이다. 「혈가사」 단행본 간행 시점인 1926년의 경우 코난 도일을 비롯해서 모리스 르블랑 등의 탐정문학이 다수 번역되어 '탐정소설'이라는 용어가 어느 정도 대중들에게 유포되어 있었다고 하겠지만 1920년이라는 시점[23]에서 '탐정소설'이란 용어는 아직은 지나치게 생소하고도 전위적이었기 때문이다. 그런 점에서 작가 박병호가 단지 '민중계몽'을 위해서 「혈가사」의 창작양식으로서 '탐정문학'이라는 대중적 문학양식을 택했다고는 쉽게 단정을 내리기가 어렵다. 특히 번역탐정물 한 편과 번역인지 창작인지 판별이 불가능한 탐정소설 한 편, 두 편의 탐정소설 밖에 발표되어 있지 않았던 조선의 상황에서 울산 지역 민족운동가였던 박병호가 어떠한 경로를 통해서 탐정소설의 창작에까지 이르게 되었는가 하는 점 역시 상당한 의문이라고 하지 않을 수 없다.

1918년 '탐정긔담' 「충복」의 번역을 시작으로 1919년 『녹성』의 백원현상원고모집에 '탐정소설' 「의문의 사(死)」[24]가 당선되어 게재되고 1920년 11월 『학생계』에 '탐정소설' 「검은그림자」가 번역 · 게재되고 있

23) 번역탐정소설인 「검은 그림자」가 1920년 『학생계』에 게재되기는 하지만 이 작품의 발표연도는 「혈가사」 1회 게재시기인 1920년 6월보다 한 달 늦은 7월이다. 그러므로 박병호의 「혈가사」 이전 발표된 작품은 『태서문예신보』에 게재된 번역탐정물 「충복」과 『녹성』에 게재된 탐정소설 「의문의 死」(1919.11) 두 작품이라고 할 수 있다.

24) 「의문의 死」가 게재된 『녹성』 잡지는 1919년 창간된 '영화잡지'이다. 현재 이 잡지는 창간호만 남아 있다. 그러므로 잡지 자체가 창간과 더불어 종간되었는지 어떤지 알 수가 없다. 더불어 「의문의 死」의 경우 역시 1회만 남아 있다. 「의문의 사」는 '백원현상고료' 당선 작품으로 게재되고 있으나 이 작품이 창작이었다고 단정하기는 힘들 듯하다. 일단 작품의 배경이 조선이 아닌 '프랑스의 파리'이며, 작품의 구성 및 묘사 역시 최초의 탐정번역물인 「충복」에 비견될 정도로 세밀하고 치밀하다. 이에 근거, 이 작품은 기존 탐정소설의 번역, 혹은 번안, 개작이었을 것으로 추정된다.

다. 말하자면 「혈가사」가 등장한 1920년은 '탐정문학'이라는 장르가 대중적으로 유포되고 있지는 않았다고 하더라도 흥미롭고도 새로운 문학장르로서 '탐정문학'이 태동되기 시작한 시점이었던 것이다. 특히 백 원이라는 거금을 내건 현상모집 당선작이 다름 아닌 탐정소설이었다는 점은 '탐정소설'에 대한 일반의 관심을 환기시키기에 충분했었다고도 할 수 있다. 청년회를 발기시키고, 신교육 실현에 열성적이었던 박병호가 조선 문화계의 그와 같은 분위기를 감지하지 못했을 가능성은 없다. 인적이 끊긴 새벽녘, 순찰을 도는 순사와 정적이 감도는 거리, 의문의 행인 등 살인사건이 발생되는 시공간적 배경에 대한 「혈가사」와 「의문의 사」 간의 미세한 유사점을 쉽게 간과할 수 없는 것은 그 때문이다.

이처럼 박병호가 첫 작품에 '탐정문학'이라는 새로운 장르를 선택했음에는 당시 태동되기 시작했던 탐정문학에 대한 호기심, 민중계몽문학으로서 '탐정소설'의 가능성에 대한 자각 등이 혼합되어 있었다고 할 수 있다. 이와 더불어 3·1운동 직후라는 시간적 배경과 경남, 울산지역의 민족운동가로 활동했던 박병호의 이력과 민족적 성격을 강력하게 지녔던 『취산보림』의 성향 간의 연관관계 역시 무시할 수 없는 하나의 요인이 되고 있다. 적어도 작품 자체에 내재된 반일적 의식의 포장을 위해서, 그리고 3·1운동 직후 삼엄해진 정치적 상황 속에서 민족운동가로서의 자신 및 민족지 『취산보림』에 대한 일제의 부정적 시선을 완화시키기 위해서 '탐정소설'과 같은 가벼운 장르가 필요했을 것이기 때문이다. 범죄의 발생과 해결만 있을 뿐 '탐정문학'의 핵심이라고 할 수 있는 논리적 추론의 과정이 생략된, 그야말로 탐정소설로서의 요건을 상실한 기묘한 탐정소설 「혈가사」의 전개 과정을 포함하여 「혈가사」 발표 이전은 물론 이후에도 탐정문학은 고사하고, 작품 창작의 흔적을 찾기 힘든 박병호의 작가로서의 경력과 같은 요소들은 이에 대한 하나의 근거로서 제시될 수 있을 것이다.

특히 외형은 근대적 문학양식인 탐정소설을 내걸고 있으면서도 내용은 종래 신소설의 전근대적 특성을 그대로 답습하고 있는 「혈가사」의 한계는 과연 이 작품을 '탐정소설'로서 명명할 수 있을 것인가에 대해서 많은 의문을 느끼게 한다. 굳이 작품의 한계를 내세우지 않더라도 과학의 미발달은 물론 근대적 도시의 형성도 채 갖추어지지 않았던 1920년의 조선의 상황을 고려할 때 '탐정소설'의 본격적 등장을 기대하기란 무리였다고 할 수 있다. 「혈가사」에서 「겻쇠」에 이르는 십 여 년의 간극은 어떻게 보면 '탐정문학'이 성립되기 위한 조선사회의 근대적 성숙기간이었다고 할 수 있을 것이다. 물론 이것이 곧 1930년대 우리의 탐정문학이 '탐정문학'으로서의 요건을 제대로 지니고 있었음을 의미하는 것은 아니다. 그러면 이를 위해 1930년대 조선의 탐정문학에 대해 살펴보도록 하겠다.

3. 전근대적 '괴기'와 근대적 '그로', 그리고 탐정문학

「혈가사」를 일단 권외로 두고 본다면 1929년 『신민』에 발표된 「겻쇠」가 우리문학 최초의 탐정소설로서 제시될 수 있을 것이다.[25] 「겻쇠」가 발표된 1929년부터 "조선의 탐정소설을 개척한"[26] 것으로 평가되는 김내성의

25) 이건지는 1923년 발표된 박준표의 「비행의 미인」을 우리문학 최초의 탐정소설로 언급하고 있다(李建志, 「金來成という歪んだ鏡」, 『現代思想』, 1995.2). 그러나 「비행의 미인」의 경우 이건지가 언급하듯 한홍서림에서 간행된 것이 아니라 영창도서에서 간행된 작품이며 『한국세계문학문헌서지목록총람』에 의하면 번역작품으로 기록되어 있다. 이 시기 대중적 인기를 끈 영화 「기자쿠라」를 작품으로 옮긴 탐정활극 「明金」을 비롯하여 번역탐정물이 상당수 발표되고 있었다는 점을 감안한다면, 이 작품 역시 번역물이었을 것으로 추측된다. 특히 이 작품의 내용에 서양 해적이 등장한다거나 서양을 중심으로 전개되고 있다는 점을 감안할 때 순수 창작은 아니었음이 분명하다.

26) 이건지는 "김내성이 등장하기까지는 조선에는 탐정소설은 없었다고 해도 틀린 말은

일련의 탐정소설이 등장하는 1936년에 이르기까지, 최독견의 「사형수」를 비롯해서 최유범의 「질투하는 악마」, 채만식의 『염마』 등 다수의 창작탐정소설들이 우리 문단에 발표된다. 작품들을 대략 살펴보면 「겻쇠」·「혈염봉(血染棒)」[27]·「사형수」[28] 등의 중·단편을 비롯해서 장편 연재소설인 채만식의 『염마』[29] 등이 있다. 이를 도표로 만들어 살펴보면 다음과 같다.

제목	작가	발표지	발표 일시
겻쇠	단정학	신민	1929.11~1931.6.(13회 연재, 未完)
혈염봉	최병화	학생	1930.5,7.(2회 연재)
사형수	최독견	신민	1931.1,3,6.(3회 연재, 未完)
연애와 복수	유방	별건곤	1932.6.
기차에서 맛난 사람	유방	별건곤	1932.7.
미모와 날조(捏造)	최병화	별건곤	1932.9.
순아(順娥)참살사건	최유범	별건곤	1933.2.
질투하는 악마	최유범	별건곤	1933.2.
K박사의 명안(名案)	최유범	별건곤	1933.4.
약혼녀의 악마성	최유범	별건곤	1934.1~3.(3회 연재)
배암 먹는 살인범	양유신	월간매신	1934.4.
염마	서동산(채만식)	조선일보	1934.5.16~11.5.

이상 살펴보았듯이 『신민』과 『학생』·『월간매신』·『조선일보』에 발표된 네 편의 작품을 제외하면 나머지 여덟 편은 모두 『별건곤』에 게재

아닐 것이다. 그야말로 조선의 탐정소설을 개척한 조선최초의 그리고 유일의"작가라고 언급하고 있다. 논자들에 따라 김내성에 대한 평가는 상이할 수 있겠으나 필자 역시 이 의견에 동의하는 바이다.

27) 『학생』 1930년 6월호가 결호여서, 5월, 7월 2회 게재된다. 작가 최병화는 『별건곤』에 야담 및 실화를 게재하고 있다. 이처럼 탐정소설의 작가가 야담, 실화를 병행하는 것은 신경순·박경호·최유범·유방 등 이 시기 탐정소설 작가들에 공통적으로 나타났던 특성이다. 이와 같은 창작의 미분화는 조선 탐정문학의 실재성 고찰에 대한 중요한 고려사항이 된다.

28) 발표 낭시 '事實探偵小說'이라는 제명을 내걸고 있다. 탐정소설·사실탐정소설·탐정기괴 등 이 시기 탐정소설에 붙여진 다양한 제명들은 1930년대 조선에서 탐정문학이 상당히 혼란된 상태로 수용되고 있음을 의미한다.

29) 『염마』는 1934년 5월 16일부터 同年 11월 5일까지 서동산(徐東山)이라는 작자명으로 『조선일보』에 발표되었던 작품이다. 이후 김영민 교수에 의해서 『염마』의 작자 서동산이 채만식과 동일 인물이라는 점과, 이 작품이 지닌 탐정문학으로서의 의미가 새롭게 규명되었다(김영민, 「채만식의 새 작품 『염마』론」, 『現代文學』, 1987.6).

된 작품이다.[30] 그러나 주된 대상 독자층만 달랐을 뿐 『학생』 역시 『별건곤』과 더불어 개벽사에서 발간된 잡지였다는 점을 감안한다면 탐정문학 성립기 발표된 열 두 편의 작품 중 무려 여덟 편의 작품이 '개벽사' 계열의 잡지에서 발표되고 있다. 개벽사가 '탐정문학'에 기울인 노력은 단지 창작탐정소설에 한정되었던 것만은 아니다. 『학생』에서는 「지하실의 비밀」(복면아 譯, 1930.9) 등 번역 탐정소설들이 게재되고 있었고, 『별건곤』 역시 「누구의 죄」(북극성 譯, 1926.12)를 시작으로 수 편의 번역 탐정소설들이 게재되고 있다.[31] 특히 『별건곤』의 경우 1933년 3월부터 탐정소설 및 괴기 실화를 중심으로 한 「특집독물(特輯讀物)」이라는 항을 별도로 마련할 만큼 탐정물에 열의를 보이고 있다.

그러나 1930년대 초 조선문학에서 발견되는 이와 같은 탐정문학 열풍이 과연 탐정문학 자체에 대한 이해 및 문학적 성과로까지 연결되고 있었던가에 대해서는 쉽게 답하기가 어렵다. 이 점에서 조선 탐정소설 성립의 중심에 있었던 잡지 『별건곤』에서 발견되는 다양한 '괴기물' 즉 그로테스크한 사건 기록물들의 등장은 주목할 만하다. 1929년 말부터 『별건곤』에는 '기괴'한 사건 기사 및 살인사건 기사와 더불어 '괴담' '괴기실화', 혹은 '범죄실화' '야담'과 같은 독특한 장르의 글들이 등장한다. 이들의 범위라는 것은 상당히 포괄적이어서 조선의 괴담, 사건실화는 물론 남북 전쟁기 미국의 '범죄 실화'를 다룬 「가방 속의 사미인(死美人)」[32] 1800년대 불란서의 '살인괴담'을 다룬 「늙은 살인마」[33]처럼 서양의 것까

30) 이들 작품들은 신경순의 「무든 수첩」한 작품을 제외하고는 '탐정기괴'이건 '탐정소설'이건 '탐정'이라는 용어가 명확히 기재된 작품을 선정한 것이다. '괴기실화' '야담' 등이라는 제명 하에 발표되었으나 탐정소설의 분위기를 풍기는 작품들은 일단 제외했다.

31) 「人肉속에 뭇친 야광주」(번역자 기재되어 있지 않음), 1930.9; 「凶家의 비밀」(번역자 기재되어 있지 않음), 1931.1; 유방 역, 「무죄한 사형수」, 1932.11; 윤성학 역, 「湖底의 비밀」, 1933.5~10; 최병화 역, 「늙은 살인마」, 1933.6; 최유범 역, 「못생긴 악한」, 1933.6 등이 있다.

32) 소천호, 「가방 속의 死美人」, 『별건곤』, 1931.8.

33) 최병화, 「늙은 살인마」, 『별건곤』, 1933.6.

지도 포함하고 있었다. 「대경성(大京城) 에로 · 그로 · 테로 · 추(醜)로 총출(總出)」, 「에로 · 그로 百%」[34]처럼 '에로 그로'를 강조한 기사들에 굳이 의지하지 않더라도 『별건곤』 자체가 독자를 자극할 만한 엽기적이고도 괴기스러운 세계의 표현에 어느 정도 총력을 기울이고 있었는지 이로부터 충분히 감지가 된다. 그러므로 1930년 초 『별건곤』 잡지에서 발견되는 '탐정소설'의 빈번한 게재란 바로 이 태도의 연장선상에서 이해할 수 있다. 피와 참혹한 시체, 살인을 일으키는 인간의 어두운 내면, 이러한 것들로 이루어진 '탐정소설'의 세계야말로 독자의 시선을 끌만한 최고의 '그로테스크'한 존재였던 것이다. 『조선일보』에 게재된 『염마』 연재예고 기사는 이에 대한 하나의 근거가 된다.

> 다음으로 실릴 소설은 徐東山을 펜네임으로 한 모 중견 작가의 역작으로 된 탐정소설 艶魔입니다. 창작 탐정소설의 연재는 조선 신문계에서 드물게 보는 계획으로 지금까지는 번역품 같은 종류의 연재가 혹 있었으나 실력 있는 작가의 창작품은 좀처럼 보지 못하였습니다. 탐정소설의 엽기 그대로 작자의 씨명은 발표치 않습니다마는 특별히 이 방면에 조예가 출중한 작가로 근래에 못볼 역작품이올시다.[35]

독자의 흥미를 끌기 위한 '그로'의 표현에 1930년대 잡지들이 지나치게 집착했던 탓일까. 『별건곤』에 게재된 일련의 탐정소설들을 비롯해서 1930년대 조선의 창작탐정소설들에서는 탐정소설과 '기담' '괴기실화' '야담' 간의 경계를 찾기란 어렵다. 예를 들자면 경관, 법의학자, 검사가 등장하고 망막 확대 투사경, 사체 부검과 같은 근대 과학, 의학적 기술들이 이 시기 탐정소설들에 빈번하게 등장하지만 그것들이 작품내의 상황들과 '논리적'으로 연결되지 못하고 있다. 항상 살인의 발생과 사건

34) 두 기사 모두 『별건곤』 1931년 8월호에 게재되어 있다. 이 시기를 전후하여 『별건곤』 잡지에는 '에로, 그로, 넌센스'라는 용어가 빈번하게 등장하기 시작한다.
35) 『조선일보』, 1934.5.13.

의 해결만 있을 뿐, 사건의 발생에서 해결에 이르는 논리적 추론의 과정이 작품에서 누락되고 있는 것이다. 천재적 피아니스트의 살해사건을 테마로 하고 있음에도 독특한 살해 방법에 대한 설명이 첨가될 뿐 '추리'가 부재한 「질투하는 악마」, 이남작 미망인 토막살인 사건이라는 기괴한 사건을 테마로 하고 있음에도 상황의 기괴함만 부각될 뿐 추론의 과정을 찾을 수 없는 「기차에서 만난 사람」 등 『별건곤』소재 일련의 '탐정소설'이 그 예로서 제시될 수 있다. 그 결과 이들 작품들은 '탐정소설'이라는 제목을 걸고 있음에도 불구하고 '괴기'와 '엽기'만이 부각되어 '사건 실화' '사건기사' '괴담'과의 변별력을 지니기 힘들게 된다.

그러나 1930년대 조선 '탐정문학'의 그로테스크함은 여기서 마감되지를 않는다. 작품의 소재에서 발견되는 의도된 그로테스크함을 넘어 작품 자체가 지니는 의도되지 않은 미묘한 그로테스크함이 이 시기 탐정소설들에서 발견되고 있다. 1930년대 조선을 시공간적 배경으로 하고 있음에도 혼전동거와 같은 급진적 남녀관계가 주위 사람들에 의해서 당연하게 수긍되는 「연애와 복수」, 아프리카 토인들이 사용하는 '크라노테'라는, 1930년대 조선의 과학적 현실에서 판별하기 힘들었던 독을 살해방법으로 제시하는 「질투하는 악마」 등 이 시기 조선의 탐정문학들은 끊임없이 현실과의 괴리를 노출시킴으로써 아이러니컬하게도 스스로도 의도하지 않았던 그로테스크한 형상을 띠게 된다. 문학과 괴담 혹은 야담 간의 모호한 경계, 형식과 내용 간의 간극, 작품의 현실과 실재 현실 간의 괴리. 1930년대 조선의 탐정소설에 내재된 이 문제들은 '모던'이라는 용어가 널리 유포되고 있던 1930년대 조선, 즉 모던 조선의 실체를 심각하게 반문하게 한다.

"탐정소설이라는 언설이 근대사회의 대중의 불안과 관계하고 있으며 그 언설이 근대적인 대도시의 문화감성을 표현한다"[36]는 견해를 수용

36) 内田隆三, 『探偵小説の社會學』, 岩波書店, 2001(一柳廣孝, 「さまよえるドッペルゲンガ」, 『探偵小説と日本近代』, 111면에서 재인용).

할 때 『별건곤』소재 탐정문학들은 많은 의미를 내포하고 있다. "범죄자가 몸을 숨길 수 있는 대도시의 성립, 그들을 쫓는 과학적 경찰 제도의 확립, 범죄사건을 센세이셔널하게 보도하는 미디어의 발달, 그 미디어의 독자인 '대중'의 등장"[37] 등 탐정소설 성립에 필요한 사회적 제 요소들의 표면적 구비에도 불구하고, 이들 탐정소설들은 끊임없이 내용과 형식 간의 파탄을 노출시키면서 탐정소설로서의 면모를 상실하고 있기 때문이다. 모던 경성, 모던 조선의 한 징후로서 등장했던 '그로'의 이미지가 근대성의 한 편린으로 감지되기보다는 신소설에 빈번하게 등장했던 전근대적 '괴기' '엽기'의 한 변형으로 밖에 느껴지지 않는 것은 이 점에서 주목할 만하다.

4. 식민지의 탐정(探偵), 그리고 밀정(密偵)

1930년대 조선 탐정소설에서 발견되는 형식과 내용 간의 파탄이 단지 조선의 전근대성으로 인해 발생되었던 것만은 아니었던 듯하다. 거기에는 근대적 문학 형식과 전근대적 삶 간의 대응관계를 넘어 제국의 문학과 식민지 삶 간의 간극과 괴리의 문제가 민감한 형태로 존재하고 있었다. 코난 도일의 「셜록 홈즈」시리즈에서 발견되는 특징 중의 하나, 범죄의 온상으로서의 식민지 인도 및 인도인의 등장 및 사건의 해결을 통한 제국의 질서 유시는 서양 탐정문학의 본질적 측면을 반영하는 것이다. 그렇다면 1930년대 조선의 탐정문학이 과연 탐정문학=제국의 문학이라는 이와 같은 일반적 도식에서 자유로울 수 있었던 것일까. 탐정

37) 一柳廣孝, 「さまよえるドッペルゲンガ」, 『探偵小說と日本近代』, 111~112면.

소설 「겻쇠」에서 발견되는 탐정의 이미지는 이에 대한 하나의 답이 될 수도 있을 것이다. 「겻쇠」은 1929년 11월부터 1931년 7월까지 '탐정기괴(探偵奇怪)'라는 제명 아래 『신민』에 연재된 작품이다. 작가는 단정학(丹頂鶴)으로 명시되어 있으며 작품은 원래 장편소설을 계획, 연재되었던 듯 하나 잡지 사정상[38] 13회로 연재가 중단된다. 조선해방을 꿈꾸는 청년혁명가들이 등장, 만주와 중국 상해를 중심으로 조선의 해방을 위해 노력하는가 하면 혁명단원들의 경찰국의 습격 등 급진적 작품의 내용에서 연재중단의 이유를 어렵지 않게 감지할 수 있다. 작품에 그려진 상해의 풍경, 예를 들자면 불란서 조계와 일본 조계의 풍경, 해적과 마적들, 자유를 꿈꾸는 식민지 젊은 혁명가들과 이를 억압하고자 하는 피식민지의 밀정들, 오로지 돈을 쫓는 중국인 상인 등 「겻쇠」는 '모던' 도시 상해의 면모 속에서 식민지 조선의 면모를 절묘하게 그려내고 있다. 이와 같은 「겻쇠」의 다양한 내용들 중에서도 '탐정' 손우건의 면모는 특히 주의를 끈다.

이를 위해 먼저 작품의 대략적 내용을 살펴보면 다음과 같다. 조선의 지방 소도시 H에 소재한 P은행에서 금고에 보관해둔 현금 5천 원이 감쪽같이 사라진 사건이 발생한다. 이후 지배인 대리 P의 처남인 김영석, 아내인 김자경이 차례로 살해된 시체로 발견된다. 사건 해결을 위해서 경성에서 형사 손우건이 급파된다. 손우건은 여러 가지의 추리 및 정탐을 통해서 이 사건에 중국 내 조선의 청년혁명가들로 구성된 혁명단이 연루되어 있음을 파악, 혁명단의 단장 박상범의 체포를 위해 직접 중국

38) 『신민』은 1925년 5월 창간되어 1931년 9월 69로 폐간된 잡지이다. 잡지는 1931년 9월까지 간행되었으나 1931년 7월 9월호 두 호 모두 잡지와는 전혀 무관하게 각 도에 대한 대략적 자료로 전 페이지를 채우고 있으므로 실질적 잡지의 간행은 1931년 6월호로 마감되었다고 볼 수 있다. 「겻쇠」과 「사형수」는 두 작품 모두 1931년 6월까지 게재되고 있다. 일단 갑작스러운 종결을 사과하는 '잡지사'의 설명문에 근거할 때 강제 종결된 「겻쇠」와 달리 「사형수」는 3회 마지막에 '계속'을 기재해두었던 것으로 보아 『신민』은 갑작스레 폐간된 것으로 보인다.

상해로 간다. 그러나 손우건의 계획과 달리, 손우건은 박상범에게 붙들리게 되고 자신이 그간 행했던 반민족적 행위에 대해서 질타 당하는 한편, 금고 도난 사건의 진상에 대해서 듣게 된다. 작품은 이 지점에서 연재중단으로 끝이 난다.

숫자 암호법, 완벽에 가까운 범죄 사건, 의문의 살인, 범죄를 숨기기 위한 트릭의 사용 등 「겻쇠」[39]는 서양탐정소설의 번안, 혹은 모방이 의심될 만큼 탐정문학으로서 치밀한 전개를 보이고 있다. 그렇다고 해서 이 작품이 대중적 탐정소설을 본격적으로 겨냥하고 창작되었던 것은 아니었던 듯하다. '야담' 혹은 범죄 실화 같은 분위기를 띤 '탐정기괴'라는 미숙한 제명은 일단 제쳐두고라도 작품에 그려진 '탐정' 손우건의 이미지는 「겻쇠」에서 왜 '탐정기괴'라는 제명, 엄밀히 말해서 탐정소설이라는 장르가 선택되었는가를 이해할 수 있는 하나의 단서가 된다. 다음은 도난 사건에 투입된 '탐정' 손우건의 이력에 대한 작품 내의 설명이다.

> 바로이때쯤하야 경긔도경찰부특고과(特高課)에는새로온 형사한명이잇섯스니 그는 손우건(孫禹健)이라는 젊은형사엿다. 그런데 손우건은 동경에가서류학을하다가 엇지엇지한관계로 밀뎡(密偵)이되여서 전혀조선인류학생중의 사상분자의듸만따르게되엇다. 원래가 눈치빠르고 권모술수(權謀術數)가 비상히 만어서 류학생들에게가면 창자를모지이을듯이 굴어서 누구나그가밀뎡이리라는것은손탑만치도 아지못하얏다. 그런관계로 손우건은 나날이 성적이올라갓스며 아모리어려운것이라도 조선인사상에관계되는 것은 무엇이나맛기는대로처리하얏다. 거긔에는 그의자신이눈치빠르고 랄엽한것도사실은사실이엇스나 그보다도 류학생들틈에 석기어서 속임수를잘부리는 섯 그것이 큰도움이되엇섯다. 그러나 속담에곳비가길면밟힌다는 것과가티 그노릇도원악여러해를하고나

39) 실질적으로 「겻쇠」에 대해서는 여러 가지 측면에서 창작탐정물이 맞는가를 의심하게 된다. 이 작품이 기존 탐정물의 번안작이라고 하더라도 등장인물들을 조선적 상황 속에서 성립시켜가는 과정은 조선 탐정문학의 형성과정 검토에 대한 충분한 자료로서 활용될 수 있다.

> 니까 자연히일반류학생간에 알리여지고 그러케발락이되고보니 일부테로-분자들은 "해먹을터이면 드러내노코해먹지안코 사람을속여 죄의구렁으로집어너으려한다"고 죽인다고 날뛰는통에 암만하여도 형세가리롭지 못하겟슴으로 경긔도경찰부로왓든 것이다.[40]

작품을 통해볼 때 명탐정 손우건은 일본 내 조선인 유학생들의 동향을 살피는 밀정 노릇을 하다가 마침내 경기도 경찰부 형사로 전근해온 인물이다. 이와 같은 손우건의 이력은 와세다대학 졸업 후, 민족운동을 위해 만주로 건너간 청년 혁명가 이상건, "대중의 행복과 피정복자**의 동포를 위하여 …… 죽음을 긔약"한 혁명단 단장 박상범 등 작품 내 민족 운동가들의 면모와 맞물리면서 이 작품의 주제가 어디로 향하고 있는가를 감지케 한다. 말하자면 표면적으로는 '탐정' 손우건 면모, 즉 대중적 탐정소설의 성향을 내세우면서 실질적으로는 오히려 '밀정' 손우건'의 면모 비판에 작품의 초점이 맞추어지고 있었던 것이다. 여기서 흥미를 끄는 것은 탐정 손우건과 순사 혹은 밀정(密偵) 손우건 간에 일어나는 경계의 소멸이다. 「겻쇠」의 내용을 통해볼 때 '탐정' 손우건은 언제나 일제의 비밀 형사인 '밀정'의 이미지와 중첩되어 묘사되고 있다. 탐정=형사=밀정이 되고 있는 것이다. 이와 같은 구도가 단지 민족주의에 근거, 창작되었던 「겻쇠」한 작품에만 한정된 특징은 아니었다. 1920년 발표된 「혈가사」에서도 이는 동일하게 발견된다. 예를 들어 연인 이숙자의 무죄 증명을 위해서 권중식이 고용한 조선에서 가장 유명한 탐정 정(鄭)탐정의 이력을 살펴보면 다음과 같다. 정탐정은 대구에서 십여년간 순사 노릇을 하다가 작년에 사직한 인물로서 민간에서든지 관청에서든지 복잡한 사건이 생기면 상당한 보수를 받고, 탐정 일을 하는 인물이다. 정탐정과 더불어 고용된 탐정 이선달 역시, 경시청에서 십여년간 근무하던 인물, 즉 형사의 전력을 지닌 인물이다. 말하자면

40) 단정학, 「겻쇠 (六)」, 『신민』, 1930.8, 123면.

1920~30년대 조선의 탐정문학에서의 탐정은 언제나 형사와 중첩되거나, 그와 같은 전력을 지닌 사람으로서 묘사되고 있었던 것이다.

실제로 조선에 앞서 탐정제도, 혹은 탐정문학을 수용한 일본의 경우, '형사순사(刑事巡査)의 제도'가 아직 없었던 명치 20년대(1887~1896)에 '탐정인(探偵人)'이라든가 '탐정방(探偵方)'이라고 불려지는 자들이 경찰조직의 외연부에 있으면서 범죄 조사와 용의자 체포의 임무를 맡고 있었다.[41] 일본에서의 탐정이란 본질적으로 일종의 경찰조직의 일원으로서 등장하고 있었던 것이다. 물론 일본에서의 '탐정'의 성립 과정을 조선에 그대로 적용시킬 수는 없을 것이다. 그러나 형사를 사직한 후 '탐정'일을 시작, 때에 따라서는 상당한 보수를 받고 '관청'의 일을 맡아 '밀정'의 역할을 하기도 하는 「혈가사」의 정탐정의 면모는 이와 같은 '형사순사제도'의 변형, 혹은 그 보조로서의 '탐정'의 면모와 상당히 중첩되고 있는 것이다. 이는 밀정, 형사를 병행하다가 마침내 사건의 '탐정'으로 나서면서 순사, 밀정, 탐정의 면모를 동시에 가진 「겻쇠」의 손우건의 모습에서도 역시 동일하게 발견된다.

탐정=형사로 확정짓는 조선탐정문학의 태도가, 일견 서구적 탐정제도의 변형적 수용 및 조선대중문학의 미성숙함에서 발생된 것이라고 하더라도 '탐정문학' 자체의 특질에서 본다면 이는 오히려 '탐정'의 본질을 반영하고 있는 것이기도 하다. '법과 질서'를 지키는 "경찰이라는 권력의 측에 몸을 두고…… 권력의 교묘한 대리인"으로서의 기능했던 이들 탐정의 면모는 그야말로 '탐정소설'의 본질적 특질을 정확하게 대변하고 있기 때문이다. "탐정소설 성립 배후에는 경찰사회, 경찰의 눈을 통해서 자기를 감시하는 자기 감시사회의 성립"[42]이 있다는 일본탐정소설 성립에 관한 일련의 언급은 이 점에서 주목할 만하다. 이에 근거

---

41) 永井良和, 『密行者たちの街角』, 『探偵の社會史』 1, 世織書房, 2000年.
42) 高橋 修, 「近代日本文學の出發期と'探偵小說'」, 『探偵小說と日本近代』, 青弓社, 2004, 103면.

할 때 「겻쇠」의 손우건이 처한 아이러니컬한 상황은 많은 의미를 함축하고 있다. 항일단체 '상해의용단' 단장 박상범을 잡으러갔다가 도리어 그들에게 납치, 실종된 손우건에게 퍼부어진 일본 언론의 비난은 이 점에서 주목할 만하다.

> 그일이잇슨지 며칠후 상해의각신문지는물론 조선내지의 각신지와 멀니 일본의 신문지도 다투어 이사건을 보도하얏다. 그들은 직업뎍경쟁으로 다각각 자긔사(社)의수완을보이기위하야 각방으로 탐뎡손우건이가 실종되든경로를 가장 정확히 묘사보도한다고된소리 안된소리 함부로떠들어 독자로하여금현혹케하얏스며 거긔다가 여러 가지의최마억측(璀摩臆測)까지 부치여 세성의풍설은 자못구구하얏다. 그리하야 심지어 일문지(日文紙)의엇던신문은 손우건이가 일본경찰에대한 모반심(謀叛心)을가지고 그들○○단과미리련락을 취하야가지고 계획뎍으로 경찰의긔밀서류를 훔처내기위하야 연극을꾸민것인데 어리석은 당국은 그계교에넘어간것이니 종래조선사람운동의력사뎍과거를비춰여보아도 대정팔년만세운동이 일어날때에도 아모것도모르는 농민 로동자층(層)을 선동한것은 일본의교육을바든사람이반수이상이란것과 종래에 그운동이 생기기전에도 일본에와서 군인(軍人)을단기여 만흔신망을 밧든 리모(李某)도필경만주에건너가서 그운동에참례하얏고혹독하기 일본사람보다도 더하다고하야 유명할뿐더러 당국의만흔 신임을밧든 경찰계의요인 홍모(洪某)도 필경 그들을 련락하여 거사(擧事)하려다가발각된것을보다도 능히이번일을 짐작할수잇는것인데 그런데도불구하고또 손우건과갓튼자를 그다지신임하여 긔밀서류를맛긴 것은 론난할것업시 그상사(上司)된사람의 실수라하야 여지업시공박하엿다.[43]

손우건은 이처럼 자신이 충성을 다했던 일본측으로부터는 모반을 계획한 배신자로서, 항일단체로부터는 악랄한 매국노로서 단정, 처단 당할 위기에 처하게 된다. 일본측에서 볼 때 손우건은 절대 신뢰할 수 없는 조선인이며, 항일단체측에서 볼 때 손우건은 피정복자 일본과 동일시되고 있는 것이다. 조선인일수도, 일본인일수도 없는 상태, 극심한 자기정

43) 단정학, 「겻쇠 (十)」, 앞의 책, 1931.3, 83면.

체성의 분열. 이것이야말로 손우건, 엄밀하게 말해서 식민지의 '탐정' 손우건이 처한 딜레마이다. 법과 질서의 수호라는 탐정 본연의 입장을 따르면 반민족주의자가 되어버리고, 민족주의적 태도를 띠게 되면 법과 질서의 수호라는 본연의 임무에 배치되어버리는 식민지 조선의 탐정 손우건의 이율배반적 상황. 손우건이 처한 이 딜레마는 왜 탐정문학이 식민지에서 성립되기 어려운가에 대한 설명이 될 수 있다. 순수 창작물인가에 대해서 의심받을 만큼 「겻쇠」가 탐정문학으로서 뛰어난 구성을 갖고 시작되었음에도 결국에는 장르를 알 수 없는 기묘한 작품으로 종결되는 것에는 이처럼 제국의 문학으로서의 '탐정문학'의 본질적 성향과 식민지적 삶 간의 메워질 수 없는 간극이 위치하고 있었다.

5. 결론

과연 조선에서 '탐정문학'은 성립될 수 있었던가. 표면적으로 보자면 이에 대한 답은 상당히 긍정적이다. 1920년 탐정이 등장, 일종의 추리와 정탐을 통해서 범죄사건을 해결해 가는 「혈가사」의 등장을 시작으로, 1930년대가 되면 적지 않은 창작탐정물들이 등장한다. 그리고 1920년대 중반 창간된 『별건곤』이 기생일화, 통속적 연애담과 더불어 엽기적 범죄사건을 중심테마로 취함으로써 이들 탐정소설의 성립 및 대중 전파에 상당히 중요한 역할을 수행한다. 경성의 면모 역시 1930년대를 전후하면서 많은 사람들이 모여들면서 근대적 외양을 지닌 대도시로서의 풍모를 갖추게 된다. 1930년대를 전후한 조선은 '탐정소설' 성립에 필요한 외적 토대들이 구비되고, 이와 더불어 창작과 번역에서 다양한 탐정소설들이 등장한다.

그러나 '장편신소설'이란 제명을 취한 「혈가사」를 제외한다고 하더라도, 1930년대 발표된 일련의 '탐정소설'들 역시 실질적으로는 '탐정소설'의 제 특성을 발견하기 어렵다. 「겻쇠」를 비롯해서 「사형수」 그리고 『별건곤』 소재 일련의 탐정소설들은 기묘하게도 언제나 사건의 발생과 해결만 존재할 뿐, '논리적 추론'과정을 누락시키고 있는 것이다. 그 결과 이 시기 탐정소설들은 '야담' '괴기실화' '사건실화'와 별다른 변별력을 지니지 못하게 된다. 말하자면 '탐정소설'이라는 근대적 외형을 내용이 따라가지 못하고 있는 것이다. 범죄와 범죄를 행하는 인간의 어두운 내면이 '근대'적 세계의 한 징후로서 연결되기보다는 말 그대로 '괴기스러움'으로 귀결되어버리는 1930년대 조선 탐정소설의 이와 같은 그로테스크한 상황은 대중문학의 성립 여부를 떠나 조선의 근대성 여부에 대한 판단의 근거가 될 수 있을 것이다.

제2장
일본어와 조선어, 메워지지 않는 간극
김내성의 「살인예술가」를 중심으로

1. 서론

김내성은 1909년 평양 인근의 대동군에서 출생, 평양공립고등보통학교를 졸업한 후 와세다대학 독법학부에 진학한다. 재학시절 일본의 탐정소설 전문잡지 『프로필』에 「타원형의 거울」(1935.3)이 '신인소개'[1] 형식으로 발표되는가 하면, 『프로필』의 특별현상모집에 「탐정소설가의 살인」(1935.12)이 입선으로 당선된다. 이후 조선으로 귀국, 장편 『마인』을 포함, 십여 편이 넘는 탐정소설을 발표하여 조선문단에 '탐정문학'이라는 문학장르를 새롭게 성립시킨다. 그러나 한국 근대문학사에서 그의

1) 김창식(「추리소설 형성기의 실상과 김내성의 『마인』」, 『추리소설이란 무엇인가』, 국학자료원)과 조성면(「탐정소설과 근대성」, 『민족문학사연구』, 1998) 교수의 논의에서는 김내성의 「타원형의 거울」을 『프로필』 현상모집에 당선된 작품이라고 언급하고 있다. 그러나 확인에 의하면 「타원형의 거울」은 '신인소개'라는 부제를 달고 게재되었으며 현상모집 당선작은 김내성의 두 번째 작품 「탐정소설가의 살인」이다.

흔적을 찾기란 쉽지 않다. 특히 1930년대 말에서 1940년대 초에 걸쳐 집중적으로 발표된 일련의 탐정소설 및 논설의 경우, 목록조차 제대로 정리되어 있지 않다. 대부분의 한국 근대문학의 주요 연구논저들에서 그의 이름은 누락되어 있으며 김내성에 대한 학술적 연구 역시 장편소설 『마인』에 집중된 몇몇 연구와 대중문학 전개 과정의 한 부분으로서의 대략적 고찰에 한정되어 있다.

이에 대해서 몇몇 연구자들은 한국 문단 혹은 문학연구자들의 순문학 절대주의 태도를 원인으로서 제시하고 있다. 1930년대 김동인이 신문연재 소설을 수락하면서 모멸감을 느꼈던 것과 같은 기묘한 순문학 중심주의가 창작에서 뿐 아니라 문학연구에서도 동일하게 나타나고 있다는 것이다. 그 때문인지 김내성의 탐정 소설에 대한 대부분의 연구는 김내성 탐정소설과 근대적 탐정 소설 양식 간의 정합성에 그 초점이 맞추어지고 있다. 본격문학, 순문학에 대립되는 독립적 문학 양식으로서 탐정 소설을 성립시키고 싶었던 것이라고나 할까. 그러나 이 열망들이 오히려 한국문학에서 탐정문학 성립의 가능성, 넓게는 대중문학 성립의 가능성을 판별할 객관적 시선을 상실케 한 것은 아닐까라는 우려를 불러일으키게 된다. 그런 점에서 김내성 탐정문학의 탐정문학으로서의 성립 여부에 대한 고찰은 중요한 의미를 지닌다. 일본어로 발표된 김내성의 처녀작 「타원형의 거울」과 조선어 개작 「살인예술가」를 중심으로 이 점을 살펴보도록 하겠다.

2. 원작과 개작 간의 거리

김내성은 일본의 탐정소설잡지 『프로필』에 발표된 자신의 처녀작 「타원형의 거울」[2]을 조선어로 개작 1938년 3월부터 5월에 걸쳐 「살인예술가」라는 제명으로 잡지 『조광』에 발표한다.[3] 일문(日文) 「타원형의 거울」이 단편으로서 발표되었던 것에 비해서 조선어 개작본 「살인예술가」는 『조광』에 삼 회에 걸쳐서 연재, 중편으로 발표된다. 「타원형의 거울」에서 「살인예술가」에 이르는 삼 년 남짓한 기간 동안 김내성은 다양한 삶의 변화를 겪는다. 와세다대학 독법학부를 졸업하고, 약 육 년여에 걸친 일본 생활을 청산, 조선으로 귀국하는가 하면, 결혼과 장녀의 탄생 등으로 집안의 가장이 되고 각고의 노력과 고생 끝에 겨우 조선일보사에 입사하여 『조광』의 편집을 맡게 된다. 생활의 변화와 일본에서 조선으로의 이동이라는 공간의 변화, 그리고 그에 따른 독자층의 변화 등 복잡한 변모가 일본어 원작과 조선어 개작의 사이에 가로 놓여 있었다. 이 변화가 개작 과정에 영향을 끼쳤던 것일까. 이에 대한 고찰에 앞서 먼저 두 개의 장(章)으로 분류되어 전개되는 일본어 원작 「타원형의 거울」의 줄거리를 작품내의 소제목에 의거, 정리해보면 다음과 같다.

① 현상모집 : 1934년 경성의 탐정소설 전문잡지 『괴인』에서는 창간 1주년을 기념하여 현상모집을 공고한다. 주제는 오 년 전(1929년) 평양에서 발생한 미해결 살인사건인 '도영 살인사건.' 사건의 개요는 다음과 같다. 평양 대동강변에 위치한 중견 소설가 모현철의 문화

---

2) 「타원형의 거울」은 일본 탐정잡지 『프로필』에 1935년 3월 '신작소개'란 제명을 달고 발표된 작품으로 한국에서는 1988년 『추리문학』 창간호에 번역 게재되어 있다. 본 논문에서 인용되는 「타원형의 거울」은 『프로필』에 실린 일본어 원문을 중심으로 하고 있다.

3) 김내성이 발표지를 『조광』으로 선택했던 것은 1938년 조선일보사에 입사, 『조광』의 편집을 담당했었다는 점이 크게 영향을 끼쳤었다고 할 수 있다. 실제로 김내성은 조선어로 발표된 그의 처녀작 「가상범인」를 비롯해서 「광상시인」·「악혼」·「저금통장」을 거쳐 장편 『마인』에 이르기까지 다수의 작품을 『조선일보』·『조광』·『조광타임즈』를 통해 발표한다. 앞의 김내성의 대략적인 연보에 대해서는 『실락원의 별』의 작가 이력편을 참조(김내성, 「실락원의 별」, 『한국문학전집』 21, 민중서관, 1959).

주택 안방에서 모현철의 아내 도영이 교살된 채 발견된다. 목격자 및 피의자는 도영의 남편 모현철과, 모현철의 문하생이자 도영의 옛 애인인 신진시인 유광영, 중국인 '노비' 청엽과 청엽의 딸 계옥. 목격자들의 진술 및 상황에 따라 모현철의 문하생이자 도영의 옛 애인인 유광영이 범인으로 지목된다. 그러나 유광영은 증거 불충분으로 무혐의처리 되어 풀려난다. 그 후 도영의 남편 모현철은 자살을 의미하는 편지를 남긴 후 종적을 감추고 사건은 미해결인 채로 남게 된다.

② 유광영의 응모 : 유광영은 『괴인』의 현상모집 공고를 보고는 사건의 추리를 새롭게 전개하기 시작한다. 도영의 죽음과 관련된 풀리지 않는 수수께끼—즉 죽기 직전 도영과 자신과의 말다툼에 대한 노비 청엽의 진술—가 다름 아닌 모현철에 의한 연극적 트릭이었음을 밝히게 된다. 그리고 그 사건의 전말을 『괴인』에 투고, 현상모집에 선발되게 된다. 현상모집이 끝 난 후 축배를 들던 유광영은 우연한 기회에 『괴인』의 편집장 왕용몽이 바로 자살한 것으로 알려졌던 모현철임을 감지, 형사과장에게 그 사실을 통지하여 사건을 완결시킨다.

이상, 「타원형의 거울」의 대략적 줄거리이다. 이 작품은 삼 년 후 「살인예술가」란 제목으로 개명, 조선어로 번역·개작된다. 그리고 개작 과정에서 다양한 변모를 겪는다. 물론 개작이 작품의 기본 줄거리에 변형을 줄 정도로 행해진 것은 아니다. 살인 알리바이 성립을 위해 '모현철'이 사용했던 연극적 트릭이라든가, 사건 해결의 실마리로서의 타원형 거울의 등장 등 사건 발생에서 문제의 해결에 이르기까지의 추리의 전개 과정, 트릭의 구성 등 탐정소설로서의 기본적 요건은 원작과 개작간에 변모없이 동일하게 전개된다. 적어도 '탐정소설'이라는 한 측면에서만 본다면 양 작품 간의 개작은 별다른 의미를 가지지 않는다고 할 수 있다. 그러나 등장인물들의 이름의 변모에서부터, 묘사의 감소와 대사의 증가, 도입부와 결말의 변모에 이르기까지 사소하지만 다양한 변화들이 개작 과정에서 발생되고 있고 이 개작의 과정은 김내성의 의식 및 당대 조선 사회에서의 탐정소설의 성립 가능성을 읽을 수 있는 하나의 자료가 된다. 그 변화들을 대략적으로 요약하면 다음과 같다.

① 「타원형의 거울」에서는 '도영 살인' 사건과 『괴인』 현상모집의 시간적 배경이 1925년과 1934년으로 확정되어 명기되었던 반면 「살인예술가」에서는 소화 ×년으로 불명료하게 명시되며 살인 시점 역시 불명료한 현 시점에서 십 년 전으로 설정되고 있다.

② 주인공들의 이름이 바뀐다. 『괴인』의 주간이자, 모현철의 변신인 왕용몽(王龍夢)은 백상몽(白想夢)으로, 피살자 도영은 김나미(金那美)로, 유광영은 유시영으로, 그리고 일본어 원작에서는 중국인 노비로 설정된 청엽과 딸 계옥이 조선어 개작 본에서는 조선인 식모와 식모의 딸 이쁜이로서 명시되고 있다.

③ 일본어 원작에서는 『괴인』의 편집자 왕용몽의 이력이 제시되지 않는 반면, 조선어 개작 본에서는 '광맥을 찾아다니다가 실패'한 인물로서 설정되고 있다.

④ 원작 「타원형의 거울」이 『괴인』의 현상모집 공고 및 '도영살해사건의 사건일지'로 시작되는 반면, 「살인예술가」은 조선에서의 탐정소설의 성립여부에 대한 언급에서 시작되고 있다.

⑤ 결말부의 경우, 일본어 원작에서는 모현철과 백상몽이 동일 인물임을 안 유광영이 평양 경찰서 수사과로 찾아가서 K경감에게 자초지종을 설명, 합법적 법 제도에 따라 사건을 해결한다. 그러나 조선어 개작본에서는 유시영이 사건의 전말을 적은 편지를 직접 『괴인』 편집장 모현철에게 우송, 모현철 스스로 죄과를 지기 위해 자살을 택하는 것으로 결말이 난다.

이외에도 개작의 과정에서는 다양한 변화들이 발견된다. 두 개의 장(章)으로 분류, 단편으로 발표되었던 원작이 '공포경'이라는 하나의 장을 새롭게 첨가, 전체 세 개의 장으로 구성된 중편으로 개작된다. 이 과정에서 발생한 분량 증가의 문제 때문일까. 일본어 원작에서는 간략한 묘사로 마감되었던 부분이 조선어 개작에서는 상당부분 많은 분량의 대사로 전환되는가 하면 일본어 원작에는 거의 발견되지 않는, 상황에 대한 과다한 설명 역시 조선어 개작에서는 첨가되고 있다. 이에 반해서 목격자들 및 피의자의 사건 진술처럼 추리를 요하는 부분은 오히려 줄어들고 있다. 그렇다면 원작과 개작간에 발생하는 이 다양한 변모들은 어디서부터 비롯되었던 것일까.[4)]

3. 근대적 문학과 전근대적 삶

「살인예술가」에는 『괴인』이라는 탐정소설잡지가 등장한다. 이 잡지를 중심으로 작품의 테마인 '김나미 살인사건'의 단서가 제공되고, 사건해결에 이르는 추리의 전 과정이 전개된다. 작품에 의하면 『괴인』은 의문의 인물인 백상몽이 수년간 금광맥을 찾아다니다가 실패하고는 서울에 주저앉은 후, 얼마 남지 않은 돈을 털어 만든 잡지이다. 이 잡지의 창간과 관련, 「살인예술가」 도입부에는 독특한 광경이 하나 묘사되고

---

4) 김내성은 「살인예술가」에 앞서 이미 1937년, 일본어로 발표된 자신의 두 번째 탐정소설 「探偵小說家の 殺人」을 조선어로 번역 『조선일보』에 「가상범인」(1937.2.13~3.21)이라는 제명으로 게재한 바 있다. 이 작품 역시 일본어 원작이 단편이었음에 비해 조선어 개작은 중편으로 발표된다. 「가상범인」의 경우 개작은 세부적 묘사라든가, 대사의 증가와 같은 지엽적 부분에 한해서만 일어날 뿐 「살인예술가」에서 발견되는 것과 같은 결론의 수정, 인물들의 신상의 변모에까지 이르지는 않는다.

있다. 일확천금을 꿈꾸며 금광을 찾아 헤매다가 결국은 실패한 백상몽이 서울의 한 모퉁이에서 소년시절 즐겨 읽던 탐정소설에 탐닉하는 장면이 그것이다. 금광맥을 찾아다니다가 실패한 남자가 서울의 한 모퉁이에서 탐정소설을 즐겨 읽는다는 발상도 발상이지만 그가 그 절망의 와중에서 갑자기, '리해할 수 없는 소위 문예작품에 시달리는 수백만 민중에게 훌륭한 선물'을 하리라고 다짐하며 몇 푼 남지 않은 돈을 털어 탐정소설잡지를 창간하는 모습 역시 무언가 지나치게 작위적이어서 비현실적이기조차 하다.

『괴인』의 발간 배경이 되는 이 장면은 1935년 발표된 일본어 원작 「타원형의 거울」이 「살인예술가」로 개작되면서 새롭게 등장한 장면이다. 원작 「타원형의 거울」에서는 탐정소설잡지 『괴인』의 현상모집에 대한 간략한 소개를 거쳐, 현상모집 테마인 '도영 살인사건'에 대한 법정진술서의 순서로 건조하게 전개되고 있을 뿐 왕용몽(백상몽)의 개인사는 물론, 『괴인』의 발간 배경 따위는 전혀 언급되지 않고 있다. 「타원형의 거울」에서 얻을 수 있는 『괴인』에 대한 정보는 간략하다. 창간 1주년도 채 되지 않은 시점에서 장족의 발전을 달성했다는 것이 정보의 전부이다. 이 정보는 단지 '도영 살인사건'이라는 작품의 중심테마를 현상모집 형식으로 제시하기 위한 하나의 장치로서 사용되고 있을 뿐 그 이상의 의미는 없다. 그러나 조선어로 개작되는 과정에서 『괴인』의 발간 경위 및 발간자의 신변 묘사가 첨가되면서 탐정소설잡지 『괴인』의 창간 자체가 하나의 관심사로서 부각된다. 탐정소설로서의 긴장감 및 작품적 리얼리티를 떨어뜨리게 될 이 장면을 김내성은 왜 첨가한 것일까.

아내 살해 사건 오 년 후 탐정소설잡지 편집 주간으로 모습을 드러낸 일본어 원작 「타원형의 거울」의 모현철과 아내를 살해한 후 금광맥을 찾아 떠돌다가 십 년 만에 조선 대중문학의 부흥을 꿈꾸며 재등장하는 조선어 개작 「살인예술가」의 모현철 사이에는 리얼리티의 측면에서 상당한 간극이 존재하고 있다. 아내에 대한 극렬한 애정 속에서 어이없이 살인을 감행, 자살을 선택하려했던 한 남자의 내면과, 일확천금을 꿈꾸며 금광맥을 찾아 헤매는 세속적 열망, 탐정소설의 부흥을 꿈꾸며 탐정소설잡지를 창간하는 선구자적 열정, 이 세 가지의 상충하는 심적 상태를 한 인간의 내면 속에 조화시키기란 쉬운 일이 아닌 것이다.

그러나 십 년 동안 모현철의 여정, 즉 아내의 살해, 금광업에의 투신, 탐정문학잡지 선구자로서의 변모는 인물의 내면적 일관성, 즉 인물의 리얼리티의 측면을 떠나 1930년대 후반 조선 사회의 리얼리티의 측면에서 볼 때 나름의 타당성을 지니고 있다. 예를 들어 1938년 『삼천리』 잡지에는 1930년대 조선사회 전반을 휩쓸었던 '황금광'[5]의 열풍을 읽을 수 있는 「광산(鑛山)하는 '금광신사(金鑛紳士)'기」[6]라는 기사가 게재되고 있다. 이 기사의 내용처럼 1930년대 초반 금값 폭등에 따라 일본은 물론, 조선 전체에 '골드러쉬'가 발생, 일반 서민들은 물론 작가・대학교수・독립운동가・사회주의자 등 '유식계급인물'[7]들에 이르기까지 금광은 식민지 조선인들의 최상의 '치부법'으로서 선택된다. 개작의 과정에서 '일확천금을 꿈'꾸며 금광을 찾아 헤맨 인물로서 모현철의 이력이 변환된 것은 이와 같은 조선의 현실에 기반 한 것이었다. 김내성이 작품의 원작에서 1935년으로 정확히 명시되었던 시대적 배경을 개작의 과정에서 소화××로 모호하게 변화시켜두었다고 해도 '금광'에 투신, 마침내 재산을 날리고 몰락해버린 것과 같은 모현철의 이력의 변환은 숫자 이상으로 그가 산 시대를 정확히 반영해주고 있다.

---

5) 1930년대 조선을 휩쓴 이와 같은 황금광 열풍에 대해서는 전봉관, 『황금광시대』, 살림, 2005를 참조.

6) 「광산하는 금광신사기」, 『삼천리』, 1938.11.

7) 『제일선』 잡지에 실린 우석의 「現代朝鮮의 四大鑛」(1932.9)에 의하면 이 시기 조선인들의 황금광 열풍은 식민지의 현실적 정황과 깊은 연관관계를 형성하고 있었던 듯하다. 논설에 의하면 조선 사람들이 부자가 될 수 있는 방법이란 한 푼 두 푼 모으는 것으로는 불가능하고, 단 번에 천금, 만금을 움켜잡아야 하는데 그것은 금광 밖에는 없다는 것이다. 그리고 이 열풍은 금시세, 광산, 광업령에 대한 지식을 지닌 '유식계급'들이 발견한 치부법 이었다고 한다.

이처럼 개작과정에서 발견되는 백상몽 즉 모현철의 이력의 변환이 1930년대 조선에서의 삶의 한 단면을 반영시키고자 한 김내성의 의도에서 비롯된 것이었다면 『괴인』의 창간 취지의 첨가 역시 동일 맥락에서 이해될 수 있다. 먼저 조선어 개작 「살인예술가」 서두부분에 새롭게 첨가된 『괴인』의 창간 취지를 살펴보면 다음과 같다.

> 외국에서는 그리도 유행하는 탐정소설, 독자의 마음을 꽉붙잡고 최후까지 놓아줄줄을 몰으는 가장 흥미있고 가장 대중적인 탐정소설이 어째 우리조선에는 아직 싹도 돋아나지를 못하였는고? 조선민족성이 탐정소설을 배척함인가? 탐정소설에 애착의감을 느끼지못하리만큼 그들은 리지적 활동이 부족한 때문인가?—아니다. 그들은 무엇보다도 리지(理智)를 사랑한다. 다만 쩌—나리즘이 민감하지를 못한 탓이다.[8)]

이상의 내용은 『괴인』의 주간 백상몽으로 자신을 위장, 십 년 만에 모습을 드러낸 모현철의 입을 통해 나온 발언이다. 조선에서 탐정소설이 성립 불가능한 이유를 '저너리즘'의 미숙성에서 찾고 있는 이 발언은 발언의 정당성 여부는 차치해두고라도, 왜 이와 같은 발언이 범죄의 발생과 그에 대한 추리를 기반으로 성립되는 '탐정소설'에 등장한 것인가, 그 점에 대한 설명부터 우선적으로 요구하게 된다. 여기에는 「살인예술가」의 사건의 중심에 위치한 『괴인』이라는 탐정소설전문잡지의 조선에서의 성립 실재성 및 실현 가능성이 중요한 하나의 요인으로서 제시될 수 있다. 이는 곧 1930년대 조선에서의 탐정소설의 성립 가능성에 대한 질문과 연결되는 것이기도 하다.

1939년 방송강연을 위해 작성한 「탐정문학소론」[9)]에서 김내성은 탐정

---

8) 김내성, 「살인예술가」, 『조광』, 1938.3, 172면.

9) 1939년 방송강연을 위해 작성된 김내성의 「탐정문학소론」은 탐정문학 전체의 개념과 종류를 분류 설명한 글이다. 여기서 김내성은 탐정문학은 정통적 탐정문학과 방계적 탐정문학으로 분류 설명하고 있는데 이와 같은 분류는 일본의 탐정문학 분류를 그대로 답습한 것이었다(이상, 「탐정문학소론」은 김내성의 두 번째 단편집 『비밀의 문』,

문학의 제 양상 및 발전과정을 설명한 후 "조선은 아직 탐정문단을 갖지 못"했다고 언급하고 있다. 탐정문학이 대중 문학양식의 한 종류로서 문단에 뿌리를 내릴 만큼 조선에서는 독자적 능력을 형성시키지 못하고 있다는 의미이다. 개화기의 「쌍옥적」으로까지 한국 추리문학의 기원을 소급시키는 후대의 논의가 있기는 하나 1928년 『중외일보』에 발표된 이종명의 「탐정문예소고」(1928.6.5~10)를 시작으로 1930년대 발표된 탐정문학에 대한 몇 편 되지 않는 일련의 논설들은 조선에서의 '탐정문학' 성립 가능성에 대해 상당한 난색을 표하고 있다.[10] 엄밀히 말하자면 탐정문학과 더불어 그에 대한 논설들 역시 서구 이론의 형식적 나열에 불과할 뿐 탐정문학 성립에 대한 실질적 개념을 지니고 있지 못했다고 할 수 있다.

조선에서의 탐정문학 성립을 둘러싼 이와 같은 문제점이 김내성의 지적처럼 '저너리즘'의 둔감함에서 비롯된 것만은 아닌 듯하다. 일본 프로문학 진영의 이론가 히라바야시 하쓰노스케[平林初之輔]가 1924년 일본 최초의 탐정문학전문잡지 『신청년』에 발표한, 일본에서 탐정소설이 제대로 성립되지 못한 이유에 대한 지적은 일본과 동일하게 서구적 근대를, 서구적 근대문학을, 서구적 탐정소설을 수입했던 조선의 상황을 이해함에 도움이 될 수 있다. 히라바야시 하쓰노스케는 "일본에서 탐정소설이 거의 발달하지 못한 것은 일본이 아직 기계문명이 유치한 것과, 일본의 가옥이 고립적임과 아울러 개방적이고, 대규모의 비밀범죄에 적합하지 않은 등의 외부적 이유도 있지만 일본인의 두뇌, 특히 소설가의

문성당, 1958에 수록된 것을 중심으로 한 것이다).

10) 이종명은 1928년 발표된 자신의 「탐정문예소고」라는 평론에서 조선에서는 탐정문학이 존재하지 않는다고 단정 내린 후, 성립 불가능 이유의 하나로서 프로문학 중심의 20년대 후반 문단의 특징을 꼽고 있다. 조선탐정문학의 실현성에 대한 이와 같은 태도는 이후 발표된 김영석, 「포오와 탐정문학」(『연희』, 1931.12)을 거쳐 송인정, 「탐정소설소고」(『신동아』, 1933.4)에서도 여전히 반복되어 발견된다. 송인정은 이 글에서 조선에서 탐정소설은 전무하다고 언급한 후 최근 범죄문학을 위주로 하는 듯한 『現代像』이라는 잡지가 간행되었다고 하지만 탐정문학 자체가 거의 형성되어 있지 않았던 조선의 현실에서 이 잡지가 어느 정도 그와 같은 문학적 성향을 충족시켰을까는 의문이다.

두뇌가 비과학적이고, 뛰어난 탐정소설이 요구하는 것과 같은 지식이 결핍되어 있는 점이 최대의 원인"[11]이라고 지적하고 있다. 즉 탐정소설의 미성숙은 "일본인의 생활문명이 비과적으로 유치하고 원시적이라는 것에 모든 원인이 배태되어 있다"[12]는 것이다.

물론 히라바야시 하쓰노스케의 이 지적이 조선의 탐정문학 성립여부 파악에 동일하게 적용될 수 있다는 것은 아니다. 일본사회에서의 탐정문학의 성립 가능성을 삶의 전근대성과 문학의 근대성이라는 대립적 도식 속에서 설명해내는 그의 안목은 탐정문학의 본원적 특질을 파악하는 중요한 근거가 된다. 적어도 탐정문학이란 사회의 과학적·기술적 발달은 물론 주거상황과 같은 '근대'적 생활풍습에 이르기까지 삶의 전 영역의 근대화 과정 속에서 발생될 수 있는 그야말로 '근대'의 문학형식이었던 것이다. 그렇다면 조선에서 탐정문학이 제대로 성장하지 못한 이유란 김내성이 지적하듯 '저너리즘'의 둔감함에 있었다기보다는 1930년대의 조선사회의 전근대성, 조선문학의 전근대성에서 찾아야 되는 것은 아닐까.

김내성의 탐정소설들을 제외하면 '탐정문학'의 수가 겨우 스무 편을 넘은 빈약한 창작 현실[13] 뿐 아니라 일련의 순수탐정창작물에서 동일하게 발견되는 '추리부재'의 상황은 조선탐정문학의 내실을 보여주기에 충분하다. 예를 들어 조선 최초의 '장편추리소설'로 언급되는 채만식의

---

11) 平林初之輔, 「私の要求する探偵小說」, 『新青年』, 1924.8(吉田司雄, 『探偵小說と日本近代』, 青弓社, 2004, 19면에서 재인용).

12) 平林初之輔, 「日本の近代的探偵小說-特に江戸川亂步氏に就て」, 『新青年』, 1925.4(『探偵小說と日本近代』, 19면에서 재인용).

13) 김창식 교수의 「추리소설 형성기의 실상과 김내성의 『마인』」(『주리소설이란 무엇인가』)연구에 수록된 연구 자료에 의하면 조선탐정문학의 순수 창작물은 (김내성의 탐정문학을 제외했을 경우) 1931년 『신민』 잡지에 발표된 최독견의 「사형수」를 포함, 네 편에 불과하다. 이 자료에 누락되어 있는 박태원, 「소년탐정단」, 『소년』, 1938.6~12를 비롯해서 박경호, 「의문의 말라리아균」, 『농업조선』, 1939.9; 양유신, 「암먹는 살인범」, 『월간매신』, 1934.4 등 '탐정문학'이란 제명하에 발표되었거나 혹은 그에 준하는 작품적 형식을 지닌 몇몇 작품을 첨가한다고 하더라도 조선에서의 탐정창작물은 스무 편을 넘기 어려웠을 듯하다.

『염마』[14]에서는 '탐정'의 등장에도 불구하고 '사건의 추론' 혹은 '추리'를 찾아보기 힘들며, 그나마 과학적 지식에 근거한 추론의 과정을 지닌 것으로 보이지는 박경호의 「의문의 말라리아균」[15]은 사건의 소재를 조선의 현실이 아닌, '구주(歐洲)의 신문기사'에서 취하고 있다. 서구의 범죄사건을 차용한 순간 탐정문학의 '추리' 및 전개가 기본적 형태로라도 가능해지는 이 상황을 단지 우연이라고 할 수 있을까. 1930년대를 절묘하게 그려낸 리얼리즘문학의 대가 채만식이 탐정문학으로 들어간 순간, 현실반영능력을 전면적으로 상실해버리는 상황은 어떻게 해석해야 하는 것일까. 김내성이 잠시 언급했던 '리지적 활동의 부족', 히라바야시 하쓰노스케[平林初之輔]가 지적했던 '생활환경의 비과학성, 원시성'에서 그 원인을 찾는다면 지나친 비약인 것일까.

탐정문학을 둘러싼 이와 같은 1930년대 조선의 상황을 고려한다면 일본어 원작 「타원형의 거울」에 묘사된 탐정소설잡지 『괴인』에 대한 설명은 참으로 비현실적이다. 김내성의 작품을 제외하면 겨우 스무 편을 넘어선 작품밖에 배출해내지 못한 탐정문학의 불모지 조선에서 일만 부의 발행부수를 지닌 탐정문학전문잡지란 성립 자체가 불가능하였던 것이다. 김내성이 왜 이런 비현실적 설정을 하였을까하는 물음에 대해서는 이 작품의 창작지가 일본이었다는 점에서 답을 구할 수 있다. 1923년 '추리소설전문잡지' 『신청년』의 등장 이후, 『프로필』·『탐정문학』·『월간탐정』·『탐정춘추』 등 탐정문학잡지가 대거 등장하면서 탐정문학 전성기를 이루었던 1935년을 전후한 시기의 일본. 이 분위기 속

14) 『염마』는 1934년 5월 16일부터 同年 11월 5일까지 서동산이라는 작자명으로 『조선일보』에 발표되었던 작품이다. 이후 김영민 교수에 의해서 『염마』의 작자 서동산이 채만식과 동일 인물이라는 점과, 이 작품이 지닌 탐정문학으로서의 의미가 새롭게 규명되었다(김영민, 「채만식의 새 작품 『염마』론」, 『현대문학』, 1987.6).

15) '탐정소설'이란 제명하에 발표된 작품으로서 말라리아균을 이용한 살인사건을 테마로 하고 있다. 작가 박경호는 작품의 말미에서 이 작품이 몇 년전 歐洲에서 생긴 사건의 신문기사에서 테마를 취했다고 밝히고 있다(「疑問의 말라리아菌」, 『농업조선』, 1939.9).

에서 김내성은 두 편의 탐정문학을 발표한다. 1936년 1월 『프로필』에 게재된 당선소감 「쓸 수 있을까?」[16]에서, 탐정문학작가로서의 자신의 미래에 들떠있는 김내성의 모습으로부터 그가 조선문단 즉 조선의 현실과 얼마나 유리되어 있는가를 읽을 수 있음과 동시에 일본문단 혹은 일본의 현실에 얼마나 익숙해 있는가를 읽을 수 있다.

일본어 원작 「타원형의 거울」의 탐정전문잡지 『괴인』의 설정은 이와 같은 김내성의 상황 및 의식을 반영한 것이라고 할 수 있다. 말하자면 「타원형의 거울」에서는 조선이 공간적 배경으로 하고 채택되고 있음에도 불구하고, 김내성이 그려내고 있는 조선이란, 일면 일본과 혼돈 된 조선이었던 것이다. 그 혼돈이 육 년에 달하는 유학생활 속에서 조선에의 감각을 상실함에서 비롯된 것이었는지, 일본을 향한, 일본이 형성한 근대를 향한 김내성의 동경에서 비롯된 것인지는 알 수 없다. 단지 「살인예술가」의 도입부, 『괴인』의 창간에 대한 불필요한 언급들은 이 혼돈에 대한 김내성의 자각 혹은 변명이었다는 점, 그것은 분명할 듯하다.

4. 시대가 소멸된 문학, 시대가 소멸된 인간

일본어 원작 「타원형의 거울」은 「살인예술가」로 개작되는 과정에서 다양한 변화들을 겪는다. 그러나 이 변화들이 일본과 조선의 차이, 혹은 작품 내 조선적 현실의 부재에 대한 김내성의 '자각'에서 비롯되었던 것만은 아니었던 듯하다. 「타원형의 거울」에서 조선인임에도 불구 오히려 중국인명의 분위기를 강하게 풍겼던 주인공들의 이름, 예를 들자면 왕용

16) 金來成, 「書けるか!」, 『ぷろふいる』, 1936.1.

몽・도영・유광영 등의 인명이 「살인예술가」에서 백상몽[17]・김나미・유시영 등 보다 조선인명에 가깝게 개명된 것에서 '자각' 이상의 시대적 함의를 느낄 수 있다. 중국 인명에 가까운 이름을 지닌 이들 인물들이 살인과 같은 제도 일탈적 행위의 연루자들로 설정되고 있다는 점에서 만주침략(1931), 만주국건설(1932)을 거쳐 오족협화(五族協和)를 지향하던 일본의 정치적 상황이 어렵지 않게 떠오르기 때문이다.

이와 같은 문제는 「타원형의 거울」에서 '중국인 노비'로서 명시되었던 '청엽' 모녀가 조선어 개작 「살인예술가」에서는 조선인 식모와 식모의 딸 하녀 이쁜이로 변환되는 과정을 통해서 보다 분명하게 제기될 수 있다. 특히 결말의 변모는 이에 대한 명확한 근거로서 작용한다. 유광영이 경찰에 범죄의 전모를 의뢰, 법적 해결을 도모하던 「타원형의 거울」의 결말과 유시영에 의한 살인사건 전말의 규명과 백상몽의 자살로 마감되는 「살인예술가」의 결말 간에는 일본의 사법제도, 엄밀히 말하자면 일본의 국가체제 자체에 대한 인정 여부가 내재되어 있기 때문이다. 중국인을 노비로 설정한 설정도 설정이지만 중국풍 인명의 인물들이 범죄 발생의 주범으로 등장하고 이를 일본의 경찰 및 사법기관이 해결한다는 작품의 구조는 비합리적 전근대성의 상징으로서의 중국과 근대적 일본이라는 대립적 도식으로 작품을 자연스레 끌어가게 된다.

조선어 개작에서 나타나는 일련의 변화, 예를 들자면 중국인 노비를 조선인 하녀로 변환하고, 인명을 조선화는가 하면, 사법제도와 무관하게 범죄 사건을 해결하는 등의 일련의 변화에는 「타원형의 거울」에 내

17) 김내성의 작품에는 '白'씨성을 가진 인물들이 많이 등장하고 있다. 「살인예술가」의 白想夢을 비롯해서 「白蛇圖」의 白華, 「白과 紅」의 白龍, 「屍琉璃」의 白秋, 「魔人」의 白英豪, 「霧魔」의 白雄, 「戀文奇譚」의 白章珠를 비롯하여 『白假面』에 이르기까지, 김내성 소설의 등장인물들의 이름에는 '白'씨라는 성이 빈번하게 채택되고 있다. 이는 김내성 스스로도 인지했던 문제로서 「白哥姓」, 『文章』, 1940.3 및 「蒼白한 腦髓」, 『文章』, 1939.12이라는 자신의 수필에서도 이 점을 지적하고 있다. 김내성 문학에 나타난 이와 같은 白씨성의 미스테리를 이건지 교수는 1937년 조선에서 발생한 백백교 사건과의 연관선상에서 설명하고 있다(李建志, 「金來成という歪んだ鏡」, 『現代思想』, 1995.2).

재되어 있던 이와 같은 정치적 함의에 대한 김내성의 변명이 강하게 개입되어 있었다고 할 수 있다. 특히, 재판과 같은 근대적 법제도를 통한 합리적 해결 대신, 피의자로 지목 받았던 유시영에 의한 사건 전말의 규명, 그리고 범인 모현철의 자살과 같은 개인적 처벌로 귀결되는 결말부의 변모에서 이 징후는 훨씬 두드러지게 드러난다. 물론 범죄의 발생, 범죄의 규명 및 제도로서의 '법'에 의해 범인의 '죄'가 재판되는 것을 기저로 전개되는 '탐정문학'의 체제옹호적 성향과 식민지인으로서 탐정소설이라는 문학양식을 시도하고자 한 김내성 간의 간극이 여기에 내재되어 있었음 역시 부인할 수 없다. 그런 점에서 볼 때 김내성에게 있어서 개작이란 곧 이와 같은 갈등, 혼란의 종결 그리고 식민지인으로서의 자기정체성 복원의 의미를 띤 것이었는지도 모른다.

그렇다면 조선어 개작 「살인예술가」는 조선의 현실에 보다 가까워진 것일까. 이에 대한 답은 김내성이 조선으로 귀국 한 후, '탐정소설'이란 제명아래, 조선어로 창작했던 작품 전체를 대상으로 했을 때 훨씬 유효할 수 있다. 1939년 발표된 김내성의 「이단자(異端者)의 사랑」[18]의 다음의 정경은 이 점에서 주목할 만하다.

> 그러나 이 무서운 이야기가 시작된 오륙년전만 해도 그거 쓰러저가는 초가가 제멋대로 여기 한 채 저기 한 채 잘팡하니 앉었을 뿐, 서울장안의 문화와는 죽첨정 고개를 사이에 두고 멀리 격리해 있는 쓸쓸한 산골자기였다.
>
> 허나 그처럼 초라한 풍경가운데 단한채 오고가는 사람의 시선을 멈추는 소위 문화주택이 있는 것을 아는 사람은 알 것이다.
>
> 그것은 지금 연희장에서 이화여자전문학교로 넘어가는 고개 중턱에 탐딕하니 자리를 잡고 발밑에 너저분하게 널려있는 초라한 풍경을 마치 비웃듯이 송림사이로 너려다보고있는 한 채의 조그마한 방갈로-풍의 문화주택이 바루 그것이다.
>
> 새빨간 슬레-트 지붕이 석양 햇별에 반사되여 눈부시게 반짝거리며 하-얀

18) 김내성, 「이단자의 사랑」, 『농업조선』, 1939.3.

담에는 측넝쿨이 제법 여름이나 되면 꼬리를 저으면서 뻗어올라가곤 하였다.[19)]

여기서 묘사되고 있는 '방갈로풍의 문화주택'이란 1920년대 초 일본에서 등장한 후 조선으로 이입되어 일부 유학생들을 중심으로 유행되었던 근대적 서구적 주택양식이다.[20)] 이 근대적 양식의 주택은 「살인예술가」에서 김나미 살해사건의 발생지로서 등장한 것을 기점으로 '문화주택'이라는 명칭에 어울리지 않게 「광상시인」[21)] · 「복수귀」[22)] 등 김내성의 일련의 '탐정문학'에서 범죄의 주된 발생지로서 등장하고 있다. 도시 근교, 초라한 외형의 초가들로 이루어진 전통적 마을 풍경, 그 마을과 다소 거리를 두고 위치해있는 근대적 외형의 주택 한 채. 김내성 탐정문학에서 묘사되는 '문화주택'의 이미지는 1920년대 초반 '주택개량운동'의 대사회적 분위기 속에서 김유방에 의해 이상적 주택모델로서 제시되었던 '방갈로식 문화주택'의 전형적 모습이다.[23)] 그러나 우리 조선의 현실에 가장 적합한 형태로서 김유방에 의해 제시, 자연미의 확보를 위해 도시 근교에 유행처럼 지어졌던 이 방갈로식 문화주택은 조선의 현실적 주거상황과의 불일치로 인해 오래지 않아 그 모습을 감추게 된다. '전원'의 이미지가 전혀 형성되어 있지 않았던 1930년대 조선에서

---

19) 위의 글, 위의 책, 51면.

20) 문화주택이라 불린 실물주택은 1920년대 초 일본을 몰아치고 있던 주택개량운동과 주택 서구화의 전위로서 서구식의 거실을 주택의 중앙에 둔 소위 거실중심형의 주택들이었다. 분리파건축회 소속의 젊은 건축가들이 구습을 물리치고 문화적이고 간이한 생활을 영위할 것을 목표로 설계한 극히 서구지향적인 주택이었다(안성호, 「식민지기 주택개량운동에 나타난 문화주택의 의미」, 『한국주거학회지』, 한국주거학회, 2001.11, 187면).

21) 조선어로 발표된 첫 작품인 「가상범인」에 이어 두 번째 발표된 김내성의 조선어 작품이다. 「가상범인」이 일문(日文) 「探偵小説家の 殺人」의 조선어 개작이었다는 점을 고려한다면 「광상시인」은 조선어로 쓰여진 김내성의 첫 창작물이었다고 할 수 있다 (김내성, 「광상시인」, 『조광』, 1937.9)

22) 「복수귀」는 1940년 1월 『농업조선』에 발표된 작품이다. 이 작품은 원래, 1939년 2월 『문장』에 「백과 홍」이라는 작품으로 게재, 연재될 예정이었으나 검열에 걸려 1회로서 중단, 이후 「복수귀」라는 제명으로 개명 · 발표된다.

23) 김유방, 「우리가 선택할 小住宅」, 『개벽』, 1923.4.

서구식 전원주택의 이미지를 그대로 이식한 방갈로식 문화주택이란 근본적으로 성립될 수가 없었던 것이다.[24)]

1930년대 이르면 상당부분 모습을 감추는 이 방갈로식 문화주택이 김내성의 탐정소설에서는 지속적으로 등장하고 있다. 1920~30년대 조선의 현실적 상황과 동떨어진 이들 주택의 비현실성. 그 점이 김내성의 탐정문학에서는 오히려 권장, 강조되고 있는 것이다. 주변 마을의 일반적 풍경과 철저하게 이질적 외형을 지닌 '문화주택' 이들간에 형성되는 대립적이고, 배타적 분위기는 「이단자의 사랑」을 비롯해서 「광상시인」·「복수귀」 등 일련의 탐정문학에 등장하는 '문화주택' 거주자들의 외형에서도 동일하게 발견된다. 시골의 바닷가를 "산양과 같은 탄력 있는 다리"를 드러내고 "엷은 크림빛 원피스"를 입고 남편의 등에 업히거나, 손을 잡고 '해변'을 돌아다니는 「광상시인」의 여주인공 김나나의 모습은 1930년대 말 조선 농촌 풍경과는 거대한 간극을 지니고 있다.

김내성은 왜 이처럼 비현실적 공간, 비현실적 풍경을 작품 속에 끊임없이 개입시키고 있었던 것일까. 조선 귀국 후 김내성의 작품적 경향이 논리적 추리의 전개에 기반을 둔 일명 '본격탐정소설'보다는 인간의 충동적, 변태적 심리 전개에 중점을 둔 '변격추리소설'의 쪽으로 나가고 있었다는 점이 이에 대한 하나의 원인으로 제시될 수 있을 것이다.[25)] 조선 귀국 후 창작된 「이단자의 사랑」을 비롯해서 「광상시인」·「복수귀」·「시유리(屍琉璃)」[26)] 등의 작품에서 김내성은 사랑에 대한 병적 집착, 절대적 소유욕, 예술을 향한 병적 열망 등 파괴적이고 충동적이며 비논리

---

24) 1920년대 일본유학생들에 의해 유행되었던 '방갈로식 문화주택'의 비현실성에 대해서는 건축가 박길룡의 「유행성의 소위문화주택」(『조선일보』, 1930.9.19~22), 「문화식별상」(『동아일보』, 1932.7.12~15)에서 충분히 지적되고 있다.

25) 김내성은 「탐정문학소고」(김내성, 『비밀의 문』)에서 탐정문학을 일본 탐정문학의 일반적 분류를 수용, 본격탐정소설과 변격탐정소설로 구분하고 있다.

26) 「屍琉璃」(『문장』, 1939.7)의 경우, 일반적 연구서에서는 한자음 그대로 「시류리」로 표기되고 있으나, 김내성이 작품 속에서 여주인공의 이름을 '루리'로 명명, 한자 '琉璃'로 표기하고 있는 점에 근거할 때 「시루리」로 표기해야 할 듯하다.

적 인간의 심리와 행위를 주된 테마로 선택하고 있다. 주변 풍경과 화합되지 않는 '방갈로식 문화주택' 및 주거인들의 고립성・부조화성・이질성 그리고 이로부터 형성되는 그로테스크한 분위기는 이와 같은 테마의 문학화에 있어서 중요한 역할을 하고 있었다고 할 수 있다.

그러나 김내성은 이 과정에서 근대와 전근대가 끊임없이 상충되고 분열을 일으킬 뿐 아니라 식민지 모순이 첨예화되고 있던 1930년대 식민지 조선이라는 자신의 시대를 놓치게 된다. '인간들의 충동적이고도 변태적 본능'을 선택하는 대신 자신과 인물들이 살았던 1930년대 조선의 현실을 간과해버린 것이다. 엄밀히 말하자면 그것은 '선택'이었다고 하기는 어렵다. 적어도 이와 같은 결함과 한계가 조선 귀국 후 발표된 작품에 한정된 것이 아닌, 처녀작 「타원형의 거울」에서부터 발견되어 온 것이었기 때문이다. 1930년대 조선의 경성과 평양을 배경으로서 선택했으면서도 정체불명의 무국적성을 지녀버린 처녀작 「타원형의 거울」의 결함이 조선 귀국 후 일련의 탐정문학에서도 여전히 지속되고 있었던 것이다. 그런 점에서 볼 때 김내성의 탐정문학에 있어서 시공간의 설정은 무의미한 것이었다고도 할 수 있다. 탐정문학의 전개에 필요한 '근대적' 분위기, 즉 근대적 생활양식과 근대적 외형의 인물들 그것만으로 충분했던 것이다.

이와 같은 결함이 왜 발생된 것인지, 이 결함이 과연 김내성 개인의 인식의 결함에서 발생된 것인지, 아니면 시대적 한계에서 비롯된 것이었는지 어느 것인지에 대해서는 한마디로 답하기 힘든다. 「타원형의 거울」과 조선어개작 「살인예술가」에서 살인사건의 발생지로서 '평양 대동강변'에 접한 문화주택을 명시하면서도, 그 평양 대동강변을 「장한몽」의 이별장면과 같은 유형화된 모습으로서 밖에는 묘사해낼 수 없었던 김내성 모습. 그리고 근대적 세계, 근대적 삶의 형성으로부터 탐정문학이라는 근대적 형태의 문학을 발생시키는 것이 아니라 탐정문학의 전범, 혹은 탐정문학의 일정한 규정에 따라 근대적 세계, 근대적 삶, 근대적 인간을 형성시킴에 의해서 김내성 탐정문학에서 발생된 현실과 문학 간의 간극. 여기에서 '풍경'을 '풍경'으로서 창출하지 못한 채 '선험적 개념'으로서만 인식해내던 여타 조선 근대문학작가들의 한계를 동일하게 감지한다고 하면 지나친 과장인 것일까.

이와 같은 김내성 한계와 결함을 고려할 때 사소한 정치적 함의의 첨가에도 불구하고, 「타원형의 거울」에는 근본적으로 시대적 현실의 반영이라는 것이 성립될 여지가 없었다고 할 수 있다. 시대와 삶에서 문학이 배태되는 것이 아니라, 전범으로서의 문학 양식이 존재, 그로부터 문학이 그리고 시대와 삶이 조성되었던 김내성 탐정문학, 넓게는 조선 탐정문학의 성립과정에서 본다면 이는 당연한 결과라고 할 수 있다. 그러므로 김내성이 「타원형의 거울」을 조선어로 개작하는 과정에서 조선의 현실 반영을 위해 어떤 다양한 노력을 기울였건 간에 그 결과는 이미 처음부터 확정되어 있었던 것이다. 일본에서 발표된 두 편의 탐정문학 「타원형의 거울」, 「탐정소설가의 살인」 이후 김내성 탐정문학의 일반적 특징이 논리적 추론에 근거한 추리문학적 성격보다는 그로테스크한 '괴기소설' 쪽으로 경사 되었던 것 역시 동일 맥락에서 이해될 수 있다.

5. 결론

김내성의 「살인예술가」는 1935년 일본어로 발표된 김내성이 「타원형의 거울」의 조선어 개작이다. 이 작품에서는 1930년대의 조선의 평양과 경성이 시간적 · 공간적 배경으로 설정되고 있다. 그러나 작품에서 식민지의 근대적 도시 경성, 평양의 면모를 발견하기란 어렵다. 이와 같은 문제는 등장인물들의 삶에서도 동일하게 발견된다. 도시와 시대가 인간과 시대가 결합되지 못한 채 끊임없이 분리되고 간극을 일으키고 있는 것이다. 이는 「살인예술가」를 비롯해서 여타 김내성의 탐정문학에서 동일하게 발견된다. 농촌을 배경으로 위치해 있는 서양식의 기괴한 문화식 별장, 피폐한 농촌의 현실과 무관하게 이젤을 펴놓고 그림을 그리며 전원풍경을 연출하는 등장인물들, 그리고 그들 간에 이루어지는 서구식 포옹과 애정 표현들, 김내성의 탐정문학 전반에서 등장하는 이 기묘한 풍경들은 김내성이 본 현실이란 것이 과연 무엇이었던가를 새삼 질문케 한다. 김내성은 현실을, 식민지 조선의 풍경을, 근대적으로 변모해가는 식민지의 수도 경성의 풍경을, 조선최대의 공업지중 하나였던 평양의 풍경을 넘어 무엇을 보고 있었던 것일까.

이와 같은 김내성 탐정문학의 결함은 김내성 개인의 인식의 한계에서 그 하나의 원인을 찾을 수 있다. 역사보다는, 현실보다는 오히려 전범으로서의 '탐정문학'의 양식을 먼저 설정, 그로부터 탐정문학을 발생시켜가던 김내성 인식의 한계가 여기에 있었다. 이는 엄밀히 말하자면 단지 김내성 개인의 한계였다기보다는 근대적 문학양식으로서의 탐정문학 양식을 자연스레 배출시킬 수 없었던 조선의 한계였다고 할 수 있다. 적어도 논리적 추론과 과학적 지식에 기저 한 탐정문학의 양식을 수용할 만큼 1930년대의 조선이 근대적이지를 못했다는 점, 즉 조선의 근대성 성립 여부가 여기에는 내재되어 있었던 것이다. 김내성 탐정문학의 성공여부가 조선의 근대성으로까지 연결되는 것은 바로 이점에서이다.

제3장

방첩소설 「매국노」와 식민지 탐정문학의 운명

1. 서론

1943년 7월 김내성은 잡지 『신시대』에 '방첩소설' 「매국노」를 발표한다. 『매일신보』에 연재하여 선풍적 인기를 끌었던 두 번째 장편 탐정소설 『태풍』을 완결한 지 두 달 후의 일이다. 이 시기 김내성은 개인적으로는 오랫동안 몸담고 있었던 『조광』사를 퇴사하여 생계를 위해서 화신백화점 문구코너에서 일을 하고 있었으며 작품 창작의 면에서는 방송소설 「어떤 여간첩」과 「수놓은 송학」을 발표한다. 지속된 작품창작과 취업이라는 이중고(二重苦)로 인해 건강에 무리가 갔던 것일까. 김내성은 1944년 심장병이 발병하여 연재 중이던 「매국노」를 완결하지 못한 채 10회 분량에서 중단하고는 정양을 위해서 함경도 석왕사로 이주하게 된다.[1] 해방을 1년 4개월 앞둔 시점이었으며 태평양전쟁에서 일본의 패색이 짙어가던 시기였다. 말하자면 「매국노」는 일제시대 동안 김내성이 발표했던 마지막 창작물이었던 것이다.

그러나 「매국노」는 방송소설 「어떤 여간첩」 및 「수놓은 송학」과 더불어, 해방 후 작성된 김내성의 작품연보에서 항상 누락되어왔다.[2] 이들 작품들이 모두 소위 '대동아전쟁'에서 일본의 승리를 위한 '방첩소설'로서 발표되었다는 점을 고려할 때 작품연보 작성에서의 이와 같은 누락이 적어도 '우연'은 아니었던 듯하다. 작품연보 작성에서 발견되는 이와 같은 '착오'는 김내성 및 일제시대 탐정문학에 대한 후대의 연구에서도 동일하게 반복되고 있다. 탐정문학 작가로서의 김내성에 대한 모든 연구는 항상 1943년 5월 발표된 『태풍』을 최종 작품으로 설정, 그 지점까지의 창작물들에 대한 연구에만 집중되어 온 것이다.[3]

물론 이 중첩되는 '착오'가 '의도적'인 것이었는지, '우연'적인 것이었는지, '불성실성'에 의한 것이었는지 어느 것으로부터 비롯되었는지는 명확하게 알 수 없다. 김내성이란 작가가 활동 당시의 강력한 대중적 인지도와 달리 그간 학계의 관심선상 밖에 있어왔다는 점은 이 진의의 파악을 보다 어렵게 만들기도 한다. 그러므로 일단 본 논문에서는 그

1) 조영암, 『한국대표작가전』, 수문관, 1953 및 『한국문학전집』 4, 민중서관, 1959의 김내성연보에서는 김내성이 이 시기 심장병의 발병으로 정양을 위해 함경도 석왕사로 이주해있었던 것으로 기록되어 있다. 이에 근거한다면 「매국노」의 연재중단은 일단은 심장병의 발병 때문이었던 것으로 추정된다. 그러나 강력한 '국책문학'으로서의 「매국노」의 작품 성향을 고려한다면 과연 심장병의 발병이 연재중단의 결정적 이유였을까는 상당한 의문의 여지를 남긴다.

2) 김내성의 생애 및 작품연보가 기재된 조영암, 『한국대표작가전』, 수문관, 1953; 『한국문학전집』 4, 민중서관, 1959; 김용성, 『한국현대문학사탐방』, 국민서관, 1973을 비롯해서, 일제시대 김내성이 발표한 작품에 대한 서지학적 연구인 김혜영, 「김내성과 탐정문학」, 『현대문학연구』 20, 한국현대문학회, 2006.12에서도 이 세 작품은 누락되어 있다.

3) 김내성에 대한 연구논문으로는 김창식, 「추리소설 형성기의 실상과 김내성의 『마인』」, 『추리소설이란 무엇인가』, 대중문학연구회, 국학자료원, 1997; 조성면, 「탐정소설과 근대성」, 『민족문학사연구』 13, 1998; 윤정헌, 「김내성탐정소설연구」, 『어문학』, 1997; 李健志, 「韓國'探偵小說'事始め」, 『創元推理』, 1994 夏; 李健志, 「金來成という歪んだ鏡」, 『現代思想』, 1995.2; 정혜영, 「근대를 향한 왜곡된 시선－김내성의 「살인예술가」를 중심으로」, 『현대소설연구』, 2006.9; 정혜영, 「김내성과 탐정문학」, 『현대문학연구』 20, 2006.12 등이 있으나 이 연구들 모두 김내성의 「매국노」 부분은 간과하고 있다.

진의의 파악보다는 '방첩소설' 및 '탐정문학'으로서의 「매국노」의 제 경향을 살펴보는데 주안점을 두고자 한다. 「매국노」는 '방첩소설'이라는 제명아래 조선 문단에 발표된 거의 유일한 작품이었던 만큼, 이 작품에 대한 고찰은 소위 일제 말 '방첩시대'에 대한 이해를 위해서 뿐 아니라, 식민지탐정문학의 제 면모를 파악함에 있어서도 중요한 의미를 지니고 있다. 이를 위해 먼저 일제 말 '방첩시대'의 제 분위기를 고찰해보도록 하겠다.

2. 방첩시대와 「매국노」

「매국노」는 1943년 7월부터 1944년 4월까지 총 10회의 분량으로 『신시대』에 발표된 작품이다. 작품은 제국의 군사기밀을 탐지하려는 적성국 스파이들과 그들에 대항하여 국가의 안보를 지키려는 조선의 탐정 유불란 간의 대결을 중심 내용으로 하고 있다. 발표시 장르는 '방첩소설'이다. 이미 1938년 스파이의 삶을 다룬 「W39호의 고백」[4]이라는 번역스파이물이 『조광』에 게재되기는 했지만 이 작품의 경우 '군사탐정물'이라는 장르명 아래 발표된다. 그러므로 '방첩소설'이라는 장르명은 「매국노」의 창작과 더불어 조선 문단에 처음 모습을 드러낸 것으로 실질적으로 김내성의 이 작품을 제외하면 조선 문단에서 동일 장르로 발표된 작품은 발견되지 않는다. 김내성은 1937년 탐정소설 「가상범인」을 발표한 이래 탐

4) 「W39호의 고백」은 『조광』 1938년 2월호에 '군사탐정물'이라는 제명 아래 게재된 작품으로 작가는 알렉산더 벵켄스타인 번역자는 박경호이다. 일차세계대전 당시 이름난 스파이로 활약했던 벵켄스타인의 참회와 후회를 통해 스파이 생활의 비인간성을 고발하고자 하는 것이 주된 내용이다.

정물 창작에 집중, 당시 문단에서 거의 유일하게 탐정문학을 성립시켰던 작가로서 평가된다. 김내성의 이와 같은 작품 경향을 고려할 때 '스파이물'로의 전환이 그다지 주목할 만한 사항은 아니다. 단지 탐정문학 창작에 주력하던 한 작가를 갑작스레 '스파이물'의 창작으로 변환시킨 원인이 무엇이었는지, 그 시대적 배경에 주목하고 싶은 것뿐이다.

「매국노」가 발표되기 약 1년 전인 1942년 8월 발간된 『춘추』지에서는 내무성방첩협회에서 발행한 「국민방첩독본」을 특별부록으로 게재하고 있다. 이 시기 조선은 태평양전쟁의 발발로 인해 전시체제하에 있었던 만큼 본문에서는 이 글의 발행목적을 "방첩(防諜)에 관한 필요사항을 설명하기 위하여"[5]라고 밝히고 있다. 그러므로 여기에는 일반인들이 방첩의 중요성을 주지할 수 있도록 '방첩'의 정의에서부터 '방첩'의 필요성에 이르는 전반적 내용들이 쉽게 요약·정리되어 있다. 「국민방첩독본」에서 밝히고 있는 방첩의 의미를 대략 살펴보면 다음과 같다.

> '방첩'이라고 하면 그저 '비밀을 새지안는것' '외국인을 경계할것' 등으로만 생각하기 쉽다. 그러나 정말 방첩은 결코 그런 간단한 것이 아니다. 비밀을 지껄이지 안는것도 무론방첩의 하나이며 전시하의 국민으로써 특히 주의할 것이다. 그러나 그것으로써 방첩이 다 됐다고 안심하면 큰 실수다.
>
> '防諜'의 定義는 平時이고 戰時임을 묻지 않고 '外國의 秘密戰에 對한 國家를 防衛하는 모든 行爲'이다. 즉 官憲의 取締와 같이 一般國民으로서는 外國의 스파이에 對해서는 國家의 秘密을 직히고 外國의 有害한 宣傳에 動함이 없이 謀略에 싸와이기는등, 武力戰以外의 外國의 秘密戰攻勢에 대해서 我國家를 防禦할것이 필요하다.[6]

5) 「국민방첩독본」, 『춘추』, 1942.8, 205면. 일단 이 시기 스파이 담론의 유포 및 방첩사상의 대국민적 홍보는 주로 『조광』·『춘추』·『신세기』를 통하여 이루어지고 있다. 여기에는 이들 잡지들의 '친일적 성향'을 떠나 '대중적 면모'가 상당한 영향을 끼쳤던 것으로 보인다.

6) 「국민방첩독본」, 앞의 책, 207면.

여기서 밝히고 있는 방첩의 범위에는 선전교란, 첩략 등과 같은 적국의 비밀전 공세를 비롯하여 '비밀 누설금지' '외국인 경계' 등 한계범위를 규정하기 힘든 모호한 항목들까지 포함되어 있다. 아울러 '방첩'의 의미 역시 "다만 외국스파이의 비밀전을 막는다는 소극적인 것이 아니고 기면(幾面)의 스파이가 온다하여도 흡족하다 아니할 뿐 아니라 이러한 간책을 완전히 섬멸(殲滅)하여 황국의 국전(國展)을 더욱 광휘있게 할 적극적 방면이 더욱 중요"한 것이라며 그 의미가 이중적으로 규정되고 있다. 「국민방첩독본」에 제시된 방첩에 대한 이와 같은 규정 및 정의는 이미 만주사변을 거쳐 중일전쟁으로 이어지는 1930년대 중반을 넘어서면서 논설, 취미 독물 등의 다양한 형태로 사회 전역에 유포되고 있었다. 『조광』·『매일신보』·『신세기』 등에서 빈번하게 발견되는 '스파이' 담론들은 이 점에서 주목할 만하다.[7]

1932년 『실생활』지에는 당시 유행어를 해석하는 '유행어해석'[8] 코너가 개설, '스파이'라는 용어를 여러 외래어들과 함께 소개하고 있다. 그 해석은 "간첩 또는 밀정형사"이다. 그러나 1920년대 중반부터 지속적으로 발표된 다양한 번역탐정물들의 인기 속에서 '탐정'이라는 용어가 당대의 유행어로 떠올랐던 것에 반해, 탐정의 한 변형이라고 할 수 있는 스파이라는 용어는 이 시기 논설들 혹은 취미독물들에서 그다지 발견되지 않는다. 임화가 『신계단』지에 발표한 국제스파이 이야기 「우리들의 讀物」,[9] '장학량의 여스파이 체포'를 다룬 『매일신보』[10]의 기사 등

7) 일제 말기 스파이 담론의 형성과정과 의미를 다룬 연구로는 권명아, 「여자 스파이단의 신화와 '좋은 일본인' 되기」, 『근대를 다시 읽는다』(윤해동 편저), 역사비평사, 2006이 있다. 이 연구는, 일제 말기 조선에서 유포된 스파이 담론의 제 양상 및 의미를 방대한 자료를 바탕으로 정밀하게 고찰해내고 있다. 그러나 스파이 담론의 문학적 형상화라고 할 수 있는 일련의 '방첩소설', 특히 당대 방첩소설 속에서의 여스파이의 이미지 고찰의 부분이 결여되어 있다는 점이 한계로 지적될 수 있다.

8) 「유행어해석」, 『실생활』, 1932.10.

9) 임화, 「우리들의 독물－국제스파이 이야기」, 『신계단』, 1932.11.

10) 『매일신보』, 1932.10.12, 7면.

몇 편을 제외하면 '스파이'라는 용어는 실질적으로는 유행어라고 칭할 정도로 이 시기 조선 사회에서 유포 혹은 전파되고 있지는 않았던 듯하다.[11] 일단 대중들에게 간단한 형태로 그 이미지를 선보인 '스파이' 담론은 1935년을 기점으로 언론 및 잡지에서 빈번하게 등장하기 시작한다.[12]

물론 왜 1935년을 기점으로 스파이 담론이 급격하게 급증되었던가에 대해서는 설명하기가 어렵다. 이 시기가 만주사변(1931) 만주국 건설(1932)을 거쳐 중일전쟁(1937)의 전시체제로 진행되는 시기였다는 점, 서안사건, 제2차 국공합작의 결행 등을 통해 일제에 대한 중국의 대항이 훨씬 강력해졌다는 점 등 다양한 사회·정치적 요인들이 원인으로서 거론될 수 있을 것이다. 실제로 일제는 만주사변 이후 내부 전열을 재정비하고 중일전쟁의 전단계로서 내부 단속을 위해 일본 본토는 물론 식민지 조선의 사상통제를 강화한다. 불온문서취체령(1936.8.9) 및 조선사상범 보호관찰령(1936.12.12) 발포, 사상전체제의 정보선전강화를 담당하기 위한 '정보위원회' 설치(1937.7.22), 국가총동원법 실시(1938.4.1)로 이어지는 일련의 사상통제법규 및 조직의 설치가 '스파이' 담론의 빈번한 출현에 이어 전격적으로 실행되고 있었던 것이다.

스파이 담론의 출현과 사상통제강화를 위한 시대적 장치들 간의 연관성은 이 시기 스파이 담론이 유포시킨 다양한 스파이들의 이미지와

11) 『매일신보』의 장학량 여간첩 체포에 대한 기사와 '스파이'를 유행어로 제시한 『실생활』의 기사 및 『신계단』의 임화의 스파이 이야기물 등이 거의 한 달의 시간적 간격을 두고 동시에 게재되었다는 점은 이 시기에 스파이 담론이 의도적으로 유포된 것일지도 모른다는 의혹을 낳는다.

12) 이 시기 스파이에 대한 기사를 대략 제시해보면 다음과 같다. 「여스파이로사교명성 총살」, 『조선중앙일보』, 1935.3.8; 「독일미인을 싸고도는 스파이」, 『조선중앙일보』, 1935.3.5; 「군사기관의 스파이」, 『조광』, 1937.10; 「암실의 영웅－전장비화스파이소설」, 『신세기』, 1938.11; 「미망인의 정체－국제여간첩로만스」, 『신세기』, 1940.4; 「스파이는 도량한다－세계간첩종횡담」, 『신세기』, 1940.11; 「세계적 여스파이군」, 『조광』, 1940.7; 「그대겨테스파이가잇다」, 『여성』, 1940.10.

연결될 때 보다 분명하게 파악된다. 1935년을 기점으로 조선 사회에 빈번하게 등장하는 스파이 관련 기사 속의 스파이들의 면모는 상당히 다양한 형태를 띠고 있다. 그들은 국적으로 보자면 중국인・영국인・러시아인 등이 뒤섞여 있으며 직업의 면에서 보자면 상인과 종교인, 박애적인 나병연구 권위자가 섞여 있다. 또한 성별로 볼 때도 치밀하고 강인한 남성들이 있는가 하면 유약하고 친절한 여성들 역시 상당수 포함되어 있다.[13] 이처럼 이 시기 게재된 스파이 기사들은 우방과 적, 선함과 악함, 강함과 약함에 대한 사회 일반의 일상적 판단이 스파이의 존립을 가능케 하는 중요한 '틈'이 되고 있음을 은연중에 암시하고 있다. 문제는 언론과 잡지를 통해 유포된 이들 스파이 담론의 목적이 단지 이 '틈'을 일반국민들에게 각인시키는데 있지만은 않았다는 점이다.

1930년대 중반을 넘어서면 스파이로서의 비인간적 삶에 대한 고백을 적은 '군사탐정물',[14] 여성스파이들의 비극적 말로를 자극적이고 흥미롭게 구성한 취미독물[15] 등 스파이에 대한 다양한 읽을거리들이 스파이 취체 기사들과 더불어 언론 및 잡지들에 등장한다. 그러나 이들이 겨냥하고 있었던 것은 단지 스파이의 비극적 말로, 스파이의 이중성 고

13) 「英將校스파이사건」, 『매일신보』, 1939.6.14; 「蘇聯邦女子北中國에서 활약」, 『조선중앙일보』, 1934.11.2; 「상해서 목포에 온 미인스파이」, 『매일신보』, 1936.5.31; 「스파이 혐의잇는 支那人에 취체령」, 『조선중앙일보』, 1935.1.14 등을 비롯하여 「국제스파이 혐의로 나병계의 권위자」, 『조선중앙일보』, 1935.1.17; 「국제스파이 혐의로 某國商人 등 검거」, 『조선중앙일보』, 1935.11.4와 같은 당대 언론의 기사는 암묵적으로 「스파이 천태만상」, 『매일신보』, 1940.7.31이라는 기사에서 나타나듯 '틈'을 노리는 스파이의 행태에 대한 주의를 요청하고 있다.

14) 알렉산더 벵켄스타인, 박경호 역, 「W39호의 고백」에서는 일치세계 내전 때 독일측 스파이로 활약했던 벵켄스타인이라는 인물이 스파이로서의 자신의 삶에 대해서 회의적 태도로 고백하고 있는 글이다. 여기서 벵켄스타인은 스파이를 '한틀의 기계'이며 '고립한 냉혈동물'로서 묘사하고 있다. 이와 같은 고백서의 등장은 다시 한번 주목해 볼 일이다(『조광』, 1938.2).

15) 「세계적 여스파이군」, 『조광』, 1940.7이 대표적이며 이외에도 「여스파이로사교명성총살」, 『조선중앙일보』, 1935.3.8; 「미망인의 정체－국제여간첩로만스」, 『신세기』, 1940.4; 「독일미인을 싸고도는 스파이」, 『조선중앙일보』, 1935.3.2 등이 있다.

발을 통한 대국민적 안보의식의 강화 그 자체만은 아니었던 듯하다. 스파이란 무엇인지, 스파이의 암약은 어떻게 이루어지고 있는지, 스파이를 어떻게 판별해내는지 등 스파이 관련 기사들의 대사회적 유포는 안과 밖 간의 끊임없는 경계 설정을 통한 내부감시의 기능을 자동적으로 가동시키고 있었던 것이다. 말하자면 '그대의 겨테 스파이가 잇다'[16]는 식의 불온하고도 위험한 기운의 대사회적 전파가 오히려 철저한 자기 검증을 거친 순수한 '우리'를 발견케 하고 마침내 '우리'의 결속을 극대화시켜주게 된다는 것, 바로 그 점이 스파이 담론의 본질적 특질이라고 할 수 있을 것이다. 문제는 여기 제시된 '우리'의 최종적 지향점이 어디냐는 것이다. 1937년 중일전쟁을 기점으로 '조선사회 전역에 '방첩'사상의 고취를 촉구하면서 방첩의 기초는 '일본정신의 양양'에 있음을[17] 강력하게 주창했던 『매일신보』의 기사는 이에 대한 하나의 답이 될 수 있을 것이다. 그러면 김내성의 「매국노」를 통해 이와 같은 방첩사상의 문학적 형상화에 대해서 살펴보도록 하겠다.

3. 방첩소설 「매국노」

「매국노」는 1943년 7월 『신시대』에 연재가 시작되어 다음해인 1944년 4월 총 10회로 연재중단 된 작품이다. 베일에 싸인 여러 인물들의 정체가 밝혀지는 클라이막스에서 작품이 중단되어버리고 있으므로 사건

16) 1940년 『여성』지에서는 보병중좌 藤田實彦의 비밀전에 대한 대비 자세를 지시한 논설 「그대의 겨테 스파이가잇다」를 게재하고 있다. 여기서는 총후 여성들의 가벼운 잡담이 국가기밀누설의 중요한 틈이 될 수 있음을 지적하며, 적국의 비밀전에 대한 만반의 방어를 거듭 강조하고 있다(藤田實彦, 『여성』, 1940, 10면).

17) 「방첩을 철저히 하려면 먼저 일본정신양양」, 『매일신보』, 1942.6.20.

전모를 정확하게 파악하기에는 다소 문제가 있다. 그러나 작품에 제시된 다양한 복선들과 등장인물들 간의 인간관계, 사건에 대한 작가의 세밀한 설명 등에 기인할 때 대략적 줄거리를 파악하기란 그다지 어려운 일이 아닐 듯하다. 제국의 군사기밀을 탈취하기 위해 조선에 잠입한 적성국 스파이단의 첩략 활동과 이를 저지하려는 조선 탐정 간의 대결을 그린 이 작품의 대략적 줄거리는 다음과 같다.

반도제약회사에 근무하는 허상철은 주식으로 전 재산을 탕진한 후 자살을 결심하고는 인천 월미도로 향한다. 그 곳에서 금발의 아름다운 서양 미인 엘리자와 우연하게 만나 그녀에게 목숨을 구원받고는 잃어버린 재산을 되찾을 수 있는 기회까지 얻게 된다. 그 기회란 반도제약회사에서 세균전에 대비하여 개발한 신약의 출처를 알아내는 것. 허상철을 구원해주고 그에게 재산을 되찾을 기회까지 제시해준 엘리자는 외견은 이태리 출신의 성악가이지만 실제로는 미국의 스파이로서 제국의 군사기밀을 탈취하기 위해 잠입한 스파이단의 일원이었던 것이다. 작품은 엘리자를 비롯하여 중경 간첩학교 출신의 중국인 방일령 만주인 장호명, 인도출신의 영국인 상인 줄리어스 폿데, 독일출신의 존경받는 카톨릭 신부인 파울 니콜라이 등으로 형성된 적성국 스파이단, 그리고 이에 맞서는 조선의 탐정 유불란과 의문의 인물 흰독수리 간의 대결을 통해 전개된다.

이처럼 「매국노」는 스파이의 첩보활동 등의 비밀전에 대항하여 '제국의 평안'을 지켜내려는 노력을 작품의 주된 테마로 설정하고 있는 작품이다. 그러나 이미 김내성은 이 작품의 연재에 앞서 라디오 방송을 위한 두 편의 방첩소설 「수놓은 송학」과, 「어떤 여간첩」을 발표하고 있다. 「매국노」와 달리 이들 두 작품은 '방첩소설'이라는 별다른 제명 없이 『방송소설명작선』이라는 단행본에 여타 작품들과 함께 수록되어 발표된다.[18] 물론 작품 창작의 목적은 당시 전쟁에서 라디오 방송이 수행하였던 대일협력의 일반적 역할, 그 중에서도 '선전'의 한 방편으로서

'방첩'사상의 대국민적 홍보에 있었다.[19] 그런 만큼 이 두 작품은 '스파이를 식별하는 방법'이라든가, '스파이에 의한 총후 선전교란 방어'와 같은 방첩사상의 기본강령을 간결하게 제시하고 있다.

예를 들자면 「수놓은 송학」은 모백화점 문방구에 근무하는 '나'란 인물이 배려 깊고, 친절한 외형을 앞세운 스파이 마리 프레데리크의 실체를 '추리'의 과정을 통해 밝혀내고 있으며 「어떤 여간첩」은 총후 교란을 위해 중국에서 침투한 스파이의 실체를 밝혀내고 있다. 이 과정에서 '탐정소설'의 본질적 요건인 '추리'의 요소가 개입되고 있기는 하다. 그러나 이들 스파이들의 실체가 밝혀지는 과정은 이 작품들을 '탐정소설'보다는 '방첩소설'로서 규정하는 중요한 특징이 된다. 「수놓은 송학」에서 '마리'에 대해 막연한 의심을 지니고 있던 나란 인물이 마리의 정체를 분명하게 파악하는 계기가 된 것은 백화점측에서 직원들에게 배부한 방첩주간 동안 지켜야할 사항에 대한 지침서이다. 실제로 작품에서는 1938년부터 시행된 방첩주간의 의미와 준수사항에 대한 설명이 상당히 자세하게 나와 있으며, 주인공 나는 이를 통해 마리 프리데리크의 이면을 감지해내고 있다.

방첩주간이란 다시 말하면 방첩에 관한 총후국민의 훈련주간이다. 당국으로

---

18) 『방송소설명작선』은 1943년 12월 조선출판사에서 발행되었으며 발행인은 이홍기이다. 여기에는 김내성을 비롯하여 김동인・박태원・이선희・정인택・안회남・장덕조・정비석・계용묵・이기영의 작품이 실려 있으며 작품은 대일협력을 주 내용으로 하고 있다. 이들 작품들 중 앞서 언급했던 김내성의 두 편의 작품과 더불어 어린이애국반의 활동을 그린 박태원의 「꼬마반장」은 일종의 '방첩소설'의 계보에 든다고 할 수 있다. 박태원의 경우 김내성이 『소년』에 연재했던 소년탐정소설 「백가면」에 이어 역시 소년탐정소설인 「소년탐정단」을 연재했다는 점을 고려할 때, 방첩소설의 창작이 의외의 선택은 아니었던 것으로 추측된다.

19) 1941년 태평양전쟁 발발 이후 보도 및 교양뿐만 아니라 연예 오락프로그램까지 군사적 색채가 짙은 내용 일색이 되는데 이에 따라 방송소설 역시 변모하게 된다. 이 시기의 방송소설들은 1943년 발간된 『방송소설명작선』과 더불어 잡지 『방송지우』에 게재되어 있다. 이에 대해서는 서재길, 『한국근대방송문예연구』, 서울대 대학원, 2007, 79~80면 참조.

부터 파견된 가상(假想)스파이가 시내 각 관청, 회사, 백화점 등—가장 사람의 출입이 자즌 장소에 나타나 스파이행동을 한다. 종이조각에다가 소이탄, 폭탄 같은 글짜를 써서 회사면 회사, 은행이면 은행—이오같은 큰 건물 한모퉁이에 떠러트리고 간다. 그러면 본부로 통지를 하여야 하는것이다. 혹은 회사의 기밀을 묻는다던가 고층건물을 촬영한다던가—이와 같은 수상한 행동을하는 자는 조금도 주저없이 스파이로서 체포하여야 하는것이다.[20]

물론 특수 잉크를 지속적으로 구입하는 마리의 기묘한 행동에 착안, 그녀의 정체를 밝혀가는 과정에서 김내성 문학 특유의 추리적 기법이 감지되기도 한다. 그러나 '탐정소설'이라는 장르적 특성이 힘을 발휘하기에는 이 작품은 '방첩소설'로서의 면모가 지나치게 강했던 듯하다. 작품 마지막을 장식하는 문구, "스파이! 스파이는 어데 있느냐? …… 스파이는 항상 우리들 바루 옆에 있다!"는 문구가 불러일으키는 선동성, '총후도 전장(戰場)'이라는 결연한 임전 의식의 환기 속에서 '탐정소설'의 대중문학적 특성이 들어설 여지란 실질적으로 한정될 수밖에 없었기 때문이다. 이와 같은 상황은 「어떤 여간첩」에서도 동일하게 발견된다.

「어떤 여간첩」에서 총후국민의 선전 교란을 위해 중경정부로부터 파견된 여간첩 영순의 목적 및 정체가 규명되는 것은 방첩 및 국민총력 형성을 위해 1938년 조직된 '애국반상회'를 통해서이다. 1938년 중일전쟁 발발과 더불어 '방첩'을 위해 설립, 조직되었던 방첩주간 및 애국반의 규율에 대한 철저한 주지가 스파이 색출, 나아가서는 '나'와 '국가'의 평안으로 연결되고 있는 것이다. 이처럼 「수놓은 송학」과 「어떤 여간첩」에서는 배려 깊고, 매력적인 여성을 스파이로 설정, 스파이란 존재의 '예측불가능성'을 독자들에게 각인시키는 한 편 '총후도 전장'인 절대 절명의 상황에 대한 주지 및 '방첩주간'과 '애국반'의 중요성에 대한 대국민적 홍보가 함께 수행되고 있다. 국가에 의해 제시된 다양한

20) 김내성, 「수 놓은 송학」, 『방송소설명작선』, 1943.12, 263면.

행정규범의 준수가 '나'의 안녕으로 곧바로 직결된다는 것, 국가와 개인 간의 일체화의 과정을 국민들이 철저하게 내면화하게 하는 것이야말로 장르적 경계를 찾기 힘든 이들 두 편의 '방송소설'이 창작된 가장 근본적 이유였다고 할 수 있다.[21)]

「수놓은 송학」과 「어떤 여간첩」, 이들 두 편의 방송소설의 등장은 내무성 방첩협회의 '국민방첩독본' 발표, 언론사 및 행정 기관 주도의 '방첩좌담회'개시, '방첩영화' 상영 등 '방첩'의식의 대사회적 유포의 연장선상에서 행해지고 있었다.[22)] 그런 점에서 본다면 이들 작품들에서 나타난, 마치 '국민방첩독본'을 그대로 옮겨놓은 듯한 일사불란한 구성 및 의식은 당연하다고 할 수 있을 것이다. 그러나 의외로 이들 작품에서 김내성이 보였던 '일사불란함' '국책'의 철저한 준수 및 수행의 태도가 거의 동시기 발표된 「매국노」[23)]에서는 다소간 불안정한 형태로 나타나고 있다. 물론 「매국노」의 경우, 앞서 제시된 두 작품과 달리 '방첩소설'이라는 직접적 제명 아래 발표되었을 뿐 아니라, 중편의 분량 속에서 '첩보전'의 제 형태 역시 훨씬 다채롭게 묘사되고 있기는 하다. 말하자면 '국

---

21) 1940년 7월 『방송』 잡지에서 조선방송협회는 조선에서 라디오 방송의 의미를 "싸우는 일본에 필요한 국민생활의 변화와 신동아 건설을 위해 이에 걸맞는 일상생활의 혁신"에 두고 있다(조선방송협회, 『방송』, 1940.7(쓰가와 이즈미, 김재홍 역, 『JODK, 사라진 호출 부호』, 2004에서 재인용))고 언급한다. 그러나 실제로 1940년 5월 기준 일본어 방송과 조선어방송 중계 비율이 67 : 33이었을 뿐 아니라, 전체 2천3백만 인구 중에서 라디오 청취 가입자가 겨우 18만에도 미치지 못하는 조선의 상황에서 볼 때, 라디오에 의한 대국민 홍보는 큰 효율성을 지니지 못했었다고 할 수 있다(쓰가와 이즈미, 김재홍 역, 『JODK, 사라진 호출 부호』, 2004, 133~134면 참조).

22) 그러나 실제로 대중에게 영향을 미치는 언론 매체의 상황은 상당히 열악했던 만큼 대중의 여론 조성에서 어느 정도 효력을 거둘 수 있었던 것은 '시국간담회' 정도였다고 한다(박용하, 『일제 말기 유언비어 현상에 대한 일고찰』, 고려대 신방과 대학원, 1990, 16~17면).

23) 「떤 여간첩」·「수놓은 송학」는 1943년 12월 발행된 『방송소설명작선』에 수록되어 있으며, 「매국노」는 1943년 7월부터 1944년 4월에 걸쳐 『신시대』에 연재되고 있다. 앞선 두 방송소설의 실질적 창작 시기를 작품집 수록 시기보다 다소 앞당겨 잡는다고 하더라도 이들 두 작품은 「매국노」와 거의 동시기 창작되었다고 볼 수 있을 것이다.

책문학'의 측면에서뿐 아니라 문학적 형상화의 측면에서도 「매국노」는 앞선 두 방송소설에 비해 상당한 진전을 보이고 있는 것이다. 작품에 등장하는 인물들의 다양한 면모 및 다양한 공간적 배경을 통해 확보되는 다양한 삶의 형태는 이에 대한 하나의 예로서 제시될 수 있다.[24)]

「매국노」에 등장하는 인물들의 면모는 다양하다. 조선인은 물론 중국인 · 만주인을 비롯하여, 이태리인으로 위장한 미국인, 독일인으로 위장한 러시아인, 이태리 국적을 지닌 인도 출신의 영국인 등 당시 세계대전의 구도가 이들 인물들의 면모를 통해서 상징적으로 드러나고 있다. 이 인적(人的) 관계의 복잡함은 조선을 비롯해서 중국 상해와 남경, 독일을 포함하는 작품내 공간적 배경의 광활함을 통해서도 발견된다. 독일, 이태리, 일본 대(對) 미국 · 프랑스 · 영국 · 러시아 간의 대립, 일본과 중국 간의 대결, 이처럼 세계대전과 중일전쟁이라는 긴박한 역사적 상황이 아시아의 작은 나라 조선에서 재현되고 있는 것이다. 주전국 일본도 아니고, 그렇다고 아시아 최고의 모던 도시이자 세계열강들의 조계(租界)가 설치되어 있던 중국의 상해도 아닌, 말 그대로 일본의 식민지 중 하나에 불과했던 조선을 이처럼 다국적 스파이전의 격전지로서 설정한 작품의 구성에 대해서는 상당히 무리한 감을 느끼지 않을 수 없다. 그럼에도 불구하고 김내성은 앞서 언급되었던 자신의 두 편의 방송소설에서는 찾기 힘들었던 추리적 기법을 절묘하게 활용하여 「매국노」를 완성도 높은 '스파이소설'로서 형성시켜간다.

사라진 기밀서류의 은닉처로서 환자의 수술 부위를 설정하는 것과

---

24) 동 시기 동일 작가에 의해서 '방첩'이라는 동일 주제로 발표된 작품들 간에 왜 이와 같은 편차가 발생되었던 것인가 하는 점은 두 작품의 장르적 차이를 통해 설명될 수 있을 듯하다. "반도인들의 완전한 황민화를 목표로 삼아야하는 조선의 '특수사정' 상" "대외적인 선전전의 무기로서의 기능보다도 매일매일 국내 방송으로서의 충실함을 기하는 쪽으로 방향을 잡았다"는 일제 말 라디오 방송의 특성에 대해 언급한 『JODK, 사라진 호출 부호』(쓰가와 이즈미, 김재홍 역, 2004, 133~134면) 지적은 이점에서 상당히 유효하다.

같은 트릭의 사용, 지문 채취를 통한 인물의 신분규명과 같은 과학적 지식의 활용, 스파이의 실체 규명 과정에서 제시되는 논리적 추론의 과정 등 「매국노」는 '탐정소설'로서의 특징을 성실하게 견지하면서 '방첩소설'의 대사회적 목표 역시 함께 달성하고 있다. 선량한 외형 속에 스파이의 잔혹한 심성을 숨긴 등장인물들의 이원적 면모는 당시 언론 및 잡지를 통해 유포되고 있던 '스파이' 식별방법 및 '적'과 '우리' 간의 명확한 경계를 독자들에게 재확인시켜준다. 방첩소설로서의 「매국노」의 면모는 여기서 멈추지 않는다. '일상생활에서 지켜야할 규율의 내면화' 작업에 치중해 있던 두 편의 방송소설과 달리 「매국노」에서는 소위 '대동아전쟁' 발발에 대한 '명분' 제시와 같은 대외선전의 측면이 보다 강조되고 있다.

이 점은 방일령・백운해・장호명 등 중국인들을 비롯해서 상해 북사천로, 사마로 그리고 남경, 북지, 중지 등에 이르는 광활한 중국 지역에 이르기까지 「매국노」에서 발견되는 중국, 혹은 중국인에 대한 관심을 통해 감지된다. 그러나 「매국노」에서 묘사되고 있는 중국, 혹은 중국인의 면모는 1930년대 언론과 문학작품들이 대사회적으로 유포시켰던 중국, 혹은 중국인의 이미지와는 다소 이질적이다. 1930년대 중반부터 언론에서 심심찮게 발견되고 있던 중국 스파이 검거 기사라든가 일련의 문학 작품을 통해 제시된 중국인의 이미지25)가 대부분 위험하고 적대

25) 일단 김내성의 처녀작이자 일본어 작품인 「타원형의 거울」에서는 등장인물로서 중국인이 노비로 설정되어 있다. 이와 더불어 살인사건을 둘러싼 주된 인물들 역시 조선인이기는 하지만 인명이 중국풍의 분위기를 강하게 풍기면서 중국인=범죄자의 이미지를 강력하게 환기시키고 있다. 더불어 한국 근대문학에서 중국인의 대표적 이미지로서 제시될 수 있는 것이 김동인의 「감자」이다. 「감자」의 중국인은 탐욕적이며, 비도덕적이고, 돈에 맹목적 욕망을 지닌 인물로서 묘사되고 있다. 이와 같은 중국인의 부정적 이미지는 김동인의 「붉은산」을 비롯하여 최서해의 「홍염」 등 간도이주민의 삶을 소재로한 일련의 작품에서 뿐 아니라 조선을 비롯해서 중국 상해를 주 무대로 전개되는 '단정학' 창작의 '탐정괴기'물 「겻쇠」에서도 역시 동일하게 발견된다. 일제시대 조선의 문학 및 언론에 유포되고 있던 이와 같은 중국인의 이미지를 고려할 때 「매국노」의 중국인의 이미지의 변모는 주목할 만하다. 그리고 이는 태평양전쟁 시기 불온언론

적이며 야만적이었다면 「매국노」에서는 이 이미지가 일부 중국인을 대변하는 것으로 축소, 변화되어 나타나고 있는 것이다. 이 변모의 의미를 이해함에 있어서 K13로 호명되는 중국출신 여간첩 방일령의 간첩으로의 변모과정 및 그녀를 둘러싼 가족들의 이미지 묘사는 주목할 만하다.

「매국노」에서는 줄리어스 폿테, 엘리제 등 여타 서방 출신의 스파이들에 비해서 중국인 방일령의 이력이 세밀하게 묘사되고 있다. 물론 이력 제시의 핵심은 세상 물정 모르던 천진난만한 부유한 보석상의 딸이 왜 K13호라는 스파이로 변모되었는가를 설명함에 있다. 그러나 실제로 흥미를 끄는 것은 적성국 스파이의 음모에 빠져 중경정부의 간첩이 되는 방일령의 변모라기보다는 오히려 그 과정에서 잠시 묘사되는 방일령 가족의 평화로운 모습이다. 친구와 쇼핑하며 소소한 일상을 보내는 방일령, 관대하고 배려 깊은 아버지 방원석, 정숙하고 다정한 계모 진연화 이처럼 방일령 가족들이 조합해내는 이상적인 '가정'의 이미지는 기존 조선사회에 유포되어 있던 전근대적 '중국' 혹은 '중국인'의 이미지와 상당한 간극을 지니고 있다. 1930년대 조선의 언론 출판물에서 어렵지 않게 발견되고 있던 중국과 중국인에 대한 이율배반적 판단, 즉 아시아 최고의 모던도시로서의 상해와 야만적이고 전근대적 중국인이라는 기묘한 인식의 간극으로부터 「매국노」는 적어도 벗어나 있었던 것이다.

그렇다고 해서 「매국노」가 중국, 혹은 중국인에 대한 객관적 인식을 견지하고 있었던 것은 아니다. 만주사변, 중일전쟁으로 이어지는 일제의 대륙 침략 의도와 부정적 중국인 이미지의 대사회적 유포 간의 긴밀한 연관성, 즉 중국인 이미지 왜곡에서 발견되었던 정치적 함의가 「매

범죄에 관한 인종별, 성별 동향을 조사한 고등법원 검찰국의 「昭和十九年に於ける半島思想情勢」, 『朝鮮檢察要報』, 1945.3의 조사 결과를 고려할 때 그에 내포된 정치적 함의를 감지하게 된다. 1945년 3월에 게재된 고등법원 검찰국의 조사 결과에 따르면 인종별 범죄 동향 결과 지나인이 1위를 차지하면, 체포된 지나인 61인 중 48명이 첩보모략 범죄에 가담하고 있으므로, 在鮮 지나인에 대한 경계를 특별히 엄중하게 요구하고 있다.

국노」에서도 여전히 발견되고 있기 때문이다. 제국의 수호자 '흰독수리'로 추정되는 백운해라는 인물이 연모의 대상이자, 옛 주인의 딸이었던 방일령에게 자신의 정치적 견해를 설파하는 다음의 장면은 이 점에서 주목할 만하다.

> 끝없이 믿고 한없이 사모하는 사람에게까지 자기의 사상을 감추어야만 할 필요를 저는 느끼지 않습니다. 그러키 때문에 저는 일령씨 앞에서－아니, 아씨 앞에서 감히 말하는바 올시다. 장개석 정권의 행복은 중화민국 전체의 행복이라고 아씨께서는 생각하실는지 모릅니다만…… 아니올시다! 영미의 괴뢰정권(傀儡政權)인 장개석 정권이 어찌 중화민국 전체의 행복을 초래할 수가 있을 것입니까. (…중략…) 그렇습니다. 아씨, 우리는 하로바삐 지금까지의 위하여 온 우리들의 행동과는 정반대의 행동－왕정위씨와 뜻을 가치하고 속히 일본과의 화평공작을 하지 않으면 안될것입니다.[26]

그동안 중국인에게 부과되어 왔던 야만성・적대성・탐욕성의 이미지가 일제에 적대적인 장개석 정권에게 한정되어 부과되는 대신, 선량한 방일령 일가의 비극적 운명을 통해 생성된 가련함의 이미지가 중국인 전체의 이미지를 대체하고 있다. 중국인에 대한 적대적 이질감이 서구의 침략에 직면한 아시아인으로서의 동질감으로 변모되고 있는 것이다. '대동아공영권 건설'에의 매진을 부르짖는 작품내의 언급을 굳이 언급하지 않더라도 「매국노」에서 발견되는 중국인 이미지 변환이 무엇을 겨냥하고 있었던가는 충분히 짐작가능하다. 그렇다고는 해도 「매국노」는 '방첩소설'로서 규정되기에 여전히 불안정한 형태를 띠고 있다.

26) 김내성, 「매국노」, 『신시대』, 1944.4, 121면.

4. 불안정한 방첩소설 「매국노」

「매국노」에는 적성국 스파이에게 군사기밀을 팔아넘긴 반도제약회사 사원 허상철이 자신의 매국 행위에 대해 통절한 참회를 느끼는 부분이 등장한다. 등화관제가 시작된 어두운 경성 시가지를 바라보던 허상철이 "고도국방국가의 강력한 보호 밑에" 있는 일백만 경성시민과 달리 안식을 상실하고 "비길데없는 쓸쓸한 고독"에 빠져있는 자신의 처참한 처지를 실감하면서 '자수'를 결심하게 되는 부분이 그것이다. 돈에 매수되어 적성국 스파이에게 기밀을 팔아넘긴 허상철의 행위를 고려한다면 '황국신민'으로서의 그의 자각과 참회는 당연한 것이라고 할 수 있을 것이다. 문제는 허상철과 '황국의 신민'의 사이에 '식민지 조선인'이라는 굴절된 과정이 개입되어 있다는 점이다. 적어도 김내성은 이 굴절의 과정에서 자유로울 수는 없었던 던듯하다.

「매국노」에서는 방첩소설이라는 명칭에 걸맞게 작품의 모든 소재들이 '고도국방국가' 확립이라는 하나의 주제를 향해 집결되고 있다. 1938년 결성되었던 '조선방공협회'[27]를 모델로 한 듯한 '애국방첩협회'라는 단체가 사건 해결의 중심적 위치를 차지하는 것을 비롯하여 '방첩시대'라는 제명의 잡지를 발간하는 출판사의 등장, 등장인물들에 의해 반복적으로 강조되는 '제국'의 안위에 관한 문제 등은 「매국노」를 그야말로 '소설 국민방첩독본'으로서 자리 매김하기에 부족함이 없을 정도이다. 자발적이건 강압적이건 간에 김내성이 왜 대국민적 홍보 기능을 강하게 지닌 '방첩소설'의 창작에 관여했던가는 두 가지의 측면에서 설명

27) 조선방공협회는 1938년 8월 신민일체를 표방하여 설립된다. 전국의 청년층, 공장, 광산, 항만 등 직업별로도 방공권을 형성한다. 이 단체의 지도하에 '일본정신의 양양', 국방, 방공, 방첩사상의 강화와 철저한 의식화가 개시된다. 당시 전국적으로 3,359개의 조직과 332,141명의 단원을 거느리고 있었다고 한다(변은진, 『일제 전시파시즘기(1937~45) 조선민중의 현실인식과 저항』, 고려대 대학원, 1998, 26~28면 참조).

가능할 듯하다. 전작(前作) 『태풍』의 엄청난 성공[28]에 기인한 김내성의 강력한 대중적 인지도와 '방첩소설'의 대국민적 홍보기능 간의 상관간계가 첫째 이유로서 제시될 수 있다. 이와 더불어 제시될 수 있는 것이 김내성이 조선 문단에서 탐정문학창작이 가능한 유일한 작가라는 점과 탐정문학의 연장선상에서의 방첩소설 간의 상관성이다.

방첩소설과 김내성 간의 이와 같은 긴밀한 상관관계에도 불구하고 식민지의 입장에서 제국의 '방첩'사상에 대해 지닐 수밖에 없는 심적 거리감, 혹은 이율배반적 태도가 「매국노」에서 미세한 형태로 감지된다. 방첩의식에 지나치게 과민해져 있는 애국방첩협회의 태도에 대해 잡지 「방첩시대」의 편집주임이 불만을 토로하자 이를 반박하는 애국방첩협회 직원 이영태의 다음의 발언은 이 점에서 주목할 만하다.

> 편즙주임의 문화는 항상 개인주의의 문화요 자유주의의 문화를 의미하는 것이지요. 강력한 통합밑에서 일억국민이 불똥이 되어 전진하고있는 이 비상시국에 있어서는 편즙주임의 문화는 당분간 불필요한 문화입니다. (…중략…) 더구나 『방첩시대』와 같은 지도적 입장에 있는 중대한 언론기관을 맡어보는 책임자로서 그러한 자유주의의 문화를 운운한다면 ……[29]

이 글에서는 애국방첩협회에 대한 사소한 개인적 견해가 '개인주의 문화, 자유주의 문화'의 결과물로 지적되어 지탄의 대상이 되고 있다. 일개 단체에 대해 개인이 내뱉은 사소한 우려의 말 한 마디가 그 개인의 사상성 자체에 대한 심각한 비판의 근거가 되며 마침내 '매국노'에 대한 주의를 요구하는 언급으로까지 연결되는 이 에피소드를 왜 김내성은 굳이 제시했던 것일까. 이영태의 신랄한 비판에 대해 '인신공격'을 당한 듯

28) 『태풍』은 연재 후 단행본으로 출판되는데 초판 8,000부가 일 개월만에 매진이 될 정도로 당시 인기를 끌었다고 한다. 특히 김내성이 『태풍』의 인세로 성북동에 집을 샀다는 것은 인기의 정도를 가늠할 수 있는 부분이다. 이에 대해서는 조영암, 『한국대표작가전』, 수문관, 1953을 참조.

29) 김내성, 「매국노」, 『신시대』, 1944.1, 127면.

한 불쾌감을 느끼면서도 조용히 자신의 의견을 철회하는 편집주임 신달호의 왜소한 모습에서 식민지 작가 김내성의 우울함을 감지했다고 한다면 지나친 해석인 것일까. 물론 방첩소설, 방첩시대를 바라보는 김내성의 이중적 시선의 근거로서 신달호의 모습을 제시하는 것은 상당한 위험성을 내포하고 있을지도 모른다. 그러나 적어도 「매국노」에서 김내성이 식민지와 제국 간의 간극에 대한 인지, 혹은 제국의 신민으로서의 자신에 대하여, 제국의 문학으로서의 자신의 소설에 대해서 이중적 시선을 견지하고 있었다는 것, 그 점은 부인할 수 없을 듯하다. 탐정소설로서의 「매국노」의 제 양상은 이에 대한 중요한 근거로서 제시될 수 있다.

「매국노」는 김내성 탐정문학의 제 특징을 성실하게 답습하고 있는 작품이다. 이 작품에는 김내성 탐정문학의 단골탐정인 유불란 탐정이 여전히 등장하고 있고, 기존 작품들에서 나타났던 흰색에 대한 김내성의 기묘한 집착[30]이 흰독수리라는 정체불명의 인물을 통해 동일하게 반복되고 있다. 특히 탐정 유불란과 '흰 베일'을 쓴 정의의 사도가 등장하여 제국의 과학기술을 탈취하려는 적국의 음모를 막아낸다는 작품의 전개는 1937년 『소년』지에 발표된 김내성의 소년 탐정소설 「백가면」과 상당부분 유사하다.[31] 그런 점에서 볼 때 '방첩소설'로서의 특징이 덧붙여진 것을 제외한다면 일견 「매국노」와 김내성의 기존 탐정문학들 간의 변별성을 발견하기란 어렵다고도 할 수 있을 것이다. 그러나 「매국노」에서 발

---

30) 김내성의 작품에는 '白'씨 성을 가진 인물들이 빈번하게 등장하고 있다. 이에 대해서는 김내성 스스로도 인지하고 있었던 것으로 두 편의 수필 「白家姓」, 『문장』, 1940.3; 「창백한 뇌수」, 『문장』, 1939.12에서 이 점을 지적하고 있다. 김내성 문학에 나타난 이와 같은 특징에 대해 이건지의 경우 1937년 조선에서 발생한 백백교 사건과의 연관선상에서 설명하고 있다(李健志, 「金來成という歪んだ鏡」, 『現代思想』, 1995.2).

31) 「백가면」은 '소년탐정소설'이라는 제명 아래 『소년』 잡지에 1937년 6월부터 1938년 5월까지 연재된 작품이다. 『소년』의 '독자투고란'에 다음호를 기대한다는 내용이 자주 언급될 정도로 발표 당시 이 작품의 인기는 상당했었던 듯하다. 그 인기의 여세를 몰아 이 작품은 1938년 한성도서에서 단행본으로 발간되게 된다. 그런 점에서 「매국노」의 '흰독수리'의 등장은 앞선 작품에 등장한 이미지의 단순한 차용이었다기보다는 「백가면」에 대한 대중적 인지도를 다시금 활용하려 했다고 볼 수도 있을 듯하다.

견되는, 유불란으로 상징되는 탐정의 새로운 면모는 이에 대한 또 다른 해석의 근거를 제시한다. 일본 유학시절 조선인 최초로 탐정소설 전문잡지 현상모집에 당선될 정도로 완성도 높은 탐정소설을 창작했던 김내성이 조선 귀국 후에는 왜 기묘한 괴기소설 창작으로 흘러버렸던 것인지 그에 대한 설명 역시 이로부터 가능할 수도 있을 것이다.

「매국노」에서 유불란은 앞선 몇몇 작품들과 동일하게 조선에서 이름을 날리고 있는 명탐정으로 설정되어있다. 여기에 한 가지 덧붙여진 것이 있다면 '애국방첩협회회장'이라는 직함이다. 작품을 통하여 볼 때, '애국방첩협회'란 '방첩사상'의 보급을 위해 설립된 단체이다. 그러나 실제로 유불란이 소속된 '애국방첩협회'의 기능은 '신민일체'를 표방하며 스파이 색출 및 국민감시의 전위대로서 1938년 전국적 단위로 설립되었던 '조선방공협회'의 기능과 흡사했던 듯하다. 말하자면 유불란이 회장으로 있는 '애국방첩협회'란 '당국'의 지원을 받는 민간 정보단체의 일종이었던 것이다. 방첩협회의 고문을 맡은 헌병대의 아까야마 대위와 유불란 탐정 간의 다음의 대화는 '탐정'이란 존재가 전시체제 아래서는 어떻게 변모될 수 있는가를 엿볼 수 있다는 점에서 상당히 흥미롭다.

> 그리고 엘리자의 교제범위를 상세히 더듬어서 그의 일당을 들추어낸다면 필시 그 가운데 아까 대위께서 말한 K十三號를 비롯하여 M과 그리고 암흑박사라는 별명을 가진 무서운 스파이가 섞여있을것입니다. 하여튼 우리 애국방첩협회에서도 맹렬한 활동을 시작하고 있습니다만 대위께서도 많은 지도와 후원을 주시기 바랍니다.
>
> 기대에 어그러지지 않도록 힘쓰겠습니다. 이처럼 당국과 민간칙이 굳세게 손을 잡고 나간다면 비밀전(秘密戰)에 있어서도 제국은 완전한 승리를 얻을것이라고 믿습니다. 더구나 다년간 이방면에 경험이 많은 유불란씨가 적극적 활동을 하여주신다면 ……[32]

---

32) 김내성, 「매국노」 7, 앞의 책, 129면.

범죄사건 해결을 통해 사회 질서유지에 관여하던 탐정이 전시체제 아래서 '반국가적 범죄음모'의 색출을 위한 '국가정보국원'으로 변모하는 것은 어떻게 본다면 일견 당연한 일이라고도 할 수 있을 것이다. 그러나 한 개인으로서의 탐정과 그가 소속된 사회 간에 '식민지'와 '제국'이라는 굴절된 상황이 매개되어 있는 경우, 문제는 달라질 수밖에 없다. 특히 스파이=밀정형사로 번역했던 『실생활』지의 스파이 개념규정이 일제시대 발표된 몇 편의 유사 탐정소설들에서 탐정의 개념규정으로서 동일하게 사용되고 있었음을 고려할 경우 문제는 보다 복잡해진다. 예를 들자면 순사와 탐정의 이미지를 함께 지닌 「혈가사」의 탐정 '정탐정'의 면모라든가 밀정과 형사, 그리고 탐정 이 세 이미지가 중첩되어 있는 「겻쇠」 형사 '손우식'의 면모는 식민지 탐정, 혹은 탐정문학의 정체성에 대한 혼란을 불러일으키기에 충분한 것이다.[33] 김내성 역시 이와 같은 딜레마에 봉착해 있었던 듯하다. 김내성의 일본어 창작물인 「타원형의 거울」이 조선어로 번역되는 과정에서 발견되는 결말의 개작은 이에 대한 중요한 근거로서 제시될 수 있다.

김내성의 일본어소설 「타원형의 거울」은 1935년 일본의 탐정소설전문잡지 『프로필』에 '신인소개'의 형식으로 발표된 작품이다. 이 작품은 1938년 조선어로 번역되는 과정에서 제명이 「살인예술가」로 변환되고 '여배우 살해사건'이라는 작품 내 범죄 사건의 최종적 해결과 관련된 결말 부분이 개작된다. 작품 속 일종의 '탐정'격인 아마추어 소설가가 자신이 추리해낸 사건의 최종적 해결을 '평양경찰서의 경감'과 '판사'에게 의뢰하는 원작 결말이 개작에서는 소설가와 범인 간에, 말하자면 개인적 차원의 해결로 수정되고 있는 것이다. 물론 이 개작은 완전범죄를

33) 1920년 『취산보림』에 발표된 박병호, 「혈가사」, 『취산보림』, 1920.7~1920.9에 등장하는 정탐정이라는 인물은 예전에는 순사를 하다가 이제는 경찰의 외곽에서 탐정 노릇을 하고 있는 인물로서 묘사되고 있다. 그리고 단정학, 『신민』, 1929.11~1931.7에 발표된 '탐정기괴'물 「겻쇠」에 등장하는 탐정 손우식이라는 인물은 조선인 밀정이면서 경찰이고, 그리고 탐정으로 그 신분이 중첩되어 언급되고 있다.

겨냥한 살인사건의 발생, 트릭의 사용, 사건해결을 위한 논리적 추리과정의 등장 등 '탐정소설'로서의 측면에서 보자면 별 의미를 지니지 않는 사소한 변화라고 할 수 있다. 그러나 일본어와 조선어, 일본과 조선, 제국과 식민지라는, 원작과 개작 간에 내재되어 있는 간극을 고려한다면 해석은 달라질 수밖에 없을 듯하다.[34)]

합법적인 절차에 의한 범죄의 해결로부터 개인적 차원의 응징으로의 변화, 개작의 과정에서 일어나는 이 변화로부터 조선에서의 '탐정소설' 존립 가능성에 대한 김내성의 갈등을 읽을 수 있다. 합법적 절차의 준수라는 것이 결국은 일제의 사법체계에 대한 긍정을 의미하는 것이라면 법을 준수하는 것이 곧 빈민족적이며 비도덕적이 되어버릴 수 있는 이율배반적 상황에 김내성은 처해있었던 것이다. 그리고 그것은 조선의 탐정문학이 처해있던 딜레마이기도 했다. 「타원형의 거울」의 개작은 이 점에 대한 김내성의 인지로부터 비롯된 것이었다고 할 수 있다. 경찰과 검찰에 사건 해결의 최종적 권한을 이양하는 원작의 결말이 지극히 도덕적이고' '합법적'이었음에도 불구하고, 이 합법성을 선택하기에는 김내성의 상황 자체가 지나치게 뒤틀려있었던 것이다.

탐정문학 및 탐정에 내재된 이와 같은 일반적 특징을 고려할 때 김내성이 '탐정문학'의 창작에서 왜 '괴기소설' 내지는 이국적 풍경을 담은 비현실적 '모험소설'로 흘러버렸는지가 이해가 된다. 그런 점에서 본다면 「매국노」의 탐정 유불란의 '친일적' 면모는 반드시 '방첩소설'이라는 작품 자체의 특징에서 연유 되었던 것만은 아니었던 듯하다. 시대현실

---

34) 일본어소설 「타원형의 거울」은 조선어로 번역되는 과정에서 제목이 「살인예술가」로 바뀔 뿐 아니라 전체적 줄거리를 유지하는 선에서의 다양한 개작의 과정을 겪고 있다. 일단 단편으로 발표되었던 원작과 달리 개작은 중편으로 분량이 증량되어 발표되고 있다. 이 과정에서 인물들 간의 에피소드, 배경 묘사, 결말의 구조 등에 걸쳐서 다양한 개작이 일어나고 있다. 이 개작의 과정 및 의미에 대해서는 정혜영, 「근대를 향한 왜곡된 시선-김내성의 「살인예술가」를 중심으로」, 『현대소설연구』, 한국현대소설학회, 2006.9 참조.

을 반영하는 순간 제국 지향적이 될 수밖에 없었던 식민지 탐정문학의 근본적 한계가 거기에 있었던 것이다. 그런 의미에서 「매국노」란 김내성이 초기 탐정문학의 창작과정에서 봉착했던 거대한 딜레마의 본질을 전면적으로 확인하는 과정이었다고 할 수 있다. 물론 이것이 「매국노」, 엄밀하게 말하자면 일제 말 '국책문학' 창작에 부응했던 김내성의 행위에 대한 긍정을 의미하는 것은 아니다. 탐정문학에 대한 열정, 역량 그리고 탐정문학 작가로서의 독보적 위치에도 불구하고 탐정문학의 창작에 있어서 김내성이 봉착할 수밖에 없었던 이와 같은 딜레마를 통해 식민지 탐정문학의 운명을 되짚어보고 싶었던 것뿐이다. 미완의 형태로 마감되었던 「매국노」의 불완전함을 식민지 탐정소설의 이율배반적 상황 및 '방첩소설'로서의 불안정함의 결과로서 연결시켜볼 수 있는 것은 이 때문이다.

5. 결론

김내성이 방첩소설 「매국노」를 창작한 것은 『매일신보』에 연재했던 장편 『태풍』의 엄청난 흥행 직후였다. 흥행작가로서의 김내성의 대중적 인지도, 그리고 조선에서 유일하게 탐정소설 창작이 가능했던 탐정소설 작가로서의 김내성의 역량은 방첩사상의 대국민적 홍보를 위한 '방첩소설' 창작에 안성맞춤이었던 것이다. 그런 점에서 김내성의 방첩소설 창작은 일견 충분히 예견된 상황이었다고도 할 수 있다. 실제로 김내성이 「매국노」와 동시기 발표했던 두 편의 방송소설 「수놓은 송학」과 「어떤 여간첩」은 『매일신보』·『춘추』·『조광』을 통해 대사회적으로 유포되고 있던 '방첩사상'의 소설판이었다. 방송소설이라는 특성상 방첩의식의 대국민적 홍보의 측면에 지나치게 치중해 있던 이들 두 편의 작품과 달리 「매국노」는 방첩소설로서의 사상성 · 대중성 · 탐정문학으로서의 완성도를 골고루 갖추고 있었다.

그러나 「매국노」는 '연재중단'이라는 미완의 형태로 마감되어 버린다. 물론 여기에는 심장병 발발이라는 김내성 개인적 상황이 결정적 요인으로 자리하고 있었다. 해방 직후 김내성이 뇌일혈로 인해 갑작스런 죽음을 맞이했다는 점을 고려한다면 '지병'으로 인한 연재중단은 상당 부분 사실이었던 듯하다. 그럼에도 불구하고 '연재중단'의 원인을 '개인적 지병'이 아닌 「매국노」자체의 문제에서 찾고 싶은 것은 식민지 탐정문학의 한계가 이 작품에서 너무나 극명하게 노출되고 있었기 때문이다. 제국의 정보부원으로 변모한 조선 탐정 유불란의 면모란 어떻게 본다면 김내성이 회피하고 있었던 식민지 탐정문학의 실체를 적나라하게 드러낸 것에 다름 아니었던 것이다.

제4장
김내성과 탐정문학
1945년까지 발표된 작품에 대한 서지학적 연구를 중심으로

1. 서론

김내성(金來成)은 1935년 일본 탐정문학전문잡지 『프로필』에 「타원형의 거울」을 발표하면서 문단에 등단한 이래, 1945년 해방에 이르기까지 탐정문학이라는 하나의 장르에만 매진한 작가이다. 그는 『조선일보』·『조광』·『농업조선』 등을 중심으로 단편에서 장편에 걸쳐 다양한 형태의 탐정문학을 발표한다. 번역물을 제외하면 채 열 편도 넘기 힘든 창작물을 지닌 1930년대 조선의 탐정문학의 빈약한 현실을 고려할 때 이와 같은 김내성의 등장 및 행보는 상당히 이례적인 것이었다고 할 수 있다. 그러나 탐정문학에 대한 열정 및 탐정문학 작가로서의 김내성의 선구자적 역할에 비해 김내성에 대한 후대의 연구는 다소 미흡한 편이다.

『한국문학사(韓國文學史)』[1])를 비롯해서 한국 근대문학에 대한 다수의 대표적 연구서들에서 김내성의 이름은 대부분 누락되어 있으며 김내성에 대한 연구 논문들 역시 대부분 장편 『마인』 연구에 한정되어 있거나, 단편적 몇몇 작품에 한정되어 있을 뿐 김내성 탐정문학 전반에 대한 조망을 보여주고 있지는 못하다.[2] 이와 같은 문제점은 김내성에 대한 서지학적 연구에서도 그대로 발견된다. 김내성 작품연보는 『한국문학전집』 제24권 '김내성' 편에 수록된 작품 연보(年譜)를 비롯해서 『김내성대표문학전집』 제10권의 작가연보에 부가적으로 수록된 대략적 작품연보[3]가 전부이다. 이와 같은 문제점에 근거, 본 연구는 김내성 연구의 선행과제로서 김내성 문학작품 중, 탐정문학 창작에 집중되어 있던 해방에 이르는 시기까지의 김내성의 작품 연보를 정리하고자 한다.[4]

---

1) 김윤식 · 김현 편, 『한국문학사』, 민음사, 1973.

2) 김내성에 대한 연구 논문으로는 김창식, 「추리소설 형성기의 실상과 김내성의 『마인』」, 『추리소설이란 무엇인가』(대중문학연구회), 국학자료원, 1997; 「통합된 문화적 현상으로서의 김내성소설」, 『동악어문논집』, 1997; 조성면, 「탐정소설과 근대성」, 『민족문학사연구』, 1998; 윤정헌, 「김내성탐정소설연구」, 『어문학』, 1997; 李建志, 「韓國「探偵小說」事始め」, 『創元推理』, 1994 夏; 李建志, 「金來成という歪んだ鏡」, 『現代思想』, 1995.2 등이 있다.

3) 1997년 대중문학연구회에서 발간한 『추리소설이란 무엇인가』(국학자료원)에는 「추리소설 형성기의 실상과 김내성의 『마인』」(김창식)이란 논문이 수록, 해방까지의 김내성 작품의 연보가 기재되어 있다. 그러나 이 논문에서 제시하고 있는 김내성의 작품연보는 소설과 평론만 대상으로 하고 있다는 문제점 뿐 아니라, 소설의 경우에도 누락된 작품들이 있으며 발표 기한에서도 몇 가지의 오류가 발견되고 있다.

4) 以下 김내성의 생애 및 작품연보에 대해서는 아래의 자료들을 참조.
조영암, 『한국대표작가전』, 수문관, 1953.
『한국문학전집』 24, 민중서관, 1959.
김용성, 『한국현대문학사탐방』, 국민서관, 1973.
『김내성대표문학전집』, 삼성문화사, 1983.
大村益夫, 布袋敏博 編, 『朝鮮文學關係日本語文獻目錄』, 綠陰書房, 1997.
李建志, 「韓國「探偵小說」事始め」, 『創元推理』, 1994 夏.
李建志, 「金來成という歪んだ鏡」, 『現代思想』, 1995.2.

2. 작가연보

1909년 : 평양 대동군 월내리에서 소지주 김영한의 차남으로 출생.

1919년 : 아버지 김영한 사망, 김내성은 다니던 한문 서당을 그만두고, 강남공립보통학교(江南公立普通學校)(1920)에 입학.

1921년 : 집안의 요청에 따라 열 세 살의 나이로 다섯 살 연상의 여성과 결혼.

1923년 : 강남공립보통학교에서 평양약송(平壤若松)공립보통학교로 편입(1923), 졸업,

1925년 : 평양공립고등보통학교에 입학. 김내성의 사 년 선배로 이석훈이, 삼년 선배로 김남천과 김성민이, 그리고 이년 후배로 김사량이 있었음.[5] 영어를 담당한 일본인 교사 다쓰노구찌 나오타로[龍口直太郎]으로부터 코난 도일을 비롯하여 에도가와 란포(江戸川亂歩)의 작품에 대한 이야기들을 들으면서 탐정문학에 흥미를 지니게 됨. 학교 교우지 「대동강」의 편집위원으로 활동하면서 「전원의 황혼」이라는 작품을 발표하는가 하면 동인지 『서광』에 '波浪'이라는 필명으로 동요 · 시 · 소설을 발표함.[6]

1926년 : 모친 강신선 사망.

---

5) 이석훈, 「문학풍토기」, 『인문평론』, 1940.8에서 참조

6) 김내성이 동인지 「서광」에 다수의 글을 발표했다는 사항에 대해서는 『한국대표작가전』(조영암)과, 『한국대표문학전집』 24, 『한국현대문학사탐방』(김용성)의 작가연보 및 이건지, 「韓國「探偵小說」事始め」, 『創元推理』, 1994 夏에서 동일하게 기록되어 있다. 그러나 일반적으로 알려져 있는 시사종합지 『서광』은 1919년 12월 창간, 1921년 1월 통권 8호로 종간 되었다. 이는 김내성이 동인으로 활동했던 『서광』의 기록, 예를 들자면 삼호(三号)가량만 간행되었으며, 발간시기가 1926년에서 1929년경으로 한정되어 있었다는 점에 미루어볼 때 김내성이 활동했던 잡지 『서광』은 시사종합지 『서광』과는 전혀 무관하고, 단지 몇몇 문학청소년들이 모여서 만든 말 그대로의 동인지였던 듯하다.

1929년 : 아내와 이혼, 평양공립고등보통학교를 졸업(1930).

1931년 : 渡日하여[7] 와세다대학 제이고등학원(第二高等學院) 독문과에 입학.

1933년 : 와세다대학 법학부 독법학과에 진학.

1935년 : 「타원형의 거울」이 일본탐정소설잡지 『프로필』에 「신인소개」 형식으로 게재되면서 탐정문학 작가로서 정식으로 문단에 데뷔.[8]

1936년 : 와세다대학 독법학과를 졸업, 조선귀국. 김영순과 재혼. 연희전문학교 교수 노동 규의 주선으로 일본어로 발표했던 「탐정소설가의 살인」을 「가상범인」으로 개제, 『조선일보』(1938)에 연재.

1938년 : 이은상의 알선으로 『조선일보』 출판부에 입사, 함대훈과 함께 『조광』(1938.12) 편집을 담당.

1941년 : 『조광』 퇴사. 화신백화점 문방구 책임자로 근무.

1944년 : 심장병의 발병으로 정양을 위해 함경남도 석왕사 부근으로 이주.

1945년 : 서울로 귀경, 개벽사에 입사. 두 달 만에 퇴사.

1957년 : 뇌일혈로 인해 49세의 나이로 급서.

---

7) 김내성은 일본 유학기간 6년간을 지금의 신주쿠(新宿) 와카마츠쬬(若松町) 도쿄 여자의대 병원 부근인 우시코메(牛込)구 와카마츠쬬(若松町) 63번지 니시무라(西村長作)의 집에 하숙을 했다고 한다(김정동, 「김내성에게 각인된 1930년대의 관능」, 『일본을 걷는다』, 한양출판사, 1997, 309~310면).

8) 『한국대표작가전』(조영암)에 의하면 이 시기 김내성은 일본의 저명한 탐정문학작가 에도가와 란보[江戸川亂歩]의 문하를 드나들었을 뿐 아니라 『프로필』 동인들과 더불어 탐정구락부를 만드는 등 많은 활동을 하였던 것으로 언급하고 있으나 이에 대한 자료를 찾을 수 없다. 또한 조선 귀국 후 1950년대까지 에도가와 란보와 서신교환이 있었던 것으로 적혀 있으나 서신교환의 수준이 어느 정도였는지, 실제로 그와 같은 것이 있었는지를 증명할 자료 역시 찾기 힘들었다.

3. 작품연보(1945년까지)

김내성은 1935년 일본 탐정문학 전문잡지 『프로필』에 「타원형의 거울」을 발표 문단에 등단한 이후 1945년까지 총 20편의 창작소설과 3편의 번역소설 4편의 평론, 그리고 11편의 수필 및 잡문(雜文)을 발표한다. 이를 살펴보면 다음과 같다.

1) 소설

①「전원의 황혼」(『대동강』, 평양공립고등보통학교, 1925)[9]
②「사랑의 비명」(출전 알 수 없음, 1926)[10]
③「楕圓形の鏡」(『ふろぴいる』, 1935.3)[11]
④「寄談戀文往來」(『モダン日本』, 1935.9)[12]

---

9) 이 작품의 경우 小品으로서 언급되고 있으나 『大洞江』지를 확인할 수 없어서 장르가 무엇이었는지, 몇 호에 발표되었는지를 알 수가 없다. 이 잡지는 1980년 이후 在京平壤高普 동창생들에 의해서 재간행되었다.
10) 趙靈岩의 『韓國代表作家傳』에서 김내성이 모친 강신선의 죽음 직후 지은 작품으로 언급되고 있으나, 출전, 작품 모두 확인할 수 없다.
11) 「타원형의 거울」은 발표 당시 '新人紹介'의 형식으로 게재되며, 김내성은 조선 귀국 후 이 작품을 「살인예술가」란 제명아래 조선어로 번역, 개작 1938년 『조광』지에 게재하고 있다. 개작의 과정에서 인명, 인물들을 둘러싼 세부적 사항 및 결말에 이르기까지 다양한 변모가 발생되고 있다. 이후 「타원형의 거울」은 1998년 창간된 季刊 『추리문학』 잡지가 창간 특집(1988, 겨울)으로 기획한 '김내성 추리문학' 편에 김내성의 탐정문학 평론 두 편과 더불어 한국어로 번역, 소개되고 있다(번역자는 황종현, 대림공전학장).
12) 이 작품의 경우 작품의 원전의 확인이 불분명한 상태에서 『한국문학전집』 권24, 민중서관, 1959의 『김내성 실락원의 별』의 작가연보 및 김용성, 『한국현대문학사탐방』, 국민서관, 1973의 김내성 연보, 「추리소설 형성기의 실상과 김내성의 『마인』」, 『추리소설이란 무엇인가』, 대중문학연구회, 1997의 김내성 작품목록 등에서 「戀文奇談」으로 기재, 이 제명이 그동안 일반적으로 통용되어 왔다. 그러나 李健志, 「金來成という歪んだ鏡」, 『現代思想』, 1995.2에서 제시된 당시의 기록, 1935년 9월 5일 『朝日新聞』

⑤「探偵小説家の殺人」(『ふろぴいる』, 1935.12)[13]

⑥『사상의 장미』[14]

⑥「가상범인」(『조선일보』, 1937.2.13~1937.3.21, 32회 연재)[15]

⑧「백가면」(『소년』, 1937.6~1938.5)[16]

⑨「광상시인」(『조광』, 1937.9)

⑩「황금굴」(『동아일보』, 1937.11.1~1937.12.31, 55회로 연재)

⑪「살인예술가」(『朝光』, 1938.3~5, 上, 中, 下, 3회로 연재)

⑫「백과 홍」(『사해공론』, 1938.9)[17]

⑬「연문기담」(『조광』, 1938.12)[18]

⑭『마인』(『조선일보』, 1939.2.14~10.11)

⑮「무마」(『신세기』, 1939.3)

⑯「이단자의 사랑」(『농업조선』, 1939.3)[19]

의 광고문의 '奇談戀文往來'라는 제명 및 著者 劉不亂이라는 기록에 근거할 때 발표 당시의 원제목은 「奇談戀文往來」였던 듯하다.

13) 일본의 탐정문학 전문잡지 『프로필』 '특별현상모집'에 입선으로 당선된 작품이다.

14) 해방 후 발간된 『사상의 장미』, 신태양출판사, 1955 서문에서 김내성은 "『사상의 장미』는 지금으로부터 20년 전인 1936년(이해 봄에 학교를 마치고 결혼을 했다) 일어로 제작된 작품으로서 일어작품인 「타원형의거울」과 「가상범인」의 뒤를 이어 집필한 최초의 장편소설이다"고 밝히고 있다. 조선 귀국 후 일어로 장편을 창작했다는 점에서 김내성이 일본 문단에의 진출을 여전히 염두에 두고 있었음을 읽을 수 있다. 이에 근거할 때 그가 과연 이 작품을 일본 문단에 투고하지 않았던가 하는 문제 및 투고하지 않았다면 왜 이 작품의 발표를 포기했는지가 의문으로 남는다.

15) 일본어로 발표되었던 단편 「探偵小説家の 殺人」을 조선어로 번역, 중편으로 개작해서 발표한 작품이다. 개작의 과정에서 인명(人名)에서부터 시작해서, 인물들 간의 관계, 결말에 이르기까지 다양한 변화가 발생되고 있다.

16) '소년탐정소설'이라는 제명아래 『소년』지에 연재되었으며 박태원의 「소년탐정단」이 이 작품의 후속 작품으로서 1937년 6월부터 『소년』지에 게재되고 있다. 이후 『백가면』은 1938년 한성도서에서 단행본으로 간행되었다고 하지만 확인이 불가능하다.

17) 「백과 홍」은 『사해공론』 1938년 9월에 '탐정소설'이라는 제명으로 연재를 시작하나 1회로 연재 중단. 이에 대해 김내성은 1939년 12월 『문장』지에 발표한 「창백한 뇌수」에서 검열관계로 중단되었다고 언급하고 있다. 이후 이 작품은 세부적 내용의 수정을 통해 「복수귀」라는 제명의 단편으로 1940년 『농업조선』 1월호에 게재된다.

18) '유모어 소설'이란 제명 하에 게재되었으며 1936년 『モダン日本』에 발표된 것으로 알려진 「기담연문왕래」와 제목에서 볼 때 동일 작품인 듯하다.

⑰「시유리」(『문장』 임시증간, 1939.7)[20]

⑱「백사도」(『농업조선』, 1939.8~9 전, 후편로 나뉘어 게재)

⑲「복수귀」(『농업조선』, 1940.1)

⑳「제1석간」(『농업조선』, 1940.5)

㉑「괴도그림자후일담」(『농업조선』, 1940.11~12 합병호, 상편으로 연재 중단)[21]

㉒『태풍』(『매일신보』, 1942.11.21~1943.5.2)[22]

㉓「매국노」(『신시대』, 1943.7~1944.4)

이상의 작품들 중 김내성은 해방 후 단편들만 선별해서 『광상시인』[23]·『비밀의 문』[24]·『괴기의 화첩』[25]이라는 제목으로 세 권의 단편집을 발간한

---

19) 『농업조선』은 1938년 1월 창간, 1940년 11~12월 합병호를 마지막으로 중단된 월간 잡지이다. 편집인 겸 발행인은 광산업으로 재력을 확보한 농촌운동가 이종만이며, 출판사는 대동출판사이다. 김내성은 「이단자의 사랑」(1939.3)을 비롯해서 『농업조선』 마지막 호인 1940년 11~12월 합병호에 실린 「괴도 그림자 후일담」까지 총 다섯 편의 작품을 이 잡지에 게재하고 있다. 김내성의 『농업조선』 작품집 중 게재 상황이라든가, 김내성의 첫 게재시기(1939년 3월)와 『농업조선』의 편집장 교체시기간(1939.2)의 연관에서 볼 때, 신임 편집장 박노갑과 김내성이 상당한 친분이 있었던 것으로 추측된다. 이와 같은 점은 박노갑이 1938년 8월과 9월에 걸쳐 발표했던 탐정소설 「미인도」가 여러 가지 면에서 김내성의 탐정문학의 분위기와 흡사하다는 점을 통해서 충분 감지된다.

20) 해방 후 김내성은 자신의 두 번째 작품집 『비밀의 문』, 청운사, 1949를 간행하면서 이 작품을 「악마파」라는 제목으로 개제·수록한다.

21) 1940년 11~12월호 합병호에 '상편'으로 표기 게재된 것을 보면 원래 3회로 계획된 작품이었으나 『농업조선』이 1940년 11~12월 합병호를 마지막으로 정간(停刊)되면서 연재가 불가능해진 듯하다. 김내성은 이후 이 작품을 완성, 앞서 언급되었던, 김내성의 두 번째 작품집 『비밀의 문』, 청운사, 1949에 「비밀의 문」이라는 제명으로 개제·수록하고 있다.

22) 『태풍』은 탐정 '유불란'이 등장한 탐정소설이나. 조영암의 『한국대표작가전』에 의하면 이 작품은 『동아일보』 발표 당시 엄청난 인기를 끌었으며 그 인기에 힘입어 단행본으로 출간, 초판 팔천 부가 일 개월 만에 매진되었을 정도였다고 한다. 그러나 단행본은 현재 확인되지 않고 있다.

23) 작품집 『광상시인』, 동방문화사, 1947에 수록된 작품들은 다음과 같다. 「무마」·「복수귀」·「제일석간」·「광상시인」·「가상범인」.

24) 작품집 『비밀의 문』, 청운사, 1949.2에 수록된 작품은 다음과 같다. 「비밀의 문」·「이단자의 사랑」·「악마파」·「백사도」·「벌처기」·「탐정문학소론」.

25) 김내성, 『괴기의 화첩』, 청운사, 1953.

다. 이들 중 『괴기의 화첩』은 앞서 출판된 작품집 『광상시인』을 제목만 바꾼 것으로서 수록 작품은 동일하다.[26)]

2) 평론

①「탐정소설의 형식的 요건과 실질적 요건」(『월간탐정』, 1936.4)
②「탐정문학소론」(방송강연원고, 1938)[27)]
③「탐정소설수감」(『박문』, 1939.9)
④「탐정소설론」(『신세기』, 1940.4)

3) 수필 및 잡문(雜文)

①「書けるか!」(『ふろぴいる』, 1936.1).
②「화가조각가의 모델좌담회」(『조광』, 1938.6).[28)]
③「잊히지 않는 얼굴」(『아희생활』, 1938).[29)]
④「악혼」(『조광타임스』, 1938).[30)]

---

26) 이상의 작품 및 작품집 이외, 일본에서 간행된 『신작탐정소설선집』(1938)에 김내성의 「타원형의 거울」이 수록되었다고 하지만 아직 확인하지를 못했다.
27) 1949년 간행된 김내성 작품집 『비밀의 문』에 수록되면서 초출이 1939년 「방송강연원고」로 명시되어 있다. 그러나 이 방송강연이 무엇이었는가는 확인 불가능하다.
28) 이 좌담회에는 『조광』측에서는 함대훈과 김내성이 참석하고 있고, 초청 인사로는 김내성 탐정문학의 삽화를 주로 그렸던 화가 정현웅을 포함 네 명의 화가가 참석하고 있다.
29) 확인하지 못했음.
30) 『한국대표문학전집』 권24의 김내성 연보에는 「악혼」과 「저금통장」이 1938년 『조광타임스』에 실렸던 것으로 기록되어 있다. 「조광타임스」는 『조광』지의 '특집부록'으로 간행된 것으로서 현재 확인이 되지 않으므로 김내성의 두 작품의 정확한 발표 시기 역시 확인되지 않는다. 그러나 원문의 경우 김내성의 삼남 김세헌(한국과학기술원, 산업공학부 교수)이 소장하고 있으므로 내용은 확인할 수 있다.

⑤「저금통장」(『조광타임스』, 1938).
⑥「세계육극장가풍경其二 천초극장가」(『조광』, 1938.6).
⑦「광인일기」(『조광』, 1939.8).
⑧「문자의 환영」(『문장』, 1939.10).
⑨「鐘路の弔鐘」(『モダン日本』, 1939.11).
⑩「백가성」(『문장』, 1939.12).
⑪「창백한 뇌수」(『문장』, 1940.3).

4) 번역소설

①「심야의 공포」(『조광』, 1939.9).[31]
②「괴암성」(『조광』, 1941.1~9).[32]
③「백발연맹」(『광업조선』).[33]

---

31) 김내성은 코난 도일의 「얼룩띠의 비밀」을 번안, 「심야의 공포」라는 제목으로 1939년 3월 『조광』지에 발표한다. 해방 후 김내성은 「심야의 공포」를 포함 「백발연맹」·「히틀러의 비밀」·「혁명가의 아내」·「왕궁의 비밀」 등 여타 코난 도일 번역 작품들을 함께 묶어 『심야의 공포』(부제 : '탐정셜록홈즈의 모험')라는 제목의 소설집을 발간한다(김내성, 『심야의 공포』, 육영사, 1955).

32) 「괴암성」은 모리스 르블랑의 「기암성」을 번역한 작품으로 1941년 1월에서부터 9월까지 8회에 걸쳐(8월호에는 개인적 사정 때문인지는 알 수 없으나 「괴암성」이 누락되어 있다.) 『조광』지에 연재되고 있다. 작품은 김내성의 언급을 빌자면 '사정'으로 인해서 8회로서 연재가 중단된다. 김내성은 해방 후 「괴암성」을 기존의 작품에 9장과 10장을 첨가하여 완성, 1948년 12월 『보굴왕』이라는 제명의 단행본으로 간행한다. 이에 대해서는 『보굴왕』에 자작서문에서 밝히고 있다(김내성, 「보굴왕」, 평범사, 1948).

33) 김내성은 해방 후 발간된 번역탐정작품집 『심야의 공포』, 육영사, 1955의 서문에서 「백발연맹」은 『광업조선』에 발표되었던 작품이라고 언급하고 있다. 그러나 현재 남아 있는 『광업조선』의 경우 결호가 있어서인지 이 작품의 게재 자체가 확인되지 않고 있다.

4. 김내성 문학에 대한 대략적 고찰(1945년까지)

1) 일본어 소설

현재 발견된 김내성의 일본어 작품으로는 「타원형의 거울」(1935.3), 및 「탐정소설가의 살인」(1935.12) 두 작품이 있다. 김내성은 6년 간에 걸쳐 지속되었던 그의 일본 유학생활을 마감하기 한 해 전인 1935년 탐정문학전문잡지 『프로필』에 9개월 상간으로 이 두 작품을 발표한다.[34] 그 내용을 살펴보면 대략 다음과 같다.

「타원형의 거울」: 탐정전문잡지 『괴인』에서 창간 1주년 기념으로 현상모집을 실시한다. 주제는 오 년 전 발생한 미해결 사건 '도영살인사건'의 추리. 도영 살인사건이란 여배우 도영이 자신의 집에서 살해당한 사건으로서 당시 유력한 피의자였던 도영의 애인 유광영이 증거불충분으로 무죄방면 되고, 남편 모현철이 유서를 남기고 자살함으로써 미해결인 상태로 막을 내린 사건이다. 이 광고를 본 유광영이 5년 전의 살해사건 해결을 위해 다시 나서고 마침내 잡지 『괴인』의 편집장 왕용몽이 자살한 것으로 알려진 도영의 남편 모현철과 동일인물임을 밝혀내는 동시에 연극적 상황을 조작, 도영을 살해했던 모현철의 범죄 전모를 밝혀낸다.

---

34) 이 두 작품 외에 『モダン日本』에 게재되었던 것으로 알려진 「奇談戀文往來」가 있으나 원작 자체가 아직 확인되지 않은 상태이므로 일단 제외시켰다. 1936년 창작된 것으로 언급된 『사상의 장미』 역시, 일본어로 창작되었다고는 하나, 이 작품의 정식 발표는 조선어였을 뿐 아니라 발표 시기 역시 해방 이후로 넘어가므로 제외시켰다. 이와 같은 상황에서 볼 때, 김내성은 1935년에서 1936년에 걸쳐 그의 일본어 작품 네 편을 모두 발표하고 있다.

「탐정소설가의 살인」: 조선의 유명한 극장 「해왕좌」의 단장 박영민(朴英敏)이 자신의 서재에서 권총에 맞아 살해되는 사건이 발생한다. 박영민의 아내이자 해왕좌의 여배우인 이몽란이 유력한 피의자로 지목, 구속 수감된다. 이 사건의 해결을 위해서 이몽란의 애인이자 유명한 탐정소설가인 유불란이 동일사건을 극화, 추리한 '두 발의 총성'이라는 작품을 연극으로 공연, 이몽란의 누명을 벗김과 아울러, 해왕좌의 단원인 나운귀를 범인으로 지목한다. 그러나 나운귀의 책략에 빠진 유불란은 연인 이몽란을 실수로 살해하게 되고 유불란의 탐정극에 힌트를 얻은 검사가 거의 완전범죄가 될 뻔한 나운귀의 범행전모를 밝혀내게 된다.

이상의 줄거리를 중심으로 전개되는 두 작품은 내용에 있어서 몇 가지의 공통점을 지니고 있다. 첫째, 연극의 의성 모방 및 연극적 상황의 조작이 범죄의 알리바이 및 사건 은닉의 트릭(trick)으로서 사용되고 있다는 점 둘째, 여주인공이 연극단의 히로인이라는 점 셋째, 문제의 해결자가 여배우의 옛 애인, 혹은 현재 애인이며 직업이 소설가라는 점등이 그것이다. 연극극단을 배경으로 발생한 살인사건에서 여배우가 사건의 중심에 있으며 연극의 의성 모방 및 연극적 상황이 범죄 은닉의 알리바이로서 사용되고 이 미궁의 사건을 여배우의 애인인 소설가가 해결한다는 것이 이 두 작품을 공통적으로 구성하는 뼈대이다. '연극'과 '불륜의 사랑'이 두 작품의 기본적 축이 되고 있다.

이와 같은 공통점 때문인지 「탐정소설가의 살인」은 전작 「타원형의 거울」과 비교할 때, 범죄를 위한 다양한 트릭의 사용 및 과학적 지식에 근거한 논리적 추론의 전개 등, 탐정문학으로서의 요건이 훨씬 강화되었음에도 불구하고 여전히 전작의 이미지를 강하게 지니고 있다. 이 점을 김내성 역시 감지했던 것일까. 「탐정소설가의 살인」에는 사건 추리를 하던 유불란이 우연치 않게 자신의 서재에 비치된 '탐정잡지 『프로필』 3월호'를 발견, 나용귀의 서재에서 동일 잡지를 발견했던 적이 있음을 기억하며 이로부터 범죄 해결의 실마리를 얻는 장면이 등장한다. 그 실마리란 다름 아닌 『프로필』에 실린, "무엇 무엇이라는 사람이 쓴 「타원형의 거울」",[35] 말하자면 김내성의 전작 「타원형의 거울」이다. 작가가 현 작품에 등장하는 범죄행위의 근거로서 자신의 전작을 제시하는 다소 기묘한 상황이 설정되고 있는 것이다. 名여배우인 아내에 대한 정념과 집착으로 인해 살해를 결심하는 「타원형의 거울」의 모현철, 그리고 그 모현철이 고안해낸 절묘한 살해방법. 「탐정소설가의 살인」의 나운귀 역시 이 소설에서 힌트를 얻어 살해를 저지르는 것으로 설정됨으로써, 이 두 작품간에는 어쩔 수 없이 내용적 유사성이 형성되게 된다. 김내성이 「탐정소설가의 살인」에서 자신의 전작 「타원형의 거울」을 등장시키는 무리를 행한 것은 이 두 작품 간의 내용적 유사성에 대한 작가로서의 부담을 해소하기 위한 나름의 방안이었다고도 할 수 있다.

김내성이 왜 이와 같은 무리와 결함을 초래하면서까지 두 작품 간의 유사성을 지속시켰던 것인지는 쉽게 설명할 수 없다. 「타원형의 거울」·「탐정소설가의 살인」 발표를 기점으로 탐정문학 창작을 이제 막 시작했던 신진작가로서의 미숙성, 아사쿠사六區 극장가의 "幻影과도 같은……迷路"[36]를 돌아다니며 그 거리의 "俗惡味"와 연극에 취해 있던, '연극'을 향한 김내성의 낭만적 열정 등 다양한 이유들이 거기에는 내재되어 있었던 듯하다. 그와 더불어 육 년간의 일본 생활경험이 있었다고는 해도 축적된 일본의 근대, 축적된 일본 탐정문학의 영역 속으로 급작스럽게 뛰어든 것과 다름없었던 식민지 지식인으로서의 김내성의 의식의 한계 역시 무시할 수 없는 중요한 요인으로서 제시될 수 있을 것이다. 그런 점에서 일본어 작품 「탐정소설가의 살인」이 조선어로 번역, 개작되면서 이몽란과 유불란의 애정관계를 중심으로 발생되는 내용의 변용은 주목할 만하다.

---

35) 「探偵小說家の殺人」, 『ぷろふいる』 3巻 12号, 1935.12, 14면.
36) 김내성, 「세계육극장가풍경其二 천초극장가」, 『조광』, 1938.6, 256면.

김내성은 조선 귀국 후인 1937년 일본어 작품 「탐정소설가의 살인」을 「가상범인」이란 제명으로 개제, 조선어로 번역하여 『조선일보』에 연재한다. 원래 단편으로 발표되었던 작품을 번역 과정에서 중편으로 분량을 증가시켰던 만큼 세부 내용에 있어서 상당한 개작이 행해진다. 개작은 인물의 이름에서부터 묘사, 인물 간의 관계를 비롯해서 나운귀의 자살로 마감되는 결말부의 변모에 이르기까지 다양하게 발생되는데 이 변모 중에는 이몽란과 유불란 간의 애정사의 유래까지 포함되어 있다. 이몽란을 향한 유불란의 헌신적 애정 정도로만 설정되고 있던 일본어 원작 「탐정소설가의 살인」의 이몽란과 유불란의 관계가 조선어로 번역되면서 상당한 변모를 겪고 있는 것이다.

조선어 개작 「가상범인」에서의 유불란과 이몽란의 관계는 원래 애인 사이였으나 여배우가 되기 위한 야망에 사로잡힌 이몽란이 유불란을 배신, 해왕좌 좌장 박영민과 결혼하면서 헤어지게 된 것으로 설정되고 있다. 미모의 여성이 여배우로서 성공을 위해 가난한 애인과 결별, 부유한 남성을 선택하는 '사랑과 배신'의 모티프는 이미 처녀작 「타원형의 거울」의 소설가 유광영[37]과 그의 애인이었던 여배우 도영 간의 관계에서 동일하게 설정된 바 있다. 너무나도 통속적인 이 모티프를 김내성은 굳이 「탐정소설가의 살인」의 조선어 개작과정에서 전작과의 이미지 중첩이라는 위험을 감수하면서까지 채택하고 있는 것이다. 이 모티프의 기원은 무엇이며 김내성은 왜 이 모티프에 그처럼 집착한 것일까. 「타원형의 거울」에서 유광영이 평양 대동강변을 거닐다가 우연히 「곤지키야샤(金色夜叉)」의 영화촬영장면을 접하게 되는 장면은 이와 같은 김내성의 태도를 이해함에 도움이 될 수도 있을 것이다.

「타원형의 거울」에서 옛 애인 도영 살인사건 추리에 고심하던 유광영은 우연히 평양 대동강변을 걷던 중 「곤지키야샤」[38]의 영화 촬영 현장을

37) 유광영의 경우, 조선어 개작 「살인예술가」에서는 이름이 유시영으로 바뀐다.
38) 「타원형의 거울」의 경우 역시 1938년 「살인예술가」로 개제, 조선어로 번역되면서 결

구경, 살해사건 해결의 단서를 얻게 된다. '사랑의 배신'을 하나의 모티프로 한 일본소설 「곤지키야샤」가 조선에서 「장한몽(長恨夢)」이란 제명으로 번안, 그 과정에서 주인공 미야와 칸이치 간의 격정적 이별장면을 다룬 그 유명한 클라이막스가 심순애와 이수일의 대동강 장면으로 변환되었음을 감안한다면 사랑의 배신을 겪은 유광영의 대동강 산보 및, 「곤지키야샤」 촬영현장과의 대면은 상당히 상징적 의미를 지니고 있다고 할 수 있다. 김내성은 성공과 부를 얻기 위해서 가난한 애인을 배신한 「타원형의 거울」의 도영의 이미지를 「장한몽」의 심순애, 엄밀히 말하자면 「곤지키야샤」의 미야와 중첩시키고 있었던 것이다.

그러나 그 뿐이다. '사랑의 배신'이라는 지극히 통속적이고 자극적 이미지의 모티프만 중첩될 뿐 「곤지키야샤」에서 그려진 근대자본주의의 유입에 즈음한 메이지 신청년들의 사랑과 삶이라는 역사와 문학 간의 접점이 「타원형의 거울」에서는 발견되지 않는다. 배신한 도영의 도움에 의해 도영 남편의 문하생이 되는가 하면 도영의 집에 함께 기거하는 것과 같은 이해 불가능한 유광영의 태도 및 심리에서 시대와 동떨어진 인간의 기묘한 형상을 발견하게 되는 것은 그 때문일 것이다. 이와 같은 결함을 전혀 감지하지 못했던 것일까. 김내성은 「탐정소설가의 살인」을 조선어로 번역 개작하는 과정에서 「장한몽」, 즉 「곤지키야샤」의 모티프를 다시금 차용하고 있다. 개작의 과정에서 첨가된 유불란과 이몽란 간의 애정사는 물론, 결별의 순간 대동강변을 거니는 이들 두 연인의 모습은 의문의 여지없이 「장한몽」, 즉 「곤지키야샤」의 조선판의 한 장면에 다름 아니었던 것이다.

말부분을 비롯해서 인명, 인물들의 신상정보, 세부적 묘사 등 다양한 측면에서 개작이 발생된다. 일본어 원작 「타원형의 거울」에서 유광영이 우연히 접한 「곤지키야샤」의 촬영현장이 「살인예술가」에서는 「장한몽」의 촬영현장으로 변모되고 있을 뿐 아니라 이 장면에 대한 묘사가 분량이 늘어난다. 일본어 원작 「타원형의 거울」과 조선어 개작 「살인예술가」 간의 차이 및 개작의 의미에 대해서는 김혜영, 「근대를 향한 왜곡된 시선—김내성의 「살인예술가」를 중심으로」, 『현대소설연구』 31집, 2006.9.30을 참조.

남녀 애정관계에서 작품의 모티프를 취하려고 하면 곧바로 「장한몽」의 대동강 이별 장면, 즉 「곤지키야샤」의 애정 모티프로 귀결되는 김내성의 이 태도를 어떻게 이해해야 하는 것일까. 적어도 여기에는 1930년대 조선을 살아가는 젊은 남녀들의 애정 풍속을 새로운 시대를 내포한 하나의 '풍경'으로서 창출하는 대신, 「곤지키야샤」라는 선험적 관념을 통해서 파악해버린 김내성의 한계가 자리해 있었던 것이다. 그러나 이를 단지 김내성 개인의 한계만으로 환원시킬 수는 없을 듯하다. 이 점에서 조선으로 귀국 후 김내성의 탐정문학 전개 양상에 대한 고찰은 중요한 의미를 지닌다.

2) 조선어 소설

김내성은 1936년 조선으로 귀국, 일본어로 발표했던 「탐정소설가의 살인」을 「가상범인」이란 제명의 조선어로 번역, 『조선일보』에 연재하면서 조선에서의 작품 활동을 시작한다. 이후 '소년 탐정물' 「백가면」과 「황금굴」을 비롯해서 장편 『마인』·『태풍』, 단편 「광상시인」·「이단자의 사랑」 등의 탐정문학작품을 연달아 발표하며, 탐정문학 작가로서 독보적 위치를 점해 간다. 그러나 이와 같은 김내성의 문학적 성과가 과연 조선에서의 탐정문학의 성립을 의미하는 것인가라는 질문에 대해서는 쉽게 답하기가 어렵다. 적어도 순수문학을 지향하며 '인간미가 없는' 탐정문학의 포기를 선언하던 해방 후 김내성의 태도에는 김내성 자신이 언급한 '탐정문학' 자체의 한계보다는 무언가 다른 요인을 고려케 하기 때문이다.

1933년 5월 4일자 『조선일보』에는 '新人을 求한다. 天才여 來하라'[39]

---

39) 1933년 5월 14일자의 『조선일보』에는 '혁신기념'으로 '新人을 求한다. 天才여 來하라'는 제명 아래 당시로서는 엄청난 금액이었던 천 원의 상금을 내걸고 신인의 창작소

는 제목의 문예현상모집안내가 게재, 제재로서 애정, 해학 등과 더불어 탐정이 요구되고 있는가 하면 소설가 김유정은 경제난 타개를 위한 방안으로 탐정문학 번역을 결정하는 등[40] 1930년대에는 탐정문학에 대한 대중의 호응 및 관심이 증대하고 있었다. 그러나 탐정문학에 대한 이와 같은 대중적 호응이 탐정문학의 창작으로까지는 연결되지 못했던 듯하다. 1912년 '추리소설'이란 제명아래 「지환당」이란 번역소설[41]이 발표된 이래, 오십 편 이상 쏟아져 나온 추리, 탐정 번역물의 성과에 비해, 김내성의 일련의 탐정문학을 제외하면 채 열 편도 되지 않는 창작 탐정물의 빈약한 성과에서 조선 탐정문학의 현실을 쉽게 읽을 수 있다. 특히 '장편탐정소설의 효시'로서 평가받음에도 불구하고 '탐정'의 등장을 제외하면 탐정문학으로서의 별다른 형식적 여건을 충족시키지 못한 채만식의 『염마』[42]의 한계가 여타 창작 탐정물에서 동일하게 발견된다는 점은 조선 탐정문학 성립 가능성 여부를 판단할 수 있는 하나의 단서가 되기도 한다.

이와 같은 조선 문단의 상황에 근거할 때 김내성의 등장은 상당히 이례적이었다고 할 수 있다. 김내성은 「가상범인」을 통해서 과학적 증거에 기반 한 치밀한 논리적 추론 과정, 범죄 알리바이 성립을 위한 다양한 트릭의 사용 등 탐정문학의 제 형식을 세밀하게 갖춘, 그야말로 '완성도 높은' 탐정문학을 조선어로서 조선 문단에 선보였던 것이다.[43] 특

설을 모집하는 공고가 실려 있다.

40) 1937년 김유정은 죽기 직전 남기 마지막 편지에서 돈 백 원을 만들기 위해서 탐정소설의 번역을 결심, 친구에게 대중화되고, 재미있는 탐정소설을 부탁하고 있다(이선영 편, 『김유정』, 지학사, 1985, 267면에서 참조).

41) 「指環黨」은 프랑스 추리문학 L'Ceil de Chat의 日譯 「指環」을 다시 조선어로 번역한 작품으로서 1912년 普及書館에서 간행되었다(김병철, 『한국근대번역문학사연구』, 을유문화사, 1975, 322면에서 참조).

42) 채만식은 서동산이라는 필명으로 『조선일보』에 탐정소설 『염마』를 1934년 5월 16일부터, 동년 11월 5일까지 연재하고 있다. 이에 대해서는 김영민, 「채만식의 새 작품 『염마』론」, 『현대문학』, 1987.7을 참조.

43) 그런 점에서 해방 후 발표한 「탐정소설론」, 『새벽』, 1956.3, 123면에서 김내성이, 조선

히 완전범죄에 가까운 살인사건을 논리적으로 분석, 추리, 진실을 규명해 가는 탐정 '유불란'의 모습은 당시 조선에서 창작된 탐정문학에서는 결코 발견할 수 없는 새로운 인물 유형이었다. 그러나 「가상범인」에서 김내성이 확보한 이와 같은 문학적 성과가 조선 귀국 후 창작한 작품들에서도 그대로 견지될 수 있었던가는 의문이다. 적어도 「타원형의 거울」·「가상범인」 두 편의 일본어 작품의 조선어 번역 과정에서 발견되는 논리적 추론의 약화와 통속성의 강화에서 단순한 번역을 넘어선, 지리적 변모에 따른 무언가 기묘한 의식의 변형과 같은 것을 감지하게 되기 때문이다. 「광상시인」을 비롯해서 조선 귀국 후 발표된 여러 편의 창작 단편들에 대한 고찰은 이를 위해 중요한 의미를 지닌다.

김내성은 조선 귀국 후 「광상시인」을 비롯해서 「시유리」·「이단자의 사랑」·「복수귀」 등 수 편의 단편 탐정문학을 창작한다. 이들 단편들은 작품에 따라서 때로는 '괴기소설'이란 제명으로 또 때로는 '탐정소설'이라는 제명으로 발표된다. 예를 들자면 「광상시인」과 「백사도」는 '괴기소설'로서, 「이단자의 사랑」·「복수귀」 등은 '탐정소설'로서 분류되고 있는 것이다. 아내에 대한 광적 애정 속에서 아내를 살해, 그 시신을 옆에 두고 돌보는 남자의 이야기를 다룬 「광상시인」, 그리고 역시 아내에 대한 강렬한 애정으로 인한 질투 속에서 아내를 교살, 아내 시신을 수밀도 나무 밑에 묻어 매년 수밀도를 즐기는 남자의 이야기를 다룬 「이단자의

창작탐정소설의 효시로서 자신의 「가상범인」을 제시했을 때 그것은 흔히 언급되듯 조선문단에 대한 미숙함에서 발생된 착각이었다기보다는 함량미달의 1930년대 조선 창작탐정문예수준에 대한 김내성 나름의 판단이 내재되어 있었던 것이었던 것이라고도 할 수 있다. 이는 장편탐정소설의 효시로서 언급되는 『염마』가 『조선일보』에 연재되기 시작한 것이 1934년 5월, 그리고 김내성의 「가상범인」이 『조선일보』에 연재된 것이 1937년 8월. 그러므로 두 작품간에 삼 년의 시간적 차이가 있었다고는 해도 『조선일보』라는 동일 발표지면을 활용했다는 점 그리고 『염마』의 작가가 당대 문단의 주요작가였던 채만식이었다는 점, 김내성이 『조선일보』계열의 『조광』 잡지사에 취직해 있었다는 점에 기인할 때 김내성이 『염마』에 대해서 전혀 인지하지 못했을 가능성은 거의 없었다는 점에서도 충분 예측 가능하다.

사랑」. 그로테스크한 인간의 내면 심리를 다룬다는 점에서 동일한 이 두 작품이 왜 하나는 괴기소설로서 또 하나는 탐정문학으로서 분류되고 있었던 것일까.

대중문학이 하나의 독립적 문학 양식으로서 제대로 정착되지 못했던 1930년대 조선문학의 상황을 고려한다면 이 분류의 사용은 '괴기소설'과 '탐정문학', 양자의 개념에 대한 정확한 이해 없이 일본 대중문학 분류체계를 무자각적으로 답습했음에서 비롯된 것일 가능성이 크다. 그렇다고는 해도 탐정문학 전문잡지 『프로필』 현상모집 당선, 그리고 조선 귀국 후 「가상범인」·「백가면」 등과 같이 '탐정문학'다운 '탐정문학'을 발표했던 '탐정문학' 전문 작가 김내성의 작품을 명명함에 이와 같은 혼란이 발생했다는 것은 다소 의외라고 하지 않을 수 없다. 그렇다면 이들 단편들이 무언가 '탐정문학'의 범주를 벗어나 있었던 것은 아닐까. 일단 일본어로 발표되었던 두 편의 단편들과 비교할 때 조선에서 발표된 이들 창작 단편들의 경우, 탐정문학의 측면에서 뿐 아니라 당대 현실과의 연관성의 측면에서도 석연치 않은 점들을 상당부분 노출시키고 있다.

「광상시인」을 비롯해서 조선어로 발표된 다수의 창작 단편들에는 1930년대 조선의 일반적 현실과는 거리를 지닌 이질적이고도 비현실적 풍경들이 빈번하게 등장한다. 예를 들자면 서구적으로 고안된 소위 전원형 방갈로식 '문화주택'에서 '나나'(「광상시인」) 혹은 '시루리'(「시유리」)와 같은 이국적 이름을 지닌 여주인공들이 등장하여 서구적 생활양식을 영위해 가는 것이다. 소위 '전원'이란 것이 형성될 여지가 없었던 식민지 조선의 농촌에 1930년대 중반 유행처럼 번졌던 방갈로형 문화주택, '전원'적 문화주택과 '전원'의 형성이 불가능했던 식민지 조선 농촌의 현실, 이 양자 간의 부조화, 간극은 「광상시인」에서 '문화주택' 거주자인 '추암' '나나' 부부와 동네 노인 간의 행동 및 의식의 간극을 통해 그려지고 있다.

그 달빛이 비어듯이 나리는 해안선 저편에는 깜한 양복을 입은듯한 사나이가 선녀와같이 하얀 옷을 입은 여자를 등에업고 물결이 들락날락하는 바닷가로 이리왔다 저리갔다 하는양이 마치 꿈인것처럼 몽롱하게 바라다인보다(바라다보인다의 誤字인듯함―인용자 註) 바람을 타고 자장가도 들려온다.

추암이 아닙니까?

나는 그것이 어제 그림터에서 만났든 시인추암과 그의안해 나나임을 본능적으로 깨달았든 것이다.

추임인지 춘암인지―시인일지라도 어데 옛적 사람들이 그랬겠우…… 백락천, 이태백이―모다가 한잔약주에 반월을 쳐다보며 시경에 달하는 것이 최상의락이였것만 계집을 저렇게 즘생과같이 비류하게 희롱하니……

모양을('은'의 誤字인듯함―인용자 註) 비록 누추하나마 이 주인로인은 그래도 한때는 대망을 품었든 학자인듯싶다.[44]

'자주빛 쓸레―트' 지붕과 '아―치식으로 된 대문' 그 앞을 지키는 세파드. 원산에서 백여리나 떨어진 '벽촌'인 주변 마을과는 물론, 식민지 조선의 전근대적 농어촌 풍경과도 전혀 어울리지 않을 이 방갈로형 문화주택의 이미지를 김내성은 「광상시인」에 이어, 「이단자의 사랑」에서도 동일하게 차용한다. 그리고 광적 사랑·질투·살인과 같은 비합리적 인간 심리가 발현되는 장소로서 이를 제시하고 있다. 일상적 삶의 영역과 분리된 이들 문화주택의 고립적 이미지가 비일상적 인간의 욕망을 표현함에 적합했던 것일까.[45] 적어도 조선 귀국 후 창작된 다수의 탐정단편들이 상당부분 그로테스크한 인간의 내적 심리 묘사에 주력해 있었음을 감안할 때 방갈로형 문화주택의 고립성, 이질성에 대한 김내성의 집착 혹은 고집의 근거가 그에 있었음을 부정하지는 못할 듯하다.

---

44) 김래성, 「광상시인」, 『조광』, 1937.9, 104~105면.

45) 「이단자의 사랑」, 『농업조선』, 1939.3에서도 "고개 중턱에 탐탁하니 자리를 잡고 발밑에 너저분하게 널녀있는 초라한 풍경을 마치 비웃듯이 송림사이로 나려다보고 있"는, 말하자면 일상적 인간의 삶의 영역과는 분리되어있는 위압적이고도 괴기스러운 분위기의 방갈로형 문화주택이 등장, '이단적' 인간 심리가 발현되는 장소로서 설정되고 있다.

그러나 문제는 김내성의 창작 탐정 단편들이 이처럼 현실과는 절연된 공간 설정에 집착, 인간의 비합리적 내적 심리묘사를 부각시켜 가는 대신 과학적 분석에 기반 한 '논리적 추론' 및 추리의 영역을 상실하고 있다는 점이다. 말하자면 비합리적인 '괴기'가 합리적이고도 논리적인 '추리'의 영역을 차지해버리고 있는 것이다. 탐정문학으로서 인기를 끌었던 장편 『마인』 역시 이 점에서 예외는 아니었던 듯하다. 탐정 유불란의 등장과 같은 '탐정문학'으로서의 외형적 요건의 구비에도 불구 『마인』의 경우, '추리'는 소멸된 채 남녀 간의 애증·질투·집안 간의 원한관계 등에 치중함으로써 여타의 창작 단편들이 지녔던 '괴기스러움'을 동일하게 반복하고 있기 때문이다.

이 점에서 볼 때 김내성 창작 단편들의 장르 분류에서 발견되었던 편차, '괴기소설'인가 '탐정문학'인가하는 문제가 적어도 조선 대중문학 성립의 미숙성에서 기인된 단순한 혼돈 혹은 착각만은 아니었던 듯하다. '탐정문학'으로서 규정 내릴 수 없는 본원적 문제가 이들 창작단편들에 내재되어 있었던 것이다. '소년탐정문학' 「백가면」·「황금굴」에서 초보적인 수준이긴 하지만 '추리'의 양식이 여전히 도입되고 있었고, 유모어 소설 「연문기담」에서도 일종의 '트릭'과 '추리'가 사용되고 있었음을 고려한다면 김내성 스스로가 의도적으로 자신의 작품 성향을 '탐정문학'보다 '괴기문학'에 두려고 했던 것은 아니었던 듯하다. 탐정 유불란의 등장에도 불구하고, 탐정문학보다는 통속적 괴기소설에 가까워져버린 『마인』의 한계와 같은 탐정문학 창작자체의 한계가 조선 귀국 후의 김내성의 탐정문학 전반에서 강하게 느껴지기 때문이다.

그러나 일본어로 창작된 두 편의 탐정문학에서 드러난 문학적 성과를 고려한다면 이 한계를 단지 김내성 개인의 의식의 한계로서만 결론 내릴 수는 없을 듯하다. 리얼리즘문학의 대표적 작가였던 채만식이 장편탐정문학 『염마』를 창작하는 순간 '추리부재'의 전근대적 원한소설로 가버렸는가 하면, 그나마 탐정문학으로서의 형식을 구비한 박경호의

「의문의 말라리아균」의 경우 그 내용을 서구의 신문기사에서 차용하고 있었기 때문이다. 조선에서의 탐정문학 성립과 연관된 이와 같은 문제점을 1930년대의 조선사회가 탐정문학의 근대성을 수용할 만큼 근대화되어 있지 않았다는 것, 즉 조선사회의 근대성 여부와 연결, 해석한다면 지나친 것일까. '근대적 세계'를 배경으로 하려고 하면 고립된 근대적 '문화주택' 거주자들의 비합리적 심리 흐름으로 귀결되어버리고 전통적 세계를 테마로 취하려하면 백사와 인간 간의 교통과 같은 기묘한 내용으로 귀결되어버리는 조선 귀국 후 김내성 탐정문학의 특징. 즉 1930년대 조선을 배경으로 취하면 그 영역이 어느 곳이건 간에 곧장 전근대적 세계의 풍경으로 일관되어버리는 김내성 탐정문학의 특징은 이에 대한 하나의 답이 될 수도 있을 것이다.

5. 결론

이상(以上)의 정리를 통해서 살펴보았듯 김내성은 1945년에 이르기까지 총 20편(출전, 연도 미확인 두 편 제외)의 탐정소설을 발표한다. 이 기간 동안 조선에서 발표된 여타의 창작 탐정물이 10편도 채 되지 않았었다는 점을 염두에 둔다면, 이와 같은 김내성의 성과는 독보적이다. 그러나 김내성의 이 창작물들이 — 그의 평론의 제목처럼 — '탐정문학으로서의 형식적 요건과 실질적 요건'을 골고루 갖추고 있었는지는 새롭게 검토가 필요한 사항이다. 일본 탐정문학 전문잡지를 통해 일본 문단에 먼저 등단, 이후 조선 문단으로 옮겨오는 지리적 · 사회적 변모와 더불어 김내성의 '탐정문학'에서 다양한 변모가 발견되기 때문이다. 이 변모들은 일본에서 창작된 작품과 조선에서 창작된 작품 간에만 발견되는 것이 아니라, 일본어 원작과 조선어 개작 간에도 동일하게 발견된다.

김내성은 1935년 3월과 9월 『프로필』지에 「타원형의 거울」과 「탐정소설가의 살인」 두 편의 탐정문학을 발표한다.[46] 이 두 작품은 발표 당시 『프로필』지의 '창작합평'에서 정말로 조선인의 작품이었는지에 대해 반문될 만큼 뛰어난 '力作'으로서 평가받는다.[47] 이후 이 두 편의 작품은 김내성의 조선 귀국과 더불어, 조선어로 번역·발표되면서 다양한 변모를 겪는다.[48] 물론 개작이 작품의 기본 줄거리에 변형을 줄 정도로 행해진 것은 아니다. 사건 해결의 단서와 사건 발생에서 문제의 해결에 이르기까지의 추리의 전개 과정, 트릭의 구성 등 기본적 줄거리는 원작과 개작 간에 변모없이 동일하게 전개된다. 그러나 개작의 과정에서 단편이 중편으로 변환, 분량이 증가되면서 탐정문학으로서의 긴장감이 약화되는 반면, 논리적 추론 과정에 대한 설명 및 통속성이 강화되고 있다. 그와 더불어 조선인으로서의 정체성 모색에 대한 김내성 개인의 혼란과 갈등까지 개입, 「타원형의 거울」·「탐정소설가의 살인」의 조선어 개작은 '탐정문학으로서의 실질적인 요건'을 상당부분 상실하고 있다.

이와 같은 문제점은 조선어로 창작된 다수의 김내성의 탐정문학 작품들에서도 동일하게 발견된다. 「광상시인」·「시유리」·「이단자의 사

46) 이 두 작품 외에 『モダン日本』에 게재되었던 것으로 알려진 「奇談戀文往來」가 있으나 원작 자체가 아직 확인되지 않은 상태이므로 일단 제외시켰다. 1936년 창작된 것으로 언급된 『사상의 장미』 역시, 일본어로 창작되었다고는 하나, 이 작품의 정식 발표는 조선어였을 뿐 아니라 발표 시기 역시 해방이후로 넘어가므로 제외시켰다. 이와 같은 상황에서 볼 때, 김내성은 1935년에서 1936년에 걸쳐 그의 일본어 작품 네 편을 모두 창작했던 것이다.

47) 김내성의 「타원형의 거울」과 「탐정소설가의 살인」은 1936년 1월호 『프로필』에 게재된 '作品月評'과 '創作合評'에서 상당한 호평을 얻고 있다. 「탐정소설가의 살인」은 1월호 '작품월평'에서 "숨이 막히는 듯하다는 형용이 무엇보다 적합하게 느껴질 정도의 역작"으로서 평가받으며, 「타원형의 거울」에 대해서 同誌 '創作合評'은 김내성이 정말로 조선인인지, 조선인이 이러한 작품을 썼다는 것을 믿을 수 없다고 언급하고 있다.

48) 김내성의 일본어 소설이 조선어로 번역되면서 일어나는 변모 및 그 의미에 대해서는 김혜영, 「근대를 향한 왜곡된 시선－김내성의 「살인예술가」를 중심으로」, 『현대소설연구』 31, 현대소설학회, 2006.9를 참조.

랑」 등 조선 귀국 후 발표된 대다수 창작 탐정단편들에서 김내성은 논리적 추론, 추리보다는 사랑에 대한 병적 집착, 절대적 소유욕, 예술을 향한 병적 열망 등 파괴적이고 충동적이며 비논리적 인간의 심리와 행위를 묘사함에 주력하고 있다. 과학적 증거에 기반한 논리적이고도 합리적인 추론과정 즉, '추리'보다는 비합리적 '괴기'의 쪽을 선택하고 있는 것이다. 이 점에서는 '탐정' 유불란이 등장 '탐정문학의 형식적 요건'을 갖춘 듯한 『마인』 역시 예외가 아니다. 근대적 존재인 '탐정' 등장에도 불구, 이 작품 역시 우연의 중첩, 집안 간의 구원 등 신소설적 분위기의 답습 속에서 '추리'보다는 '괴기'로 나아가고 있는 것이다.

김내성의 일본어 소설과 조선어 소설 간에 발견되는 이와 같은 간극을 어떻게 이해해야 하는 것일까. 이를 조선에서 탐정문학의 성립 가능성 여부, 나아가서는 근대적 탐정문학과 조선 간의 간극으로 연결시킨다면 지나친 해석이 되는 것일까. 논리적 추론 및 추리에 근거한 근대적 탐정문학의 제 특징들을 비합리적 '괴기'로 전환시켜버렸던 김내성 탐정문학의 제 특징들에서 나타나듯 적어도 1930년대의 조선은, 그리고 조선문학은 탐정문학을, 탐정문학의 근대성을 수용할 수 있을 만큼의 성숙성, 말하자면 근대성이 확보되어 있지는 못했던 듯하다. 단편 「시유리」에서 발견되는 기묘한 사항, 예를 들자면 여주인공 이름 '유리'를 '유리'라는 조선식 발음이 아닌, 일본식 발음 '루리'로 호명하고 있는 것에서 일본을 향한 김내성의 천박한 열정보다는 탐정문학의 성립이 전면적으로 불가능했던 조선의 전근대성에 대한 탐정문학 작가로서의 김내성의 절망을 느끼게 되는 것은 그 때문이다.

/ 부록 /

1. 小說

작품명	출전	발표일	비고
田園의 黃昏	大洞江(平壤公立高等普通學校校友)지	1925	平壤公立高等普通學校入學
사랑의 비명	알 수 없음	1926	母親 姜信善 死亡
楕圓形の鏡	ふろぴいる	1935.3,	早稻田大學第二高等學院獨文科 入學(1931). 同大學 獨法學科 入學
寄談戀文往來	モダン日本	1935.9	
探偵小說家の殺人	ふろぴいる	1935.12	
思想의 薔薇		1936(創作)	早稻田大學獨法學科卒業 朝鮮歸國, 結婚(1936)
假想犯人	朝鮮日報	1937.2.13~1937.3.21	長女 出生(1937)
白假面	少年	1937.6~1938.5	
狂想詩人	朝光	1937.9	
黃金窟	東亞日報	1937.11.1~1937.12.31	
殺人藝術家	朝光	1938.3~5 (上·中·下 3回 連載)	『朝光』 入社
白과 紅	四海公論	1938.9 (1回로 連載 中斷)	
戀文奇談	朝光	1938.12	
魔人	朝鮮日報	1939.2.14~10.11	
霧魔	新世紀	1939.3	
颱風	每日申報	1942.11.21~1943.5.2	次女 出生
異端者의 사랑	農業朝鮮	1939.3	
屍琉璃	文章 臨時增刊	1939.7	
白蛇圖	農業朝鮮	1939.8~9 (前, 後篇 2회 揭載)	
復讐鬼	農業朝鮮	1940.1	長男 出生(1940)
第1夕刊	農業朝鮮	1940.5	長男 死亡(1941)
怪盜그림자後日譚	農業朝鮮	1940.11~12 합병호 (上篇으로連載中斷)	『朝光』 退社. 和信百貨店 入社(1941)
매국노	신시대	1943.7~1944.4	함경도 석왕사로 정양 (1944.4)

2. 評論

작품명	출전	발표일	비고
探偵小說의 形式的要件과 實質的要件	月刊探偵	1936.4	
探偵文學小論	문예강좌 방송강연	1938	
探偵小說隨感	博文	1939.9	
探偵小說論	新世紀	1940.4	

3. 隨筆 및 雜文

작품명	출전	발표일	비고
書けるか!	ふろぴいる	1936.1	
畵家彫刻家의 모델座談會	朝光	1938.6	
잊히지 않는 얼굴	아희생활	1938	확인 불가
惡魂	朝光타임스	1938	확인 불가
貯金通帳	朝光타임스	1938	확인 불가
世界六劇場街風景其二 淺草劇場街	朝光	1938.6	
狂人日記	朝光	1939.8	
文字의 幻影	文章	1939.10	
鐘路の弔鐘	モダン	1939.11	
白哥姓	文章	1939.12	
蒼白한 腦髓	文章	1940.3	

4. 飜譯小說

작품명	출전	발표일	비고
深夜의 恐怖	朝光	1939.9	
怪巖城	朝光	1941.1~9	8월호 게재 누락
白髮聯盟	鑛業朝鮮	확인 불가	확인 불가